FEDERHERZ
VERLAG

ARYA KNIGHT

HOW TO (not) FALL IN LOVE

RUBY & CALEB

HOW TO (NOT) FALL IN LOVE

Bildmaterial: Shutterstock, Freepik, Rawpixel
Korrektorat: Julia Kuhlmann
Druck und Bindung: Smilkov Print Ltd, Blagoevgrad

Bestellung und Vertrieb: Nova MD GmbH, Vachendorf

ISBN: 978-3-98942-037-3

Federherz Verlag
Bergmannsweg 7
31867 Lauenau
www.federherzshop.de
Instagram: @federherz.verlag

Für M. und unseren roten Faden.

Triggerwarnung

An alle Leser:innen,

dieses Buch enthält sensible Inhalte, die bestimmte Leserinnen und Leser emotional belasten könnten. Eine detaillierte Triggerwarnung mit allen Themen findet ihr auf der letzten Seite.

Ich wünsche euch ein schönes Leseerlebnis.

Fühlt euch gedrückt.

Eure Arya

Playlist

because I liked a boy – Sabrina Carpenter
Unmiss You – Clara Mae
Chaotic – Ellise
Girl Like Me – Dove Cameron
The Happiest Girl – BLACKPINK
So Pretty – Reyanna Maria
Why Why Why – Jackson Wang
Two Places at Once – Haley Joelle
always be a fan – Eva Grace
In The Kitchen – Reneé Rapp

Prolog

Es gab eine Zeit, in der mein Leben ein perfektes Porträt gewesen wäre.

Eins, wie es in Königshäusern oder Museen hing und das eine junge Frau mit langen blonden Wellen über einem Samtkleid zeigte.

Göttlich. Engelsgleich und unantastbar.

Ihr Blick zum Betrachter gerichtet, die Lippen leicht zu einem Lächeln verzogen.

Wartend.

Man hätte die Ungeduld in ihren Augen lesen können.

Sie wäre dort gesessen, ein Stillleben, das nur darauf wartete, aufgeweckt zu werden.

Bis zu jenem Zeitpunkt hätte sie nicht gewusst, dass außerhalb der Leinwand und deren goldenem Rahmen ein Sturm wütete.

Ein dunkles Chaos sie erwartete.

Ein gebrochenes Herz.

Und ein verlorener Prinz.

Hätte sie alles anders gemacht, wenn sie das Resultat gekannt hätte?

Wäre sie auf ihrem Thron in ihrem Gemälde zwischen den getrockneten Ölfarben sitzen geblieben?

Nein. Wahrscheinlich nicht.

Sie hatte schon immer einen Drang zur Selbstzerstörung.

Kapitel Eins

Ich sah nichts außer Rauch.

Ich hörte nichts außer der Musik und dem Schwarm aus Stimmen.

Im Kopf zählte ich die Minuten, bis es gesellschaftlich akzeptabel war, die Party zu verlassen.

Es war nicht einmal Mitternacht und mein ganzer Körper schmerzte bereits von den Tönen, die den Club vibrieren ließen.

Noch eine Stunde, zwang ich mich. Eine Stunde lang die Scharade aufrechterhalten.

Ich nahm einen großzügigen Schluck von meinem überteuerten Cocktail, der wie Badreiniger roch, und zückte mein Handy, um meinen Job zu erledigen.

Mit einem Lächeln posierte ich im Licht der sich drehenden Laser und tat so, als würde ich mit jemandem hinter der Kamera anstoßen. Als ich nach dem dritten Versuch halbwegs zufrieden war, schrieb ich einen generischen Gruß an meine Follower.

Happy Halloween, Angels. Habt viel Spaß heute Nacht.

Das orangefarbene Herz-Emoji folgte und dazu ein Geotag mit @*Passiona*.

Posten würde ich die Story erst auf dem Heimweg. Bis dahin war ich allerdings Content Creatorin Ruby, auch bekannt als *rubyslife* auf *Ysta*. Der größten Social Media-Plattform weltweit, die meine monatliche Miete deckte und dank der ich Kooperationspartnerin von *Passiona* sein durfte. Für dieses Jahr war ich das Gesicht der Winterkampagne und meine Follower freuten sich bereits auf den Duft, den ich mit der Marke zusammen kreiert hatte.

»Hier versteckst du dich!«

Ich blickte von meinem Handy auf und entdeckte Peyton. Peyton Tanner, meine Managerin und gute Freundin.

»Du weißt, du musst dich auch unter die Menschen mischen auf solchen Events. Networking betreiben«, rief sie über die Musik hinweg, bevor sie sich auf den Platz neben mir sinken ließ. Sie zupfte an meinem Oberteil herum und richtete einen meiner Feenflügel. Nicht das kreativste Kostüm, aber gut genug für ein paar Selfies an der verspiegelten Wand des Clubs.

»Bist *du* nicht für mein Networking zuständig?«

Peyton grinste. In ihrem schwarzen Tweed Anzug sah sie aus wie ein Sprössling der britischen Adelsfamilie. Dabei war sie Kanadierin und privat meist in Sportshorts und Baseballshirts gekleidet.

»Das Shooting lief gut, meinst du nicht auch?«, wollte sie wissen. Zum dritten Mal heute.

Ich hatte gehofft, wir würden diese Unterhaltung einfach überspringen. Aber ich wusste bereits, dass es zwecklos war. Vor allem, weil sie nicht lockerlassen würde, bis ich mit der Wahrheit rausrücken würde. Sie wusste, dass ich genervt war. War das Shooting gut verlaufen? Ja, ich hatte mein Bestes gegeben.

Hatte eine bestimmte Person gefehlt und sich dadurch das Shooting um Stunden nach hinten verschoben, obwohl alle am Set bereits um fünf Uhr morgens aufgekreuzt waren?

Ja.

Warum?

Weil dieser Mensch ein aufgeblasener, egoistischer, großkotziger ... »Da ist Caleb Han!«

Ein Dutzend junger Frauen geriet in helle Aufregung und ich sah zu, wie sie über die Tanzfläche huschten, um einen Blick auf ihn zu erhaschen. Als wäre allein sein Anblick ein Segen für ihre Augen.

Ich sah zu meiner Freundin und schüttelte den Kopf. »Nein. Es lief bescheiden, Peyton. Tu nicht so, als wüsstest du das nicht.«

»Ja, es war nicht cool von Caleb, aber am Ende hat es doch geklappt, oder nicht?« Stetig positiv. Wäre ich auch, wenn ich im dicken Wintermantel hinter dem Kameramann gestanden hätte statt auf einem Hochhaus in einem Minikleid mitten in Toronto. Im Herbst. Bei fünf Grad Celsius!

»Es geht nicht darum, dass es am Ende gut aussah. Es geht um Respekt gegenüber anderen Menschen und deren Zeit. Sowas kann ich nicht ab. Ich kann *ihn* nicht ab.«

Sie nahm einen Schluck von meinem Drink und schmunzelte ins Glas. Ich schüttelte den Kopf, um jeden Kommentar zu unterbinden. »Wehe, du behauptest etwas von Hassliebe. Beides trifft nicht zu. Auch um ihn zu hassen, müsste ich ihn kennen und so weit wird es gar nicht erst kommen.« Der Blick in ihrem Gesicht ließ mich einfach weiterplappern. »Ich meine es ernst. Das war kein Kuss beim Shooting. Es sollte nur so aussehen.«

»Sah für mich ziemlich echt aus«, kommentierte sie grinsend.

Ich seufzte tief und nahm ihr das Glas ab. Alkohol tat ihr nicht gut. »Du liebst es, mich zu ärgern. Glaub, was du willst.«

Um sie nicht länger ansehen zu müssen, richtete ich meine Aufmerksamkeit wieder auf die Tanzfläche. Ein Fehler, wie sich schnell herausstellte. Denn meine Augen landeten unfreiwillig auf Caleb Han.

Ich wollte wegschauen, aber ich konnte nicht anders, als jedes einzelne Detail an ihm im dunklen Clublicht zu betrachten. Er trug ein offenes Hemd und gab zwischen dem schwarzen Stoff seine Muskeln für alle frei, die sie sehen wollten. Passend zum Hemd trug er eine schwarze Jeans. In seinem dunklen Haar steckten ein Paar Teufelshörner.

Wie passend. Jedes andere Kostüm hätte auch zu viel Intelligenz erfordert.

Allein die Art, wie er über die Tanzfläche schlenderte, nervte mich. Als würde ihm alles hier gehören. Wie ein gelangweilter König, der sich nach Unterhaltung sehnt. In Form von Frauen? Sehr wahrscheinlich. Drogen? Noch wahrscheinlicher.

Woher ich das wusste? Ich kannte Typen wie Caleb. Beliebte Machos, die eine Frau anhand ihrer Körbchengröße für würdig befanden. Sänger, die ihre Beliebtheit dazu nutzten, um jede ins Bett zu kriegen. Er war einer von vielen und damit nichts Besonderes.

Caleb schaute auf sie herab, als wären sie die ›Sterblichen‹ und er ihr Gott. Seine Anhänger und Fans erkannten das nicht. Sie waren geblendet von diesem Bild, diesem Gehabe, das er als Persönlichkeit verkaufen wollte. Unfreundlich zu sein war mittlerweile im Trend. Und Caleb hatte keine Eile, es aus der Mode kommen zu lassen.

»Ich finde ihn irgendwie süß. Du weißt, ich stehe auf Bad Boys.«

Ich zwang mich zu einem Lächeln und schaute über meine Schulter zu Peyton. Mit meiner freien Hand deutete ich in die Richtung, in die Caleb verschwunden war. »Na dann, schnapp ihn dir. Aber erspar mir morgen die Details. Die kannst du gerne mit ins Grab nehmen.«

Okay, vielleicht war meine Reaktion etwas übertrieben. Ich sollte einen Gang zurückschalten. Entschuldigend schob ich ihr daher mein Glas über den Tisch. »Sorry, heute ist nicht mein Tag.«

»Ehrlich? Wäre mir nie aufgefallen!« Peyton tätschelte meinen Arm. »Zerbrich dir nicht den Kopf wegen des Shootings. Es war perfekt, der Fotograf hat dich geliebt und Silvia Passiona hat von dir in den höchsten Tönen geredet. *Mio angelo, mio angelo*. Ich höre ihre rauchige Stimme immer noch.«

Mein Lachen wurde erstickt von der lauten Technomusik, die der DJ aufgelegt hatte. Jeglicher Versuch einer weiteren Unterhaltung wurde damit unterbunden, also nutzte ich die Gelegenheit, um die Toiletten aufzusuchen.

Mit meiner Mini-*Prada*-Tasche, die ich vor ein paar Monaten als PR-Geschenk erhalten hatte, kämpfte ich mich durch die Menschenmassen, die sich nur gewaltsam und mit Einsatz der Ellbogen spalten ließen.

Da ich ein gutes, spitzes Paar davon besaß, war ich zwar nicht länger der netteste Gast auf der Party, aber der glücklichste, als ich die nur kurze Warteschlange vor dem WC-Schild entdeckte.

Das flackernde Neonlicht erinnerte mich an die Einrichtung eines Bordells.

Nicht, dass ich jemals eins besucht hätte – und das auch vorerst nicht auf meiner Bucket List für das nächste Jahr stehen würde –, aber der Club hatte viel Ähnlichkeit mit Etablissements, in denen nicht nur Drinks serviert wurden.

Ich stellte mich hinter eine Eisprinzessin und eine sexy Hexe, die in ihre Handys versunken waren. Aus dem Augenwinkel erkannte ich, wie sie mit der App *Facetune* die Makel in ihren Gesichtern verschwinden ließen.

Ich seufzte innerlich. Diese Frauen waren wunderschön, aber ich wusste ganz genau, wieso sie den Drang hatten, Imperfektionen retuschieren zu müssen. Jeder Einzelne von uns auf diesem Event tat es. Mich eingeschlossen.

Ein Pickel am Kinn konnte eine Hasswelle auslösen. Keine perlweißen Zähne in einem Post? Munition für die Trolle, die sich dann den ganzen Tag über vermeintlich fehlende Zahnhygiene lustig machten. Die Online-Welt war ein hartes Pflaster und nur die Stärksten und Schönsten überlebten.

Die Schlange setzte sich in Bewegung und eine weitere Person tauchte neben mir auf. Eine Teufelin. Oder eine Dämonin?

»Was für ein Zufall, nicht?«, fragte sie, als sich unsere Blicke begegneten.

Ich hob die Mundwinkel. Interessiert, aber nicht überfreundlich. Um neue Freundschaften vor der Damentoilette zu schließen, hatte ich heute Abend keine Kraft. »Hm?«

»Hast du Caleb nicht gesehen? Es ist, als hätten wir uns abgesprochen! Ehrlicherweise wollte ich als Cheerleaderin kommen, aber in letzter Sekunde kam mir die Idee. Wenn das nicht Schicksal ist!«

Ah. Schicksal. Viel realistischer war wohl die Tatsache, dass ungefähr dreißig Prozent der Gäste als Teufel oder Dämonen aus der Unterwelt aufgekreuzt waren. Keiner von ihnen sah schlecht aus, nicht einmal Caleb, aber das große S-Wort zu verwenden, war dann doch etwas weit hergeholt.

»Du siehst jedenfalls umwerfend aus«, ließ ich sie wissen, bevor die beiden vor mir endlich in freigewordene Kabinen verschwanden.

»Danke! Du auch. Und du bist ... Tinkerbell?«

Nein. Eigentlich nicht. Aber ich korrigierte sie nicht, sondern nickte nur. »Ja, danke.« Eine Kabinentür öffnete sich. »Viel Spaß noch!«

So schnell es auf den hohen Schuhen möglich war, huschte ich in den kleinen Raum und schloss die Metalltür ab. Ich hielt inne und zückte mein Handy, um Eves Nachricht zum zehnten Mal zu lesen.

EVE

Mom und Dad lassen sich vielleicht scheiden.

Kein Update, das man gerne nach dem Aufwachen auf seinem Display entdeckte. Dabei verstand ich ihre Beweggründe. Es war vernünftig und lange überfällig.

Warum also war ich so überrascht?

Warum machte mich die Tatsache wütend?

Richtig. Weil ich keine Entscheidungsgewalt darüber hatte. Weil meine und Eves Gefühle ihnen völlig egal waren. Weil ich wusste, dass diese Nachricht insgeheim nichts zu bedeuten hatte. Meine Eltern würden sich nicht trennen. Sie würden uns emotional einnehmen und jammern, nur um am Ende doch wieder zusammen zu bleiben.

Ich war fünfundzwanzig und Content Creatorin. Was aber eigentlich in meiner Bio stehen sollte, war ›Familientherapeutin‹.

Denn das bedeutete Eves Nachricht. Morgen würde mich Mom anrufen und sich über Dad beschweren. Oder andersherum. Je nachdem, wer von den beiden schneller war. Ich würde jedenfalls meine weißen Flügel darauf verwetten, dass dem so sein würde.

Ein Blick auf die Uhr verriet mir, dass Peyton mich niemals jetzt schon gehen lassen würde. Ich wusste genau, was sie sagen würde.

Sei nicht so eine Langweilerin, Ruby. Du musst lernen, Spaß zu haben und mal richtig loslassen.

Loslassen? Manchmal fragte ich mich, ob sie nur auf einen Skandal wartete, damit sie als Managerin glänzen konnte. Denn sicherlich war ich in dem Sinne nicht die interessanteste Klientin ihrer Karriere.

Ich lief geradewegs in ein spontanes Fotoshooting hinein, als ich ans Waschbecken trat, um mir die Hände zu waschen. Dämonin und Eisprinzessin knipsten eifrig Fotos von ihren Outfits und mit einem schwachen Lächeln überließ ich ihnen das Waschbecken wieder, nachdem ich fertig war.

Auf dem Rückweg versuchte ich tief durchzuatmen, doch die Clubluft war gefüllt mit Hitze, Schweißgeruch und Parfümwolken. Ich zwang mich, nicht in Schnappatmung zu geraten.

Jeder Zentimeter meines Körpers juckte, der Glitzer auf meinen nackten Armen stellte sich jetzt als ziemlich bescheuerte Idee heraus. Jemand schob sich grob an mir vorbei und zerstörte dabei meinen rechten Feenflügel.

»Entschuldigung?«, rief ich über die Musik hinweg, frustriert über diesen Tag und diesen stickigen Club. Genervt versuchte ich, das kaputte Plastik zu richten und rammte dabei meinen Ellbogen in den Rücken eines verkleideten Arztes. Mit dieser Bewegung löste ich eine Kettenreaktion aus, die ich mir nicht einmal in meinen verrücktesten Vorstellungen erträumt hätte.

Als der Arzt sich irritiert zu mir umwandte, kippte er dabei seinen Drink über das Kleid einer Hexe. Diese kreischte, wedelte wild mit den Armen und riss dabei jemandem die Teufelshörner vom Kopf.

Caleb.

Er fluchte und bückte sich nach dem Accessoire, wurde ebenfalls angerempelt und fiel auf die Knie. Sehr elegant, zugegebenermaßen, aber trotzdem zuckte ich zusammen, als ich den großen Mann am Boden sah.

Unsere Blicke trafen sich für eine Millisekunde und ich erkannte Wut in seinen Augen aufblitzen. Sie durchbohrten mich. Zwangen mich fast genauso in die Knie wie ihn.

Ganz sicher wollte ich nicht mit Caleb befreundet sein. Aber noch weniger wollte ich auf seiner Abschussliste stehen. Ich kannte nur Gerüchte, doch es waren genug, um zu wissen, dass man es sich besser nicht mit ihm verscherzen sollte.

Verschwinde von hier, riet mir mein Instinkt. *Schnell.*

Ich wollte gerade meine Flucht antreten, als er aufstand, und mit einer Hand den kaputten Flügel zu fassen bekam.

»Du kommst jetzt mit«, befahl er fast knurrend und führte mich durch die sich wie magisch vor ihm spaltende Menge.

Meine Augen versuchten Peyton oder irgendeinen einen anderen Menschen zu finden, der mich retten würde, aber niemand schien Interesse daran zu haben, sich einzumischen. Jetzt war ich auf mich allein gestellt. Mir blieb also nichts anderes übrig, als mich meinem qualvollen Ende zu stellen.

Er wird mich doch nicht umbringen, oder?

Ich blickte hoch zu Caleb, der, wie ich jetzt feststellte, schwarze Tränen in sein Gesicht geschminkt und einen wilden Ausdruck darin hatte.

Kurzzeitig fragte ich mich, ob es etwas bringen würde, wieder gläubig zu werden und Gott um Gnade zu bitten.

Calebs Tatort der Wahl entpuppte sich als der Lieferanteneingang hinter dem Club. Er ließ mich los und ich fühlte mich wie eine Zahnfee, die im Schlaf zerquetscht worden war und nun mit gebrochenen Flügeln festsaß. Ich wollte die Augen zukneifen, stattdessen starrte ich Caleb an und sah zu, wie er sich eine Zigarette anzündete. Er hob den Kopf und blies den Rauch in den kalten Nachthimmel, ehe er mich wieder aus dunklen Augen fixierte.

»Haben wir ein Problem, Tinkerbell?«

Mein Gott ... wenn ich noch einmal diesen Namen hören muss.

»Was? Sag mir lieber, was *dein* Problem ist.« Ich zwang mich, nicht die Augen zu verdrehen. Wenn hier jemand ein Problem hatte, dann war das garantiert nicht ich. »Hör zu: Es tut mir leid, was da drin passiert ist, aber es war offensichtlich keine Absicht. Hast du schon einmal etwas von Kausalitäten gehört?«

»Wow. Ich wusste nicht, dass du solche Fremdwörter kennst.«

Ich ballte die Hände zu Fäusten. Es kostete mich viel Kraft, friedvoll zu bleiben.

Erstens: Hatte niemand in diesem bescheuerten Club von Winx-Club gehört? Tinkerbell war nicht die einzige Fee auf diesem Planeten. Zweitens: Hatte ich schon erwähnt, dass ich Caleb nicht leiden konnte?

»Sehr erwachsen. Ich lasse mich jedenfalls nicht auf diese kindische Unterhaltung ein. Viel Spaß noch.«

»Danke, aber jemand hat meine Hose ruiniert«, erklärte er mit einem boshaften Grinsen und deutete auf seine Beine. »Was machen wir jetzt deswegen?«

Ich runzelte die Stirn. War er auf Drogen? Oder einfach gelangweilt?

»Schick meiner Managerin die Rechnung für die Reinigung«, antwortete ich ruhig und unterdrückte ein Husten, als der Rauch in meine Richtung wehte. Ich drehte mein Gesicht weg und atmete die kühle Luft tief ein. Ein Klicken ließ mich innehalten. Ein weiteres folgte, bis ich realisierte, dass es sich dabei um Calebs Feuerzeug handelte, mit dem er spielte.

»Musst du so langweilig sein?«

Mein Kopf fuhr zur Seite. »Wie bitte?«

»Bitte? Kannst du mal nicht so vorbildlich und freundlich sein? Niemand ist hier. Du brauchst nicht länger *Little Miss Perfect* spielen. Du wolltest doch nicht ohne Grund meine Aufmerksamkeit.«

Ich hielt mir die Hand an die Brust. »Ich? Caleb, ich weiß wirklich nicht, auf welchem Trip du bist, aber du hast offensichtlich eine ganz falsche Vorstellung von mir.«

Er schnippte die Zigarette auf den Boden und drückte sie mit seinen Schuhen aus. Dann ließ er ein Bonbon in seinem Mund verschwinden.

»Ich weiß genau, dass du versucht hast, mich bei Silvia schlecht dastehen zu lassen. Die Crew hat Ohren, Tinkerbell. Ich kriege alles mit.«

Mittlerweile war ich so verwirrt, dass ich langsam daran zweifelte, ob ich nicht irgendetwas im Drink gehabt hatte. »Wovon redest du?«

»Tu nicht so, als wüsstest du nichts davon, Barbie. Caleb Han ist ein Säufer? Ernsthaft?«

Seine Wut war wieder zurück und diesmal sah ich meine eigene in seinen Augen gespiegelt. Ich hatte keine Ahnung, worauf er hinauswollte, und runzelte als Antwort nur die Stirn. Ganz offensichtlich verwechselte er mich.

»Ich weiß nicht, wovon du redest. Und ich gehe jetzt.«

»Ja, tu das. Mal sehen, wie weit du kommst«, drohte er kalt.

Mein Geduldsfaden riss. Ich spürte förmlich, wie er sich immer weiter zweiteilte. Ich wirbelte zu Caleb herum und trat einen Schritt näher. »Wissen deine Fans, was für ein Arschloch du bist?« Ich hasste es, dass meine Stimme bebte.

»Ja. Genau deswegen lieben sie mich, Baby.« Der Hauch eines Lächelns bildete sich auf seinen Lippen ab.

»Nenn mich nicht so.«

Caleb drückte sich von der Eisentür in seinem Rücken ab und trat näher an mich heran. »Wie dann?« Noch ein Schritt. »Schatz?« Bald würden sich unsere Zehenspitzen berühren. »Liebling?« Seine Schritte aktivierten den Bewegungsmelder und ließen Licht hinter ihm aufleuchten. »Oder doch: mein böser Engel?«

Seine raue Stimme strich über mein Gesicht, als ich den Kopf in den Nacken legte.

Ich schluckte bei seinem Anblick. Zu meiner Überraschung hatte ich keine Angst mehr. Er würde mir nichts tun. Das hier war nur eins seiner Spielchen. Und ich war nicht in der Stimmung, mitzumachen.

»Ruby«, flüsterte ich. »Einfach Ruby.«

Kapitel Zwei

Teufel trifft auf Engel – das heißeste Paar des Winters?

— DAILYBUZZ

Ein feuchter Kuss holte mich am nächsten Morgen aus einem Traum, in dem eine Eisprinzessin mit einer Hexe rummachte und ein Teufel meine Seele raubte.

Ein weiterer Kuss landete auf meiner Wange, ehe ich in der Realität ankam.

Müde drehte ich mich auf den Bauch und zog die Decke über meinen Kopf.

»Lass das«, murmelte ich ins Kissen, als an mir gerüttelt wurde. »Ich will nicht aufstehen.«

Ein leises Winseln über mir ertönte. Ich streckte mich im Halbschlaf und zog Winston an mich heran. Mein Golden Retriever versuchte sich unter meine Decke zu graben, aber ich hob den Finger. »Du weißt, dass du das nicht darfst. Gib mir fünf Minuten.«

Ich warf eines seiner Spielzeuge von meinem Nachttisch durch die offene Schlafzimmertür und zwang mich, aufzustehen.

Kopfschmerzen hämmerten gegen meine Stirn, als ich mich im Badezimmer frisch machte. Sie ließen auch nicht locker, nachdem ich mit wenigen Schlucken einen schwarzen Kaffee in der Küche geleert hatte. Ich scannte von meinem Platz an der Theke das Wohnzimmer nach meinem Handy ab, gab dann aber auf als Winston mit seiner Leine im Maul an meinem Bein auftauchte.

»Du lässt nicht locker, was?«, wollte ich wissen und gab ihm eine wohlverdiente Streicheleinheit. »Dann los.«

Ich zog mir einen Mantel über, leinte Winston an und schlüpfte in kuschelige Stiefel, bevor ich mich von ihm durch das Treppenhaus führen ließ. Sein Schwanz wedelte aufgeregt von links nach rechts auf dem kurzen Weg nach draußen und kaum hatten wir die Hauptstraße in Richtung Park erreicht, musste ich ihn mit aller Kraft davon abhalten, nicht loszusprinten.

Nach wenigen Minuten betraten wir die weitläufige Grünfläche und ich schloss anhand der gähnenden Leere darauf, dass es noch ziemlich früh sein musste. Beim näheren Hinsehen bemerkte ich, dass die Sonne erst zwischen den Baumkronen steckte. Aber mir blieb nichts anderes übrig, als zu warten, bis Winston sein Geschäft erledigt hatte.

Eine Weile später kehrten wir zurück und ich schlüpfte unter die Dusche, um den gestrigen Abend und den schlechten Schlaf von meinem Körper zu waschen.

Während der heiße Wasserstrahl auf mich herab prasselte, schloss ich die Augen, um meine Gedanken zu sortieren. Statt meine heutigen To-dos durchzugehen, schickte mir mein Gehirn Bilder des stickigen Clubs, Caleb Han und einer Taxifahrt, die ich mir mit Peyton geteilt hatte. Satzfetzen sprangen durch mein Gedächtnis wie ein schlechter Ohrwurm. *Liebling. Baby. Schatz. Mein böser Engel.*

Ehrlich, wer redete so?

Kopfschüttelnd drehte ich den Hahn zu und schüttelte die nassen Haare aus, bevor ich aus der Duschkabine trat. *Hör auf an ihn zu denken. Am besten ignorierst du seine Existenz komplett.*

Bis zum nächsten Shooting jedenfalls.

Ich hüllte mich in ein Handtuch und beäugte mein Spiegelbild. Das kühle Blau meiner Augen starrte mir entgegen. ›Barbie‹ hatte er mich genannt. Nicht weit hergeholt, wenn man meine blonden Haare und große Statur betrachtete.

Für manche wäre es ein Kompliment gewesen. Barbie war perfekt und schön. So wie jede in meiner Branche sein wollte.

Meine Follower nannten mich ihren Engel. ›Adelig‹ laut Online-Magazinen. Elegant und freundlich.

Freundlich. Immer. Ein Vorbild für die nächste Generation. Ich fragte mich, wie lange es dauern würde, bis sie erkannten, dass meine Krone schief saß.

Ich rieb mir die Schläfen und tapste ins Schlafzimmer.

Zumindest versuchte ich das, bis die Klingel mich davon abhielt. Irritiert näherte ich mich der Wohnungstür und zuckte zusammen, als sie ein weiteres Mal ertönte.

»Mach schon auf«, rief eine Stimme von der anderen Seite. »Ich bin's.«

»Peyton? Was machst du hier?«

»Wüsstest du, wenn du dein Handy nicht stummgeschaltet hättest. Jetzt öffne die Tür. Ich habe Muffins dabei.«

Ich folgte ihrer Bitte und nahm überrascht den grünen Smoothie entgegen, den sie mir in die Hand drückte, bevor sie in die Wohnung eilte.

»Doch keine Muffins?«, fragte ich enttäuscht, während ich die grüne Masse anstarrte. Nachdem ich die Tür geschlossen hatte, wandte ich mich wieder zu ihr und grinste, als sie eine braune Tüte schwenkte.

Ich wollte nach ihr greifen, aber meine Managerin entzog sie mir. »Willst du mir verraten, wo dein Handy ist? Oder wo du den ganzen Morgen warst?«

»Ich weiß nicht. Ich bin eben erst aufgewacht und war mit Winston Gassi. Was ist denn? Geht die Welt unter?«

»So ähnlich«, murmelte Peyton, während sie auf ihrem Handy herumtippte. Zwei Sekunden später ertönte ein Signalgeräusch. Das meines Handys.

Ich fischte es hinter einem Sofakissen hervor. »Ein Hoch auf die Ortungsfunktion.«

»Check *Whisper Whiskers* letzten Post.«

Irritiert entsperrte ich das Display, hob die Augenbrauen beim Entdecken der zwanzig verpassten Anrufe, zwei darunter von Eve, und folgte Peytons Anweisung.

Allein beim Öffnen der Ysta-App wurde mir schwindelig.

Irgendetwas stimmte nicht.

Ich war mit Nachrichten überflutet. Ich hatte tausende Benachrichtigungen, so viele, dass die Anwendung sie nicht laden konnte. Kommentare, Likes und neue Follower. Mein Kopf drehte sich beim Anblick der vielen Zahlen.

»Das ist noch nicht alles«, erklärte Peyton plötzlich nervös.

Ich schluckte und stellte den Smoothie auf dem Couchtisch ab. Mit zittrigen Fingern tippte ich den Benutzernamen der genannten Klatschkolumne ins Suchfeld und starrte deren neuesten Post an.

Caleb Han mit Ysta-Influencerin zusammen. Hat der Sänger endlich die Eine gefunden?

Unter dem roten Text-Banner prangte ein Bild. Von Caleb und mir. Wie wir in der dunklen Gasse hinter dem Club standen und uns unterhielten.

Zumindest war das die Wahrheit, die er und ich kannten.

Das Bild allerdings vermittelte den Eindruck, als würde er mich jeden Moment küssen.

Ich schloss die Augen und schluckte. Mein Herz schlug mir bis zum Hals, wie eine tickende Zeitbombe, die jeden Moment drohte zu explodieren.

Tausende Gedanken kreisten in meinem Kopf, einer lauter als der andere und ich spürte, wie sich die Tränen in meinen Augenwinkeln sammelten. Genervt strich ich sie weg.

Peyton ließ sich auf meinem Sofa nieder und schälte einen Muffin aus seiner Verpackung. »Also, was ist passiert?«

»Peyton, ich schwöre dir, da lief nichts. Da läuft nichts! Du weißt, dass das, was hier steht, nicht wahr ist«, erklärte ich, während ich auf mein Display deutete. »Wenn es so wäre, hättest du es sicher nicht so erfahren.«

Genervt setzte ich mich auf mein cremefarbenes Sofa und vergrub den Kopf in den Händen.

Winston tauchte neben mir auf und legte seinen Kopf in meinen Schoss.

»Süße, ich glaube dir. Aber der Rest der Welt glaubt seit gestern Nacht, dass du mit Caleb liiert bist«, erzählte meine Freundin, als würde sie mir vom neuesten Promi-Tratsch berichten. Nur, dass dieser Tratsch mich betraf.

»Was heißt das? Rest der Welt?«, wollte ich wissen und schnappte mir wieder mein Handy. Ich klickte durch die Posts, in denen ich getaggt war. Hunderte Zeitschriften, etablierte Presse, die jeder las, waren darunter. *Whisper Whisker* war populär, aber nur ein Online-Kanal. Heute zierte jedoch mein Gesicht die Homepage der verdammten *DailyBuzz*. DIE Boulevard-Nachrichten-Website weltweit! Hier las man normalerweise von Profi-Fußballern, bekannten Schauspielerinnen und Sängern. Niemals von einer Ruby Dawson, Influencerin aus Toronto, fünfundzwanzig Jahre alt und mit eins Komma acht Millionen Followern auf Ysta.

Doch da war ich. In meinem lächerlichen Kostüm, das offiziell von den Medien als Tinkerbell-Kopie betitelt wurde. Wer hätte gedacht, dass sich das missverstandene Kostüm als meine geringste Sorge herausstellen würde?

Nach und nach sickerte die Neuigkeit auch zu mir durch. Mein Handy vibrierte. Mit pochendem Herzschlag schaute ich nach und entdeckte eine Nachricht von Drew.

DREW

Was ist passiert?

Das wüsste ich auch gern, hätte ich am liebsten geantwortet. Allerdings fehlte mir gerade die Zeit für eine Unterhaltung mit meinem besten Freund. Stattdessen widmete ich mich Peyton. Sie war die Ruhe in Person und würde wissen, was wir tun mussten.

»Pey, hilf mir. Soll ich eine Story posten? Einen Post hochladen? Ich kann das doch nicht einfach hinnehmen«, erklärte ich, wieder den Tränen nahe. Von all den Menschen, den wichtigen Persönlichkeiten auf der Welt, musste es ausgerechnet Caleb sein, mit dem mir etwas angedichtet wurde.

Caleb Han, die Pop-Sensation des letzten Jahrzehnts. Seine Fans waren brutal. Sie zerfleischten jede potenzielle Affäre und waren mächtig genug, ganze Karrieren zu vernichten.

Ich hing an meinem Job. Ich hatte nicht fertig studiert und besaß keinen Plan B, der mich auffangen würde.

Peyton blickte auf die neblige Skyline von Toronto. Auch wenn ich es sonst sehr schätze, dass sie so gelassen war, brauchte ich eine Antwort.

»Peyton! Die werden mich zerstören. Bitte, hilf mir«, flehte ich mittlerweile und wandte mich zu ihr. Es fehlte nur noch, dass ich auf Knien bettelte.

Sie lächelte zuversichtlich und tätschelte meine Schulter. »Hör zu. Isaac Murphy hat mich vor zwei Stunden kontaktiert. Er hat eine Idee und ich glaube, du könntest davon profitieren.«

»Wer soll das sein?«

»Calebs Manager und seit heute dein neuer Ritter in Weiß.«

»Was soll das heißen?« Mein Magen drehte sich. Zögernd nahm ich ein paar Schlucke vom Smoothie. Fragend blickte ich zu meiner Managerin hoch. »Mein neuer Ritter?«

Wieder dieses Schmunzeln. Ich wollte mir gar nicht vorstellen, was es zu bedeuten hatte.

Nichts Gutes jedenfalls.

»Das erfährst du noch früh genug. Zieh dich bitte an. Hast du eine Baseballcap?«

Ich war Peytons Bitte gefolgt, sodass ich auf dem Weg zu ihrem Auto wie ein kleiner Schuljunge aussah und weniger wie eine Ysta-Creatorin, die nebenberuflich modelte.

»Muss das sein?«, fragte ich, während ich mich tiefer in den Beifahrersitz sinken ließ. Ich hob die Beine an, um sie zu umarmen. Wie ein Embryo, der sich schützen wollte. Eine Vorahnung beschlich mich. »Ist es so schlimm?«

Peyton presste die Lippen aufeinander. Kein gutes Zeichen. Ich wusste nicht, wen ich in der letzten Nacht verärgert hatte, aber anscheinend hing mein Schicksal von Isaac Murphy ab. Einer Person, die ich nicht einmal kannte. War es also berechtigt, durchzudrehen? Ich würde behaupten, ja.

Allerdings passte Durchdrehen nicht auf meine Agenda. Noch weniger zu meiner Persönlichkeit.

Ich erlaubte mir dennoch fünf Minuten, in denen mein Gedankenchaos die Oberhand hatte. Tausende Ängste sausten durch mich, eine schlimmer als die vorherige.

Was, wenn sie dich verklagen?

Ist meine Karriere vorbei?

Wie bezahle ich dann meine Miete?

Muss ich wieder zu Mom und Dad ziehen?

Hätte ich die Uni nicht abbrechen sollen?

Wie viel kostet eine neue Identität?

»Erde an Ruby.«

Peytons Stimme drang leise zu mir durch. Ich war zu sehr damit beschäftigt, den Kopf zwischen den Knien zu wiegen.

Eine Hand legte sich auf meinen Rücken. »Ruby. Es wird alles gut. Vertrau mir.«

»Du weißt, dass ich das tue«, erwiderte ich heiser. Tränen steckten in meiner Kehle fest und warteten nur darauf, losgelassen zu werden. Ich hob vorsichtig den Kopf. Die Straßen von Toronto waren gefüllt mit ihrem üblichen Trubel. Keiner beachtete uns in Peytons braunem Kleinwagen. Einem Fiat 500, wie sie immer stolz bekundete. Sie liebte Auto fahren. Ich liebte es, Beifahrerin zu sein.

Mein Führerschein war damit beschäftigt, Staub anzusammeln, also genoss ich den Luxus, an Peytons Seite durch die Gegend gefahren zu werden.

»Es kann sein, dass da gleich viel los sein wird. Aber es gibt keinen Grund zur Panik«, warnte sie.

»Sagt man das nicht immer, *wenn* es einen Grund zur Panik gibt?«, wollte ich wissen, während ich mich zwang, zu entspannen. Es gab Abermillionen andere Sorgen auf der Welt.

Ich würde einen kleinen Skandal verkraften.

Hoffte ich.

Als wir uns, Peytons Beschreibung nach, Calebs Studio näherten, wuchs mein Unmut. Grund dafür waren die Dutzenden Paparazzi, die auf der gegenüberliegenden Straßenseite warteten.

Wie Raubtiere lauerten sie mit ihren Kameras und überdimensionalen Objektiven in der Morgendämmerung.

Mir wurde schlagartig schlecht. Mit gesenktem Kopf deutete ich auf die Fotografen. »Peyton. Was jetzt?«

»Keine Sorge, alles durchgeplant.«

Im nächsten Moment bog sie scharf rechts in eine schmale Seitenstraße ab. Dort blieb sie vor einem mit Spraypaint bemalten Garagentor stehen. Nachdem sie kurz auf ihrem Handy herumgetippt hatte, öffnete sich dieses und zum Vorschein kam eine beleuchtete Halle, in die Peyton ihr Auto lenkte.

Das Tor schloss sich automatisch hinter uns und kapselte uns so von der Außenwelt ab.

»Komm. Wir werden erwartet.« Meine Managerin lächelte zuversichtlich. Mit einer sanften Berührung schob sie mir die Cap aus dem Gesicht.

Ich folgte ihr hinaus, durch einen langen Flur, der von lilafarbenem Licht erhellt wurde, und versuchte, mein Herzrasen zu beruhigen.

Sie hat gesagt, dass alles gut wird. Dann stimmt das auch, erinnerte mich meine innere Stimme.

Eine Tür am Ende des Flures wurde geöffnet und zum Vorschein kam ein etwa zwei Meter großer Mann mit breiten Schultern. Sein dunkelblondes Haar war ordentlich gekämmt und mein Blick begegnete eisblauen Augen. Vor ihm, in seinem schwarzen Hemd und Anzughose, fühlte ich mich in meinem Outfit aus Sweat um einiges underdressed, schluckte jedoch schnell jedes Gefühl von Scham herunter.

Dafür war jetzt keine Zeit.

»Du musst Ruby Dawson sein. Freut mich, dich kennenzulernen. Ich bin Isaac Murphy. Calebs Manager und Mädchen für alles«, begrüßte mich der Fremde.

»Wie ein Mädchen siehst du gar nicht aus«, platzte es aus mir heraus, als ich seine ausgestreckte Hand leicht drückte.

Er lachte und kleine Fältchen bildeten sich um seine Augen. Calebs Manager musste definitiv älter sein als ich. Anfang dreißig vielleicht.

»Danke. Das werte ich als Kompliment.« Er trat einen Schritt zur Seite und deutete auf den Raum hinter ihm. »Setzt euch. Ich denke, wir haben viel zu besprechen.«

Ich folgte Peyton in das Zimmer, das sich als Studio entpuppte. Monitore, Mikrofone und Kopfhörer reihten sich auf einem langen Tisch aneinander, vor dem drei schwarze Stühle standen. Auf einem Mischpult mit ungefähr hundert Reglern und Tasten blinkten Lichter vor sich hin. Eine u-förmige Couch stand an der Wand und sah aus, als würde sie so viel kosten wie meine Monatsmiete in einem Jahr.

Durch eine große Scheibe konnte man von dort in einen kleinen Raum blicken. An allen Wänden waren Schaumstoffplatten angebracht, aus denen kleine Noppen herausragten und ich schloss daraus, dass dort Aufnahmen entstanden.

Hier verbringt Caleb wahrscheinlich die meiste Zeit, dachte ich.

»Durst? Hunger?«, fragte Isaac, bevor er auf eine Schale mit Croissants deutete. »Gerade gekauft.«

Es kostete mich viel Kraft, nicht wie ein wild gewordenes Tier über das süße Gebäck herzufallen. Mein Magen verlangte nach Frühstück. Der Smoothie hatte mir keine Abhilfe verschafft und Peytons Muffins hatte ich nie zu Gesicht bekommen.

Langsam griff ich zu und brach mir ein Stück ab. Dann erinnerte ich mich an meine Manieren und hob den Blick. »Danke.«

Isaac schenkte mir ein Lächeln der Verbundenheit. Zumindest fühlte es sich danach an. Die Anspannung in meinen Schultern fiel leicht ab. Aber noch nicht genug, um mein Leben in seine Hände zu legen. Mich beschlich jedoch das Gefühl, dass ich in dieser Sache keine andere Wahl haben würde.

Wir setzten uns auf die Couch.

»Caleb sollte gleich da sein«, erklärte uns sein Manager.

Die Situation kam mir nur allzu bekannt vor. Peyton und ich, die warteten. Und warteten. Auf Caleb. Führte der Kerl keinen Kalender? Informierte ihn Isaac nicht über wichtige Termine?

Ich blickte zu dem Mann mir gegenüber. Er wirkte kompetent und ich zweifelte daran, dass unser unnötiges Herumsitzen seiner Nachlässigkeit geschuldet war.

Calebs Verspätung beim Shooting hatte ich verkraften können. Ich war weit davon entfernt, glücklich darüber zu sein, aber ein Strike war kein Strike. Ein zweiter dagegen? An dem Tag, an dem mein Leben den Bach herunterging? Unverzeihlich.

»Besitzt Caleb keinen Wecker?«, fragte ich in die schweigende Runde.

Peyton neben mir zuckte leicht zusammen, während Isaac schmunzelte. »*Ich* bin sein Wecker.«

Warum ist er dann noch nicht hier?

»Müssen wir uns nicht beeilen? Eine Pressemitteilung veröffentlichen, um diesen Schwachsinn zu beenden? Was kann wichtiger sein, als diese Sache aus der Welt zu schaffen?«

»Mein Schlaf«, antwortete eine tiefe Stimme aus dem Flur. Und schon betrat Caleb Han das Studio. Er trug einen schwarzen Fischerhut, der ihm in die Augen fiel, und schlenderte seelenruhig an uns vorbei, um sich auf einen der Stühle sinken zu lassen.

Meine Augen huschten von ihm zu Isaac. Meine Geduld hatte sich soeben in Luft aufgelöst. »Ist das sein Ernst?«

Sein Manager versuchte gar nicht erst, es zu entschuldigen. »Er wird sich bessern.«

»Das behauptest du seit Jahren«, konterte sein Schützling und starrte mich an. Sein Blick war gefüllt mit Ablehnung, Desinteresse und etwas, das man vielleicht mit Neugier verwechseln konnte.

Ich hasse dich, teilte ich ihm in Gedanken mit. Obwohl eine Antwort unwahrscheinlich war, reagierte er dennoch. Er hob eine Augenbraue, so als würde er nur darauf warten, dass ich es laut aussprach.

»Also, jetzt, wo wir endlich vollzählig sind«, fing ich an und wandte mich an unsere Agenten. »Was ist der Plan?«

Peyton erwachte aus ihrer Stille. Ein Lächeln zierte ihre Lippen. Wie in meiner Wohnung vor einer halben Stunde. »Wir nutzen die Neuigkeiten als Quick Boost«, verriet sie leidenschaftlich.

Mein Herz hämmerte gegen meine Brust. Ihr Gesichtsausdruck gefiel mir nicht. »Was? Was soll das sein?«

»Ihr datet euch und verbindet damit eure Reichweiten«, erwiderte Isaac. »Ein paar Monate lang und dann trennt ihr euch. Ein Publicity-Stunt.«

Was? Das sollte wohl ein schlechter Scherz sein. Ich war mir sicher, dass ich in einem Albtraum feststeckte.

Rasch richtete ich mich auf. »Mein Leben ist kein Publicity-Stunt. Außerdem ist Caleb weitaus bekannter als ich. Das ist bescheuert.«

»Dafür hast du gute Presse. Sein Ruf würde davon profitieren.« Peyton versuchte eine Hand auf meine Schulter zu legen, doch ich schüttelte sie ab.

»Und mein Ruf wird zerstört? Für was?«

»Wird er nicht. Hast du die Kommentare gelesen?«, wollte meine Freundin wissen. Ohne meine Antwort abzuwarten, zückte sie ihr Handy und drückte es mir in die Hand. »Lies.«

Widerwillig klickte ich mich durch die Ysta-Beiträge und versuchte beim Anblick des Fotos nicht zu erschaudern.

Calebsangel238: *Ist das Clickbait? Falls nicht, ich liebe es!*

HanHoney_<3: *OMG – CF datet sie? #neidisch*

CHLover2021: *Ein Fan? Wir haben also doch Chancen? Hanmes – die Hoffnung stirbt zuletzt.*

Crystal1995: *Sie ist so hübsch!*

Ich scrollte weiter auf der Suche nach einem bösen Kommentar. Mobbing. Einer Beleidigung. Irgendetwas.

Aber nichts. Ich fand keine einzige negative Bemerkung.

Peyton holte mich aus meiner Schockstarre. »Siehst du? Die Leute lieben euch.«

Isaac kam ihr zur Unterstützung. »Vier Monate. Zwei öffentliche Dates im Monat. Bis zum Beginn seiner Tour. Alles vertraglich abgesichert. Danach geht ihr getrennte Wege.«

»Was habe *ich* davon?« Meine Stimme schwankte. Ich spürte, wie sich meine Brust zusammenschnürte. Eine Panikattacke passte gerade gar nicht ins Programm.

»Möchtest du etwas trinken?« Caleb hielt mir eine Wasserflasche hin.

Irritiert schüttelte ich den Kopf. Warum war er so entspannt? Und nett? Wie konnte er nicht durchdrehen?

Ich tat es jedenfalls.

»Follower. Kooperationsanfragen. Und wenn wir ehrlich sind, Bekanntheit«, erklärte Isaac weiter.

Ich will nicht berühmt sein.

Wollte ich nie. Nicht so.

Das Leuchten in Peytons Augen ließ mich schlucken. Isaac schien ebenfalls felsenfest von der Idee überzeugt zu sein. Meine einzige Hoffnung lag also bei Caleb.

Ich wandte mich zu ihm und zwang mich zu einem Lächeln. Ein Friedensangebot. »Ich verlange nicht viel von dir. Sag ihnen, dass das unmöglich ist. Wir mögen uns nicht. Es wird schiefgehen. Wenn du mir zustimmst, siehst du mich nach heute nie wieder und wir können weiter unsere Leben führen wie bisher. Sag es ihnen.«

In seinen dunklen Augen flackerte etwas auf. Ich hielt inne, ehe er antwortete.

»Ich finde die Idee gut.«

Kapitel Drei

»Ein Date beim Kaffeeholen nächste Woche. Wir schicken keine Pressemitteilung raus. Kleine Hinweise auf Ysta, keine gemeinsamen Posts. Vor dem Start seiner Nordamerika-Tour lassen wir über einen Bekannten die Trennung durchsickern«, informierte mich Isaac mit ruhiger Stimme.

»Damit ich den verlassenen Freund spielen kann?«

»Damit deine Fans Mitleid mit dir haben, ja. Du wirst es verkraften.«

»Es sollte nicht offensichtlich sein, wer sich von wem getrennt hat. Ich möchte nicht, dass die Sache ein schlechtes Licht auf Ruby wirft«, fügte Peyton hinzu.

Isaac schüttelte den Kopf. »Natürlich nicht. Ich setze gleich einen Vertrag auf, den ihr euch in Ruhe durchlesen könnt. Wichtig ist, dass diese Sache dieses Studio nicht verlässt. Keiner wird eingeweiht, außer es ist abgesprochen. Das schließt auch Freunde und Familie ein.«

Mein Körper erwachte gewaltsam aus seiner Trance.

Das Blut in meinen Ohren rauschte. Ich spürte, wie mir die Luft knapp wurde. Meine Brust schnürte sich zu und ich klammerte mich an meine Freundin.

»Peyton. Wo ist mein Inhalator?«, krächzte ich mit erstickter Stimme. Sie reagierte schnell. Innerhalb weniger Sekunden hatte sie das Spray aus ihrer Tasche gekramt und mir in die Hand gedrückt.

Ich nahm das Mundstück zwischen die Lippen, drückte ab und atmete gleichzeitig ein.

Während ich die Luft anhielt, hatte ich das Gefühl, der Rest würde es auch tun.

Beruhig dich, Ruby. Atme einfach weiter.

Nach einer gefühlten Ewigkeit kam ich wieder zur Ruhe. Meine Lunge ließ mich frei.

»Alles gut?«, fragten Isaac und Peyton gleichzeitig.

Caleb schaute auf mich herab, ausdruckslos wie ein Pokerspieler, und ich wandte mich direkt an unsere Manager. Anscheinend war ich die Einzige, die diesen Plan absolut verrückt fand.

»Nein. Können wir bitte auf die Bremse treten? Das ist kein Staatstreffen. Ich habe Hunger und hatte nur ungefähr drei Stunden Schlaf. Peyton, kann ich bitte ein paar Nächte darüber schlafen?«

Sie lächelte entschuldigend. Dann nickte sie. Offensichtlich wirkte ich überfordert genug, dass sie meiner Bitte nachkam. »Natürlich. Tut mir leid. Businesshirn. Isaac, ich schlage ein Treffen am Dienstag vor. Rechtzeitig zur *Fashion Week.*«

Dienstag. Das wäre in zwei Tagen. So lange hatte ich also Zeit, um Peyton diese Idee auszureden.

»Gute Idee. Ihr solltet euch ausruhen«, schlug Isaac vor

und stand auf. Automatisch füllte er mit seiner Größe das gesamte Studio. »Peyton? Auf ein Wort?«

»Klar«, erwiderte meine Agentin, ehe sie sich mir zuwandte. »Geh ruhig zum Auto vor.«

Sie drückte mir ihre Autoschlüssel in die Hand und folgte Isaac in den Aufnahmeraum.

Ich wollte am liebsten sterben und nie wieder auferstehen. Wie lange war die Party her? Ein paar Stunden vielleicht?

Ein einziges Bild. So viel hatte genügt, um mein Leben an einem vermeintlich entspannten Morgen auf den Kopf zu stellen.

Ich sah zu der verbliebenen Person im Raum. Dem Menschen, der für all das verantwortlich war. Ohne ihn wäre ich niemals in diese Situation geraten.

Caleb zog seinen Hut aus und enthüllte zerzaustes, fast schwarzes Haar. Dann begegnete er meinem Blick. Mit einer Arroganz, die für die ganze männliche Bevölkerung ausgereicht hätte. »Was ist?«, fragte er abfällig, als wäre ich nichts weiter als Dreck unter seinen Schuhsohlen.

»Warst du schon immer so ein arroganter Idiot oder musstest du das lernen?«

Aus irgendeinem Grund entlockte ihm meine Frage ein Schmunzeln.

Er ist verrückt.

Und ich soll ihn daten?

Auf gar keinen Fall!

»Nicht ganz so fröhlich wie dein Profil auf Ysta, kann das sein? Akzeptier es einfach, Barbie. Wir spielen jetzt schön das verliebte Pärchen für die Presse, ich gehe auf Tour und du bist mich los. So einfach ist das.«

Das Brennen in meiner Brust kehrte zurück. Wut flackerte auf und trübte mir die Sicht. Ich dachte an alles. Das Shooting. Den Abend im Club. Die bescheuerte Unterhaltung in dieser dunklen Gasse. Innerhalb von vierundzwanzig Stunden hatte mich Caleb unzählige Male an den Rand der Geduld getrieben. Dieser Morgen war die Kirsche auf der abgelaufenen Sahnetorte.

»Es ist nicht einfach! Nicht für Menschen wie mich. Wie ich-fokussiert kann ein Mensch sein? Hier geht es nicht nur um dich. Für dich mögen normale Regeln nicht gelten, aber das heißt nicht, dass es okay ist, ohne Konsequenzen das Leben anderer zu erschweren. Das ist mein Leben. Und ich werde nicht deinen schlechten Ruf ausbügeln für ein paar Follower. Das mache ich nicht.« Ohne eine Antwort abzuwarten, stürmte ich aus dem Studio.

Wenn Peyton tatsächlich glaubte, dass ich mich jemals auf diesen Deal einlassen würde, dann irrte sie sich gewaltig.

Nicht mit mir, Caleb Han. Diesen Erfolg gönne ich dir nicht.

Während der Fahrt zurück in meine Wohnung schwieg ich. Peyton versuchte mich auf andere Gedanken zu bringen, indem sie meinen Terminkalender herunterratterte, aber ich wollte nichts davon hören. Das Treffen war reine Zeitverschwendung gewesen. Hatte sie wirklich gedacht, ich würde bei so etwas mitmachen? Für ein bisschen Reichweite?

»Du willst Eve unterstützen, oder?«, fragte sie, als sie vor meinem Wohnkomplex parkte.

Irritiert schaute ich sie an. »Ja. Wie kommst du darauf?«

»Was würdest du tun, wenn ich dir sage, dass du ihr Geld für die Universität, die Bezahlung ihrer Miete für das erste Jahr und eine Anzahlung für deine eigene Wohnung in diesen vier Monaten verdienen könntest?«

»Ich würde denken, du willst mich auf den Arm nehmen.«

Sie schüttelte den Kopf. Dann zeigte sie mir ihre E-Mails. »Sie wollen dich alle, Ruby. Es ist nicht nur *Passiona. Tiffany. Eye Bub. Tarrier. Prada. Vogue* will einen Artikel über deinen Ysta-Account schreiben. Deine Followerzahl wächst seit heute Morgen stetig. Wenn das so weitergeht, hast du bis Ende nächster Woche zwei oder sogar drei Millionen!«

Mein Kopf drehte sich. Marken, die seit Ewigkeiten auf meiner Wunschliste standen, wollten mich als Kooperationspartnerin?

Meine Willensstärke fing an zu bröckeln. Nicht genug, um meine Worte an Caleb zu bereuen. Doch genug, um an die verpatzte Chance zu denken. Wenn ich meiner kleinen Schwester die Freiheit schenken konnte, endlich aus dem toxischen Haus unserer Eltern auszuziehen und ihre Träume zu verwirklichen ... dann könnte ich ihr das geben, was ich mir so lange für sie gewünscht hatte. Sie könnte ohne Einschränkungen und finanzielle Sorgen studieren. Eve könnte tun und lassen, was sie wollte, ohne je wieder von Mom oder Dad abhängig zu sein.

»Ich verlange nicht viel von dir, Rubes. Aber denk bitte in Ruhe darüber nach. Leg dein Handy beiseite, nimm dir Zeit und meld dich, wenn du dich entschieden hast. Wir treffen uns morgen Abend zum Essen. Dinner bei Lorenzo?«

Ich nickte. Dann stieg ich aus. Dass ich sprachlos war, wäre die Untertreibung des Jahrhunderts gewesen.

Seit wann fühlte sich mein Leben an wie ein schlechter Film?

Im Fahrstuhl textete ich Drew und Eve dieselbe Nachricht.

ICH

Mir geht's gut. Ich erzähle alles später.

Meine Schwester schickte nur ein Emoji zurück. Das, das die Augen rollte. Drew reagierte nicht.

Weil er einen echten Job hat, anstatt sein Geld mit Markenpostings und einem Lächeln zu verdienen.

Frustriert von diesem Vormittag schlurfte ich an Winston vorbei, der mit einem Gummiball beschäftigt war und rollte mich auf dem Sofa ein.

Nicht denken. Einfach nicht denken, Ruby.

Fünf Stunden und einen kurzen Mittagsschlaf später zwang ich mich aufs Laufband. Ich hatte mein Handy ausgeschaltet und somit auch die Welt stumm gestellt.

Vor meinem Entschluss, mit Sport meinen Körper zu beruhigen, war ich schwach geworden und hatte angefangen, wieder die Kommentare durchzulesen. Diesmal mit dem Ziel, etwas Schlechtes zu finden.

Doch die Mehrheit, eine überraschend hohe Anzahl, war glücklich über die neuesten Ereignisse. Ein kleiner Rest teilte sich in Skeptiker oder Online-Trolle auf.

HanGirl01: *Sie ist niemals mit Cold Face Caleb zusammen. Das passt doch nicht.*

WildFlowerGirl: *Hübsch ist sie ja, aber nicht Calebs Typ.*

CalebForever: *Ist sie nicht noch Jungfrau?*

Diese Frage hatte mich Ysta letztendlich schließen lassen. Ich war seit fünf Jahren auf der Plattform aktiv und von einer einfachen Hobby-Bäckerin plötzlich zur Vollzeit-Content Creatorin geworden. Die Menschen hatten angefangen, sich weniger für meine Rezepte, sondern mehr für mein Gesicht zu interessieren. Statt Zutatenlisten wurde inzwischen meine Gesichtspflegeroutine angefragt. Ich war auf den Zug aufgesprungen und hatte einen neuen Account für Lifestylethemen eröffnet. *Rubyslife* war entstanden. Erst aus einer Laune heraus, dann wegen der Bezahlung.

Als die ersten Beauty-Kooperationen eingetroffen waren, hatte ich plötzlich angefangen, das Doppelte meines vorherigen Gehalts als Nachhilfelehrerin zu verdienen. Auf einmal war ich zu Shootings statt zu Vorlesungen in Soziologie gehetzt.

Ich rannte, bis meine Lungen drohten zu versagen. Rannte weg vor der Vergangenheit, der Gegenwart, in eine Zukunft, in der ich frei von Hass, Gerüchten und täglicher Kritik an meinem Aussehen war.

Ich dachte an Peytons Worte. Wenn ich tatsächlich so viele Anfragen hatte, könnte ich mit dem Geld nicht nur die Freiheit meiner Schwester, sondern vielleicht sogar meine eigene erkaufen. Ysta endlich hinter mir lassen und wieder backen. Meine Träume nahmen vor meinem inneren Auge ihren Lauf und ich stellte mir mein Leben in einer Bäckerei vor, mit Mehl an den Händen und Vanilleduft in der Luft. Dann erinnerte ich mich an das Hier und Jetzt. An die Antwort, die all diese Wünsche erfüllen könnte.

Erschöpft drosselte ich meine Geschwindigkeit, bis das Laufband zum Stehen kam. Mit Schweißperlen auf der Stirn krümmte ich mich über der Halterung zusammen und wartete, bis mein Herzschlag sich beruhigte.

Im selben Moment tauchte Winston an meiner Seite auf. Er bellte aufgeregt, lief um mich herum und stupste mich an, damit ich ihn beachtete.

»Schon gut, Winston. Mir geht es gut«, ließ ich ihn wissen.

Ich belohnte seine Fürsorge mit einer Streicheleinheit.

Er ließ seine Zunge heraushängen und tippte mir mit seiner Pfote auf die Hand.

»Du willst ein Leckerli?«

Sein Schwanz wedelte aufgeregt.

Auf wackligen Beinen schleppte ich mich in die Küche und gab ihm seinen Snack.

Statt sofort zuzuschlagen, rannte er zur Tür und kurz darauf ertönte die Klingel.

Ich folgte ihm, blickte zuerst durch den Spion und hielt inne.

Für einen kurzen Moment überlegte ich, nicht zu reagieren. Dann kam mir mein Besucher zuvor.

»Ich weiß, dass du da bist«, warnte Caleb rufend. Er hob eine weiße Papiertüte in die Luft. »Ich komme in Frieden.«

Meine Wut über seinen unangekündigten Besuch legte sich etwas. Nicht genug, um sofort die Tür aufzureißen. Ich ließ ihn fünfzehn Sekunden stehen, ehe ich sie einen Spaltbreit öffnete. »Woher weißt du, wo ich wohne?«

»Deine Agentin.«

Danke für die Vorwarnung, Peyton.

»Verstehe.«

»Ich habe versucht, dich anzurufen, aber dein Handy ist aus.«

Punkt an ihn und Peyton.

»Und, was machst du hier?«

»Kein Gespräch für diesen Flur, Prinzessin«, entgegnete er. Widerwillig trat ich zur Seite und gewährte ihm Einlass in meine Wohnung.

Winston gab seinen Posten als mein Beschützer auf, um den Neuankömmling zu beschnuppern. Caleb reagierte sofort und streichelte ihn. Als Dank erhielt er im Gegenzug feuchte Küsse aufs Gesicht.

»Er mag eigentlich keine anderen Menschen«, bemerkte ich und beobachtete irritiert, wie mein Hund sich in Caleb verliebte.

»Dann muss ich wohl besonders sein.« Der Hauch eines Lächelns zierte seine Lippen. Es war das erste Mal, seit ich ihn kannte, dass er nicht genervt oder wütend dreinblickte.

Überraschenderweise stand es ihm.

Caleb erhob sich und ließ den Blick über meine Wohnung schweifen. »Nett.«

»Danke?«

Neugierig linste ich in die Tüte, die er mir kurz vorher kommentarlos in die Hand gedrückt hatte.

»Suppe.«

»Wofür?«, fragte ich in der Sekunde, in der er sagte: »Als Entschuldigung.«

Es kostete mich viel Kraft, nicht zu lächeln. Stattdessen lehnte ich mich mit dem Rücken an meine Wohnungstür und beobachtete ihn. Er trug einen schwarzen Hoodie, zwei Nummern zu groß und den Hut hatte er gegen eine schwarze Mütze getauscht.

Er passte nicht hierher. Wenn wir Farben gewesen wären, wäre er schwarz und ich weiß. So bescheuert ich mein öffentliches Image manchmal fand: Ich war der Engel und er der Teufel.

»Ich nehme an, dass du nicht nur hier bist, um mir die Suppe vorbeizubringen.«

»Richtig.« Caleb legte den Kopf schief. Eine Geste, die nicht in sein ernstes Gesicht passte. Dann begegnete er meinem Blick und das Braun seiner Augen verdunkelte sich. »Wir werden niemals beste Freunde. Ich vermute, niemand von uns beiden möchte das.«

»Richtig«, warf ich ein und erntete einen bösen Blick. Wer hätte gedacht, dass es Spaß machen würde, Caleb Han in den Wahnsinn zu treiben?

»Aber so beschissen die Idee ist, so gut ist sie auch. Wir werden beide davon profitieren und danach brauchen wir uns nie wiedersehen.«

Eine Frage ließ mich nicht locker. »Was hast du wirklich davon?«

Er schaute an die Decke. Ganz offensichtlich war er nicht daran interessiert, seine Gefühle mit mir zu teilen.

Aber so einfach würde ich ihn nicht vom Haken lassen. Vier Monate konnten entweder sehr schnell oder verdammt langsam vergehen.

»Ruhe. Ich habe in den letzten Monaten zu viel Scheiße gebaut und will endlich eine Pause von diesem Bullshit mit der Presse. Ich brauche Abstand von den täglichen Gerüchten. Isaac glaubt, dass du die Chance bist, das Ruder herumzureißen«, erklärte er fast angewidert.

»Ausgerechnet ich, stimmts?«

Er sah mich an. Ein großes Fragezeichen in seinem Gesicht. »Machst du es, oder nicht? Haben wir einen Deal?«

Ich dachte an Eve, das Geld und die Möglichkeiten. Eine Zukunft in Freiheit. Meine Entscheidung war in Wirklichkeit bereits getroffen, aber ich ließ ihn schmoren. Es war befriedigend, ausnahmsweise am längeren Hebel zu sitzen.

Also öffnete ich wieder die Tür und bedeutete ihm, zu gehen. Dabei schenkte ich ihm das falscheste Lächeln, das ich parat hatte. »Ich werde darüber nachdenken. Danke für die Suppe.«

Er akzeptierte schnell, dass er keine weitere Antwort erhalten würde und wandte sich zum Gehen.

Winston stellte sich neben mich und schmollte.

Mit pochendem Herzen sah ich Caleb zu, wie er in Richtung der Aufzüge ging, den Kopf weiterhin stolz erhoben. Alles an ihm schrie nach Fehler. Nach Gefahr und

Schmerz. Obwohl ich ihn nicht ausstehen konnte, wusste ich, dass ich mich früher oder später an ihm verbrennen würde, wenn ich nicht aufpasste.

Die Fahrstuhltüren öffneten sich und meine Zunge übernahm die Kontrolle.

»Ich mag dich nicht, das weißt du, oder?«

Caleb hielt inne und ich sah, wie er für einen Sekundenbruchteil schmunzelte.

»Erzähl mir was Neues«, rief er und verschwand.

Kapitel Vier

Am Dienstagmorgen starrte ich auf den schwarzen horizontalen Strich, von dem alles abhing. Peyton neben mir hielt die Luft an, als ich den Stift ansetzte und meine Unterschrift auf dem Vertrag verewigte.

Ich sah zu, wie die blaue Tinte trocknete, und fragte mich, ob ich an diesem Morgen die beste oder schlechteste Entscheidung meines Lebens getroffen hatte.

***1.** Das Verhältnis von CH und RD beginnt zum 05.11.2023 und endet fristgerecht zum 29.02.2024.*

***1.1.** Vertraglich festgelegte Treffen (Dates) erfolgen je zweimal in einem Kalendermonat bis zum Vertragsende.*

***1.2.** Treffen außerhalb der festgelegten Zeiträume sind nicht Vertragsbestandteil.*

Am letzten Tag der *Fashion Week* las ich mir zum hundertsten Mal den Dating-Vertrag durch. Er umfasste zehn Seiten. Isaac Murphy hatte an alles gedacht. Keine Schlupflöcher, keine Partei, wie er es so gerne nannte, profitierte mehr als die andere.

Ich hatte Peyton gebeten, schwarz auf weiß aufschreiben zu lassen, dass, wenn Caleb sich nicht benahm, ich jederzeit vom Vertrag zurücktreten konnte.

Mit einem Schmunzeln las ich die Punkte 5.2 und 8.3.

> ***5.2.*** *Im Falle von Nichteinhaltung der Vertragsbestandteile darf das Verhältnis sofort beendet werden.*
> ***8.3.*** *Caleb Han ist es nicht gestattet, Spitznamen für Ruby Dawson zu verwenden, die Letztere nicht ausdrücklich genehmigt hat.*

Allein schon deshalb hätte ich nur zu gern sein Gesicht gesehen, als er den Vertrag unter der Nase hatte, aber seit seinem spontanen Besuch vor einer Woche hatte ich ihn nicht mehr gesehen. Nachdem der erste Schock überwunden war, hatte ich angefangen, mich mit diesem Projekt anzufreunden.

Caleb war sowieso nie da, kam ständig zu spät, und wenn jedes unserer acht Dates durchschnittlich zwei Stunden dauerte, musste ich ihn insgesamt nur sechzehn Stunden ertragen.

Für die Entlohnung, die ich bereits in Form einer großen Kampagne mit *Tarrier*, der Luxusmarke, an die jeder Promi heranwollte, erhalten hatte, war das ein kleiner Preis.

Peyton prüfte fleißig die Markenverträge, aber wenn ich

ihren Worten glauben durfte, dann wartete eine große Summe am Ende des Jahres auf mich.

Ich machte mir Notizen auf meiner Kopie des Vertrags.

1. Eves Studiengebühren anlegen – wie viel?
2. Eves Miete für ein Jahr anlegen
3. Meine Wohnung anzahlen
4. Für eine Bäckerei sparen
5. <u>Caleb Han nie wiedersehen</u>

Den letzten Punkt hatte ich gleich zweifach unterstrichen und lehnte mich nun zufrieden zurück. Die Liste gefiel mir. Sechzehn Stunden. Das würde ich überleben. Zufrieden klingelte ich bei Eve durch, die sofort abnahm.

»Ich kann es immer noch nicht glauben, dass du mit ihm zusammen bist.«

»Auch schön, deine Stimme zu hören. Wie wäre es mit einem ›Hallo‹ oder ›Du bist die coolste große Schwester der Welt‹?«

Eve lachte und ich spürte wieder, wie sehr sie mir fehlte.

»Weißt du eigentlich, wie viele meiner Mitschülerinnen mich jetzt täglich nach einem Autogramm fragen?«, erzählte sie.

Sofort setzte ich mich auf. »Belästigen sie dich?«

»Nein. Außerdem kann ich mich gut selbst verteidigen, das weißt du doch. Hast du mit Mom geredet?«

Ah. Das ewige Thema.

»Ja, wir haben telefoniert. Sie hat, wie immer, die meiste Zeit geredet. Die erste Hälfte war sie bei der Scheidung, die zweite hat sie wieder von ihm geschwärmt. Wahrscheinlich ist das alles wieder nur ein Bluff, damit ihnen beiden nicht langweilig wird. Ich blicke da jedenfalls nicht mehr durch«, erklärte ich und seufzte. Eine eingehende Nachricht von Peyton erinnerte mich an das bevorstehende Treffen mit dem Stylisten Team.

Eve murmelte etwas vor sich, ehe sie antwortete: »Manchmal hasse ich die beiden.«

Ich dachte an meine Ziele. Mit einem guten Gefühl im Bauch versuchte ich, sie zu trösten. »Bald hast du deinen Abschluss und kannst zu mir nach Toronto ziehen.«

»Ich übernachte sowieso die meiste Zeit bei Ezra. Seine Eltern sind cool.«

Ich horchte auf. Ezra war ihr Sandkastenfreund. Und ich war mir immer sicher gewesen, dass er heimlich in sie verknallt war. Meine kleine Schwester bemerkte es entweder nicht oder sie ignorierte es bewusst. Oder ...

»Evelyn Grace Dawson. Seid ihr etwa zusammen?«

»Ew. Was?«, rief sie empört. »Niemals. Gott, du bist schlimmer als Mom. Hast du keine männlichen Freunde?«

Ich dachte an Drew. Wir waren für Samstag verabredet. Asia-Abend.

»Doch. Aber ich schlafe und frühstücke nicht täglich bei ihnen.« Ich lachte und fügte dann leise hinzu: »Wenn du dich so unwohl fühlst, kann ich mit Mom und Dad reden.«

»Lass mal. Ich krieg das schon hin«, protestierte sie. »Außerdem bin ich noch sauer, dass du mir nichts von dieser Geschichte mit fucking Caleb Han erzählt hast. Ihr seid doch von unterschiedlichen Planeten.«

Nett. Aber die Wahrheit.

Ich versuchte gar nicht, sie aufzuklären, schließlich durfte ich das auch nicht. Der Vertrag war laut Paragraph 4.7 streng geheim und ich hatte keine Lust auf Stress mit Peyton oder Isaac. »Wo die Liebe hinfällt. Hör zu, ich muss jetzt los, aber meld dich bitte und mach keinen Unsinn. Und hör auf zu fluchen wie ein alter Seemann.«

»Ja, Mutter.«

»Bis dann«, verabschiedete ich mich mit mehr Fragen als Antworten im Kopf.

»Und Ruby?«

»Ja?«

»Lass dich nicht vom ihm verarschen.«

In einem Hotelzimmer in der Nähe der *Fashion Week*-Location, circa zwei Stunden später, zerrte Moe an meinen Haaren, während mir Margo mit der Präzision einer Gehirnchirurgin meinen Lippenstift auftrug. Das Stylistenduo kam nur im Doppelpack, war das Beste in der Branche und seit ich das erste Mal vor Jahren bei einem Shooting das Glück hatte, mit ihnen zusammenzuarbeiten, für mich unersetzlich.

»Du siehst traumhaft aus«, bemerkte Margo zum dritten Mal in gefühlt einer Minute.

Moe eilte sofort mit einem weiteren Kompliment nach. »Du wirst den Models die Show stehlen.«

»Ich hoffe nicht«, pflichtete ich verlegen bei, während ich meine Ysta-Nachrichten beantwortete.

Ich will nämlich nur, dass dieser Tag schnell endet.

Bald würde Phase eins des Datingplans starten. Auch wenn sie es niemals zugeben würde, war Peyton mindestens genauso aufgeregt wie ich und ich wusste nicht, wer außer ihr mich hätte beruhigen können.

Da nur vier Menschen auf der Erde von diesem kleinen *Projekt* wussten, ertrug ich mit einem halben Lächeln seit einer Stunde Moes und Margos Fragen zu meiner neuen Beziehung. So talentiert sie auch waren, so neugierig waren sie. Und die jahrelange Bekanntschaft mit ihnen zeigte ihre Spuren. Sie nahmen kein Blatt vor den Mund. Stattdessen löcherten sie mich mit allem, was ihnen einfiel.

»Ist er so gut im Bett, wie alle sagen?«, wollte Moe wissen.

Ich tat mein Bestes, keine Miene zu verziehen, als Peyton, die in meiner Blickrichtung auf dem Bett entspannte, die Augen aufriss. Kaum merklich schüttelte sie den Kopf.

Margo ließ von mir ab. Ihre Augen klebten an meinen Lippen, aber diesmal nicht, um ihr Werk zu begutachten.

»Kein Kommentar«, erwiderte ich geheimnisvoll. »Eine Lady plaudert nicht.«

Moe ließ von meinen Haaren ab und schnalzte mit der Zunge. »Ruby, ich sterbe, wenn ich nicht bald etwas aus dir herauskriege.«

Diesmal musste ich tatsächlich lachen. »Sei doch nicht so dramatisch.« Ich warf Peyton einen Blick zu, widmete mich dann wieder dem Duo. »Was wollt ihr wissen?«

Margo rieb sich das Kinn. Moe stupste sie an und flüsterte ihr etwas zu, worauf sie grinste.

»Hast du Cold Face Caleb jemals lächeln sehen?«

Ich überlegte. Die Medienwelt kannte ihn seit seinem großen Durchbruch mit siebzehn Jahren. Kein Lächeln. Bei keiner Preisverleihung. Weder auf Konzerten noch bei

Fantreffen. Das Einzige, was er die Welt einmal sehen ließ, war sein Schmunzeln. Man könnte meinen, der Typ besäße entweder keine Zähne oder zumindest ein sehr unattraktives Gebiss. Aber ich wusste, dass dem nicht so war, denn ich hatte ihn erwischt. In meiner Wohnung, mit Winston. Es war genauso so schnell verschwunden, wie es gekommen war, aber da war ein Lächeln gewesen. Ein Zeichen dafür, dass er tief in seiner Brust doch ein Herz besaß.

Aus irgendeinem Grund wollte ich dieses Geheimnis jedoch hüten. Diesen Ausdruck von Jugend in Calebs Miene beschützen, den die Welt sonst nicht zu Gesicht bekam.

Also schüttelte ich den Kopf und ließ dabei die blonden Locken tanzen. »Ich bin mir sicher, er hat sich die Muskeln dafür entfernen lassen.«

Peyton prustete los, das Duo stimmte ein. Unser Lachen wurde allerdings wenige Sekunden später von einem Klopfen unterbrochen.

»Wenn man vom Teufel spricht«, ließ mich meine Agentin wissen, als sie zur Tür eilte.

Ich zog den Morgenmantel enger um meine Brust. »War das abgesprochen?«

Sie lächelte zuckersüß, als sie an mir vorbeirauschte. »Überraschung.«

Hinter der Tür tauchte Calebs Gestalt auf. Das Herz rutschte mir tief in den Bauch, kitzelte meine Magengrube und ich wusste nicht, ob mir schlecht war oder Ameisen meinen Körper befallen hatten.

Er trug eine schwarze Lederjacke über einem weißen Hemd, dazu eine schwarze Hose. Schwarze Schnürstiefel vollendeten den Grunge-Look.

Ich wusste durch Peyton, dass er ein eigenes Stylisten-Team nur für seine Garderobe angestellt hatte. Anscheinend mochte jemand in seinem Team schwarz oder Caleb wollte damit sein Bad-Boy-Getue weiter unterstreichen.

Zu allem Ärgernis sah er aber verdammt gut aus. Ich konnte es nicht abstreiten.

»Ich bin noch nicht fertig«, ließ ich meinen Fake-Freund wissen, als sich unsere Blicke begegneten.

Er lehnte sich wortlos in den Türrahmen und starrte. So intensiv, dass die Ameisen sich vermehrten und weiter krabbelten.

Moe informierte Caleb mit einem Grinsen. »In fünf Minuten gehört sie dir.«

»Das hoffe ich doch.«

Mein dummes Herz machte einen Sprung und ich stellte mir vor, wie dieses Ding dabei durch einen Reifen hüpfte wie Winston, wenn ich ihn auspowern wollte.

Hör auf damit. Das ist nur seine Show, erinnerte ich meinen verräterischen Körper.

Peyton war so frei, aus ihrer Starre zu erwachen, schob Caleb ins Zimmer und schloss die Tür. Dann holte sie mit einem Grinsen mein Outfit aus der Schutzfolie, um es mir in die Hand zu drücken. »Ruf mich, wenn du Hilfe brauchst.«

Ich lehnte ab. Jede freie Sekunde allein würde ich auskosten. Mich beschlich das Gefühl, nie wieder einen ruhigen Moment für mich zu haben, solange ich mit Caleb Han zusammen war.

Im angrenzenden Badezimmer schlüpfte ich in den cremeweißen Zweiteiler aus Seide. Der Rock war so knapp, dass ich mir schwor, mich den ganzen Abend nicht zu bücken. Das Oberteil, eine Bluse mit drei Samtknöpfen, fiel federleicht um meine Schultern und ich war dankbar, wenigstens atmen zu können. In der Vergangenheit war ich oft genug in Outfits geschlüpft, die auch als Foltergeräte hätten verwendet werden können.

In den wenigen Sekunden bevor ich für Kameras, die Presse und Peyton lächeln musste, nahm ich mir einen Moment, um zur Ruhe zu kommen. Ich erinnerte mich an mein Mantra.

Sechzehn Stunden.

Ich hatte bereits mehr Stunden für Klausuren aufgewendet. Das Vierfache gebraucht, um für meine Führerscheinprüfung zu lernen. Flüge überlebt, die länger gedauert hatten.

Dann würde ich auch heute überleben.

Nach einem letzten Check im Spiegel trat ich aus dem Bad und fand Caleb auf dem Hotelbett sitzend wieder. Anscheinend platzte ich gerade in das Verhör von Margo und Moe.

»Habt ihr eigentlich einen Shipnamen?«, wollte Margo wissen.

Moe sprang sofort auf den Zug auf. »Wir brauchen einen für Social!«

»Das kommt nicht infrage«, ließ ich die beiden wissen. Die ganze Aufmerksamkeit richtete sich auf mich und ich widerstand dem Drang, sofort wieder im Bad zu verschwinden.

Caleb musterte mich von Kopf bis Fuß, beinahe gelangweilt und doch erwischte ich ihn dabei, wie er schluckte. Was auch immer das zu bedeuten hatte.

Peyton erwiderte schmollend auf meinen Kommentar: »Du bist immer so ernst.«

»Eine von uns muss es sein. Hast du meine Tasche?«

Sie drückte mir die Clutch von *Tarrier* in die Hand und ich kontrollierte den Inhalt. Handy, Lippenstift und mein Inhalator.

»Alles drin. Keine Sorge«, beruhigte mich Peyton und lächelte entspannt. »Jetzt los. Ihr kommt zu spät.«

»Du kommst nicht mit?«, fragte ich erstaunt.

Sie schüttelte den Kopf und deutete auf Caleb. »Euer Auftritt. Ich bin aber in der Nähe.«

Ich wusste nicht, ob ich dankbar oder unglücklich über diese Wendung sein sollte. Peyton war mein Anker, der Puffer zwischen Caleb und mir. Konnten wir überhaupt eine Unterhaltung führen? Worüber sollte ich mit ihm reden?

»Bereit?«, fragte der Sänger an meiner Seite und bot mir seine Hand an.

Zögernd, unter drei neugierigen Augenpaaren, ergriff ich sie. Sie war warm und groß. Leicht rau und ich stellte ihn mir unwillkürlich dabei vor, wie er stundenlang auf einer Gitarre übte. Oder Schlagzeug spielte? Ich wusste es gar nicht.

»Habe ich eine andere Wahl?«, flüsterte ich vor mich hin, während wir das Hotelzimmer verließen und auf die Aufzüge zusteuerten.

Caleb antwortete zu meiner Überraschung. »Nein, ich schätze nicht.«

Ein schwarzer SUV erwartete uns vor dem Hoteleingang. Männer in dunklen Anzügen standen an einer Gitterabsperrung, hinter der kreischende Frauen, junge Mädchen und Jungs standen. Laute Rufe, die in meinen Ohren pulsierten. Ich geriet in Panik und zog Caleb wieder einen Schritt zurück in die Lobby.

»Ich kann das nicht«, teilte ich ihm kopfschüttelnd mit und meinte es auch so. Ich fühlte mich wie Futter für wilde Tiere. Eine Zielscheibe für Klatschzeitschriften und seine Fans.

Sie werden mich zerfleischen. Ganz sicher.

Ich sah an mir herunter, versuchte die einzelnen Staubkörner wegzuwischen, die ich mir auf dem weißen Stoff einbildete.

»Natürlich kannst du das. Du gehst einfach gleich ins Auto, ich unterschreibe derweil ein paar Karten und das wars. Du musst nichts machen, außer die drei Meter bis in den Wagen zu gehen. Es gibt keinen Grund, nervös zu sein.«

»Das sagst du! Mich haben bisher keine Fans durch die Gegend verfolgt und ich stehe nicht auf großen Bühnen vor Millionen Menschen.«

Ich sah ihm an, wie er ein Schmunzeln unterdrückte. So sehr es mich ärgerte, wie peinlich ich mich verhielt, konnte ich nicht cool bleiben. Sollte er doch denken, was er wollte.

»Süß, dass du denkst, ich wäre so beliebt. Ich zeige dir bei Gelegenheit eine richtige Konzerthalle. Aber jetzt müssen wir da raus, verstehst du das?«

Er drückte meine Hand leicht und erst jetzt realisierte ich, dass ich sie immer noch fest umklammert hatte. Ich wollte loslassen, aber er ließ mich nicht.

»Lächeln, gehen und einsteigen. Ich bin sofort wieder da.«

Als Antwort nickte ich und folgte ihm durch die Glastüren. Augenblicklich verlor ich jegliches Gefühl für Orientierung. Ich hörte von allen Seiten die Menschenmasse seinen Namen rufen.

»Caleb, ein Autogramm! Caleb, wann kommt das nächste Album? Caleb! Caleb!«

Ich stolperte über meine eigenen Schritte und spürte, wie Calebs Hand meine drückte. Mir wurde übel, als ich den Kopf hob und die Gesichter zu den rufenden Stimmen hinter Blitzlichtgewitter verschwammen. Ich stolperte ein paar Schritte und im nächsten Augenblick wurde die Autotür geöffnet. Mit sanftem Druck wurde ich auf die Rückbank gedrückt. Caleb, der mich anscheinend doch begleitet hatte, sah mich forschend an. »Alles gut?«

»Ja«, erwiderte ich heiser und er warf die Tür mit einem dumpfen Knall von außen zu. Die Stimmen wurden sofort gedämpft und die Kameras schienen nur noch Augen für ihn zu haben, während er mit seinen Fans redete und Autogramme gab.

Ich begrüßte kurz den Fahrer und ließ dann Caleb nicht aus den Augen. Er strotzte nur von Selbstbewusstsein und Gelassenheit, als er mit einem schwarzen Marker seine Unterschrift auf unterschiedlichen Objekten verewigte. Er posierte für Selfies, drückte Hände und stieg schließlich wenige Minuten nach mir ebenfalls ins Auto ein.

Ich war in der Zwischenzeit auf die andere Seite der Rückbank gerutscht und tat so, als würde ich mein Handy checken, bis sich schließlich die Tür für eine Sekunde öffnete.

Ohne Weiteres fuhr der anscheinend routinierte Chauffeur los. Meine Nervosität ließ nach und mit einem Seufzer sank ich tiefer in den Sitz hinein. Aus dem Augenwinkel bemerkte ich jedoch, wie Caleb mich musterte. »Was?«, fragte ich und wandte mich ihm zu. Glücklicherweise zitterte meine Stimme nicht mehr.

»Besser?«

Es war ungewohnt, ihn so fürsorglich anzutreffen. Ich hatte erwartet, dass er sich bei der erstbesten Gelegenheit genießerisch über mich lustig machen würde.

»Ja.« Unsere Blicke trafen sich und ich hätte einiges gegeben, um zu wissen, was in diesem Moment in seinem Kopf vor sich ging. »Ist das immer so?«, wollte ich wissen.

Caleb nickte. »Mal mehr, mal weniger.«

»Und das stört dich nicht?«

Er zuckte mit den Schultern und richtete seinen Blick auf die Straße. »Ich bin dran gewöhnt.«

Ich nahm an, dass er nicht weiter darauf eingehen würde, doch nach wenigen Sekunden fügte er leise hinzu: »Ohne sie wäre ich ein Niemand.«

Den Rest der Fahrt schwiegen wir.

Eine halbe Stunde später setzte kurzzeitig mein Gehirn aus. Schon wieder. Caleb hatte seine Hand an meine Hüfte gelegt und obwohl ich mich gegen das prickelnde Gefühl sträuben wollte, konnte ich es nicht. Nicht unter den Argusaugen der Presse, die uns aus mindestens zwanzig unterschiedlichen Winkeln ablichtete.

Ich sah nur weiß. Blitzendes Weiß, das mich blendete und mir wurde klar, warum Caleb so oft mit Sonnenbrille gesichtet wurde. Es war unerträglich und sehr wahrscheinlich hatte ich ausgesehen wie ein verschreckter Clown mit meinen aufgerissenen Augen.

Wir gingen ein paar Schritte, bis Caleb sich zu mir beugte und seine Lippen an mein Ohr brachte. Das Knipsen wurde wilder, auch wenn ich mich fragte, wie das überhaupt möglich war.

»Vergiss nicht, zu lächeln«, flüsterte mein Begleiter nah an meiner erhitzten Haut. Mein Puls schoss in die Höhe.

Ich lehnte mich an seine Schulter und krallte meine Finger in seinen Rücken, als wir weitergingen.

Das Ende des schwarzen Teppichs war bereits in Sicht und das Letzte, was ich wollte, war, vor der ganzen Welt in Ohnmacht zu fallen. Auch Calebs Griff wurde fester. Sein Blick fiel auf meine Lippen und ich ahnte Böses.

»Denk nicht mal daran«, warnte ich durch mein Lächeln.

Er beugte sich zu mir herunter und fast glaubte ich, er hätte mich nicht gehört, doch dann landeten seine Lippen auf meiner Wange.

Ich zwang mich, cool zu bleiben, während wir endlich die Fashion-Show-Halle betraten und für einen Moment abgeschirmt von der Außenwelt waren.

Als ich mir sicher war, dass uns niemand beachtete, riss ich mich schnell aus seinem Griff. »Was sollte das?«, fauchte ich leise. Ich war kein Mensch, der zu Gewalt neigte, aber es kostete mich viel Kraft, ihm nicht eine zu knallen.

Caleb tat so, als wüsste er nicht, wovon ich sprach. »Was meinst du?«

»Du nervst«, zischte ich und kramte nach meinem Handy. Ich musste mich irgendwie ablenken.

»Wie nett.«

Caleb hielt mir seine Hand hin, doch ich beachtete sie nicht länger.

»Lass uns einfach reingehen und es hinter uns bringen.«

Wir setzten uns auf die Plätze, auf denen Karten mit unseren Namen lagen.

In geschwungener Schrift und handgeschrieben. Ich versuchte mich an die Kombination zu gewöhnen, aber es passte nicht. *Caleb und Ruby. Ruby und Caleb.*

Es klang komisch. Falsch.

Caleb setzte sich neben mich und ich versuchte mich halbwegs gemütlich zu platzieren, was sich angesichts der Kürze meines Minirocks als schwierig herausstellte.

»Musst du auf Toilette oder warum zappelst du so herum?«

»Sehr witzig. Nein. Ignorier mich einfach«, antwortete ich genervt und zog unauffällig am Rockzipfel.

»Geht nicht, Rapunzel. Hier«, stieß er leise hervor, bevor er seine Jacke auszog und sie über meinen nackten Beinen ausbreitete.

Irritiert sah ich ihm dabei zu. »Ich glaube nicht, dass das *Tarrier* gefallen würde.«

»Ist mir scheißegal.«

Damit war das Thema für ihn beendet und er richtete seinen Blick wieder auf den weißen Laufsteg.

Da ich mittlerweile wusste, dass er so stur war wie ein Esel, setzte ich die Diskussion nicht länger fort, sondern widmete mich meinem Job.

Auf Ysta hatte ich meinen Followern ein paar Einblicke zur *Fashion Week* versprochen und ich knipste die ersten Bilder vom Laufsteg, dem riesigen Spiegel an der Decke und der Menschenmenge.

Auf einem der Fotos sah ich, wie eine Handvoll Frauen in unsere Richtung blickten und es brauchte nicht viel Verstand, um zu schlussfolgern, wer für diese Aufmerksamkeit verantwortlich war.

Ich sah zu Caleb, der gelangweilt geradeaus blickte. Mit einem zuckersüßen Lächeln stupste ich ihn an. Er lehnte den Kopf in meine Richtung.

»Jemand macht dir schöne Augen«, flüsterte ich und bekam dabei den Geruch seines Parfüms in die Nase. Es roch herb, leicht nach Tee und nach Mandarinen. Ich ertappte mich dabei, wie ich eine Sekunde länger in der Position verharrte, um den Duft einzufangen.

»So wie alle hier. Worauf willst du hinaus? Oder bist du eifersüchtig?«

Ich lachte. Offensichtlich spielte seine Fantasie verrückt. Das teilte ich ihm auch mit.

»Träum weiter. Kein Interesse.«

Caleb fixierte mich wieder. Ich sah mich als Reflexion in dem Braun seiner Augen. Er rückte näher an mich heran und ließ den Blick über mein Gesicht gleiten, nur um wieder bei meinen Lippen zu stoppen. »Nicht? Warum siehst du mich dann so an? So als würdest du mich gerne küssen.«, fragte er mit tiefer Stimme.

Die Worte landeten sanft auf meiner Haut und ich betete, dass ich nicht rot anlief.

Er provozierte mich. Caleb wollte nichts weiter, als mich in Verlegenheit zu bringen.

Aber ich bekam mich schnell wieder in den Griff. »Du wüsstest, wenn ich mit dir flirten würde.«

»Selbiges«, antwortete er trocken.

»Ich würde ja sagen, geh los und mach sie an, aber du musst dich wohl mit mir abfinden«, murmelte ich in meine Tasche hinein.

»Anmachen?«

»Ja. Hast du nicht sowas wie einen Anmachspruch?«

Er verengte die Augen und schien zu überlegen. »Doch.«

»Dann raus damit. Verrate mir dein großartiges Geheimnis.« Jetzt war ich neugierig. Irgendetwas musste er können oder haben, um das Interesse von so vielen Frauen mit Leichtigkeit erwecken zu können.

Er fuhr sich durch die dunkelbraune Mähne und sah mich an. »Hi. Ich bin Caleb Han.«

Ich zwang mich, nicht das Gesicht zu verziehen. »Ernsthaft?«

»Funktioniert immer.«

Sekunden später tauchte warmes Licht die dunkle Halle in helles Weiß und Musik setzte ein. Ich richtete mich in meinem Sitz auf. Der Lederstoff von Calebs Jacke schmiegte sich an meine Haut wie eine warme Decke, für die ich sehr dankbar war.

»Die Show beginnt«, hörte ich jemanden in der Reihe hinter mir sagen.

Aufregung machte sich in mir breit und für die nächste Stunde vergaß ich Caleb, unser komisches Theater und den Vertrag.

In dieser einen Stunde waren wir einfach zwei Fremde am selben Ort zur selben Zeit, die zusammengehörten und gleichzeitig auch nicht.

Kapitel Fünf

Caleb Han und Ysta-Star lassen das Eis schmelzen!

— GOSSIP CREATION

»Willst du etwas trinken?«, fragte Caleb eine Woche nach unserem ersten Date, als wir uns durch die Menschenmenge zu unseren Sitzplätzen schoben.

Unser zweites Date stand an: Eishockeyspiel der *Toronto Maple Leafs* gegen die *New York Rangers*. Das Spiel würde jeden Augenblick beginnen und die Zuschauer riefen aufgeregt die jeweiligen Schlachtrufe über die Eishalle zu den gegnerischen Fans.

Caleb und ich waren heute inkognito unterwegs. Zumindest dem Anschein nach. Bei seiner Berühmtheit würde es nicht lange dauern, bis ein Fan ihn unter seiner schwarzen Cap entdeckte. Er trug ein Trikot der einheimischen *Maple Leafs* und ich dasselbe unter meinem dicken Wintermantel.

Auch ich hatte eine Baseballcap auf, denn heute spielten wir das verliebte Paar, das heimlich seinen Sonntag bei einem Date im Stadion verbrachte.

Falls uns tatsächlich niemand entdecken sollte, würde unser Plan B einsetzen: Peyton, die mit ihrem Smartphone anonym ein Foto von uns an *Whisper Whisker* senden würde.

Ich kam mir immer noch lächerlich bei der ganzen Sache vor, aber die Zahlen sprachen für sich. Seit unserem öffentlichen Auftritt bei der *Fashion Week* ging meine Followerzahl durch die Decke. Peyton kam kaum hinterher mit den Kooperationsanfragen und ich nicht mit den Kommentaren zu meiner Beziehung, die ich zwar sparsam mit einem Like beantwortete, doch die meiste Zeit ignorierte.

Obwohl ich zugegebenermaßen am Tag der Fashion-Show mehr Spaß gehabt hatte als anfänglich angenommen, fühlte ich mich weiterhin unwohl bei dieser Scharade. Caleb war, wie zu erwarten, entspannt wie immer. Manchmal fragte ich mich, ob er wirklich so cool war oder insgeheim genauso Angst hatte, wie ich, dass wir jeden Moment auffliegen würden.

Zugeben würde er es jedenfalls nie im Leben.

»Willst du was trinken, oder nicht?«, wiederholte Caleb seine Frage, als wir uns in die Nähe der Treppen gesetzt hatten.

»Nein, danke. Ich will nicht noch mal aufstehen müssen.«

Er hob eine Augenbraue. »Okay?«

»Du würdest es nicht verstehen«, erklärte ich. Männer hatten offensichtlich stärkere Blasen als Frauen. Oder meine war kaputt. Jedenfalls würde ich die nächsten zwei Stunden nicht von seiner Seite weichen.

Vierzehn *Stunden noch.*

Bisher lief alles nach Plan. Ich betete, dass es weiterhin dabei blieb.

Als die Eishockeyteams auf dem Eis standen und die Schlachtrufe das Stadion beben ließen, genoss ich das Gefühl der Unsichtbarkeit. Es war ganz anders als bei der Fashion-Show. Niemand beachtete uns hier. Wir waren nur Fans, die sich wie der Rest der Zuschauer auf das Spiel freuten.

Aus dem Augenwinkel sah ich zu Caleb. Auch er schien ruhiger zu sein. Seine Augen leuchteten regelrecht, als die Spieler sich auf dem Eis positionierten und das Spiel begann.

Das erste Tor landete schon nach ein paar Minuten der Stürmer der *Maple Leafs* und ich ließ es mir nicht nehmen, mich genauso wie meine Sitznachbarn zu freuen. Wilde Jubelrufe wehten über die Ränge. Die Menge war erhitzt und feuerte das Team leidenschaftlich an.

»Ich wusste gar nicht, dass du so ein Fan bist«, kommentierte Caleb, als ich mich wieder neben ihn sinken ließ.

»Wieso? Weil ich eine Frau bin?«

Er machte ein Geräusch, das einem Schnauben ähnelte. »Bitte, stell mich ruhig als sexistischen Arsch dar. Aber so war das nicht gemeint. Die Wenigsten, die ich kenne, sind wirkliche Fans.«

»Tja, dann hast du dich in mir getäuscht. Wäre wohl nicht das erste Mal«, stieß ich hervor.

Er verzog die Lippen zu einem Schmunzeln. »Klär mich auf. Damit ich mich nicht mehr in dir täusche.«

Jemand schob sich an uns vorbei und ich spürte, wie Caleb eine Hand auf mein rechtes Knie legte. Im nächsten Moment stieß die Person gegen die Stelle, an der er mich berührte.

Sofort nahm er seine Hand wieder weg und ich zuckte zusammen, als seine Wärme mich verließ und die Kälte mich an der Stelle wieder traf.

Schnell fing ich mich wieder. »Das hättest du wohl gern. Aber wir müssen irgendwie die Zeit herumkriegen. Also, wenn du es genau wissen willst, verfolge ich Eishockey, seit ich ein Kleinkind war. Mein Dad wollte immer einen Jungen, aber da ich mit zwei X-Chromosomen auf die Welt gekommen bin, hat er mich einfach lange erzogen wie einen. Erst war es Eishockey. Ich habe auch kurz selbst gespielt, war aber miserabel. Dann habe ich mich durchgesetzt und es mit Eiskunstlauf versucht. Genauso schlecht. Also habe ich mich mit den Übertragungen der olympischen Winterspiele vergnügt.«

Erst als ich den letzten Satz beendet hatte, fiel mir auf, wie viel ich plötzlich von mir preisgegeben hatte. Ich biss mir auf die Zunge und wartete auf Calebs Reaktion.

Er schien ernsthaft interessiert. Neugierig lehnte er sich vor und verlangte nach mehr Einblick. »Du magst also die olympischen Winterspiele?«

Offensichtlich überraschte nicht nur mich, dass wir ein gemeinsames Interesse gefunden hatten.

Ich nickte. »Ich war sogar 2010 in Vancouver. Als Zuschauerin natürlich.«

»Ich auch«, sagte er mit Belustigung in seiner Stimme.

Schockiert blickte ich ihn an. »Caleb Han. Bedeutet das etwa, wir haben tatsächlich eine Gemeinsamkeit?«

Fast hatte ich ihn so weit, dass er tatsächlich lächelte. Aber anscheinend hatte er mehr Kontrolle über sein Gesicht, als ich ihm anfangs zugetraut hatte. »Scheint ganz so. Als Nächstes wirst du mir gestehen, dass du in Block einhundertsechzehn in der Rogers Arena bei den Eishockeywettbewerben saßt.«

»Block einhundertsechs, aber nah dran«, ließ ich ihn wissen und versuchte die neuen Informationen zu verarbeiten.

Wir waren uns wohl schon vor einer Ewigkeit begegnet. Vielleicht hatten wir sogar an derselben Pommesbude angestanden. Dieselbe Limo bestellt oder dieselben Spieler angefeuert.

In einem anderen Leben hätten Caleb und ich vielleicht gute Freunde sein können.

Doch nicht in diesem.

Irgendwann wurde das Ende der ersten Halbzeit angekündigt.

Caleb wandte sich nach einer Weile an mich. »Isaac war professioneller Eishockeyspieler. Olympiaanwärter, um genau zu sein.«

»Isaac? Wieso ist er dann …?«

»Sportverletzung. Am Bein. Er hat sich nie davon erholt«, erklärte er mit gedämpfter Stimme.

Auch wenn ich Isaac kaum kannte, litt ich mit ihm. Die Vorstellung, seinen Traum so plötzlich aus den Händen gerissen zu bekommen, war furchtbar. »Das ist schrecklich. Das muss schlimm gewesen sein. Er hat das nicht verdient.«

Caleb schob die Cap leicht aus seiner Stirn und begegnete meinem Blick. Ich erkannte Wärme darin. »Nein, hat er wirklich nicht.«

Ich spürte, wie ich rot wurde. »Du magst ihn, nicht wahr?«

»Er ist wie ein Bruder für mich. Ich vermute bei dir und Peyton ist es ähnlich.«

Ich war dankbar um den Themenwechsel. Mein Körper stellte verrückte Dinge an, wenn wir in ernstere Themen abschweiften.

»Ich glaube, anders würden wir es miteinander nicht aushalten. Sie ist wie die große Schwester, die ich nicht hatte. Dabei bin ich selbst eine. Hast du Geschwister?«

Caleb öffnete den Mund, hielt jedoch inne, als sein Blick von mir abschweifte. Ich entdeckte die Unruhe in seinem Gesicht wachsen. Er wirkte erstarrt und völlig neben der Spur. Nervös zog ich an dem Stoff seiner Jacke. »Caleb?«

»Mhm?«

Dann realisierte ich, wie der Rest der Reihe in unsere Richtung schaute. Bei genauem Hinsehen bemerkte ich, dass uns *alle* anstarrten.

»Was ist los?«, murmelte ich.

»Guck hoch«, antwortete er zwischen zusammengebissenen Zähnen.

Ich ahnte Böses. Mir wurde heiß und kalt zugleich, als ich unsere Gesichter auf dem riesigen Monitor über der

Eisfläche sah.

Ein rosafarbener Rahmen umkreiste unsere erstarrten Gesichter und in Großbuchstaben stand ›Kiss Cam‹ am oberen Rand. Panik durchzog meinen Körper. Ich fühlte mich wie vor einer Prüfung. Wie vor einem Zahnarztbesuch. Einer Wurzelbehandlung mit schlimmstem Ausmaß.

Ich lächelte ertappt. Etwas anderes fiel mir nicht ein, als ich die jubelnde Menge hörte. Auch Caleb erwachte endlich aus seiner Trance. »Was willst du tun?«

In meinen Kopf hörte ich Peytons Stimme. Wenn wir uns nicht küssten, wusste ich nicht, wie die Presse reagieren würde. Sehr wahrscheinlich wurden wir bereits aus mehreren Ecken gefilmt.

Doch falls wir uns tatsächlich küssen sollten ... was dann? War das nicht gegen die Spielregeln? In unserem Vertrag hatte nichts dergleichen gestanden, aber meine Regel war: *so wenig Körperkontakt wie möglich.*

Nur, dass das anscheinend Wunschdenken gewesen war. Entgegen Peytons Meinung hatten wir uns damals beim Shooting für *Passiona* wirklich nicht geküsst. Ich war so wütend und durchgefroren gewesen, dass ich ihn lieber erwürgt hätte, statt zuzulassen, dass er mich tatsächlich küsst. Doch im Gegensatz zu mir war er ein Profi. Er hatte es für Silvia, Peyton und alle anderen Set-Mitglieder so aussehen lassen, als ob es echt gewesen war. Doch die Situation jetzt gerade war eine ganz andere.

Ich schluckte und versuchte meine Befangenheit hintenanzustellen. Es war nur ein blöder Kuss.

Du hast schon mal jemanden geküsst. Caleb ist nichts Besonderes.

»Tu es«, zischte ich in seine Richtung.

Er hob mein Kinn an und zwang mich damit, ihn anzusehen.

›*Sicher?*‹, schienen seine Augen zu fragen.

›*Nein*‹, wollte ich erwidern, doch Tausende Blicke waren auf uns gerichtet. Jetzt gab es kein Zurück mehr.

»Ich werde dich jetzt küssen«, warnte er mich. Seine Lippen schwebten wenige Zentimeter über meinen.

»Danke für die Vorwarnung, aber lass es uns einfach hinter uns bringen.« Zitternd atmete ich die kalte Luft ein, einen Sekundenbruchteil, bevor seine Wärme mich durchzuckte wie ein Blitz, als unsere Lippen sich trafen. Ich spürte seine Hände an meinem Gesicht. Schützend vor den Blicken aller Zuschauer und ein Teil von mir wollte tiefer in seine Umarmung, diesen Kuss und seine Berührung sinken.

Mein Herz … es war, als hätte es Schluckauf.

Und dann war der Moment vorbei.

Caleb starrte mich an und ich konnte mich nicht von seinem Blick losreißen. Neugier füllte seine Augen. Dieselbe Aufregung, wie ich sie in meiner Brust spürte. Ich spürte die Nachbeben des Kusses überall. Meine Lippen prickelten, meine Haut glühte und mein Puls spielte verrückt.

Er reagierte als Erster und ließ endgültig von mir ab.

Ich ertappte ihn dabei, wie er schluckte, als er seine Cap wieder tiefer über seine Augen zog. Nervös schaute ich auf den Monitor. Die Aufmerksamkeit und Kamera wurden bereits auf einen Schauspieler gelenkt, der mit seiner Familie das Spiel besuchte. Unser Kuss war Geschichte. Zumindest für dieses Spiel. Es würde nicht lange dauern, bis unsere Gesichter die Boulevardkanäle zieren würden.

Mein Handy vibrierte in meiner Jackentasche, aber ich

ignorierte es. Ich konnte mir bereits denken, wer mir schrieb.

»Ich hole uns was zu trinken«, verkündete mein Begleiter und stand eilig auf. Binnen Sekunden war er verschwunden und ließ mich verwirrt mit meinen Gedanken zurück.

Was zum Teufel war das?

Und warum hat es mir gefallen?

Ich lächelte in die Kamera und dann das Produktionsteam dahinter an. Eine Softbox-Leuchtlampe strahlte auf mich herab, während Peyton mir Anweisungen zuflüsterte.

»Bleib natürlich. Sie machen einen längeren Take für den Tascheninhalt. Dann kurze Snapshots für die Übergangssequenzen. Du kannst so detailliert oder schwammig sein, wie du willst. Optimal wären fünf Minuten Redezeit. Ist irgendetwas in deiner Tasche, das die Welt lieber nicht sehen sollte? Dreckige Haarbürsten, Zigaretten oder ein Vibrator?«

»Peyton!«, zischte ich leise. »Du weißt ganz genau, was in meiner Tasche ist. Keine Sorge.«

Meine Managerin lächelte belustigt. »Mach dich locker. Ich scherze doch nur. Falls du doch etwas da drin haben solltest, lass es einfach drin. Der Dreh beginnt in zwei Minuten.«

Eine Make-Up-Artist tauchte an meiner Seite auf und puderte ein letztes Mal mein Gesicht. Nervös versuchte ich, dabei nicht zu zappeln.

»Sehe ich okay aus?«, flüsterte ich.

Das junge Mädchen riss die Augen auf. Offensichtlich war sie tief in ihre Arbeit versunken gewesen.

»Wunderhübsch. Ihr Freund hat definitiv Geschmack.«

Ein Schaudern durchzuckte mich. Ich würde mich niemals an dieses Wort gewöhnen können.

»Das ist sehr lieb. Danke.«

»Alle bereit?«, rief die Produzentin hinter der Kamera und sofort huschten alle Mitarbeiter vom Set hinter die Kamera. Augenblicklich war ich allein auf meiner Hälfte des Hotelzimmers, das mich an eine Kulisse eines Zwanziger-Jahre-Films erinnerte.

Ich richtete mich auf dem roten Samtsessel auf und schielte zu meiner Handtasche herunter.

Lächeln, Begrüßungsworte sagen und Gegenstände in die Kamera halten.

Nicht aufgeregt sein.

Dann zittert deine Stimme so.

»Action«, sagte jemand und ich ratterte den kurzen, einstudierten Text herunter.

»Hi, ich bin Ruby Dawson und heute zeige ich euch, was ich jeden Tag mit mir herumtrage.«

In den nächsten Minuten zog ich einen Gegenstand nach dem nächsten heraus, erklärte kurz, aus welchem Grund ich diesen bei mir hatte und warum mir die Marke gefiel.

Gegen Ende des Takes blickte ich in meine Tasche hinein und entdeckte meine Karte des Eishockeyspiels vor einer Woche. Erinnerungen blitzten in meinem Gedächtnis auf. Unfreiwillig dachte ich an Caleb. An unseren Kuss und sein komisches Verhalten danach.

Ich fühlte mich wie eine Idiotin. Offensichtlich war ich

die Einzige gewesen, die verwirrt gewesen war. Caleb hatte sich den Rest des Abends so verhalten, als wäre das alles nie passiert. Aber ich war vermutlich zu Unrecht überrascht. Denn er küsste wahrscheinlich jedes Wochenende eine andere. Er war ein Aufreißer und nichts weiter. Es gab keinen Grund, eine große Sache daraus zu machen. Diese ganze Beziehung hatte sowieso ein Ablaufdatum.

Ich musste mich auf mich, meine Karriere und meine Zukunft konzentrieren. Nicht mehr.

Also erinnerte ich mich wieder an das laufende Shooting und holte statt der Karte mein Smartphone hervor. Auf dem Bildschirm war ein Bild von Winston zu sehen. Ich entspannte mich sofort bei seinem Anblick.

»Und zu guter Letzt: mein Handy. Auch wenn ich täglich damit arbeite, bin ich froh, es für ein paar Stunden aus der Hand legen zu können. Ich glaube, so geht es uns allen, nicht wahr?«, fragte ich in die Kamera hinein, ohne eine Antwort zu erwarten. Anhand der Schatten hinter dem grellen Licht erkannte ich aber, dass manche vom Team nickten.

»Cut!«

Das Licht wurde ausgeschaltet und ich zwang mich, nicht auf dem Sessel zusammenzusacken. Eine Ysta-Story zu posten war das eine. Einen halben Shootingtag mit anderen Menschen zu verbringen, etwas ganz anderes.

»Wir gehen jetzt über zu den Interviewfragen. Alles klar?«, fragte ein Produktionsassistent, der für mich eine Tasse Tee auf den Tisch vor mir stellte.

Ich räumte in Windeseile mein Zeug wieder in die Tasche und nickte. »Natürlich. Könnten Sie die meiner Managerin geben?«

Er verschwand mit meiner Tasche und platzierte sie neben Peyton.

Diese zwinkerte mir zu und hob beide Daumen. »Du bist klasse«, formte sie mit den Lippen.

Ich ließ mich von ihrer Begeisterung anstecken und lächelte.

»Guten Abend, Toronto. Jetzt kommt ein alter Favorit von mir, der Nummer eins Hit der Pop-Sensation. Ihr wisst genau, wen ich meine. Hört jetzt mit mir, *Moonshine Hotels* von Caleb Han!«, verkündete der weibliche Late Night Host aus dem Flatscreen-TV in Drews Wohnung. Es war der Abend nach meinem Interview und meine Energiereserven neigten sich dem Ende, aber ich hatte Drew bereits einmal vertröstet. Heute Abend musste ich mich also seinen Fragen stellen.

»Hör mal, dein Lover«, kommentierte mein alter Kommilitone und drehte die Musik aus dem Fernseher mit einem neckischen Grinsen lauter.

Calebs Stimme erfüllte die Wohnung. »*Moonshine hotels. Lonely hearts.*« Er hielt das Standmikrofon mit geschlossenen Augen fest und sang von Vermissen und Liebe.

»Bitte mach das aus«, bat ich gequält.

»*You are the one that's missing. Brown eyes and hopeless dreaming …*«

Den Rest hörte ich nicht mehr, denn Drew erlöste mich schließlich und schaltete auf stumm. Ich ignorierte den Bildschirm, um mich meinem Handy zu widmen.

»Wasser? Saft? Wein? Oder doch was Härteres? Du schaust aus, als würdest du einen Drink brauchen.«

Drew, der mich seit unserer ersten Begegnung in der Soziologievorlesung im ersten Semester an einen Wikinger erinnerte, präsentierte mir stolz seinen Kühlschrank, der nur gekühlte Getränke beherbergte.

»Wasser, bitte. Wenn ich Alkohol trinke, bin ich morgen so aufgedunsen. Ich habe noch ein Posting mit einer Marke.«

»Dein Leben klingt hart«, erwiderte er und seine Stimme triefte vor Sarkasmus.

»Kann nicht jeder so schlau sein, das Studium abbrechen und stattdessen mit Immobilienmakler-Sein das Bankkonto füllen. Dieser Tisch hier ist wahrscheinlich so teuer wie mein Monatsgehalt.« Ich deutete auf den maßgefertigten Holztisch vor mir.

Drew lachte. »Du verdienst dein Geld mit deinem Gesicht. Hübsch aussehen kann nicht jeder.«

»Soll das ein Kompliment sein?«

Er stellte ein großes Glas Wasser vor meiner Nase ab und ließ sich auf den Stuhl neben mich gleiten.

Im selben Moment klingelte es.

Seine Augen leuchteten, ehe er zur Wohnungstür eilte.

Ich nutzte die Gelegenheit, um Calebs Auftritt zu verfolgen. Ich wollte nicht hinsehen. Das alles sollte mir egal sein. Aber ich konnte nicht umhin, ihn und Stella Vega, die mehrfache Grammy-Gewinnerin und brasilianische Schönheit auf der grünen Couch im Fernseher zu mustern. Da ich nichts hörte, fing ich an, ihre Gesten zu studieren. Sie wirkten wie zwei Fremde, die keinerlei Gemeinsamkeiten hatten und nur vom Host unterhalten wurden.

Dennoch entging mir nicht, was für ein schönes Paar sie nebeneinander abgaben.

Drew kehrte mit den zwei Tüten der Essenslieferung zurück. »Ich sterbe vor Hunger«, ließ er mich wissen. Dann schob er eine Sushi Bowl vor mich.

Ich richtete meine Aufmerksamkeit weg vom Fernseher, doch Drew hatte mich bereits ertappt.

»Eifersüchtig?«, fragte er mich mit einem Blick auf Caleb und Stella, ehe er endlich umschaltete.

»Nicht im Geringsten.« Ich zückte mein Handy und knipste ein paar Bilder von unserem Essen. Mit wenigen Klicks war das Foto in meiner Story gepostet. Doch bei genauem Betrachten der Schüssel vor mir verging mir der Appetit. Ich seufzte laut. In meinem Kopf spukten die Kommentare, die Calebs und mein Kuss ausgelöst hatte, herum.

Missy97: *Die Funken sprühen!*

Heaven123*: *Er guckt so verliebt …*

TheOnlyTrueCalebFan: *Ich glaube, sie ist die Eine.*

inLovewithCaleb32: *Brich ihm nicht das Herz!*

Er verfolgte mich. Selbst hier in Drews Wohnung, in der ich dachte, ich wäre sicher.

»Warum bestellst du das Essen, wenn du es nicht isst?«

Irritiert blickte ich Drew an. Er tat so, als würde er mich nicht seit fünf Jahren kennen.

»Für Ysta.«

»Das ist traurig«, ließ er mich wissen und machte sich daran, seinen gebratenen Reis zu verschlingen.

Zwischen Happen eins und zwei fing er dann mit seinem Verhör an. »Also. Caleb Han? Seit wann läuft das? Und warum erfahre ich das über die sozialen Medien?«

»Ein paar Wochen«, log ich. Offiziell gab es kein Statement zum Beginn unserer Beziehung, aber dieser Zeitraum erschien mir am glaubwürdigsten.

Drew war nicht ganz überzeugt. Sein Blick sprach Bände. »Ich wusste gar nicht, dass du auf Typen wie Caleb stehst.«

Ich auch nicht, wollte ich erwidern. Stattdessen ließ ich meinen Frust durchsickern. »Sagen wir, ich hatte anfänglich ein falsches Bild von ihm.«

»Tatsächlich? Ich habe gehört, er sei drogenabhängig.«

Ich ließ die Gabel sinken. Erinnerungen an Calebs Worte am Abend der Halloween-Party kehrten zurück. »Woher?«

Drew deutete auf sein Smartphone. »Ich bin auch auf Ysta unterwegs. Ob du es glaubst oder nicht.«

»Es stimmt jedenfalls nicht. So ist er nicht«, erklärte ich. Caleb und ich waren nicht die besten Freunde, aber ich konnte diese Lüge nicht kommentarlos im Raum stehen lassen.

»Wie ist er dann? Bist du verliebt?« Drew lehnte sich im Stuhl zurück und musterte mich neugierig. »Du wirst ja rot.«

»Stimmt nicht.« Meine Wangen fingen an zu glühen, doch ich schob Ausreden hervor. »Mir ist nur heiß.«

»Du weichst mir aus.«

Ich richtete mich auf und streckte die Hand nach meinem Handy aus. Er hatte sich seine eigene Meinung bereits gebildet. »Es gibt nichts zu erzählen. Wir daten nur. Kein Grund, eine große Sache daraus zu machen.«

Drew grinste in sein Glas hinein. Ich wusste, was er sagen wollte.

»Spuck es aus, damit wir endlich das Thema wechseln können. Wollten wir nicht einen Film gucken?«

Er stellte das Glas ab, erwiderte nichts und stand auf, um das Essen wegzuräumen. Ich wollte helfen, aber er winkte ab. Mit demselben Grinsen wandte er sich von mir ab in Richtung Küche. »Jemand ist verknallt«, murmelte Drew, und ich fühlte mich, als hätte er mir ein Messer in die Brust gerammt.

Kapitel Sechs

»Ich habe die Gutscheine an dieselbe E-Mail-Adresse geschickt wie immer.«

»Es ist aber nichts angekommen«, hörte ich meine Mutter auf der anderen Seite der Leitung nuscheln.

»Wo soll es sonst gelandet sein?«

Es war acht Uhr morgens an einem Mittwoch und ich war mitten in meinem Dreh für meine Morgenroutine, als meine Mutter beschlossen hatte, mich zu terrorisieren.

»Sei nicht so zickig zu mir.«

Sei nicht so eine nervige Mutter.

»Bin ich nicht. Ich habe nur zu tun. Später schaue ich noch mal nach und schreibe dir.«

»Gut. Ich habe meinen Freundinnen versprochen, in dieses Resort zu fahren. Es wäre schade, wenn das nicht klappt.«

Schade? Eher unverzeihlich, wenn man das in die Wahrheit übersetzte.

»Du hast letzte Woche einen Beitrag für diese tollen

Cremes, die ich so mag, geteilt. Hast du da ein paar Proben für mich?«

Ich verkniff es mir, laut aufzuseufzen. Wenn es drauf ankam, war ich die tolle Influencer-Tochter, die Gutscheine für Hotels, Reisen und Gratisprodukte von Marken erhielt. In anderen Situationen war ich die Tochter, die ihr Studium geschmissen und die Familie verlassen hatte.

Feuer oder Eis. Nie etwas dazwischen.

»Ich sehe mal nach. Ich wollte sowieso ein Paket für Eve vorbereiten. Passt das?«

Ich spürte, wie meine Mutter widersprechen wollte. Doch sie murmelte nur ein weniger dankbares ›Ja‹ und legte auf.

Meine Stimmung war im Keller.

Ich brach den Dreh ab, aß den halbfertigen Avocado-Toast auf und schminkte mich. Währenddessen überflog ich Peytons Nachricht mit der heutigen Agenda. In einer Stunde würde sie mich abholen und mich zum Termin mit Isaac und Caleb begleiten. Seit dem Spiel herrschte Funkstille und ich hatte angefangen, diesen Hauch von Normalität zu genießen.

Aber ja, ich hatte innerhalb der letzten Woche dreimal von dem Kuss geträumt. Und vielleicht war es in einer Nacht mehr geworden, doch ich verbannte in den wachen Stunden meines Tages jeden Gedanken an diese absurden Gefühle.

Das war nur ein einmaliger Schluckauf meines Herzens gewesen.

Ich war nicht so naiv zu glauben, dass dieser einzige Kuss irgendetwas zu bedeuten hatte.

Während Sabrina Carpenters ›Nonsense‹ durch die

Lautsprecher meines Handys spielte, vollendete ich mein Make-up und musterte unzufrieden den braunen Ansatz meiner Haare.

Zum Glück war ich heute bei Moe, damit er mir einen frischen Look verpassen konnte.

Mein Blick wanderte von meinen Haaren zu meinem Gesicht. An meinem Kinn entdeckte ich die ersten Anzeichen eines Pickels und ich kniff die Hände zusammen, um nicht an der Stelle herumzudrücken. Stattdessen zupfte ich an der weißen Bluse herum, unzufrieden damit, wie ich darin aussah. Letzte Nacht hatte ich zu salziges Essen gegessen und heute bezahlte ich dafür. Ich sah aufgedunsen und dick aus. Genauso fühlte ich mich auch.

Ich hätte noch fünf Stunden damit verbringen können, meine Makel zu begutachten, doch Winston machte mir einen Strich durch die Rechnung. Schwanzwedelnd rieb er sich an meinem Bein und stupste mich mit seinem Kopf an.

»Hunger?«, fragte ich und bückte mich, um mich in sein weiches Fell zu kuscheln.

Er ließ seine Zunge heraushängen. Eine klare Antwort.

Während ich seinen Napf mit Futter füllte, wartete er aufgeregt an meiner Seite und stürzte sich augenblicklich darauf, als ich ihm Platz gewährte. Gedankenverloren schaute ich meinem Hund dabei zu, wie er sein Futter in wenigen und gierigen Bissen verschlang. Er war so sorglos. Klar, als Servicehund war mein treuer Begleiter ständig wachsam, aber ihn kümmerte es nicht, wer ich war oder was ich beruflich machte. Für ihn war ich sein Frauchen und damit die wichtigste Person in seinem Leben.

Nachdem Winston sich zufrieden an meine Seite gestellt hatte, strich ich ihm über das Fell an seinem Kopf und Rücken, dann bückte ich mich, um ihm meine Handfläche anzubieten, sodass er sein Kinn hineinlegte. Sein Schwanz wedelte aufgeregt und ich genoss seine fröhliche Energie.

Manchmal wäre ich gerne Winston, dachte ich wehmütig.

Mein Klingelton holte mich wenig später aus meinen Gedanken und Peytons Name blitzte kurz auf dem Bildschirm auf, ehe sie auflegte.

Schweren Herzens legte ich meinem Hund die Leine an. »Zeit zu gehen, Winston.«

Noch bevor wir das Studio betraten, hatte ich genug. Der Tag hatte schlecht begonnen und auch der Rest schien weniger erfolgreich auszufallen. Ich war müde, gereizt und hungrig. Winston, den ich heute als meine moralische Unterstützung mitgenommen hatte, spürte das und verließ nicht eine Sekunde lang meine Seite.

Peyton plapperte etwas in meine Richtung, aber nichts davon kam bei mir an. In meinem Kopf kreisten die Gedanken und ich stellte mir vor, gleich Caleb sehen zu müssen. Mein Körper wusste nicht, wie er reagieren sollte. Auch wenn ich mir im Klaren darüber war, dass es nicht möglich war, fühlte es sich an, als würden all meine Organe ihre Position wechseln und mich foltern wollen.

Eine Tür öffnete sich und dahinter tauchte Isaac auf. Er lächelte geschäftsmäßig, als er einen Schritt zur Seite machte und uns Eintritt in einem Besprechungsraum gewährte. Es war das genaue Gegenteil zu dem schummrigen Studio, in dem ein schickes Sofa und eine Minibar gestanden hatte.

Hier brannten helle Deckenleuchten. Aber alles wirkte künstlich und steril wie in einem Operationssaal und ich stellte mir seltsamerweise vor, wie auf dem langen Konferenztisch ein narkotisierter Körper lag.

»Ruby?« Peyton schaute mich abwartend an und ich registrierte, dass ich mich keinen Meter vom Türrahmen wegbewegt hatte.

Unter ihrem und den Blicken von Calebs Manager setzte ich mich auf den weit entferntesten Stuhl.

Calebs Abwesenheit war lauter als das Surren der Heizung.

»Caleb ist in New York für ein Fitting. Er wird aber digital dabei sein«, erklärte Isaac.

Peyton reagierte als Erste. »Fitting? Wofür denn?«

»*Liamuna.*«

Sie nickte anerkennend und ich widerstand dem Drang, mit den Augen zu rollen. Die Marke war für Luxusgüter wie teure Anzüge, Parfüms und Uhren bekannt. Ein weiterer dicker Fisch im Teich der Luxusmarken. Perfekt für jemanden wie Caleb Han.

Widerwillig fragte ich mich, wie viel ein Star wie er einnahm. Mit seinen Konzerten, Kooperationsbezahlungen und Albumverkäufen verdiente er wahrscheinlich Summen, von denen ich nur träumen konnte.

Natürlich durfte ich mich nicht beschweren. Aber ich hätte nicht jeden Moment mit meiner Arbeit aufhören und den Rest meines Lebens von meinem Ersparten leben können. Nur das war schließlich der Grund, warum ich in diesem Raum saß, und mir sagen ließ, wie ich mich die nächsten Wochen zu verhalten hatte.

Ich spürte, wie meine Frustration wuchs und innerlich seufzend strich ich über Winstons warmes Fell.

»Ich schalte ihn mal dazu«, ließ Isaac uns wissen und tippte an seinem Laptop herum. Wenige Augenblicke später tauchte Calebs Gesicht im Großformat auf dem Monitor an der Wand mir gegenüber auf.

»Hi«, grüßte er aus müden Augen. Er sah aus, als wäre er erst vor wenigen Minuten aus dem Bett gerollt. Es ärgerte mich, dass er dabei tausendmal besser aussah als ich. Bad-Hair-Day? Nicht existent für Menschen wie ihn.

»Hi, Caleb«, erwiderten die anderen zwei im Raum fast gleichzeitig.

Ich nickte lediglich kurz.

Dieses Meeting war absolut nutzlos und unproduktiv. Nichts, was man nicht auch über eine Textnachricht hätte besprechen können. Aber laut Peyton und Isaac waren diese digital nachverfolgbar und daher tabu.

Also musste ich hier sitzen und meine Zeit verschwenden. *Danke, Caleb.*

»Starten wir mit der wichtigsten Neuigkeit. Euer Kuss letzte Woche ist weiterhin viral in den sozialen Medien. *Gossip Creation* hat es erst gestern Abend in einem Artikel über die Top fünf Momente im November geteilt.«

Ich zwang mich, keine Reaktion zu zeigen. Caleb sah ebenso ausdruckslos in die Kamera.

»Im Dezember findet die Weihnachts-Benefiz-Gala von *Passiona* statt und wir müssen dann diesen Moment toppen. Vielleicht mit einem weiteren Kuss? Jedenfalls sind seitdem eure beiden Followerzahlen auf Ysta um mehr als zehn Prozent gestiegen. *Passiona* hat den Vorschlag in den Raum geworfen, eine Neujahrskampagne zu shooten. Wir wollten vorher gerne mit euch darüber reden«, sprang Peyton mit auf Isaacs Zusammenfassung auf.

Die Worte hörte ich zwar, aber ihr Inhalt fühlte sich leer an. Ich zuckte nur mit den Schultern. Hatte ich denn eine Wahl?

»Okay. Können wir machen«, stimmte Caleb schließlich zu. Seine Stimme klang noch kratzig vom Schlaf.

Ich vermied es, den Blick zu heben.

Ich wollte ihn nicht sehen.

Ich wollte weg hier und diesen schrecklichen Tag möglichst bald für beendet erklären.

»Super. Dann zu den nächsten Terminen. Isaac?«

Isaac projizierte eine Präsentation neben Calebs Tab. Ein paar Daten standen darauf und ich musste ernsthaft auflachen. Ich kaschierte es mit einem Husten.

»Alles gut?«, fragte mich meine Agentin mit hochgezogener Augenbraue.

»Ja. Ist nur ein trockener Hals.«

Isaac stand sofort auf und zauberte aus dem Sideboard hinter ihm zwei kleine Glasflaschen hervor. »Sorry. Ich habe gar nicht daran gedacht. Die sind leider nicht gekühlt. Braucht ihr Eis?« Er öffnete sie und schob sie uns hin.

»Nein, nicht nötig. Dankeschön«, erwiderte ich und fühlte mich schuldig, weil ich ihn in Verlegenheit gebracht hatte.

Nachdem ich einen Schluck getrunken hatte, richteten wir unsere Aufmerksamkeit wieder auf die Präsentation. Ob Caleb wirklich zuhörte, war zu bezweifeln, aber ich konzentrierte mich auf die vier Punkte, die Isaac mit ruhiger Stimme vorlas.

»In zwei Tagen landet Caleb wieder in Toronto. Nach seiner Landung steht Gassi gehen mit Winston auf der Agenda. Vielleicht bringt er dir Kaffee vorbei.«

»Winston oder Caleb?«, fragte ich frech. Wenn ich schon durch die Hölle gehen musste, sollte ich anfangen Spaß daran zu haben. Oder zumindest mich genauso aufgeblasen zu verhalten wie mein toller Fake-Freund.

Isaac reagierte mit einem Schmunzeln. Peyton schaute mich entsetzt an. Ich konnte bereits erahnen, was ich mir auf der Fahrt zum Friseurtermin anhören konnte. Aber es war mir egal. Heute war mein Trotztag und ich würde ihn ausnahmsweise nicht damit verbringen, andere zufriedenstellen zu wollen.

»Caleb natürlich. Danach ... fliegt ihr hoch nach Whistler für den Kampagnendreh mit *Passiona.*«

»Ich kann nicht Skifahren«, platzte es aus mir heraus.

»Wirst du auch nicht müssen«, reagierte Peyton. »Zwei Nächte für den Werbespotdreh, mit Paarshooting und Einzelaufnahmen.«

In meinem Kopf ratterte es. Ich sollte zwei Nächte in der Nähe von Caleb Han verbringen? Ohne dabei durchzudrehen? Was war mit meinen verbliebenen zehn Stunden, die ich nach jedem Date in meiner Notizen-App wegkreuzte?

Wieder reagierte ich, ohne länger darüber nachzudenken. »Das stand nicht im Vertrag.«

»Du wirst es überleben«, kam es von Caleb.

Aber du vielleicht nicht, dachte ich, ohne aufzublicken.

»Wir streichen dafür das Valentinstagsessen, wenn du

das gerne möchtest«, schlug Isaac ruhig vor. Der Mann hatte die Geduld eines Heiligen.

Ich nickte und hörte auf, meine Hände im Schoß zu kneten.

Glücklicherweise war noch eine Person in dieser Vierer-Konstellation an meinem Wohlbefinden interessiert.

»Die Gala ist das letzte große Event für dieses Jahr. Danach ist Caleb mit seinem Albumrelease beschäftigt und nach Januar lassen wir die Beziehung langsam auslaufen. Kurz bevor seine Tour startet. Einwände?«

Damit konnte ich leben. Irgendwie würde ich das hinkriegen. Schließlich hatte ich das erste Viertel bereits überstanden.

Ich antwortete Isaac mit einem schwachen Lächeln. »Keine.« Dann wandte ich mich an Peyton. »Können wir gehen? Ich komme zu spät zu meinem Termin.«

Sie nickte, erhob sich und gemeinsam verließen wir das Studio. Nachdem wir schweigend in Peytons Fiat eingestiegen waren, wollte ich eigentlich nur vergessen, jemals hier gewesen zu sein, aber meine Managerin hatte andere Pläne.

»Bist du mit dem falschen Fuß aufgestanden? Warum bist du heute so?«, fragte sie mich, noch bevor ich die Gelegenheit hatte, mich anzuschnallen.

»Wie bin ich denn?«

Ich sah ihr an, dass sie versuchte, die richtigen Worte zu finden. Ganz offensichtlich scheiterte sie daran.

»Zickig. Hast du Hunger? Du hast deinen Smoothie kaum angerührt.«

Weil er nach nassem Gras schmeckt.

»Nein«, entgegnete ich. »Ich habe einfach keine Lust,

ständig herumkommandiert zu werden. Vielleicht ist diese ganze Sache ein großer Fehler. Woher weißt du, dass mich seine Follower nach der Trennung nicht in die Hölle schicken wollen? Die sind schlau. Es braucht nicht viel, um herauszufinden, wo ich wohne.«

»Jetzt wirst du paranoid. Warum sollte so etwas passieren? Du hast keine Hasskommentare erhalten, oder?«

»Noch nicht«, flüsterte ich. Irgendwann würde jemand herausfinden, dass das Ganze ein Fake war und alles, was ich mir in den letzten fünf Jahren aufgebaut hatte, würde zu Staub zerfallen.

»Mach dich locker. Ich bin an deiner Seite. Nichts davon wird eintreten. Du hast bald genug Kooperationen, um deine Wohnung zu kaufen.«

Ich schluckte. Noch ein Punkt, der mich in meinen langen, schlaflosen Nächten verfolgte. »Was, wenn die alle nur mit mir zusammenarbeiten wollen, weil ich mit Caleb zusammen bin? Was passiert dann?«

Peytons Mundwinkel hoben sich zu einem Lächeln. »Dafür gibt es Verträge, Süße. Zerbrich dir nicht deinen schönen Kopf. Kann ich dich an der Hauptstraße rausschmeißen? In drei Stunden hole ich dich wieder ab.«

Als ich nickte, lenkte sie ihren Fiat wenige Sekunden später an den Bordstein und schaltete den Warnblinker an.

Während ich ausstieg, umrundete sie das Auto, um Winston von der Rückbank zu helfen. Gleich darauf drückte sie mir seine Leine in die Hand. »Es wird alles gut, Ruby. Vertrau mir einfach.«

»Ich bemühe mich, Pey. Ehrlich«, versicherte ich ihr und versuchte mich zu entspannen. Wenn Peyton sagte, es würde alles gut werden, dann musste ich das einfach glauben. Ich sah zu, wie sie wegfuhr und zwang mich eine fröhliche Miene aufzusetzen.

Nach wenigen Schritten hatte ich den exklusiven Salon erreicht und nur ein paar Minuten später starrte ich mit einem Kaffee in der Hand meinem Spiegelbild entgegen. Moe blickte auf meinen herausgewachsenen Ansatz hinunter.

»Ich weiß gar nicht mehr, wie du als Brünette aussiehst«, kommentierte er konzentriert, während er Strähne für Strähne unter die Lupe nahm.

Ich verzog das Gesicht. Mein ungeschminktes Gesicht schien mich zu verspotten. »Ich auch nicht.«

Als ich vor vier Jahren das erste Mal den Salon von Moe betreten hatte, war ich bereit für eine Veränderung gewesen. Mein braunes Haar war innerhalb eines halben Tages in eine platinblonde Mähne verwandelt worden und meine Follower waren ausgeflippt.

Ohne es beeinflussen zu können, war ich über Nacht zur Rapunzel von Ysta geworden. Jeder liebte meinen Look und die langen, blonden Haare, die an eine Märchenprinzessin erinnerten. Doch so königlich und elegant ich dadurch wirkte, im Endeffekt war ich nichts weiter als die unantastbare Prinzessin in ihrem hohen Turm.

»Ist alles in Ordnung?«, fragte Moe. »Bedrückt dich etwas?«

Ich lächelte leicht. Er hatte mich am Haken. »Das Leben. Aber das hörst du mich ständig sagen. Bei mir gibt es keine Überraschungen.«

Jetzt war er an der Reihe mit Lächeln. »Ich werde nicht das Thema anschneiden, solange du es nicht willst, aber eine große Überraschung in Form von einem Meter fünfundachtzig Sexyness gibt es durchaus.«

»Sag mir nicht, dass du Calebs Größe gegoogelt hast«, wollte ich wissen, obwohl ich die Antwort bereits kannte.

Moe fing an Fakten über ihn herunterzurattern. »Er ist Schütze, siebenundzwanzig Jahre alt und durch die Video-Plattform *Bytes* bekannt geworden. Ich könnte dir noch erzählen, dass er vor dir eine Affäre mit Model Brooke Cooper gehabt hat und sie ihn, Gerüchten zufolge, seit der Trennung stalkt, aber das weißt du wahrscheinlich bereits.«

Ich versuchte gelassen dreinzublicken. Natürlich hatte ich mich über Caleb informiert. Wenige Stunden nachdem mir Peyton vor zwei Monaten eröffnet hatte, dass ich ein Shooting mit ihm haben würde. Aber all diese Fakten bedeuteten nichts mehr.

Das Letzte, was ich wollte, war noch mehr über Caleb zu erfahren.

»Können wir das Thema wechseln?«

Moe ließ überraschenderweise locker und holte eine Farbpalette hervor. »Du weißt, ich werde es jedes Mal versuchen ... wie wäre es mit einer neuen Farbe? Rot? Lila? Ich gebe mich auch mit Braun zufrieden.«

Ich blickte auf das bunte Buch mit verschiedenen Haarfarbenbeispielen, die nur darauf warteten, erkundet zu werden.

Nur nicht von mir.

Ich schob mein Zögern beiseite und deutete auf meine hellen Spitzen. »Blond, bitte.«

Mein Friseur versuchte gar nicht erst, sein Schmollen zu verstecken. Geschlagen machte er sich an die Arbeit und berieselte mich mit Neuigkeiten über den Yogakurs, den er an den Wochenenden leitete.

Wie in Trance ließ ich seine ruhige Stimme auf mich einwirken. Ich spürte, wie meine Augenlider schwer wurden und irgendwann gab ich mich dem Gefühl hin.

Nach einer Weile, die sich anfühlte wie fünf Minuten, sich nach einem kurzen Blick auf mein Handy jedoch als eine Stunde herausstellte, öffnete ich meine Augen wieder. Der Geruch von Bleichmittel kratzte in meiner Nase und ich entdeckte Moe, der hinter mir auftauchte. »Bereit für den Spaceshuttle?«

Der ›Spaceshuttle‹ war die Folienhaube an der gegenüberliegenden Wand des kleinen Salons und ich stand vorsichtig auf. Ich entdeckte, dass Winston zu meinen Füßen ebenfalls ein Nickerchen machte, und stieg vorsichtig über ihn hinweg.

»Lass mich nicht wieder einschlafen«, warnte ich Moe, als ich mich unter der Haube platzierte.

Er richtete das Gerät so, dass es über meinem Kopf schwebte und grinste. »Du siehst aber so süß aus dabei. Wie ein Engel.«

»Danke, aber weiß dein Freund, dass du so schamlos mit deiner Kundschaft flirtest?«, ärgerte ich ihn, grinste und entsperrte mein Handy. Zeit, um Kommentare zu lesen.

Moe schaltete den Spaceshuttle an und zuckte mit den Schultern. »Er steht drauf.«

Seine lockere und immer positive Stimmung stecke mich an. Während er sich dem Kassensystem widmete, öffnete ich Ysta und tippte auf meinen letzten Post. Ein Bild meines Outfits vom Interview mit dem *Freyja Magazin*. Die ersten Kommentare darunter las ich durch, verteilte Likes und bedankte mich mit kurzen Antworten. Irgendwann schaltete ich auf Autopilot, überflog nur noch die einzelnen Wörter und reagierte spärlich. Ich scrollte so lange, bis ein einzelner Satz mich innehalten ließ. Er war wie ein Schlag in die Magengrube. Immer wieder las ich den Kommentar, bis meine Sicht sich trübte.

MyCalebHan_: *Du bist nichts weiter als ein Haufen Lügen und Scheiße.*

Kapitel Sieben

Mit frisch blondierten Haaren schleppte ich mich vom Haarstudio zu *Nana's Bake Shop*, einer Bäckerei zwei Kreuzungen weiter, die ich mindestens einmal die Woche besuchte.

Noch bevor meine Haare getrocknet gewesen waren, hatte ich Peyton geschrieben, dass ich den Termin des Fittings für die Weihnachtsgala verschieben musste. Mir war übel und ich wusste, dass es nur ein Heilmittel gegen meinen Frust gab.

Ich öffnete die Eingangstür der Bäckerei und wurde augenblicklich vom süßen, buttrigen Duft köstlichen Gebäcks begrüßt.

Hinter der Glastheke saß Helene, die siebzigjährige Besitzerin. Als sie mich entdeckte, vertiefte sich ihr Lächeln in ein Strahlen. »Ruby! Wie schön dich zu sehen. Komm setz dich zu mir.«

Sie deutete neben sich und ich ging mit gesenktem Kopf an der Handvoll Kunden vorbei, die das Café bevölkerten.

Sie hatten es sich auf den dunklen Holzstühlen gemütlich gemacht und dampfende Tassen Kaffee standen auf einzelnen Tischen vor ihnen. Die Tortenstücke und Gebäckteile, die ich dazu auf den Tellern sah, ließen mir das Wasser im Mund zusammenlaufen.

Helene saß auf einem alten Barhocker und klopfte auf das rote Polster eines zweiten daneben. Das Holz knarzte unter mir, als ich mich darauf niederließ, und Winston kugelte sich zu meinen Füßen zusammen. Auf dem Weg hierher war er einem Schmetterling hinterhergejagt und hechelte jetzt vor sich hin. Helene stand auf und stellte ihm eine Schüssel mit Wasser hin. Dann sah sie mich an. »Ich habe Mandarinenkuchen gebacken. Möchtest du ein Stück?«

»Ein ganz kleines«, bat ich und starrte auf die altmodische Kaffeemaschine. »Darf ich mir einen Kaffee machen?«

»Natürlich. Bedien dich. Meine alten Knochen werden es dir danken.«

Bei ihrem Lächeln wurde mir warm ums Herz. Ich stand auf, holte mir eine Tasse vom Regal herunter, die mich sehr an das Geschirr meiner eigenen Oma erinnerte und schüttete mir etwas von der dunklen Flüssigkeit ein. Während ich das tat, blickte ich auf die eingerahmten Fotos neben der Kasse, die Helene in jüngeren Jahren zeigten.

Die Rahmen waren golden, wahrscheinlich älter als ich und auch die Bilder hinter dem Glas waren mit den Jahren verblasst.

Während ich die warme Atmosphäre der Bäckerei auf mich wirken ließ, sah ich Helene dabei zu, wie sie mir ein viel zu großes Stück von ihrem köstlichen Kuchen abschnitt und mir kurz darauf mit zittrigen Händen reichte.

»Schau eine alte Frau nicht so traurig an. Jetzt erzähl mir, was dir auf dem Herzen liegt?«, fragte sie wie selbstverständlich.

Ihre eisblauen Augen musterten mich neugierig und ich stellte die Kaffeetasse auf die Theke gegenüber, um in dem Kuchen herumzustochern.

»Der ist ohne Zucker.«

Ich schüttelte belustigt den Kopf. »Das behauptest du jedes Mal.«

»Muss ich wohl, damit du endlich isst. Jetzt nimm einen Bissen und teil deine Sorgen mit mir.«

»Woher weißt du, dass ich Sorgen habe?«, wollte ich wissen.

Helene schaute mich an, als hätte ich sie beleidigt. »Meine grauen Zellen sind nicht mehr so frisch wie früher, aber wie lange kenne ich dich mittlerweile? Sechs Jahre? Du bist damals hier rein, hast eine ganze Torte für dich bestellt und leise vor dich hin geweint, während du sie gegessen hast.«

»Ich hatte zwei Klausuren verhauen«, erinnerte ich mich.

»Und, was habe ich dir gesagt?« Helene deutete auf den Kuchen. Endlich genehmigte ich mir einen Bissen und musste die Augen schließen, weil er mal wieder jede meiner Geschmacksknospen beglückte. Die Säure der Mandarinen harmonierte perfekt mit der Süße des Kuchenteigs. Die Vanillecreme schmolz auf meiner Zunge und ich schmeckte einen Hauch von Muskatnuss heraus. Helene war wirklich raffiniert und beherrschte ihr Handwerk.

»Dass alles gut wird«, nuschelte ich.

»Dann warst du zwei Monate später wieder hier, um eine Geburtstagstorte zu bestellen.«

Helene führte sich eine Tasse mit Tee an die Lippen. »Wie hieß der Junge noch mal? Ken?«

»Ben. Tu nicht so, als würdest du das nicht mehr wissen. Was hat es mir gebracht? Eine Woche später hat er mit mir Schluss gemacht.«

»Weil er ein Idiot war.«

»Helene!«, beschwerte ich mich leise. Manchmal wurde ich das Gefühl nicht los, dass in ihr insgeheim noch immer ein Teenager steckte.

Einer, der an Parkinson litt, aber sich nicht davon unterkriegen ließ.

»Jetzt hör auf. Ich weiß ganz genau, dass ihr jungen Leute viel schlimmere Wörter benutzt. Henry übertrifft jeden.«

Sie liebte es, von ihrem Enkel zu reden.

»Henry ist siebzehn Jahre alt. Da ist das normal«, erklärte ich. Dank Eve kannte ich dieses Alter ganz gut.

»Er hat jetzt eine Freundin.« Helene stellte ihre Tasse beiseite, nahm mir den leeren Teller ab und platzierte ihn in der Spülmaschine. Ich wollte sie davon abhalten, aber sie winkte nur ab. »Und Henry hat mir auch erzählt, dass du einen Freund hast.«

Ich versuchte, überrascht zu sein. Aber mittlerweile schien der ganze Planet von meiner Beziehung zu Caleb zu wissen.

»Helene. Da ist nichts. Das Ganze ist … einfach nur ein großes Missverständnis.«

»Mir bist du keine Erklärung schuldig. Außerdem akzeptiere ich keinen Freund, den ich nicht vorher kennengelernt habe. Du weißt, dass ich dich wie eine Enkelin sehe.«

»Glaub mir. Wenn es so weit ist, wirst du die Erste sein, die es erfährt.«

Wieder musterte sie mich. Mit ihrer blassen Hand strich sie mein Haar zurecht. »Du warst wieder beim Friseur.«

Ich nickte. Ich hasste es. Heute besonders.

»Gefällt es dir?«

»Du willst meine Meinung nicht hören. Ist dieser Junge der Grund, warum du so schmollst?«

Eine Kundin kam an die Theke und brachte ihr Geschirr zurück. Bevor Helene sich in Bewegung setzen konnte, sprang ich auf, bedankte mich bei der jungen Frau und räumte alles in die Spülmaschine. Dann schnappte ich mir einen Putzlappen und Reinigungsspray, um den Tisch abzuwischen.

Zu fünfundneunzig Prozent tat ich das, um Helene etwas Hilfe zu leisten. Die restlichen fünf Prozent waren allerdings egoistischer Natur. Ich wollte Zeit schinden. Denn Helene, die ich in den letzten Jahren öfter getroffen hatte als meine eigenen Eltern, besaß die Fähigkeit, jede einzelne Empfindung aus mir herauszukitzeln. Jedes noch so kleine Gefühl, darunter einiges, das mir selbst verborgen gewesen war, hatte sie erfolgreich erkannt.

Und ich wollte reden. Sonst wäre ich schließlich nicht in die Bäckerei gekommen. Aber gleichzeitig wollte ich nicht über *alles* reden. Vor allem nicht über Caleb Han.

Als ich mich schließlich wieder hinter die Glasvitrine setzte und Winston zwei Leckerlis vor die Nase legte, fing Helenes Verhör an.

»Du willst doch eine alte Dame nicht lange warten lassen, oder Ruby?«, fragte sie mit forschendem Blick, nachdem sie an ihrer neu gefüllten Teetasse genippt hatte.

Ich schüttelte den Kopf. Es hatte keinen Zweck, es länger aufzuschieben.

»Ich habe das alles satt. Die ständigen Fotos, Partys, auf denen ich mich langweile, und Gerüchte, die mir jeden dritten Tag Panikattacken verschaffen. Diese beschissene Haarfarbe, wegen der mich alle Barbie, Rapunzel oder Gott weiß was nennen«, fluchte ich und wurde mir dessen sofort bewusst. »Entschuldige meine Wortwahl. Ich möchte einfach ein paar Tage das Ganze abstellen. Natürlich weiß ich, wie glücklich ich mich schätzen sollte, und ich bin auch wirklich dankbar für die Möglichkeiten, aber …«

»Du brauchst eine Pause. Für *immer*?«, unterbrach mich Helene. In ihren hellen Augen sah ich mich als Reflexion. Ich sah schrecklich aus.

Laut aussprechen würde ich das jedoch nicht in ihrer Anwesenheit. Ich ließ die Schultern hängen. Mein Handy vibrierte in meiner Tasche, doch ich hatte keine Kraft oder Lust, nachzusehen. »Diese Geschichte mit dem Sänger ist zu viel. Ich weiß nicht, ob ich das aushalte. Es wäre halb so schlimm, wenn er nett wäre, verstehst du? Stattdessen verhält er sich wie ein … ein Schuft!«

Helene lachte so herzlich auf, dass die Teetasse in ihrer Hand gefährlich zitterte. »Schuft? Du fluchst noch harmloser als mein lieber Edward. Ich habe mich damals immer lustig über ihn gemacht, dass er in meiner Anwesenheit nicht schimpfen konnte. Er wurde dann immer ganz rot wie eine Tomate und fing an zu husten.«

»Ich wette, er war sanft wie ein Welpe«, kommentierte ich und vergaß darüber kurz meinen Frust.

»Ein Hase. Jede Woche brachte er mir frische Blumen. Manchmal legte er eine Schokoladenpraline dazu. Vierzig Jahre Ehe ... so etwas gibt es kaum noch.« Ihre Augen wurden glasig, ganz offensichtlich schwelgte sie in alten Erinnerungen und auch ich stellte mir vor, wie die junge Helene und ihr Edward ihrem Alltag nachgegangen waren.

Ich hatte mich so lange nach dieser Art von Liebe gesehnt. War neidisch gewesen auf alle Paare, die mir über den Weg gelaufen waren. Bis ich gelernt hatte, wie viel Macht Liebe über einen Menschen haben konnte. Wie idiotisch, naiv und verletzlich man wurde.

Die Vorbilder, die ich hätte haben sollen, waren keine gewesen. Meine Eltern hassten sich morgens und liebten sich pünktlich zum Abendessen wieder.

Und Helene saß jeden Tag in ihrer Bäckerei mit einem gebrochenen Herzen, und auch wenn sie es niemals zugeben würde, zählte sie die Tage, bis sie wieder mit ihrem Ehemann vereint sein würde.

Irgendwann in den letzten Jahren war ich zu dem Entschluss gekommen, dass Liebe nichts für mich war.

Ich war aufgewacht, hatte die Tausenden Paare in meinem Ysta-Feed entdeckt und realisiert, dass ich für dieses Konzept nicht gemacht war.

»Weißt du noch, wie ich dir damals gesagt habe, dass du zu reif für dein Alter bist?«, fragte mich Helene versöhnlich über das sanfte Getuschel in der Bäckerei hinweg.

Die Ladenglocke bimmelte und ein junger Mann, gekleidet in einen blauen Anzug, kam herein. Er bestellte sich einen schwarzen Kaffee und während Helene abkassierte, bereitete ich das Heißgetränk vor und reichte es mit einem freundlichen Lächeln über die Theke.

Der Kunde erwiderte die Geste und ich ignorierte das kurze Funkeln in seinen Augen.

Sag es nicht. Geh einfach.

»Dich habe ich hier noch nie gesehen.«

»Sie ist meine Enkelin«, stieß Helene an meiner Seite hervor. »Sie hat einen Freund. Er ist berühmt. Vielleicht kennst du ihn.«

Der junge Mann sah irritiert drein und witterte bestimmt, dass er keine Chance gegen eine resolute Oma wie Helene haben würde.

Nachdem er sich hastig verabschiedet hatte, prustete ich los. »Du weißt, der kommt nie wieder.«

»Ich mag Anzugträger sowieso nicht. Also, erinnerst du dich, wie ich das zu dir gesagt habe?«, knüpfte sie unbeirrt an unser Gespräch an.

Wir setzten uns wieder auf unsere Hocker und schauten durch die großen Fensterscheiben der Bäckerei auf die belebte Straße.

»Ja. Denn du sagst es ständig«, ließ ich sie wissen.

Du bist zu reif für dein Alter. Du warst bestimmt so ein braves Kind. Du bist so erwachsen.

Jegliche Variationen dieses angeblichen Kompliments hatte ich mir seit meiner Kindheit anhören müssen.

»Das ist etwas Schönes. Aber gleichzeitig auch traurig«, erklärte Helene und trank den letzten Schluck aus ihrer Tasse. »Weil du gezwungen warst, so früh erwachsen zu sein. Du bist jetzt fünfundzwanzig Jahre alt, Ruby. Es ist an der Zeit, dumm zu sein. Mach Dinge, die dir gefallen. Hör auf Sachen zu tun, die du nicht möchtest. Du bist ein wunderbares Mädchen und ich möchte, dass du das weißt. Sei ein Kind. Einen Tag lang. Das Leben ist zu kurz, um ständig ernst zu sein.«

Ich wartete mit Winston im High Park. Die kühle Morgenluft schlug mir gegen das Gesicht und der Nebel stand tief, während die Stadt langsam aus der Nacht erwachte. Es war zu früh für ein Date mit Caleb.

Wortwörtlich. Es war sechs Uhr, noch dunkel und ich zitterte am ganzen Körper.

Normalerweise würde ich mich um diese Uhrzeit in aller Ruhe zurechtmachen, mit Winston eine große Runde um den Block gehen und dann eine große Tasse heißen Tee trinken. Stattdessen stand ich neben einem der vielen Seen im Park und wartete.

An sich wollte ich ihm nicht schreiben. Eigentlich wäre es mir lieber gewesen, keinerlei Kontakt mit Caleb zu pflegen, aber meine Ungeduld siegte. Ich suchte die Nummer heraus, die ich von Peyton zu Beginn der Scharade erhalten hatte.

ICH

Wo bist du?

Seine Antwort kam wenige Sekunden später.

CALEB

Dreh dich um

Ich folgte der Anweisung und da, in einen schwarzen Mantel gehüllt und eine passende Mütze auf dem Kopf, kam Caleb auf mich zu geschlendert. In seinen Händen hielt er zwei dampfende To-go-Becher.

Als auch Winston ihn entdeckte, sprang er einen Satz nach vorne und zog so fest an der Leine, dass ich prompt drei Schritte nach vorne stolperte.

Caleb, der offensichtlich eine bessere Reaktionszeit hatte, hob seine Arme, um meinen Sturz mit seinem Oberkörper abzufangen.

Ich prallte gegen ihn und verkniff mir nicht das Fluchen. »Verdammt.«

»Dir auch einen guten Morgen«, antwortete er und schaute zu mir herab. Seine dunklen Augen flackerten belustigt. »Ich wusste nicht, dass du mich so vermisst hast.«

»Träum weiter.« Ich löste mich schnell von ihm und brachte genug Sicherheitsabstand zwischen uns. Zumindest so viel, wie Winston gestattete. Der wedelte aufgeregt mit seinem Schwanz, unschuldig wie ein Baby, und sah Caleb aus großen Augen an.

Dieser drückte mir einen der Becher in die Hand und kramte eine Packung Hundeleckerlis aus seiner Manteltasche.

»Darf ich?«, fragte er, aber wir beide wussten, dass ich eigentlich schon längst kein Mitspracherecht mehr hatte.

»Nur zu.«

Ich sah zu, wie er meinen Hund bestach und roch unauffällig an dem Becher.

Kaffee. Schwarz. Ein kleiner Geschmackstest bestätigte meine Annahme: Kein Zucker. Anscheinend kannte er mittlerweile meine Kaffeevorliebe. Jemand hatte entweder seine Hausaufgaben gemacht oder eine gewisse Blondine namens Peyton bestochen.

Dennoch fragte ich mich, wieso er sich so viel Mühe gab. Er hatte schließlich kein Geheimnis daraus gemacht, dass er meine Anwesenheit genauso wenig ertrug wie ich seine.

Als Caleb von Winston abließ, drückte ich ihm die rote Leine in die Hand. »Bitte schön. Wenn wir Glück haben, entdeckt uns jemand und wir können das ›Date‹ auf eine halbe Stunde verkürzen.«

Der ursprüngliche Plan war gewesen, dass er danach zu mir in die Wohnung kommen würde, aber ich hatte von meinem Vetorecht Gebrauch gemacht. Denn Caleb hatte nichts in meiner Wohnung verloren. Dort gab es keine Paparazzi oder Presseleute. Diese Idee war Schwachsinn. Genau das hatte ich auch Peyton nach meinem Besuch bei Helene gesagt. Und sie hatte sich schnell überzeugen lassen.

Caleb ging nicht auf meinen Kommentar ein, sondern schlenderte wortlos, an seinem Becher schlürfend, an mir vorbei.

Ich nutzte die Gelegenheit, um die entspannte Atmosphäre im Park auf mich wirken zu lassen. Als Studentin war ich oft hier gewesen, hatte den Sakura-Baumhain besucht und die zahlreichen Tiere beobachtet, die sich zwischen den Baumkronen und Büschen versteckt hatten.

Hier konnte man dem Trubel, dem Chaos der Stadt entfliehen und im Frühling den Kirschblüten beim Fallen zusehen.

»Kennst du den roten Faden des Schicksals?«, hörte ich Caleb nach einigen Minuten fragen.

Ich drehte mich zu ihm um, sodass der Kies unter meinem Sohlen knirschte. »Was?«

»Ich vermute, das heißt ›Nein‹?«

Sein Blick begegnete meinem und ich wünschte, ich hätte in seinen Kopf hineinschauen können.

»Es ist ein ostasiatischer Glaube. Meine Großmutter hat mir davon erzählt. Der Gedanke besagt, dass jeder Mensch einen unsichtbaren roten Faden um den kleinen Finger gewickelt hat.«

Er deutete auf Winstons rote Leine. »Das Ende des Fadens ist mit einem anderen Menschen verknüpft. Ein Symbol für Seelenverwandtschaft.« Caleb sprach jedes Wort aus, als wäre es ein Gedicht. »Eine unveränderliche, unvermeidliche und ewige Verbindung zwischen zwei Menschen.«

»Glaubst du daran?« Meine Stimme schwankte. Ich spürte, wie mir die Brust eng wurde. Wieso, wusste ich nicht.

»Vielleicht. Ob du es dir vorstellen kannst oder nicht, ich bin nicht der Frauenheld, als den mich die Medien gerne darstellen. Ich mache mir seit einiger Zeit Gedanken um dieses Thema. Vielleicht werde ich mein Album darauf basieren lassen. Die Idee fasziniert mich.«

Ich dachte an eine Strophe eines seiner beliebtesten Songs. Eine Ballade.

Cause I'll wait for you.
Even if it means forever.

Wem war das Lied gewidmet? Welche Person konnte er nicht vergessen?

»Ich glaube nicht an das Schicksal«, sagte ich in die Stille hinein. »Wie soll es möglich sein, dass mein Seelenverwandter hier in Kanada, geschweige denn Toronto wohnt, wenn da draußen acht Milliarden Menschen leben? Selbst wenn wir eine große Summe ausklammern aufgrund des Alters, des Geschlechts oder anderer Gründe, sind immer noch Millionen von Männern da draußen. Wie soll man da von Schicksal oder Seelenverwandtschaft reden?«

Caleb lachte auf. Dann schüttelte er den Kopf. »Warum sollte dein Seelenverwandter nicht wenige Kilometer entfernt sein? Warum kann es nicht sein, dass all deine Entscheidungen – bewusst oder unbewusst – dich dazu gebracht haben, hier zu sein? In diesem Moment?« *In diesem Park zu sein. Mit mir.* Er sprach es nicht aus, aber wir wussten, dass wir beide dasselbe dachten.

»Ich ... keine Ahnung. Vielleicht hast du recht. Aber vielleicht sind wir alle einfach nur liebeskranke Idioten, die sich das Leben schönreden wollen.«

Damit war das Thema für mich beendet. Ich wollte nicht länger mit Caleb über Liebe, Schicksal oder verbundene Seelen reden.

Es war keine offizielle Anordnung, dass wir überhaupt miteinander redeten auf unseren Dates. Und jedes Mal, wenn wir miteinander sprachen, wurde ich mir unserer Gemeinsamkeiten bewusst. Das gefiel mir nicht.

»Ruby.«

Ich reagierte nicht. Stattdessen war ich damit beschäftigt, Winston zu streicheln.

»Ruby«, wiederholte Caleb, diesmal mit Nachdruck.

Seine Stimme klang plötzlich so kalt, dass ich gezwungen war, aufzublicken.

»Was?«

Er sprach, ohne wirklich den Mund zu öffnen. »Da ist jemand und macht Fotos. Auf der Sitzbank. Nicht umdrehen!«

Ich starrte einfach weiter zu ihm herauf. »Das wollten wir doch, oder?«

»Ja, aber es wird nicht lange dauern, bis eine ganze Meute hier auftaucht.«

»Sind deine Fans so verrückt?«

Er hob eine Augenbraue. Für ihn waren seine Fans wahrscheinlich das Kostbarste.

»Wir haben nicht viel Zeit. Komm mit.« Er nahm meine freie Hand und führte mich über einen bewaldeten Weg, den ich noch nie benutzt hatte. Der Nebel war verschwunden und die ersten Sonnenstrahlen warfen ihr Licht durch die Dunkelheit.

»Ich nehme den Bus von der gegenüberliegenden Straßenseite. Vorher besorge ich dir noch schnell ein Taxi.«

Seine Idee war bescheuert. Das ließ ich ihn auch wissen. »Warum fahren wir nicht einfach zusammen im Taxi?«

Er schob sich die Mütze leicht aus der Stirn. »Ich bin davon ausgegangen, dass unser Date zu Ende ist.«

»Trotzdem werde ich dich nicht den Wölfen zum Fraß vorwerfen. Sorry für den Ausdruck, aber deine Groupies machen mir Angst. Komm schon.«

Winston knurrte tief. Er platzierte sich dicht an meinen Beinen und ich folgte seinem wachsamen Blick in die Richtung, aus der wir gekommen waren.

Eine kleine Gruppe von jungen Mädchen hatte sich dort bereits formiert und ich sah, wie eine aus der Runde zu dem Wäldchen deutete, in dem wir uns versteckten.

Ich wandte mich an Caleb und nahm ihm die Leine ab. »Wie schnell kannst du laufen?«

»Schnell genug«, ließ er mich wissen und setzte sich in Bewegung. Der arme Winston wusste sicher nicht, was geschah, aber er reagierte schnell. Zu dritt liefen wir durch das Wäldchen, unsere Kaffeebecher warfen wir in einen Mülleimer in der Nähe des Ausgangs und nach einer gefühlten Ewigkeit, während der Wind an meinen Ohren peitschte, standen wir vor der Bushaltestelle, die sich den Namen mit dem Park teilte.

»Du kannst dich immer noch umentscheiden«, erwähnte Caleb gespielt beiläufig, während er eine Taxi-App öffnete.

Wir stellten uns neben einen Wolkenkratzer und ich wandte mich ab, um nach Luft zu schnappen.

Winston stupste mich mehrfach an, doch ich hatte keine Kraft, seiner Aufforderung zu folgen. Als ich nicht reagierte, bellte mein treuer Begleiter Caleb an und sorgte damit unfreiwillig für Aufmerksamkeit.

»Was ist mit ihm?«

Ich spürte, wie ich in Schnappatmung verfiel und versuchte mit zitternden Händen nach meinem Inhalator zu greifen.

»Ruby? Was ist?«

Das Engegefühl gab nicht nach. Stattdessen steigerte ich mich immer weiter hinein, fing an zu keuchen.

Caleb baute sich vor mir auf und versuchte mich zu

beruhigen. »Hast du sowas wie eine Panikattacke? Sag irgendetwas. Bitte.«

Er sah herunter zu Winston, der mit seiner Schnauze an meine Manteltasche rieb.

»Asthma«, krächzte ich mit letzter Kraft hervor.

Mein Gegenüber reagierte nach einem kurzen Schockmoment und holte meinen Inhalator hervor. Er hob mein Kinn und schaffte es nach zwei Versuchen, das Mundstück an meine Lippen zu führen.

»Was soll ich tun?«

Ich hielt das Asthmaspray fest und drückte die Medizin in meine Lungen hinein. Es war so einfach; doch zu atmen, fühlte sich gerade an wie ein Kampf.

Atme.

Atme einfach.

Ich schloss die Augen und konzentrierte mich nur auf das Gefühl von frischer Luft, die ich einsaugte und irgendwann kam mein Körper endlich zur Ruhe.

Geschwächt von dem Anfall legte ich den Kopf in den Nacken und atmete. Und atmete. So lange, bis ich nicht das Gefühl hatte, meine Lungen würden jeden Moment explodieren.

»Geht's wieder?«, hörte ich Caleb fragen. Für einen kurzen Moment hatte ich vergessen, dass ich nicht allein gewesen war.

Ich öffnete die Augen und sah in sein schockiertes Gesicht. Mir gefiel der Ausdruck darin nicht. Denn es passte nicht zu Caleb, so fürsorglich zu schauen. Er sollte einen doofen Spruch sagen, humorlos reagieren oder einfach aufhören, mich anzustarren.

»Ja, danke. Sorry, für den Schreck«, flüsterte ich und ließ das Spray wieder in meinem Mantel verschwinden.

Ein Taxi fuhr heran. Caleb reagierte als Erster und öffnete die Hintertür für mich. Mit Winston im Schlepptau folgte ich seiner stummen Aufforderung und sah dann zu, wie er sich neben mich auf die Rückbank schob.

»Ich begleite dich noch bis zu deiner Wohnung. Danach bist du mich los.«

Kapitel Acht

Dank Winston landete Caleb schließlich doch wieder in meiner Wohnung. Denn mein Hund hörte erst auf zu winseln, als sich mein ungewollter Gast den Mantel abstreifte und damit andeutete, er würde vorerst nicht gehen. Winstons Anhänglichkeit ihm gegenüber war süß, aber für mich kein willkommenes Geschenk. Erst recht nicht, wenn es bedeutete, so mehr Zeit als nötig mit Caleb zu verbringen.

»Kann ich meinen Mantel irgendwo aufhängen?«

Ich schlüpfte aus meinen Sneakern und nahm ihm dann das Kleidungsstück ab. Nachdem ich unsere Mäntel im Garderobenschrank verstaut hatte, huschte mein Blick wieder zu Caleb.

Mittlerweile war die Sonne vollständig aufgegangen und strahlte durch meine Fenster. Im hellen Licht entdeckte ich dunkle Ringe unter seinen Augen. Ich erinnerte mich daran, dass er erst vor wenigen Stunden aus dem Flieger gestiegen war.

»Kaffee? Tee?«, fragte ich daher und ging an ihm vorbei in die Küche.

Ich sah ihm dabei zu, wie er sich auf meine Couch zubewegte und sich in voller Länge auf dem weichen Polster ausbreitete.

»Weißt du, was ich jetzt brauche?«, rief er und ein lautes Gähnen vibrierte durch die offene Wohnküche.

Ohne auf seine Frage einzugehen, bereite ich zwei Tassen grünen Tee vor und sah den Kräutern dabei zu, wie sie dem heißen Wasser eine grünliche Farbe verliehen.

Caleb gähnte ein weiteres Mal und ich reagierte schließlich doch. »Nein. Was brauchst du?«

»Schlaf. Kann ich mich hier hinlegen?«

Ich schmunzelte mit dem Rücken zu ihm gewandt. »Du liegst doch schon.«

Als ich die Tassen auf dem Couchtisch abstellte, stand er auf wie ein Soldat, der von seinem Offizier einberufen wurde.

»Jetzt nicht mehr. Also?«

Ich ließ den Gedanken innerlich durchspielen. Caleb, der bei mir in der Wohnung auf der Couch ein Nickerchen machte.

Es war bereits das zweite Mal, dass er einen Einblick in meine Privatsphäre erhielt. In kürzester Zeit.

Ich sollte ihn zum Teufel schicken und ein Kreuz in meinem Kalender machen, dass wir dieses Date ohne Streitereien überlebt hatten. Ihn hier zu haben war eine dumme Idee. Doch dann erinnerte ich mich an Helenes Worte.

Sei dumm. Nur einen Tag lang.

»Nur, weil du aussiehst wie ein Zombie und Winston es

mir nicht verzeihen würde«, erklärte ich und deutete auf das weiße Polster. »Meins ist deins, nicht wahr?«

Caleb zeigte den Hauch eines jungenhaften Lächelns, setzte sich und klopfte auf den freien Platz neben sich. »Leistest du mir denn Gesellschaft?«

Mein Herz machte einen Sprung. Dann folgte ein Salto.

»Hier sind keine Kameras. Du musst nicht so tun, als würdest du mich mögen«, versicherte ich ihm und rutschte auf den Platz, der am weitesten von ihm entfernt war.

Seine dunklen Augen folgten meiner Bewegung und für einen Sekundenbruchteil erkannte ich Verletzlichkeit in dem Braun.

Er wirkte erschöpft. Ganz anders als der Sänger, den alle als arroganten Draufgänger kannten. Anders, als ich ihn kannte.

»Ich habe einen Wecker gestellt. Falls ich nicht aufwachen sollte, kannst …?«

»Ja, mache ich. Ich bin in meinem Schlafzimmer.«

Schon ließ er sich in die Kissen sinken und schloss die Augen. Leise ging ich aus dem Wohnzimmer und schloss die Tür hinter mir.

Obwohl Caleb tief und fest schlief, war ich mir seiner Anwesenheit in meiner Wohnung sehr bewusst.

Ich hatte eine Weile damit verbracht, auf Ysta mit meinen Followern zu interagieren. Mich geduscht, frische Kleidung übergezogen und meditiert. Danach war ich auf Zehenspitzen zurück in die Küche gegangen, um eine Kleinigkeit zu essen.

Ich verdrückte einen halben Bagel mit einer dünnen Schicht Frischkäse und versuchte dabei nicht zu auffällig in die Richtung des großen, dunkelhaarigen Typen inmitten meines Wohnzimmers zu starren.

Winston hatte sich zu seinen Füßen positioniert und schnarchte leise.

Ich ließ das Bild der beiden auf mich wirken. Es war komisch, dass es so vertraut wirkte. Alles daran sollte sich eigentlich falsch anfühlen, aber das tat es nicht.

Ich dachte an das Gespräch im Park. Wie leidenschaftlich Caleb von Seelenverwandtschaft und Schicksal philosophiert hatte. Vielleicht ... ja, nur vielleicht, war er viel mehr, als ich mir erlaubt hatte, in ihm zu sehen.

Nach meinem letzten Bissen verließ ich die Küche und war gerade dabei, wieder in meinem Schlafzimmer zu verschwinden, doch irgendetwas zog mich in Calebs Richtung. Wie ein unsichtbarer, neugieriger Magnet, der sich gerne auf Gefahren einließ. Als ich näher an das Sofa trat, fielen mir seine ruhigen Gesichtszüge auf. Er sah friedlich aus. Jede Spur von Trotz und Wut war aus seiner Mimik gewichen und ich nahm mir Zeit, seine Züge zu studieren. Er wirkte jünger, fast sorglos und ich hätte gerne gewusst, ob er träumte.

Ich hatte ihn in den letzten Wochen so oft gesehen. Auf Magazinen, in den sozialen Medien und bei unseren Treffen, aber dieser Caleb hier war anders.

Seine Haut wirkte weich, reiner als in jeder Werbung für Hautpflegeprodukte. Ein leichter Schatten auf seinen Wangen deutete darauf hin, dass er sich heute Morgen nicht rasiert hatte. Selbst sein fast schwarzes Haar wirkte seidig und ich widerstand dem Drang, die Finger darin zu versenken. Stattdessen riss ich mich zusammen und machte mich daran, ihn mit der weißen Kuscheldecke, die über der

Lehne gehangen und die mir Eve gehäkelt hatte, zuzudecken.

Plötzlich bekamen Finger mein Handgelenk zu fassen und ich zuckte zusammen, als ich meinen Kopf wandte und in Calebs wachsame Augen blickte.

»Du hast mich nicht geweckt«, murmelte er und schloss die Lider wieder. Doch er hatte mich nicht losgelassen.

»Dein Wecker hat noch nicht geklingelt.«

»Du riechst gut. Nach Keksen, oder so«, murmelte er.

Offensichtlich war er noch nicht ganz bei Sinnen. Ich verkniff mir das Lächeln, als ich antwortete. »Das ist mein Parfüm. Es hat Vanille und Mandel als Basis.«

»Gefällt mir.«

»Danke?«, erwiderte ich und versuchte mich vorsichtig aus seinem Griff zu lösen.

Winston erwachte aus seinem Schlaf und gähnte, bevor er vom Sofa kletterte und in seinen Korb tapste.

»Können wir so bleiben? Nur eine Minute noch?« Caleb öffnete wieder seine Augen.

Ich ignorierte den schwindelerregenden Ausdruck darin und rief mich zur Besinnung. »Ich denke nicht, Caleb. Du solltest aufstehen. Isaac fragt sich sicher, wo du steckst.«

»Ist mir egal.« Doch er ließ mich los und setzte sich langsam auf. Dann streckte er seine Arme breit aus. »Isaac ist nicht mein Babysitter, weißt du?«

»Aber du brauchst einen. Sonst wären wir gar nicht in dieser Situation«, stieß ich hervor, während ich auf die andere Seite des Sofas rutschte.

Unauffällig strich ich über die kribbelnde Stelle auf meiner Haut, wo er mich berührt hatte.

»Ist es so schlimm mit mir?«, wollte Caleb wissen und

trank den mittlerweile kalten Tee in wenigen Schlucken aus.

»Ja.« Ich ließ die Schultern sinken. »Nein. Keine Ahnung. Ich kenne dich nicht. Und das, was ich über dich weiß, ist nicht unbedingt positiv.«

»Dann frag mich was. Alles, was du willst.«

Mein Puls fing an, sich zu beschleunigen. Er gab mir genau das, was ich seit Wochen so dringend gewollt hatte.

»Eine Frage?«

»Zwei, wenn ich mich danach fühle.« Er lehnte sich gegen das Polster in seinem Rücken und reckte herausfordernd das Kinn in meine Richtung. »Trau dich.«

Die erste Frage war sofort da. Sie beschäftigte mich seit Wochen.

»Warum hasst du mich?«

»Wer hat gesagt, dass ich dich hasse?«

»Du hast es mir in den letzten Wochen oft genug gezeigt. Beim Shooting? Im Club?«

Er ließ meine Worte auf sich wirken. Statt einer Antwort, stellte er mal wieder eine Gegenfrage. »Warum hast du beim Shooting erzählt, ich sei ein unpünktlicher Säufer?«

Ich erinnerte mich vage an seine Worte in der Nacht im Hinterhof des Clubs. Genauso wie damals war ich irritiert über seine Anklage. »Ich weiß bis heute nicht, wer das gesagt haben soll. Ich kann dir nur garantieren, dass ich es nicht war. Ich war angepisst, weil du unpünktlich warst, aber ich würde so etwas nie behaupten.«

Calebs Blick wurde weich. Offensichtlich glaubte er mir. »Gut. Ich hasse dich nicht.«

»Warum bist du dann ständig so großkotzig? Und nein,

das ist nicht meine zweite Frage«, ließ ich ihn wissen und trank ebenfalls vom kalten Tee, denn auch meine Tasse hatte ich auf dem Couchtisch stehen lassen.

»Das ist mein Image. Cold Face. Du erinnerst dich?«

Jaja. Zu gut.

Ich schwieg eine Weile und verdaute das neue Wissen. War es das? Herrschte von nun an Frieden zwischen uns? Oder waren wir in einem Paralleluniversum gelandet und jeden Moment würde diese Traumblase platzen? Ich traute der Sache nicht. Es war zu gut, um wahr zu sein.

»Das stresst dich scheinbar sehr, Rapunzel. Mich fasziniert es jedes Mal, wenn du dir den Kopf über mich zerbrichst.«

Zurück war der alte Caleb mit seinen bescheuerten Spitznamen und Kommentaren.

Ja, er hasste mich wahrscheinlich nicht. Doch beste Freunde würden wir in diesem Leben auch nicht mehr werden.

Ich antwortete mit derselben Überheblichkeit, die er wieder aufgesetzt hatte. »Das würde implizieren, dass ich auch nur einen Gedanken an dich verschwende. Vergiss Punkt 8.3 nicht.«

Caleb reagierte, indem er mit einer geschmeidigen Bewegung näher an mich heranrückte. Er war mir so nah, dass ich seinen Duft einatmen konnte. Es gab mir eine kleine Genugtuung, dass er augenscheinlich dasselbe tat.

Mein Herz fing an, schneller zu schlagen und ich zwang mich zu ignorieren, dass Calebs Blick einen Moment lang auf meine Lippen fiel.

Seine Stimme war kaum ein Flüstern, als er sprach. »Nein? Also denkst du nicht an eine Wiederholung von letzter Woche? Daran, wie gut es sich anfühlt, wenn wir uns küssen?«

Er war mir so nah, dass die Worte mein Gesicht kitzelten.

Meine Haut pulsierte und ein Teil von mir wollte sich vorbeugen und ihm zeigen, wie oft ich daran gedacht hatte.

Denn auch er wollte mich wieder küssen. Caleb Han wollte eine Wiederholung.

Ich lachte über meine Nervosität hinweg. Ihm geradewegs ins Gesicht. »Wow. Caleb Han hat so etwas wie ein Herz. Sollte ich nicht lieber fragen, ob nicht ich dir den Kopf verdreht habe? Es war ein Kuss. Für die Kameras. Nichts davon ist oder war real.«

Das klang harsch. Härter, als es beabsichtig gewesen war, aber wir beide brauchten den Realitätscheck.

Ich ignorierte das Kribbeln in meinem Bauch und den Teil von mir, der sich wünschte, er würde einfach vergessen, was ich gesagt hatte und mich endlich küssen.

Aber natürlich war Caleb nicht dumm. Er wusste, dass ich bluffte und bestrafte mich, in dem er aufstand und seelenruhig die Decke zusammenlegte.

»Ich verschwinde jetzt. Danke für den Schlafplatz, Ruby Dawson. Hast du eigentlich einen Zweitnamen?«

Perplex stand ich ebenfalls auf und fing an, unsere Tassen wegzuräumen. Ich machte mir nicht die Mühe, auf seine Frage zu antworten.

Caleb hakte nicht nach und ging zur Wohnungstür, um sich die Schuhe anzuziehen.

Ich wollte ihn nicht verabschieden, doch dann raffte ich mich zusammen. Mit einem letzten Funken Gastfreundlichkeit holte ich seinen Mantel aus der Garderobe und drückte ihn ihm in seine Hände.

Er schlüpfte hinein und schaute zu Winston, der noch in seinem Korb schlief. »Guter Hund.«

»Der Beste«, erwiderte ich und öffnete ihm die Tür. »Bis dann, Caleb.«

»Wir sehen uns in Whistler.«

In seinen Zügen zuckte etwas Raubtierhaftes auf. So, als müsste ich mich vor unserer Reise fürchten.

Statt ihm die Genugtuung zu geben, in irgendeiner Art und Weise davon berührt zu sein, hob ich das Kinn nach oben. »Es wird mir ein Vergnügen sein«, ließ ich ihn wissen.

Calebs Mundwinkel zuckten leicht, doch er wandte sich ab, bevor ich ihn beim Lächeln erwischen konnte. Ich hörte noch, wie er etwas murmelte und sah dann zu, wie er in den Aufzug verschwand. Erst nachdem die Türen sich geschlossen hatten, erinnerte ich mich, dass ich vergessen hatte, ihm meine zweite Frage zu stellen.

Der restliche Tag zog sich wie ein geschmackloser Kaugummi. Bevor ich Winston für eine zweite Gassirunde vorbereitete, checkte ich aus Gewohnheit Ysta und an erster Stelle *Whisper Whisker*.

Im Feed erkannte ich keine Anzeichen dafür, dass mein Treffen mit Caleb publik geworden war. Doch ich vermied es, auf das blinkende Quadrat neben dem Profilnamen zu klicken. Mein Gefühl sagte mir, dass in der Story des anonymen Gossip Kanals irgendetwas Wertvolles sein musste.

Ich wechselte zu meinem privaten Account und zum

ersten Mal seit Monaten stach mir mein eigenes und mittlerweile verwaistes Profil ins Auge.

Jedes Foto zeigte ein Gebäck nach dem anderen. Zimtschnecken, Croissants und Torten, die ich nächtelang ausgestaltet hatte, zierten alle Posts.

Damals hatte ich noch in meinem kleinen Einzimmerappartement mit einem Ofen, der nur Platz für ein winziges Kuchenblech hatte, gebacken. Stunden hatte ich damit verbracht, im Netz nach neuen Rezepten und Inspirationen zu suchen, nur um sie am Abend nach meinen Vorlesungen nachzumachen. Ich fragte mich unwillkürlich, was aus mir geworden wäre, wenn ich diesem Profil, diesem Weg als Bäckerin nachgejagt wäre.

Hätte ich bereits eine eigene Bäckerei?

Wäre ich so erfolgreich, vermögend oder bekannt wie jetzt geworden? Oder hätte ich das Ganze nach wenigen Jahren sattgehabt und mein Studium nicht aufgegeben?

Ich dachte an meine Freunde aus Toronto und meiner Schulzeit, die ich seit Jahren nicht gesehen hatte. Wie so oft fragte ich mich, was aus ihnen geworden war. Ich ärgerte mich über dieses Leben, das mir so viel geraubt hatte. Denn Bekanntheit war nicht nur Blitzlichtgewitter und schöne Kleidung.

Ich war dankbar für die finanziellen Mittel, die ich besaß, und würde nicht vergessen, wie viel ich dank meines Jobs hatte erleben und sehen können in den letzten fünf Jahren. Aber ich war ebenso wütend. Auf die Freunde, die ich verloren hatte. Auf meine Eltern, die jeden Vorteil meiner Karriere ausnutzen und mit mir prahlten wie mit einer Trophäe, sich aber nicht die Mühe machten, zu fragen, wie es mir ging, ob ich genug aß oder ob mein PR-Freund mal zum Essen vorbeikommen wollte.

Kopfschüttelnd suchte ich über meinen privaten Account nach dem beliebten Gerüchteprofil. Wie ich es vermutet hatte, zierte das verschwommene Bild eines Paares die dritte Story. Ich erkannte Caleb in seiner schwarzen Kleidung, der mir gerade den Kaffeebecher reichte. Meine blonden Strähnen leuchteten prominent unter meiner eigenen Mütze hervor, mein Gesicht war tief in meinen blauen Schal geschoben. Wir hätten ein x-beliebiges Paar sein können. Doch das Internet hatte seine Augen überall. Nichts entging den sozialen Medien. Als Bildüberschrift prangte ein roter Balken über unseren Gesichtern

CALEB HAN UND RUBY DAWSON AUF HEIMLICHEM DATE IM HIGH PARK.

Mein Blick fiel auf Winston, der auf dem Bild treu an meiner Seite stand und unschuldig durch die Welt schaute.

Mein Hass auf all die Gerüchte und dieses Spiel meldete sich wieder in Form eines Kloßes hinter meinen Rippen.

Ich sperrte mein Handy und sah im dunklen Bildschirm meiner Reflexion entgegen. *Doch am meisten hasse ich …*

»Dich«, flüsterte ich.

Jeder Nerv in meinen Fingerspitzen juckte, verlangte, dass ich dieses metallische Gerät in meiner Hand gegen die Wand warf und dem ganzen Schwachsinn ein Ende bereitete.

Die Idee klang verlockend und zum Greifen nah.

Ich könnte frei sein. Von meinen Ersparnissen leben, bis ich einen Job als Kellnerin in einem Café fand. Oder ich könnte bei Helene aushelfen. So viele Möglichkeiten, die sich mir boten und doch riss ich mich wieder zusammen, um Peytons Nummer zu wählen. Sie würde mich auf andere Gedanken bringen. Mich beruhigen und mir versichern, dass wir es fast geschafft hatten.

Das Problem war nur, dass mich statt ihrer fröhlichen Stimme eine automatische empfing und an ihre Mailbox weiterleitete. Irritiert wählte ich ihre Nummer ein zweites Mal, doch das Ergebnis blieb dasselbe.

Peyton war immer erreichbar. Es war ihr *Job*, immer erreichbar zu sein.

Ich war gerade dabei, einen dritten Versuch zu wagen, als Eves Bild auf meinem Bildschirm aufblinkte.

Froh darüber, dass jemand Vertrautes Interesse an einem Gespräch mit mir hatte, nahm ich ihren Anruf an.

»Hey du, wie geht's?«

Ein Schluchzen ließ mein Herz kurzzeitig aussetzen. Etwas stimmte nicht und meine Sinne gerieten auf Hochtouren.

»Eve?«, fragte ich und fürchtete mich bereits vor einer Antwort.

»Ruby, kannst du reden?«

»Immer.«

Das Schluchzen meiner Schwester wurde heftiger und sie murmelte undeutliche Sätze. Es kostete mich viel Kraft, nicht ebenfalls in Tränen auszubrechen.

»Eve. Was ist los?«

Ich hörte, wie sie versuchte, zu Atem zu kommen, und zwang mich, ruhig zu bleiben.

»Dad hat seine Taschen gepackt und ist raus. Mom ist seit Stunden am Durchdrehen und ich habe keine Kraft mehr. Am Montag schreibe ich meine Matheklausur und ich weiß nichts. Ich habe das Gefühl, mein Kopf explodiert gleich.«

Ihre Stimme schwankte und ich spürte, wie die Wut auf unsere Eltern in meiner Brust immer weiter wuchs.

»Ich komme«, stieß ich hervor.

»Was?«

»Jetzt gleich. Heute Abend bin ich da.«

Kapitel Neun

Nachdem ich in Windeseile eine kleine Reisetasche gepackt und mit Winston zum Hauptbahnhof gehetzt war, saß ich jetzt, eine halbe Stunde nach Eves Anruf, in einem Zug in Richtung Cornwall. Ich lauschte meiner Playlist und ließ mich tiefer in den ungemütlichen Sitz sinken, während ich die vorbeiziehende Landschaft durch das Fenster beobachtete. Die Sonne ging bereits unter, ein grauer, dunkler Schatten lag über den blassgrünen Wiesen, und ich versuchte mich daran zu erinnern, wann ich das letzte Mal in meiner Heimatstadt gewesen war.

Cornwall war für Naturliebhaber der perfekte Ort. Obwohl die Kleinstadt in einer ganz anderen Dimension als Toronto existierte, war der Ort beliebt für seine grünen Landschaften und den Fluss St. Lawrence, der uns von den Vereinigten Staaten trennte.

Bis zu meinem fünfzehnten Lebensjahr hatte ich gerne dort gelebt. Es war ruhig, familiär und schön. Aber dann hatten die Eheprobleme meiner Eltern begonnen. Jeder Tag war eine Gratwanderung gewesen und ich hatte nie mit Sicherheit gewusst, ob ich nach der Schule in einen Streit hineinplatzte oder sie sich wieder vergötterten.

In dieser Zeit hatte ich für wenige Wochen rebelliert. Jedes Abendessen ausgesetzt, jede Gelegenheit genutzt, nur um nicht zu Hause zu sein. Ich hatte bei Freunden übernachtet oder war spät aufgekreuzt, um meine Eltern nicht mehr zu sehen. Alles, um irgendwie als Teenager zu überleben und nicht vollkommen durchzudrehen.

Bis ich einmal, mitten in der Nacht, Eve in meinem Bett vorgefunden hatte. Sie hatte dort gelegen, vom Schlaf halbtrunken und auf mich gewartet. Mit ihren großen Kinderaugen hatte sie mich angefleht, sie nicht allein zu lassen.

Von diesem Augenblick an hatte ich aufgehört, Teenager zu sein. Über Nacht war ich plötzlich die Erwachsene in unserer Familie geworden und war es bis heute.

Für Eve.

Für eine Zukunft, in der sie frei wählen durfte, was sie aus sich machte.

Ich sah zu Winston, der seine anfängliche Aufregung wegen der Zugfahrt abgelegt und sich jetzt zu meinen Füßen eingerollt hatte.

Also nutzte ich die Gelegenheit, mein Handy auf neue Nachrichten zu überprüfen und entdeckte Peytons Antwort auf meine Mitteilung, dass ich zu meinen Eltern fahren würde.

PEYTON

Sorry, Süße, ich habe mich mit meinem Bruder getroffen und die Zeit aus den Augen verloren! Wir hören uns morgen? Du musst mir alles von deinem Date erzählen!

Ich schickte ein Daumen hoch zurück. Peytons kleiner Bruder war ihr Goldstück. Es war eine Gemeinsamkeit, die uns bei unserem Kennenlernen zusammengeschweißt hatte: unsere Liebe zu unseren jüngeren Geschwistern.

Statt mich länger in meinen Gedanken zu verlieren, schaute ich mir die Beiträge meiner Kontakte auf Ysta an. Das Wort ›Freunde‹ zu verwenden wäre falsch gewesen. Ich hatte schnell nach Einzug in die Welt der Fashion- und Modeblogger gelernt, dass reale Freundschaften eine Seltenheit im Business waren. Man traf sich zum Brunch, tauschte sich über den neuesten Gossip aus und teilte Schönheitstipps miteinander. Doch niemand zelebrierte gerne anderer Leute Erfolge. Es war ein unerbittlicher Wettkampf. Um Follower, Likes, Kooperationsanfragen und Ruhm.

Ich war keinesfalls besser. Wer war ich, andere Creator zu verurteilen, wenn ich gerade selbst eine der schlimmsten Maschen in der Geschichte zu meinem Vorteil nutzte? Fake-Dating. Mit einem Typen, den ich nicht ausstehen konnte.

Ich hätte nie gedacht, dass ich eines Tages so tief sinken könnte.

Vier Stunden später begrüßte mich ein in Dunkelheit gehülltes Cornwall. Mit Winston an meiner Seite eilte ich zusammen mit den wenigen Fahrgästen, die es ebenfalls nicht erwarten konnten, in Freiheit zu sein, aus dem Zug.

Das kleine, graue Stationshäuschen zum Warten neben dem Gleis, das kaum Ähnlichkeit mit dem riesigen Hauptbahnhof hatte, an dem ich in den Zug gestiegen war, bot gerade genügend Platz für eine Schulklasse. Während ich einen Uber anfragte, stellte ich mich an die deckenhohen Fensterscheiben und schaute auf einen verlassenen Parkplatz.

Die Kleinstadt schlief bereits. Keiner wollte bei der Kälte draußen sein und wäre ich nicht in Gesellschaft anderer Menschen gewesen, hätte ich mich wie der einsamste Mensch der Welt gefühlt.

Hier war es still. An diesem Ort gab es keine lauten Hauptstadt-Geräusche. Während dort das Leben bei Nacht aufblühte, kam Cornwall zur Ruhe.

Es war, als hätte jemand den Lautstärkeregler an einem alten Retro-Fernseher herunter gedreht.

Als meine anfängliche Panik darüber, dass ich tatsächlich wieder zurück war, verflogen war, genoss ich das Geräusch der Stille.

Dann tauchte mein Uber auf und brachte mich geradewegs in meine persönliche Hölle.

Meine Mutter öffnete mir die Tür. Wenn sie überrascht über mein Erscheinen war, dann ließ sie es nicht anmerken. Stattdessen zog sich mich in eine kühle Umarmung und winkte mich ins Haus hinein.

»Du bist hier. Und du hast *Winston* mitgebracht«, sagte sie in einem Tonfall, der unmissverständlich fragte ›Warum?‹.

»Auch schön, dich zu sehen, *Mom*. Wo ist Eve?«, fragte ich, statt auf ihren Kommentar einzugehen.

Mom deutete mit einem Augenrollen zum Obergeschoss. »In ihrem Zimmer. Wo sonst?«

Ich schälte mich aus meiner Jacke und den Schuhen und ließ meine Taschen auf dem Boden zurück. Während ich die Treppenstufen hinauf nahm und Winston mir folgte, schnalzte meine Mutter mit der Zunge. »Da sehe ich dich ein halbes Jahr nicht und du kannst dir nicht mal fünf Minuten für eine Unterhaltung nehmen.«

Ihre Stimme verklang, als ich oben ankam und vorsichtig an Eves Zimmertür klopfte.

»Lass mich in Ruhe.«

»Ich bin's«, erklärte ich.

Auf der anderen Seite der Tür hörte ich Rascheln und zwei Sekunden später öffnete Eve die Tür. Ihre Augen waren gerötet und die Mascara war über ihre Wangen verlaufen.

Ich schluckte. Ich war kein gewaltsamer oder wütender Mensch. Herrgott noch mal, meine ganze Internetpersönlichkeit drehte sich darum, dass ich ein sanfter Engel war. Aber meine kleine Schwester so zu sehen, löste Empfindungen in mir aus, die ich seit einer Ewigkeit nicht mehr gespürt hatte.

Eve merkte, wie ich mit meiner Geduld kämpfte und zog mich ins Zimmer. Winston folgte gehorsam.

»Willst du mir nicht sagen, wie hübsch ich aussehe?«, fragte sie.

»Seit wann willst du von mir Komplimente?« Ich setzte mich an ihre Seite auf mein altes Bett und nahm die Veränderungen in dem Kinderzimmer wahr, das ich vor sieben Jahren zurückgelassen hatte. Da ich seit meinem Schulabschluss nur in seltenen Fällen in meinem Elternhaus aufgekreuzt war, war mein Zimmer gleich danach in eine neue Hobbykammer verwandelt worden. Erst war es Moms Fitnessraum gewesen. Doch Dad war neidisch geworden und hatte den Raum mit seiner Modelleisenbahn in Beschlag genommen. Kurzzeitig war es dann zu einem Ankleidezimmer umfunktioniert worden, bis Eve alt genug gewesen war, um das Schloss auszutauschen und das Zimmer in Besitz zu nehmen.

Es war nicht viel größer als ihr eigenes, aber ich bildete mir ein, dass ich ihr fehlte und sie hier indirekt meine Nähe suchte. Zugeben würde sie das natürlich nicht und wir hatten es nie thematisiert.

»Wie war Mom drauf?«, fragte Eve und ließ das Gesicht in Winstons weiches Fell sinken.

Ich seufzte und ließ mich rücklings auf das Bett fallen. Mit einem Schmunzeln zählte ich die gelben Sterne an der Decke, die bei Nacht leuchteten. Als Eve immer öfter bei mir geschlafen hatte, war es mein Geschenk an sie gewesen.

»Mom ist wie immer. Narzisstisch und unerträglich.«

Meine kleine Schwester lachte auf. »Letztes Wochenende hat sie bei ihren Buchclubfreundinnen mit deinem Lover angegeben.« Eve verstellte ihre Stimme, sodass sie drei Oktaven höher klang. »Also Ruby datet jetzt Caleb Han. Er war in den *Forbes 30 Under 30*. Ja, er ist ein internationaler Star. Und habt ihr dieses Gesicht gesehen? Ich wusste ja, dass meine Tochter guten Geschmack hat, aber …«

»Hör auf«, flehte ich. »Ich will dieses mentale Bild für immer verbannen, verbrennen und der Asche im Meer beim Sinken zusehen.«

Eve grinste. »Wieso? Sie hat recht. Er ist ein Prachtstück und er macht gute Musik. Ich würde fast behaupten, er ist zu cool für dich.«

»In deinen Augen ist jeder zu cool für mich.«

»Ja, weil du eine langweilige Streberin bist. Regelbruch existiert in deinem Vokabular nicht«, erklärte diese Göre glatt, als wäre sie so viel smarter als ich.

Wenn du nur wüsstest ...

Ich richtete mich auf und nahm ihr Gesicht sanft in die Hände. »Schluss mit dem Themenwechsel. Was machen wir jetzt mit dir?«

»Du schreibst meine Matheklausur für mich? Kaufst mir ein fettes Haus auf Mallorca, damit ich dort als weltberühmte Architektin leben und mich täglich sonnen kann?«

Ich streichelte über ihre Wange und ließ die Hände sinken. »Es gibt schönere Orte auf der Erde.«

»Ich bin immer noch sauer, weil du mich nicht mitgenommen hast«, ließ mich Eve wissen, stand auf und fing an, sich mit einem Tuch abzuschminken.

»Das war vor fünf Jahren. Außerdem habe ich dich nach Bali, Santorini und L.A. mitgenommen. Da hast du vergessen, dich einzucremen und bist am Pool eingeschlafen. Mom hat mir drei Wochen die Ohren vollgeheult, dass du aussiehst wie ein gekochter Hummer. Ich musste dich jede Nacht mit Lotion eincremen, weil du dich nicht bewegen konntest. Und von Tokio will ich gar nicht anfangen.«

Meine kleine Schwester versuchte nicht mal schuldig dreinzuschauen. »Ezra und ich wollten eben ins WOMB. Steve Aoki hat da mal aufgelegt!«

»Ihr wart fünfzehn!«

Kopfschüttelnd erhob ich mich ebenfalls und fing an,

ihr Zimmer aufzuräumen. Leere Kaffeebecher umrandeten ihren Schreibtisch und zwei Pizzakartons guckten unter ihrem Bett hervor. »Ernsthaft? Wo sind deine Matheunterlagen?«

Eve deutete auf einen chaotischen Stapel loser Blätter auf ihrem Bett. »Und wie willst *du* mir dabei helfen? Du hattest selbst eine Drei minus in Mathe.«

»Nicht ich. Aber ich kenne jemanden, der ein größerer Streber ist als ich.« Ich zog mein Handy hervor und rief Drew über Videocall an. Er sollte längst zu Hause sein und wie erwartet, ließ mich mein bester Freund nicht hängen. Noch in Hemd und lose Krawatte gekleidet, begrüßte er mich. »Was geht, Hübsche?«

Eve hob eine Augenbraue.

Ich drehte die Kamera und deutete auf die unlesbaren Formeln. »Hi. Bitte sag mir, dass du irgendetwas davon verstehst.«

»Soll das Statistik sein?«

»Ja«, kam es leise von Eve. »Hi, Drew.«

Lächelnd schaute ich das Gesicht auf meinem Display an. Er sah wie immer piekfein aus, keine Strähne in seinem perfekt gemachten Haar war lose. Selbst seine pixelige Haut war beneidenswert. Ich wusste aus erster Hand, dass er bessere Pflegeprodukte benutzte als ich.

Doch in meinen Augen war er immer noch Drew. Der junge Student, der sich während der Klausurphasen nur von Energydrinks und Instant-Ramen ernährt hatte. Duschen war in der Zeit ein Fremdwort für ihn gewesen.

»Schön, dich zu sehen, Eve. Jetzt zeig mal her, aber du solltest wissen, ich berechne tausend Dollar die Stunde.«

Eve riss überrascht die Augen auf. »Nimmst du Praktikanten an?«

Manchmal fragte ich mich, woher sie den Grips hatte, um so schnell die passende Antwort parat zu haben. Beim DNA-Lotto war wohl alles an Humor und Geschicklichkeit an mir vorbeigezogen in ihre Richtung.

»Hör nicht auf Drew. Er arbeitet auf Provision und seine wird in Form von einer Essenseinladung oder Kinogutscheinen ausfallen, wenn du mindestens eine Zwei plus schreibst«, erklärte ich streng, ehe ich die beiden ihrem Schnellkurs überließ und aus dem Zimmer ging.

Als ich in dem dunklen Flur stand, wusste ich einige Augenblicke lang nicht, wohin mit mir.

Mein Körper war übersät mit Gänsehaut – nicht die der guten Sorte – und ich spürte die Wut auf meine Eltern immer noch deutlich in meiner Brust brodeln.

Da Dad sich, wie so oft, aus dem Staub gemacht hatte, blieb nur Mom übrig, um mir die Situation zu erklären.

Ich fand sie in der Küche mit einer Tasse Tee in der Hand Löcher an die Decke starrend.

Eine zweite Tasse stand auf der Theke.

»Du bist bestimmt erschöpft. Soll ich das Gästezimmer zurechtmachen?«, fragte sie und mied dabei jeglichen Augenkontakt.

Ich hoffte für sie, dass sie das aus Scham tat.

»Passt schon. Ich schlafe bei Eve.« Mental stellte ich mich bereits auf eine ungemütliche Nacht in dem neunzig Zentimeter breiten Bett ein. Das letzte Mal, dass wir es uns geteilt hatten, war eine halbe Ewigkeit her.

Ich setzte mich auf die Küchentheke, wohl wissend, dass meine Mutter es nicht leiden konnte.

Sie öffnete den Mund, um zu protestieren, ließ es dann doch sein.

»Willst du mir erklären, warum meine kleine Schwester mich alle paar Wochen anruft, weil du und Dad eure Ehe nicht auf die Reihe bekommt?«

Mom erwiderte nichts. Sie strich sich seufzend die braunen Strähnen aus dem Gesicht und zum ersten Mal, seit ich das Haus betreten hatte, sah ich die Müdigkeit an ihr kleben wie ein dunkler Schatten.

»So oft streiten wir gar nicht. Eve ist nur etwas empfindlich. Du weißt, ich liebe deinen Vater.«

»Mehr als deine Töchter?«

Ein tiefer Schlag, aber anders konnte ich nicht mit dieser Frau reden. Ich hatte es satt, ständig dieselben Diskussionen zu führen.

»Ihr habt mich aus dem Haus vergrault mit eurem Verhalten. Eve wird bald achtzehn und macht ihren Abschluss. Ist es dir lieber, allein mit deinem Ehemann in einem leeren Geisterhaus zu leben, als für deine Kinder da zu sein?«, ich schüttelte den Kopf, »Mom, es tut mir leid, wenn ich harsch klinge, aber so geht das nicht weiter. Du hast bereits einmal die Scheidung eingereicht. Es ist an der Zeit, dass du es diesmal durchziehst.«

Sie erhob sich und stellte klirrend ihre Tasse in den Geschirrspüler. Mit dem Rücken zu mir gewandt, antwortete sie: »Du sprichst von deinem Vater, als wäre er ein Fremder. Ich kann ihn nicht verlassen.«

»Warum nicht?«

»Weil wir uns vor siebenundzwanzig Jahren ein Versprechen gegeben haben. Nur weil ihr Kinder das

Konzept von Liebe und Treue vergessen habt, heißt das nicht, dass es nicht existiert.«

Ah. Da waren sie wieder. Die Anschuldigungen. *Wir* waren das Problem. Nicht sie.

»Das, was ihr habt, ist keine Liebe.« *Das ist Abhängigkeit. Gift für die Seele und die ganze Familie.*

Mom verschränkte die Arme vor der Brust und reckte das Kinn. Offensichtlich war sie in Streitlaune. »Ja? Seit wann bist du Expertin auf dem Gebiet? Weil du jetzt deinen hübschen Freund hast? Ich habe gelesen, dass er mindestens so viele Affären hatte wie ich Schuhe im Schrank.«

Es interessierte mich nicht, dass sie mich angriff. Aber auch wenn ich kein sonderlicher Fan von Caleb war, würde ich nicht zulassen, dass sie ihn für sein Verhalten verurteilte.

»Halt ihn da raus. Du hast ja offensichtlich sonst kein Problem, mit ihm anzugeben.« Ich hüpfte von der Theke, nahm die dampfend heiße Tasse und schüttete ihren Inhalt in die Spüle. Im Vorbeigehen drückte ich sie meiner Mutter in die Hand. »Eve wird zu mir ziehen, wenn sie alt genug ist, selbst zu entscheiden. Also genieß die letzten Monate mit ihr. Danach kannst du den Rest der Ewigkeit damit verbringen, Dad zu hassen oder zu lieben.«

Mit diesen Worten ging ich zurück nach oben.

Das Abendessen setzten wir aus.

Während Mom damit beschäftigt war, im Wohnzimmer zu schmollen, beobachtete ich meine kleine Schwester dabei, wie sie lernte.

»Du starrst mich seit einer Stunde an«, murmelte sie in ihre Notizen hinein.

»Lass mich doch dafür verhaften.«

Dad versuchte seit zwanzig Minuten immer wieder mich anzurufen. Es war klar, wer dahintersteckte. Aber ich schickte ihn jedes Mal auf die Mailbox. Für heute Abend hatte ich genug von meinen Eltern.

Hat ja nicht lang gedauert.

Eve deutete mit ihrem Kugelschreiber auf das erneut vibrierende Handy an meiner Seite. »Du kannst ihn nicht ewig ignorieren.«

»Provozier mich nicht, es auszuprobieren. Bist du fertig? Ich bin am Verhungern.«

Eve schüttelte den Kopf. »Noch nicht.«

Ich versuchte mich daran zu erinnern, was ich heute gegessen hatte. Ob ich überhaupt feste Nahrung konsumiert hatte.

Mein Date mit Caleb war mittlerweile mehr als sechzehn Stunden her und seitdem hielt ich meinen Körper mit einer Packung Studentenfutter und einem Bagel am Laufen.

Peyton hatte mir seit ihrer Wiederkehr aus der Unerreichbarkeit zwanzig Artikel geschickt, in denen Calebs und mein Gesicht auftauchte.

DAS NEUE LIEBLINGSPAAR VERTRAUT UNTERWEGS.

SPOTTED IM HIGH-PARK: RUBY DAWSON UND CALEB HAN ERNEUT AUF EINEM DATE.

Partnerlook beim Gassi gehen: Wie ernst ist es mit der Beziehung?

Jede einzelne Nachricht war eine erneute Abhandlung der vorherigen. Jemand schrieb über unsere Beziehung, Hunderte von Fans reagierten darauf. Wir waren eines der angesagtesten Themen in einer Welt voller Krieg, Mord und sozialer Ungerechtigkeit.

Wie sollte ich das Ganze nicht verabscheuen?

»Über wen singt er in *Moonshine Hotels*?«, fragte Eve in die Stille hinein.

»Caleb?«

»Nein, Ryan Reynolds. Wer denn sonst?«, sie verdrehte die Augen, »Geht es da um seine Ex?«

Ich dachte an die bekannte Ballade, Calebs butterweiche Stimme, wie er die Worte fast flüsterte, statt sie zu singen.

In meiner Welt war er der mies gelaunte Sänger, dessen Wortwahl rau und Stimme kratzig war wie Sandpapier auf Holz. Aber dieses Lied. Es war sanft. Zerbrechlich. Es war fast schon peinlich, wie oft ich mir den Song in den letzten Wochen angehört hatte.

Eve fing an, das Lied leise zu summen.

Und ich dachte an den Text, der sich mittlerweile in meine Gehirnzellen gebrannt hatte.

Moonshine hotels.
Lonely hearts.
You are the one that's missing.
Brown eyed and hopeless dreaming.

Auch ich hatte meine Fragen zu der Person, von der er sang. Ging es um eine Ex-Freundin? Eine große Liebe, die er niemals vergessen würde? Wer war dieser Jemand, der solche Worte aus einem Menschen wie Caleb herausholen konnte?

Ich wusste, dass egal, was zwischen uns lief, diese Funken, die ich spürte, wenn wir uns berührten, niemals daran herankommen würden.

Caleb war ein Mysterium und er schien sich wohl damit zu fühlen.

»Du kannst später noch weiterlernen. Lass uns gehen oder mir fällt bald die Decke auf den Kopf«, informierte ich Eve, wischte meine Gedanken an Caleb fort und stand auf.

Winston öffnete sofort die Augen und ich gab ihm einen Kuss auf die Nase.

»Heute nur ein Mädelsausflug. Wenn wir zurück sind, gehe ich noch mal mit dir raus.«

Eve warf mir einen Blick zu. »Geht das denn? Was ist mit deinem Asthma?«

»Alles unter Kontrolle.« Den Anfall von heute Morgen verdrängte ich in die letzte Ecke meines Gedächtnisses. Es hatte keinen Zweck, meine kleine Schwester unnötig zu beunruhigen. Außerdem war mein Inhalator immer an meiner Seite. Der Vorfall mit Caleb heute Morgen war nur ein kleiner Ausrutscher gewesen.

»Zieh dich an, sonst gehe ich ohne dich«, warnte ich sie und eilte aus dem Haus, in dem ich aufgewachsen war, mit dem ich aber keinerlei Wärme mehr verband.

Kapitel Zehn

Wir informierten Mom nicht über unseren Ausflug. Es hatte keinen Zweck. Sie war so mit sich selbst beschäftigt, ihr wäre es wahrscheinlich nicht einmal aufgefallen, wenn wir als Flamingos verkleidet im Garten getanzt hätten.

Eve schlug vor, bei einem Fast-Food-Stand in der Nähe des örtlichen Hallenschwimmbades unser Glück zu versuchen.

Der kleine Imbiss war seit meiner eigenen Kindheit ein fester Bestandteil von Cornwalls Sommerabenden gewesen und auch wenn ich anfangs daran gezweifelt hatte, dass er tatsächlich noch da war, stand er da. Ein Wagen aus Blech mit einer ausgefahrenen Markise mit rot-weißen Streifen.

Schummriges Licht erhellte einen Radius von drei Metern, darunter stand eine Sitzbank mit einem wackligen Tisch, der jede Sekunde drohte, vom Wind umgeschmissen zu werden.

Eve grinste mich zufrieden an, als wir uns näherten.

»Hab ich doch gesagt. Setz dich. Zweifach frittiert mit ganz viel Ketchup?«

Ich nickte. Das Essen war nicht unbedingt Ysta-würdig, aber ich aß sieben Tage die Woche wie ein Hase. Eine frittierte Mahlzeit würde mich schon nicht die Karriere kosten.

Hoffe ich.

Ich ließ mich auf der Sitzbank nieder und inspizierte die Fettflecken auf dem Holztisch vor mir. Mit den Fingern strich ich über die raue Oberfläche an allen Rändern entlang, bis ich die Einkerbung fand.

Ich drehte den Kopf, sodass ich die Schnitzerei lesen konnte.

R + O

Ein krakeliges Herz umrandeten die zwei Buchstaben.

Ich dachte an Oliver. Wir waren einen Sommer lang zusammen gewesen. Er war das, was einer ersten Jugendliebe am nächsten kam. Nach vier Wochen täglichen Treffens hatte er mich für ein Mädchen aus dem Jahrgang über uns verlassen.

Verlassen. Er hat dir eine SMS geschrieben, dass er auf Blondinen steht und dich das restliche Schuljahr ignoriert.

Ich schmunzelte. Es hatte mir das Herz gebrochen. Mein erster Liebeskummer. So erschütternd und unerträglich, dass ich ein Jahr lang keine Jungs mehr beachtet hatte. Nach dieser Zeit war Oliver eine Hintergrundfigur in meinem Leben geworden. Erst Jahre später, mit mehr Followern als ich zählen konnte, war er aufgetaucht. Mit einer billigen Privatnachricht, die ich nie einer Antwort gewürdigt hatte.

OLIVER

Das Blond steht dir ;)

Ich wollte gerne diesem bedeutungslosen Idioten die Schuld in die Schuhe schieben, dass ich mich grundsätzlich von Männern distanziert hatte. Aber das wäre nicht mal ihm gegenüber fair. Alle Zeichen deuteten darauf hin, dass ich nicht für eine Beziehung gemacht war. Ich mochte meine Ruhe, mein Alleinsein und meine Eigenständigkeit zu sehr. Die Männerauswahl war zusätzlich nicht gerade anziehend. Entweder sie waren zu perfekt oder zu kaputt.

Beides Eigenschaften mit denen ich meine Erfahrungen gesammelt und die vielleicht wichtigste Lehre gezogen hatte: Sie waren es nicht wert.

»Bon Appetit!«, rief Eve und kam mit zwei vollen Plastikschälchen auf mich zu. »Mit extra viel Salz.« Sie drückte mir eine Schale in die Hand. Als sie Anstalten machte, sich zu setzen, schlug ich ihr meine Idee vor.

»Warum gehen wir nicht zur Marina? Das Kiosk dort sollte noch aufhaben, oder?«

Meine kleine Schwester stimmte zu und wir schlenderten schmatzend das ungesunde Essen vertilgend zum wahrscheinlich kleinsten Jachthafen in Kanada.

Wie vermutet war der Kiosk noch geöffnet und ich verschwand schnell darin, um eine Flasche Wein zu kaufen.

Der gelangweilte Kassierer fragte mich nach meinem Ausweis, ohne mich überhaupt angesehen zu haben.

Ich reagierte mit einem Lachen. »Sawyer, ich habe dich zwei Jahre lang babygesittet«, sagte ich und zog einen Zehn-Dollar-Schein aus meiner Manteltasche.

Der Junge, der mittlerweile einen Kopf größer als ich

war, rieb sich die Augen. »Ruby! Ich wusste nicht, dass du in der Stadt bist.«

Ich nahm die Weinflasche an mich und schnappte mir noch eine Packung Kaugummis. »Bin ich auch nicht. Der Schein sollte genug sein, oder? Den Rest kannst du behalten.«

Er nickte wie ein süßer Dackel. »Hey, das soll nicht komisch klingen oder so …«

Es würde ganz sicher komisch klingen. Ich rechnete mit allem.

»Stimmt es, dass du mit Caleb Han zusammen bist?«

Ah. Natürlich. Dieser Typ verfolgte mich wie eine Klette, ohne überhaupt anwesend zu sein. Ich machte mir eine mentale Notiz, Isaac zu bitten, den Vertrag um die Bezahlung meiner Therapiesitzungen für die ganzen Lügen zu erweitern.

Ich schenkte Sawyer ein mysteriöses Lächeln und zwinkerte zum Abschied. »Wir sehen uns. Sei brav.«

Anschließend gesellte ich mich zu Eve, die das Essen auf dem Holzsteg abgestellt hatte und an ihrem Handy hing. Mit flinken Fingern schrieb sie eine Nachricht an Ezra wie ich unschwer erkennen konnte.

»Was läuft da eigentlich?«

»Huh?«, fragte sie, ohne mich zu beachten. Ehrlich, hatte man innerhalb einer Generation vergessen, Augenkontakt zu halten?

»Ezra und du.«

Eve stöhnte laut auf und warf mir einen bösen Blick zu. Ein kleiner Erfolg. Dann packte sie das Handy weg. »Nichts. Wie ich schon mehrfach betont habe. Du bist doch auch nur mit Drew befreundet, oder nicht?«

Punkt an sie. Dagegen hatte ich keinen Konter. Aber dennoch genug Neugier, um sie zu ärgern. »Drew war aber nicht mein erster Kuss …«

»Ruby, ich schwöre dir …«

»Ja?«, fragte ich zuckersüß und genoss meine Pommes. Die perfekte Mischung aus Salz, Fett und Wärme. Wären wir zu Hause, hätte ich wahrscheinlich noch meine Finger abgeleckt.

»Wir wollten wissen, wie es ist. Es war ein Pakt. Mach dich mal locker.«

Wenn du wüsstest, dachte ich.

Es war Zeit, Alkohol zu unserem gemeinsamen Abend einzuladen. Ich trank selten, aber der Tag forderte es. Nicht besonders damenhaft öffnete ich die Flasche, die zum Glück einen Drehverschluss hatte, und nahm gleich zwei große Schlucke. Dann hielt ich sie Eve hin.

»Wer bist du und was hast du mit meiner Schwester gemacht?«

»Wieso?«

»Ich bin siebzehn. Du würdest mich niemals trinken lassen«, erklärte sie, als wäre sie ein unschuldiges Wesen, das nie sündigte.

»Du hast wahrscheinlich im letzten Jahr mehr getrunken als ich in deinem Alter. Außerdem warst du diejenige, die mich als Langweilerin dargestellt hat. Wie war das? Regelbruch existiert in meinem Vokabular nicht. Wenn du nicht willst …«, neckte ich sie und nahm einen weiteren Schluck.

Ohne weitere Worte nahm sie mir die Flasche aus der Hand, als ich absetzte, und genehmigte sich selbst etwas. Angewidert verzog sie das Gesicht. »Der schmeckt scheiße.«

»Oh, tut mir leid, dass ich keinen Pinot Noir oder Masseto aus Italien aufgetrieben habe.«

Eve schüttelte sich vor Lachen und winzige rote Tropfen zeichneten sich auf ihrem weißen Pullover ab.

»Die kriegst du nie wieder raus«, teilte ich ihr mit und deutete auf die Stellen.

»Ist Dads«, meinte sie, als sie sich wieder beruhigt hatte.

»Jetzt nicht mehr.«

Wir verfielen in Schweigen und schauten auf das ruhige Wasser des Flusses vor uns. Der Nachthimmel, der, im Gegensatz zu Torontos, tatsächlich pechschwarz war, war nach den vielen Stunden Regen endlich klar. Die Sterne funkelten um die Wette und ich drehte mich zu meiner kleinen Schwester.

»Du weißt, ich werde immer für dich da sein.«

Sie schluckte. Wahrscheinlich überlegte sie sich einen witzigen Spruch, um bloß nicht über ihre Gefühle reden zu müssen. In der Hinsicht war sie wahrscheinlich noch schlimmer als ich.

Doch dann vernahm ich ein leises »Ich für dich auch« und spürte, wie Tränen meine Augen füllten.

»Erzähl mir, was *du* willst. Bitte«, flehte ich meine kleine Schwester an. Zu wissen, dass sie litt, brachte mich fast um.

Eve dachte nicht lange nach, sondern ließ ihrem Redefluss freien Lauf. »Ich will raus aus dieser gottverlassenen Stadt. Studieren, etwas aus mir machen und so viel Asche verdienen, dass ich darin baden kann. Ich will Projekte für Terraforming, Regierungsgebäude oder Museen zeichnen. Endlich weg von Mom und Dad und diesen fetten Fragezeichen. Bleiben sie zusammen? Trennen sie sich? Lebe ich dann mit Mom oder Dad? Wo soll ich hin? Wie soll ich mir das finanzieren? Kann ich zu dir ziehen? Was, wenn du mich nicht dahaben willst? Was, wenn ich gar nicht in Toronto an der Uni angenommen werde? Oder lieber in Australien studieren möchte? All diese Fragen zusätzlich zum Prüfungsstress und ich halte es nicht mehr aus. Ich will endlich fertig sein«, schloss sie frustriert ab und erhob sich. Dann warf sie ihre leere Schale in den Mülleimer neben der Straßenlaterne und trat mit Wucht dagegen.

Ich ließ sie. Ich kannte ihre Gefühle zu gut. Daher wusste ich auch, dass jeglicher Ratschlag nicht helfen würde.

Sie musste das durchmachen und daran wachsen. Zu sagen, dass alles gut werden würde, war genauso sinnlos wie zu versuchen, ein brennendes Haus mit einem Glas Wasser zu löschen. Nur eine Sache musste ich loswerden.

»Du kannst jederzeit zu mir. Ich hoffe, daran gibt es keine echten Zweifel. Mom und Dad sind in ihrer eigenen Welt, aber ich bin da. Immer. Und egal, wo du bist oder was du machst, ich werde dich unterstützen.«

An erster Stelle emotional. An zweiter mit den Mitteln, die mir zur Verfügung standen: Geld und eine eigene Wohnung.

Ich würde die Sache mit Caleb durchziehen. Ich würde die perfekte Freundin spielen, um Eve das Leben zu ermöglichen, das sie verdiente. Selbst wenn das bedeutete, verletzt zu werden.

Nach meinem kurzen Ausflug in meine Heimatstadt holte mich die Reise nach Whistler schneller ein als geplant. In dem einen Moment war ich noch am Packen, im nächsten saß ich neben Peyton in einem Taxi zum Flughafen Toronto-Pearson, um unseren Vier-Stunden-Flug nach Vancouver zu erwischen.

»Ich könnte jetzt Martinis in der Business-Class-Bar schlürfen. Stattdessen hat die ganze Stadt entschieden, die Autobahn zu blockieren«, stieß Peyton hervor. Ihre Augen funkelten zornig.

Ich versuchte sie zu trösten. »Du kannst so viele Cocktails, wie du willst, trinken, wenn wir im Hotel sind. Wie lange brauchen wir vom Flughafen dahin?«

Meine Managerin schnaubte. »Noch mal zwei Stunden. Ehrlich, ich liebe meinen Job. Aber dieses ständige Reisen nervt.«

Ich wusste, dass sie es nicht so meinte. Sie liebte diese Hektik. Ständig auf Achse sein und von einem Termin zum nächsten hetzen. Als Trost drückte ich ihr einen Proteinriegel in die Hand. »Wenn du brav bist, kriegst du noch einen.«

»Ich fahre meine Krallen wieder ein«, knurrte sie und grinste.

Nach einer langen Taxifahrt, einem noch längeren Flug und der zweiten Fahrt in einem Van, den ich nur von den großen Stars wie Kendall Jenner oder Zendaya kannte, standen wir endlich in der Hotellobby des *Montreux*. Der Luxusunterkunft, in der ein Zimmer die Nacht so viel kostete wie meine Monatsmiete für ein halbes Jahr. Ich hatte es recherchiert.

Am gläsernen Eingang standen zwei groß gewachsene

Security-Männer, die aussahen, als hätten sie in drei unterschiedlichen Kriegen gedient. Alles hier strotzte vor Luxus und Modernität. Die hohen Decken ließen meinen Nacken knacken, als ich den Säulen mit meinem Blick folgte, und der geräuschvoll quietschende Marmor unter meinen weißen Sneakern war so fein poliert, dass ich mich schlecht fühlte, ihn mit meinen Schuhen zu beschmutzen.

Angenehme Beleuchtung erhellte die Rezeption und die Frauen, die dahinterstanden, waren fein herausgeputzt wie in einem Werbespot.

Ich konnte es zwar von hier aus nicht sehen, aber sehr wahrscheinlich hatten alle von ihnen lange, atemberaubende Beine.

Peyton trat routiniert an eine der Damen heran.

Diese hatte ihr brünettes Haar in einen strengen Zopf zurückgebunden und strahlte uns mit einem Lächeln an, das mich neidisch werden ließ. Auf ihrem Namensschild stand *Emma.* »Guten Tag, wie kann ich Ihnen helfen?«

»Wir sind hier für *Passiona.* Dawson und Tanner«, antworte Peyton seelenruhig, als wäre sie jedes Wochenende hier, statt in ihrem Loft, in dem noch ungeöffnete Umzugskartons standen.

Die Rezeptionistin tippte etwas in ihren iMac, vermutlich unsere Namen und ich nutzte die Zeit, um Drew ein Update zu schicken.

ICH

Bin da. Bei euch alles gut?

Er reagierte mit einem Selfie von sich und Winston im Park. Mein treuer Freund lächelte wie immer mit seiner Zunge.

Ich schickte ein Herz-Emoji zurück.

»Hier, die Zimmerkarten. Sie müssen dort links zu den Aufzügen und dann in den elften Stock.«

»Wie gut, dass wir keine Höhenangst haben«, scherzte Peyton und nahm die Karten an sich. »Wir haben unterschiedliche Zimmer?«

Sie schenkte mir einen Blick, der so viel sagte wie ›*Passiona* ist gar nicht so übel, oder?‹

Ich lächelte und hörte der Dame an der Rezeption zu, die uns über die Annehmlichkeiten aufklärte. »Der Fitnessbereich hat den ganzen Tag geöffnet. Der Wellnessbereich schließt um Mitternacht und der beheizte Außenpool bietet Ihnen einen Blick auf unseren wunderschönen Whistler Mountain. Haben Sie weitere Fragen?«

»Wo ist die Bar?«, wollte Peyton sofort wissen.

Emma lächelte wissend. Sie hatte wahrscheinlich bereits eine Menge interessanter Persönlichkeiten getroffen. »Penthouse oder eine rechts vom Außenpool. Ich empfehle Ihnen die Erstere für die beste Aussicht.«

Ich konnte meine Aufregung nicht länger zurückhalten. »Stimmt es, dass die Ski-Alpin-Olympiateilnehmer hier nach der ersten Woche gefeiert haben?«

»Dazu darf ich leider keine Aussage treffen«, erklärte sie mir und ich versuchte an ihrem Gesichtsausdruck eine Antwort abzulesen, doch sie sah über meine Schulter vorbei. Ihr Blick weitete sich und für einen Sekundenbruchteil verrutschte ihre Professionalität.

Ich wandte mich um und entdeckte die Ursache.

Caleb, der in Begleitung von Isaac durch die Hotellobby schlenderte. Mit seinem lässigen Gang und der Sonnenbrille im Gesicht sah er so aus, als gehöre ihm das Gebäude.

Dann erinnerte ich mich daran, dass er im Gegensatz zu

mir wahrscheinlich bereits mehrere Luxushotels besucht hatte.

»Wir hätten uns wohl absprechen sollen. Wahrscheinlich saßen wir im selben Flieger«, begrüßte uns Isaac.

Caleb starrte mich einfach nur an. Oder zumindest in meine Richtung.

Das Bild von ihm, wie er auf meinem Sofa geschlafen hatte, schoss mir in den Kopf. Wie süß ich es gefunden hatte, obwohl ich es nicht hätte sollen.

»Da hast du recht«, stimmte ich Isaac als Einzige zu und wandte mich an Peyton. »Wollen wir?«

Meine Managerin drehte sich so, dass sie mit dem Rücken zu Emma stand. Dann beugte sich leicht zu mir vor. »Ruby, willst du nicht deinen Freund begrüßen?«, flüsterte sie.

Ich reagierte nicht.

Sie stupste mich mit ihrem spitzen Ellbogen. »Mach schon.«

Ich war mir sicher, sie würde mich gleich eigenhändig in seine Richtung schubsen, also löste ich mich von der Theke und ging auf meinen wundervollen Fake-Freund zu.

»Hi!«, begrüßte ich ihn. Dann legte ich die Arme so unbeholfen um seine Taille, dass ich mich innerlich winden musste.

Caleb zog mich näher an seinen warmen Körper.

Ich spürte seine Brust an meiner Wange und schluckte. Mein Herzschlag beschleunigte sich nur von einer simplen Umarmung. Wie lächerlich war das?

Ich zählte bis drei und wollte mich von ihm lösen, doch er ließ nicht los. Stattdessen hob er mein Kinn und strich mir das Haar aus dem Gesicht. Sein Griff war so sanft, dass meine Organe anfingen, Flipper zu spielen.

Nicht gut. Gar nicht gut.

»Hast du mich vermisst?«, fragte er so leise, dass nur ich es hören konnte.

Ich wehrte mich dagegen, eine Miene zu ziehen.

Die Wahrheit war, ein Teil von mir hatte seine Anwesenheit vermisst. Seine Berührungen, die meine Haut prickeln ließen, obwohl ich mich so sehr dafür hasste. Wahrscheinlich litt ich inzwischen unter einer Art von Abhängigkeitssyndrom.

»Träum weiter.«

»Ich träum lieber von dir«, antwortete er, ohne zu zögern.

Ich hatte genug von dem Theater und drückte mich wenig sanft von ihm weg. Lachend schlug ich gegen seine Brust. »Du bist so witzig. Peyton? Ich würde mich jetzt gerne hinlegen.«

Meine Managerin versuchte gar nicht, ihre Belustigung über meine Lage zu vertuschen. Fröhlich drückte sie unsere Koffer einem Hotelpagen in die Hand und schlenderte zu den Aufzügen.

Noch bevor die Türen sich öffneten, überkam mich ein komisches Gefühl. Eine Vorahnung, die mir Bauchschmerzen bereitete. Dieser Ausflug konnte entweder einfach über die Bühne gehen oder die Hölle auf Erden werden.

Kapitel Elf

Drei Jahre Funkstille um Caleb Han's Musik. Gibt es ein neues Album oder gehen seine Fans dieses Jahr wieder leer aus?

— WHISPER WHISKER

Silvia Passiona hieß mich persönlich am nächsten Morgen in meinem Hotelzimmer willkommen. Sie war das Abbild einer italienischen Diva, die sich nur in *Prada* oder *Versace* kleidete und wahrscheinlich eher tot umfallen würde, als jemals in Fast-Fashion-Kleidung erwischt zu werden.

Um fünf Uhr morgens, kurz nachdem die Rezeption meinen morgendlichen Weckruf getätigt hatte, klopfte sie weniger zaghaft als der Frühstücksservice eine Stunde später an meine Tür.

»*Mia principessa*«, rief sie und zog mich in eine kräftige Umarmung. Sie war nicht der Typ für Luftküsse. Sie zerquetschte lieber. Ich vermutete, dass sie diesen Teil ihrer italienischen Herkunft nie abgelegt hatte.

Wie immer war Silvia perfekt gekleidet. Ein bodenlanges Kleid, das eine längere Schleppe hatte als manche Hochzeitskleider, hatte sie sorgfältig mit goldenen Accessoires kombiniert. Roter Lippenstift lenkte jede Aufmerksamkeit auf ihren Mund und ich stellte mir vor, wie sie diesen Farbton in hundertfacher Ausführung täglich mit sich trug. Silvia war eine Ikone. Bei ihrer Marke als Model unter Vertrag zu stehen war die größte Errungenschaft meiner Karriere gewesen.

»Silvia. Wie schön dich zu sehen. Ich wusste gar nicht, dass du beim Dreh dabei sein würdest. Wenn ich das gewusst hätte …«

»Dann hättest du mich wieder mit Cannoli um den Finger gewickelt«, vollendete sie meinen Satz und stolzierte in mein Zimmer hinein. »*Ché Dio la benedica*, meine Mutter würde sich im Grab umdrehen, wenn sie wüsste, dass ich die Backkünste einer anderen lobe.«

»Dein Geheimnis ist bei mir sicher.« Ich setzte mich an ihre Seite auf die giftgrüne Ottomane in diesem Zimmer.

Silvia begutachtete mein Gesicht und richtete mein Haar, das noch in alle Richtungen stand.

»Du weißt, ich liebe deinen Look. Als ich erfahren habe, dass du mit Caleb zusammen bist, konnte ich es erst nicht glauben. Ihr seid so unterschiedlich.«

Er war der böse Wolf.

Ich das unschuldige Lamm.

Das sagte sie zwar nicht, aber ich wusste es. Jeder wusste es.

»Aber ihr seid ein wunderschönes Paar. Erst war ich mir

unsicher … meine Geschäftspartnerin hat mir davon abgeraten, doch ich hatte dieses Gefühl. Und du weißt, ich verlasse mich immer auf meine Intuition. Und beim Dreh für unseren Neuling *Notte d'Amore* wusste ich, dass ich die perfekte Wahl getroffen habe. Ihr beide werdet dieses Wochenende wundervolle Aufnahmen machen.«

Ich tappte immer noch im Dunkeln darüber, was wir genau drehen würden. Alles, was ich wusste, war nur, dass wir zwei Paar-Drehs und jeweils eine Einzelaufnahme machen würden.

»Verrätst du mir denn, was wir drehen?«, fragte ich daher Silvia, die im selben Moment einen Anruf bekam. Italienische Opernmusik erfüllte das Zimmer.

Sie lächelte vergnügt und stand auf, ohne ihr Handy auch nur eines Blickes zu würdigen. »*Bacio*«, sagte sie mit singender Stimme zum Abschied und verschwand ebenso schnell, wie sie gekommen war.

Bacio. Kuss. Bacio. Kuss.

Das war das Einzige, woran ich dachte, während ich im Stuhl vor einem riesigen, beleuchteten Spiegel saß und darauf wartete, fertig gemacht zu werden. Den Einzeldreh hatte ich bereits hinter mich gebracht. Ich war mehrfach dabei gefilmt worden, wie ich aus dem glücklicherweise beheizten Pool gestiegen war. Dank der aufgehenden Sonne hatten die Aufnahmen, und damit auch ich, einen goldenen Schimmer bekommen, auch wenn ich selbst nur gezittert und mich zwischendurch mit Tee warmgehalten hatte. Trotzdem war ich froh, dass der Rest des Werbespot-Drehs im Inneren des Hotels stattfinden würde. Auch wenn das bedeutete, dass ich dafür zusammen mit Caleb vor der Kamera stehen musste und mir Silvias Worte nicht aus dem Kopf gehen wollten.

Die Make-up-Artist trug mir dunkelroten Lippenstift auf und tuschte meine Wimpern mit einer dicken Schicht Mascara. Meine Wangenknochen wirkten durch den Highlighter höher als sonst. Mit dem dunklen Smokey-Eye stachen meine blauen Augen noch deutlicher hervor und ich hielt die Luft an, als sie schwarzen Eyeliner auftrug. Eine Stylistin, deren Namen ich mir nicht gemerkt hatte, lockte meine Haare in weiche Wellen und zupfte an meinen Strähnen. Insgeheim wünschte ich mir, Moe und Margo wären hier. Die beiden hätten mich ablenken können. Mir lustige Geschichten von nervigen Stars erzählen und meine Gedanken fernhalten können.

Ich versuchte mich mit Ysta abzulenken, doch jedes Mal, wenn ich die App öffnete, verließ ich sie wenige Sekunden später wieder

Kuss. Bacio. Warum habe ich das gegoogelt?

Silvias letztes Wort folterte mich und auch als Peyton neben mich trat und mir den heutigen Ablauf herunterratterte, konnte ich nicht richtig zuhören.

»Erde an Ruby. Ist da jemand?«

»Hm?«, murmelte ich, ohne den Blick vom Spiegel zu nehmen. Durch die Reflexion darin sah ich, wie Peyton eine ihrer perfekt gezupften Augenbrauen hob.

»Hast du schlecht geschlafen?«

Wie absurd. Ich hatte die Nacht in einem Bett aus weicher Baumwolle, auf einer Matratze, die Rückenprobleme von drei Jahren beheben konnte, in einem luxuriösen Zimmer verbracht.

»Traumhaft«, erwiderte ich daher. Aber ich fühlte mich elektrisch geladen. Als könnte jede Berührung mein System überladen und zum Kurzschluss führen.

»Okay? Also wenn wir hier fertig sind, geht es ins Fitting. Das Motto ist After Party nach den Oscars. Das heißt: elegant und leicht verrucht. Sinnlichkeit ist das A und O. Du wirst *Chanel* tragen. Willst du es sehen?«

»Ja, warum nicht?«

Meine Managerin sah mich weiterhin komisch an.

Wenn ich eine Sache an meinem Job liebte, dann waren es Kleider. Sie gaben den Menschen die Möglichkeit, in andere Rollen einzutauchen oder ihre Persönlichkeit zum Ausdruck zu bringen. Während andere über den neusten Gossip der Stars sprachen, war ich eher damit beschäftigt, ihre Outfits auf dem roten Teppich zu bewundern. Dass ich jetzt kaum reagierte, war daher ungewöhnlich.

Ich wollte mich zusammenreißen, aber ich wusste nicht wie.

Peyton tippte auf ihrem iPad herum und hielt es mir hin. »Perle Royale.«

Ich schaute mir das nachtblaue Kleid genauer an. »Lily Rose-Depp, Met Gala, 2019?«

»So ähnlich«, kommentierte meine Managerin.

Die Stylistin hinter mir schwärmte: »Es ist wunderschön.«

Und ich musste ihr innerlich zustimmen. Das Kleid war hauteng mit einem tiefen Ausschnitt, die Träger waren aus goldenem Gliederband. Unter dem Ausschnitt schlossen sich Ketten im gleichen Design zu einem korsettähnlichen Muster zusammen und ich hatte mich sofort verliebt.

»Nur das Beste für Silvias Schützling«, erklärte Peyton. »Bist du jetzt endlich wach?«

»Ja, definitiv«, log ich.

Zwei Tage. Drei Video-Drehs. Das würde ich überleben. Oder?

Ich werde sterben, dachte ich nur eine Stunde später. Der namenhafte Regisseur Liam Paolo ging mit uns die Szenen durch. Er besaß eine Energie, die ich unter anderen Umständen ansteckend gefunden hätte, aber gerade war ich nur betäubt von seinen Ideen.

»Caleb steigt in den Aufzug. Ruby steht darin und ihr tauscht einen Blick aus. Denkt an Brad Pitt und Angelina Jolie in diesem Action-Film …« Er fing an zu schnipsen. Caleb, der in einem schwarzen Anzug von *Tom Ford* steckte, kam ihm zur Hilfe. »Mr. & Mrs. Smith.«

»Genau!«, stieß Paolo hervor. »Dann gehst du auf sie zu, küsst sie leidenschaftlich, atmest ihren Duft ein und die Aufzugtüren schließen sich. *Entendido*?«

Angst packte mich. Ein Schauer lief mir den Rücken hinunter und ich wollte keineswegs unprofessionell wirken, aber ich konnte nicht anders. »Müssen wir uns denn *leidenschaftlich* küssen?«

Der Regisseur lachte. »Liebes, das ist *Passiona*. Silvia hackt mir den Kopf ab, wenn ich weniger als pure Leidenschaft präsentiere.«

Besagte Person saß in einem Regiestuhl und prostete

uns gerade mit einem Gin Tonic zu. Es war halb zwölf mittags.

»In Italien ist es jetzt acht Uhr abends«, hatte sie mir erklärt, als ein Set-Assistent ihr den Drink geliefert hatte.

»Zerbrich dir nicht den Kopf, Prinzessin.« Calebs Augen funkelten raubtierhaft.

Nenn mich nicht so, wollte ich entgegnen. Ich wollte schreien, wegrennen oder mich in Luft auflösen. Stattdessen nickte ich stumm und stieg in den Aufzug, der durch einen Ziegelstein geöffnet blieb.

»Maske!«, brüllte Paolo. »Take eins ist startklar.«

Hoffentlich bleibt es nur bei dem einen.

Die Stylisten traten an uns heran, zupften an unseren Haaren und puderten unsere Gesichter und dann ging es los.

Ich versuchte so gelassen wie möglich dazustehen, fühlte mich aber benommen, weil ich wusste, was gleich passieren würde. Ich betete, dass es schnell vorbei sein würde.

Paolo setzte sich zu Silvia hinter den großen Bildschirm, der wahrscheinlich jede Pore in meinem Gesicht aufzeichnen konnte und brüllte: »Action!«

Ich zuckte zusammen.

Dann schaltete ich auf Autopilot.

Caleb trat in den Aufzug und *lächelte*?

Es zog mir vollkommen den Boden unter den Füßen weg.

»Cut!«, ertönte es da bereits. Dann sprach Paolo mich zuckersüß an. »Ruby, Kleines, kannst du etwas weniger wie ein verschrecktes Reh schauen?«

Ich zog eine Grimasse und nickte. »Sorry. Können wir noch mal von vorne anfangen?«

Caleb neben mir lachte leise auf. Er war die Ruhe in Person.

Ich hasste ihn dafür.

»Take zwei!«

Die Szene startete gleich, diesmal lächelte Caleb nicht und ich musterte seine Gestalt interessiert. Er sah gut aus. Mehr als das. Alles an ihm war perfekt, dunkel und einladend.

Jeder Nerv in mir pulsierte beim Gedanken daran, was passieren würde.

Ob es ihm genauso ging? Oder war das alles nur Arbeit für ihn?

»Cut! Okay, das war schon besser. Wir machen noch einen Letzten und dann die Kussszene.«

»Habe ich dir eigentlich gesagt, wie atemberaubend du in dem Kleid aussiehst?«, hauchte Caleb an meiner Seite, kurz bevor er den Aufzug wieder verließ.

Mein Herz machte einen Sprung.

Er kannte meine Reaktion auf ihn. Und er kostete jede Sekunde aus wie ein Sadist.

»Take drei – Action!«

Warme Blicke, sexuelle Anspannung, die mich fast in die Knie zwang und Calebs leichtes Schmunzeln. Er stand neben mir und ich stellte mir vor, er wäre tatsächlich ein Fremder, in den ich mich auf dem Weg in mein Hotelzimmer verliebte.

Hätte das unser Leben sein können? Wenn wir nicht die wären, die wir waren?

Entgegen Paolos Anweisung trat Caleb einen Schritt

näher und ließ mich dadurch nach hinten stolpern. Mit seinem Körper schirmte er meinen von den Kameras ab, sodass ich nur noch ihn sah. Dann hob er die Hand, um mit ihr ganz langsam von meinem Kinn bis zu meinem Hals entlang zu streichen.

»Hab keine Angst«, flüsterte er.

Ich war gefesselt. Von seinen Augen, seinem feurigen Blick darin und von ihm. Ich wollte mich ihm entgegendrängen. Endlich die Sache hinter mich bringen, dieses Pulsieren in meinem Körper loswerden und das Ganze vergessen. Ich wollte von ihm kosten. Wieder und wieder.

»Cut!«

Caleb ließ von mir ab und als seine Wärme verschwand und Kälte an ihre Stelle trat, fröstelte ich.

»*Fantastico*!«, hörte ich Silvia sagen.

Ich fühlte mich wie Wackelpudding. Diese Stimmung zwischen Caleb und mir war meine persönliche Folter.

»Das war schon sehr gut, aber ihr Turteltäubchen kommt um einen Kuss nicht herum. Diesmal nehmen wir den Stein weg. Die Türen schließen sich, dann fahrt ihr in den ersten Stock und wieder runter. Alles klar?«

»Glasklar«, ertönte es von Caleb.

»Ja«, fügte ich hinzu, um mich und die Crew daran zu erinnern, dass ich noch eine Stimme besaß.

Rasch rieb ich mir die feuchten Hände an dem teuren Kleid trocken.

Ein Kuss. Ihr habt euch schon mal geküsst. Stell dich nicht so an.

»Action!«

Wie in Trance beobachtete ich, dass Caleb in den Aufzug stieg. Langsam näherte er sich mir, gab mir genug

Zeit zu reagieren und ich folgte seiner Bewegung. Er presste seinen Körper an meinen, diesmal so, dass es die Kameras sehen konnten.

Sanft legte er seine Hände an meinen Hals und senkte den Kopf. Seine Lippen schwebten einen Sekundenbruchteil über meinen, bis sie sie berührten.

Das hier war anders als der Kuss im Stadion.

Dieser war erfüllt von Verlangen und Kribbeln.

Caleb neckte mich mit seiner Zunge, bis ich meinen Mund öffnete. Mein Körper wurde weich unter seinen Berührungen und ich legte die Arme um seinen Nacken, um ihn näher an mich zu ziehen. Heiße Flammen brannten in mir und ich verlor jedes Zeitgefühl.

Caleb drückte mich in die Ecke des Aufzugs, gierig und wild, sodass mein Puls in die Höhe schoss.

So war ich noch nie geküsst worden.

Ich ertrank. In seinem Duft, seiner Nähe und seinem Geschmack.

Ich wollte ihn nicht wollen. Aber mein Körper gehorchte mir nicht länger.

In meinem Unterbewusstsein nahm ich ein leises Geräusch wahr, doch ich reagierte nicht darauf. Stattdessen gab ich mich dem berauschenden Kuss hin, bis Caleb sich leicht löste.

Ich öffnete die Augen vorsichtig.

»Das sollte gereicht haben, meinst du nicht?«, fragte er mit rauer Stimme.

Ich blinzelte verträumt. Dann bemerkte ich die verschlossenen Türen.

Der Video-Dreh. Paolo. Silvia. Peyton und Isaac. Ich schlug die Hand vor den Mund.

Caleb grinste.

»Oh Gott, was haben wir getan?«

»Uns geküsst?«

»Aber doch nicht so!«, erklärte ich, ohne mein Entsetzen zu verbergen.

Wir kamen im ersten Stock an. Caleb drückte den obersten Knopf, sodass sich die Türen wieder schlossen.

»Was machst du da?«

»Hat es dir nicht gefallen?«, wollte er wissen und näherte sich wieder. Er nahm meine Hand vorsichtig, um sie an seine Brust zu legen. Ich spürte seinen schnellen Herzschlag unter meiner Haut. »Mir schon.«

»Ich …«, versuchte ich anzusetzen, war aber zu sehr fasziniert von diesen neuen Empfindungen, die er in mir auslöste.

»Willst du mehr?«

Er wartete meine Antwort gar nicht erst ab. Das war nicht nötig. Wahrscheinlich war mir der Wunsch ins Gesicht geschrieben.

»Noch einmal. Diesmal ohne Kameras.«

Tu es. Tu es. Tu es.

»Nur einen. Danach beenden wir, was auch immer das ist«, stammelte ich.

Ich konnte nicht mehr klar denken. Das Einzige, was ich konnte, war nach mehr zu verlangen.

Wir fielen regelrecht übereinander her.

Diesmal war ich diejenige, die den Abstand zwischen uns überbrückte. Caleb vertiefte den Kuss und ließ seine Zunge an meiner kreisen.

Das ist verrückt.

Warum kann ich nicht aufhören?

Seine Hände waren überall. Meine krallten sich in sein Haar. Ich spürte seine Berührungen bis in den letzten Winkel meines Körpers. Dieser Kuss lachte unsere bisherigen aus.

Caleb zeigte mir, wie sehr er sich vorher vor allen anderen zurückgehalten hatte. Er war hungrig. Auf mich.

Er umfasste meine Taille, zog mich fester an sich und ich stöhnte gegen seinen Mund.

Ich spürte, dass er lächelte. Dieser eingebildete Frauenheld *lächelte*.

Eine seiner Hände wanderte den Schlitz des Kleids entlang. Forschend fuhr er mit seinen Fingern über meine nackte Haut und ich zwang mich, nicht umzukippen. Ich zitterte vor Begierde. Caleb hielt mich fest und verdarb mir mit diesem einen Kuss jeden Mann für den Rest meines Lebens. Ich drängte mich gegen ihn und fühlte mich rastlos. Seine Hand an meiner Hüfte drückte zu. Drängender und ungeduldiger.

Viel zu schnell kamen wir im obersten Stock an. Es grenzte an ein Wunder, dass wir nicht durch andere Hotelgäste unterbrochen worden waren.

Ich sank gegen seinen Oberkörper.

Caleb strich mir über mein Haar. »Atme, Ruby.«

Ich krallte mich in sein weißes Hemd und schüttelte den Kopf. »Ich kann nicht.«

»Habe ich dir die Luft geraubt?«

»Das hättest du wohl gern«, bemerkte ich schwach. Mir fehlte die Kraft, mit ihm zu streiten. Meine Beine fühlten sich an wie Wackelpudding, doch irgendwie löste ich mich von Caleb und stolperte zur entgegengesetzten Seite des Lifts.

Sein Finger schwebte über dem Knopf, der uns zurück ins Erdgeschoss und zum Rest der Welt führen würde. »Bereit?«

»Habe ich eine Wahl?«

»Wir können auch verschwinden, aber ich glaube, Silvia würde uns höchstpersönlich zurückholen«, scherzte er und drückte den Knopf.

Mit meinen Händen richtete ich notdürftig mein zerzaustes Haar und zupfte mein Kleid zurecht. Ich sehnte mich nach seinen Fingern, die mich so verunstaltet hatten.

»Du siehst gut aus. Sehr gut«, ließ mich Caleb wissen, der den Blick über meinen Körper wandern ließ. Zum ersten Mal, seit ich ihn kannte, sah er nicht cool aus. Nein, er war aufgeregt.

»Flirtest du mit mir?«

»Stört es dich?«

Ich sah zu der elektronischen Anzeige, die von eins auf null sprang.

»Nein«, antwortete ich. »Erstaunlicherweise nicht.«

Kapitel Zwölf

Die Aufzugtüren öffneten sich und die ganze Crew starrte uns an.

Ich fühlte mich ertappt, wollte fliehen, aber dann applaudierte Silvia Passiona.

»Bravo! Ihr wart wundervoll. Es ist perfekt, Paolo«, erklärte sie und mir fiel ein Stein vom Herzen.

Ich wusste nicht, ob ich es überlebt hätte, einen weiteren Take unserer Kussszene zu drehen.

Peyton hätte mich vermutlich vom Boden des Aufzugs abkratzen müssen.

Meine Managerin kam auf mich zu und half mir über die Kabel zum Stylingstuhl.

»Bitte sag mir, dass wir uns nicht mehr küssen müssen«, murmelte ich. Ich umfasste ihren Arm und zwang sie, mich anzusehen. »Bitte.«

»War es so schlimm?«

Nein. Es war das süßeste Gift, das ich je gekostete hatte. Ich wollte mehr. *Viel* mehr.

Aber das war gegen die Regeln. Die Grenze, die ich mir geschworen hatte, nicht zu überschreiten.

»Ein Albtraum.«

Peyton lachte auf und scrollte über ihr iPad-Display. »Keine Kussszenen mehr. Ihr schenkt euch nur interessierte Blicke im Restaurant. Du stehst auf und er folgt dir.«

»Gruselig«, kommentierte ich und hüllte mich in den Bademantel, den ich vorher hier zurückgelassen hatte. »Wann geht's weiter?«

»Bis das Set aufgebaut ist, haben wir eine Stunde.«

»Hast du schon die Bar ausfindig gemacht?«, wollte ich wissen. Ich schaute kurz in Ysta rein und likte ein paar Kommentare.

»Will ich wissen, was da drin passiert ist?« Sie deutete unauffällig auf den Aufzug.

Genau davor unterhielt sich Caleb mit Isaac und ich hasste es, wie gut er nach unserer heimlichen Eskapade aussah. Er hatte offensichtlich, und ohne Scheu, sein Interesse an einer Erweiterung unseres Paktes gezeigt.

Aber ich konnte das nicht. Ich kannte mich. Nie wäre ich so cool und entspannt dabei wie er.

Ich wandte meinen Blick von ihm ab und richtete ihn wieder auf Peyton. »Es ist nichts passiert. Ich bin nur aufgeregt wegen des Shootings. Sah es denn gut aus? Hat es Silvia wirklich gefallen?«

Peyton hielt mir ihr Handy hin. Es zeigte ein Bild von Caleb und mir, wie wir uns küssten. Seine Hand lag an meinem Hals und nur beim Anblick des Fotos spürte ich seine Finger an der Stelle.

Mir wurde sofort heiß.

Ich dachte an die Geräusche, die ich von mir gegeben

hatte. Gott, sein Ego musste durch die Decke geschossen sein.

Ich schluckte. »Nett.«

»Hat nicht viel gefehlt, um es für einen Softporno zu verwenden.«

»Peyton!«

Ich schlug gegen ihre Schulter. »Hör auf damit. Ehrlich, ich will das einfach nur vergessen.«

Ja, belüg dich ruhig weiter.

»Schon gut. Also? Drinks?«

»Nein, aber lass dich von mir nicht aufhalten. Ich beantworte ein paar Nachrichten und poste ein Sneak Peak.«

Sie nickte und ließ mich dann allein.

Ich stand ebenfalls auf, um mich von dem Stuhl auf die Sitzbank vor einem beeindruckenden Marmorbrunnen zu setzen. Ich war immer noch am Set, aber da nicht mehr gedreht wurde, konnte ich einen Schnappschuss von den Kameras machen. Als ich mir sicher war, dass mir niemand durchs Bild laufen würde, knipste ich ein paar Fotos und suchte mir daraus meinen Favoriten aus. Mit einem Schwarz-Weiß-Filter und dem Text ›on set‹ teilte ich die Story mit meinen Followern, die sich mittlerweile zu einer Zahl von zwei Komma sechs Millionen zusammengefunden hatte. Es war jedes Mal überraschend, mir vorzustellen, dass so viele Menschen mein Leben verfolgten und es sie tatsächlich interessierte, was ich aß, wen ich traf, wo ich war oder welche Marken ich trug.

Vor meinem Durchbruch als Creatorin war ich selbst nur wenigen in diesem Bereich gefolgt. Die meisten Konten, mit denen ich mich beschäftigt hatte, waren selbst aufs

Backen fokussiert gewesen und weniger auf Lifestyle-Themen.

Doch so sehr ich viele Aspekte des Berufs ablehnte, war ich dankbar für jeden einzelnen meiner Follower. Sie waren der Grund dafür, dass ich hier sein durfte. Mit Personen wie Silvia und Paolo zusammenarbeiten konnte. Reisen und einzigartige Erfahrungen sammeln durfte. Interessante Menschen wie Margo und Moe zu meinen Freunden zählen konnte.

Und Peyton kennengelernt hatte.

Sie war vermutlich eins der Top drei Dinge an meinem Beruf.

Ich beobachtete, wie meine Managerin immer noch eifrig über das Set huschte, mit jedem redete, der etwas zu erzählen hatte und dann den Saal verließ.

Kurz überlegte ich, mich ihr doch anzuschließen, entschied mich dann aber dagegen, da ich die gerade eingekehrte Ruhe um mich herum zu sehr genoss.

Stattdessen wendete ich meinen Blick wieder meinem Handy zu. Ich erkundigte mich bei Eve nach ihrer Matheprüfung, schickte Drew ein Update und ließ die Beine baumeln.

Das Wichtigste war, weiterhin nicht in Calebs Richtung zu schauen. Denn jedes Mal, wenn ich es zufällig tat, begegnete er meinem Blick so, als hätte er einen Sensor, der nur auf mich programmiert war.

Ich wollte wissen, was er dachte. Noch mehr als zu wissen, was er fühlte. Doch ich zweifelte daran, dass der Tag kommen würde, an dem Caleb seine Karten für mich offenlegen würde. Dazu war er zu stolz. Zu sehr der Sänger, der immer bekam, wonach er verlangte.

Ein Set-Assistent kam zu mir. »Miss Dawson? Möchten Sie sich an unserem Büffet bedienen? Ich kann Ihnen einen Teller bringen, wenn Sie mir sagen, was Sie möchten.«

Mir drehte sich der Magen allein beim Gedanken an Essen um. Noch dazu würde ich dann für den nächsten Dreh aufgedunsen aussehen.

Ich lächelte daher kurz und schüttelte den Kopf. »Das ist sehr nett, aber ich werde später essen. Danke, dass du gefragt hast und, bitte, nenn mich einfach Ruby.«

Der Junge, der nicht viel älter als Eve sein konnte, machte große Augen.

Ich würde mich niemals daran gewöhnen, welche Reaktion ich bei manchen Leuten inzwischen auslöste.

Unauffällig sah ich an dem Assistenten vorbei zu Caleb, der in seinem Stylingstuhl saß und auf seinem Handy tippte. *Er* spielte definitiv in einer anderen Liga als ich. War kreischende Fangirls und Menschen gewohnt, die ihm ständig an den Lippen hingen, um alles zu teilen oder zu posten. Ihn zu treffen war für viele ein Traum, der nur mit solchen Jobs hier am Set oder VIP-Tickets erreichbar war.

Ich fragte mich, ob er sich jemals daran gewöhnt hatte. Oder ob er, wie ich jedes Mal, überrumpelt war.

»Ihr seid ein schönes Paar«, ließ mich der Assistent da wissen. »Eine interessante Mischung, aber …« Er hielt inne und presste die Lippen aufeinander. Wahrscheinlich fürchtete er jetzt um seinen Job.

Ich prustete hinter vorgehaltener Hand. »Schon gut. Dasselbe habe ich auch gedacht«, flüsterte ich und sah, wie der Junge ausatmete.

Er schaute bestürzt drein. »Tut mir leid, das war nicht professionell von mir.«

»Es ist wirklich in Ordnung. Genieß' bitte das Büffet.«

Er nickte heftig und fast sah es aus, als würde er sich vor mir verbeugen, doch dann eilte er auf langen Beinen zu der restlichen Crew.

Mein Handy vibrierte und ich entsperrte es.

CALEB

809.

Ich sah auf und hoffte, unsere Blicke würden sich begegnen, doch er beachtete mich nicht einmal.

Was zum Henker wollte er von mir?

Ich schickte ein Fragezeichen zurück und stand auf, um die Toiletten aufzusuchen. Die Nervosität drückte mir auf die Blase und ich konnte nicht länger am Set herumsitzen und nichts tun.

Meine goldenen High Heels klackerten mit jedem Schritt auf dem weißen Marmorboden. Ich ging an einer Reinigungskraft vorbei, die mir irritierte Blicke zuwarf. Es kam wohl nicht so oft vor, dass Menschen am hellichten Tag mit einem Abendkleid durch die Gegend liefen.

Oder sie hatte einfach in Ruhe gelassen werden wollen. Jedenfalls deutete sie ziemlich genervt zum Ende eines langen Flures abseits des Foyers, in dem wir drehten, als ich sie nach einem WC fragte.

Ich musste schmunzeln, als ich bemerkte, dass selbst dieser Ort luxuriös eingerichtet war, und ließ mir alle Zeit der Welt. Am Natursteinbecken wusch ich mir die Hände und begutachtete dabei den Seifenspender, dann richtete ich mir die Haare, betrachtete die Frisur, die mir die Stylistin gezaubert hatte.

Ich trat einen Schritt zurück und versuchte, mich mit

den Augen anderer zu sehen. Der Stylistin, Peyton oder des Set-Assistenten. Auch fragte ich mich, was Caleb dachte. Ob ich ihm gefiel. Rein optisch war ich nicht sein Typ. Meine Haare waren blondiert, ich hatte blaue Augen und war größer als die Durchschnittsfrau. Ich schenkte den Medienschlagzeilen nicht sonderlich Glauben – aus bekannten Gründen –, aber Calebs Dating Historie zeigte bisher nur kleine, brünette Schauspielerinnen und Sängerinnen auf.

Doch der namenlose Assistent hatte nicht falsch gelegen mit seiner Aussage. Caleb war eigentlich auch nicht mein Typ. Ich fand Männer wie Sam Claflin oder Chris Evans attraktiv. Die Good Boys, die keine Skandale mit sich trugen. Typen, die mich höchstwahrscheinlich nicht in den Wahnsinn treiben würden.

Und dennoch fand ich Caleb anziehend. So sehr, dass ich mich meinen eigenen Versprechungen widersetzt und mit ihm rumgemacht hatte. Ich wollte mir die Haare raufen, aber der Tag war noch lange nicht vorbei. Noch zwei weitere Stunden mit ihm. Eine, wenn wir uns gut anstellten.

Bevor ich wieder in die Realität zurückkehrte, checkte ich noch mal meine Nachrichten, doch Caleb hatte mir nicht geantwortet.

Musste er auch nicht, wie sich gleich darauf herausstellte, denn er wartete an eine Säule gelehnt mit den Händen in den Hosentaschen auf mich.

»Schön da drin?«

»Stalkst du mich? Ich finde es reizend, dass ich so eine Wirkung auf dich habe, aber das ist schon ein bisschen unheimlich«, konterte ich. Ich war gefesselt von seinem

Anblick. Und er konnte mir sicherlich die Emotionen vom Gesicht ablesen, ließ sie jedoch unkommentiert.

»Das hättest du gern. Aber zu deinem Bedauern habe ich keine Zeit für so etwas. Hast du das Rätsel gelöst?«

Ich vermutete, er meinte seine kryptische Nachricht. »Wenn es nicht die Zahlenkombination für deinen Safe ist, in dem du deine Millionen bunkerst, will ich es nicht wissen.«

»Netter Einfall, doch es ist besser. Meine Zimmernummer.«

Er lud mich zu sich ein. Ganz offen und unverfroren.

Ich lachte. Hatte ich erwähnt, dass mein Körper absolut verrücktspielte?

»Oh, Caleb. Wie schön, dass ich dir den Kopf verdreht habe, aber *das* wird nicht passieren.«

»Wollen wir wetten?«

»Darauf lasse ich mich nicht ein.«

»Weil du weißt, dass du verlieren wirst«, erklärte er und ich erkannte den Hauch eines Lächelns in seinem Gesicht. Es war ein Katz-und-Maus-Spiel für ihn. Er wollte gewinnen. Wie er es wahrscheinlich immer tat.

Ich beachtete ihn nicht weiter, sondern machte mich auf, zurück ans Set.

Er folgte mir gemächlich und jeder seiner Schritte ließ mein Herz schneller schlagen. Ich fühlte mich tatsächlich wie die Maus, die von der Katze verfolgt wurde. Jeden Moment würde sie ihr Anschleichen beenden und mich mit einem Satz schnappen. Doch in echt waren wir keine Tiere und Caleb würde keinen Zug machen, solange ich ihn nicht ließ.

Als wir uns dem Foyer näherten, trennten sich unsere

Wege. Caleb gesellte sich wieder zu Isaac und ich wurde von Peyton auf halber Strecke abgefangen.

»Wir können das Set wechseln. Das Outfit bleibt gleich. Du trinkst aus deinem Champagnerglas, er beobachtet dich dabei und dann steht ihr versetzt auf. Paolo wird aber noch mal über die genauen Details mit euch sprechen, okay? Hast du noch Fragen?«

Ich schüttelte den Kopf. »Keine Fragen zum Dreh. Aber wollen wir heute Abend den Spa-Bereich auskosten?«

Peyton drückte meine Schulter. »Ich würde morden für eine gute Massage.«

»Etwas dramatisch, aber wenn wir es vermeiden können, umso besser«, scherzte ich.

Wir schlenderten an der Seite von Silvia zum neuen Set und ich hörte zu, wie sie uns von ihren Neffen erzählte, die aus Italien zu Besuch waren.

»Wie alt bist du, Schätzchen?«, fragte sie Peyton.

»Dreißig. Wieso?«

»Du siehst keinen Tag älter aus als zwanzig. Das Kompliment mache ich nicht jedem. Mein Neffe braucht eine starke Frau an seiner Seite und du erweckst mir den Eindruck, gut für ihn zu sein.«

Peyton schenkte mir einen Seitenblick. Sie war ewiger Single. Ein paar Flirts und Affären hatten sich über die Jahre angehäuft, aber nie etwas Ernstes. Das Letzte, woran sie interessiert war, war eine Beziehung.

»Danke. Meine Pflegeroutine zeigt wohl ihre Wirkung. Aber ich bin aktuell nicht auf der Suche«, erwiderte sie daher höflich.

»Ganz die Geschäftsfrau also?«, wollte Silvia wissen. Sie war kein Mensch, der sich auch nur ein Gramm um persönliche Grenzen scherte. Wenn sie etwas herausfinden wollte, dann tat sie das auch.

Peyton zuckte lediglich mit den Schultern.

Silvia blieb stehen und wir taten es ihr gleich. Dann nahm sie Peytons Hand. »Warte nicht zu lang, sonst endest du noch wie ich.«

»Sie sind eine erfolgreiche Frau mit einem Multimillionen-Dollar-Unternehmen unter ihrem Namen. Ich kann mir nichts Erstrebenswerteres vorstellen.«

Sie kicherte. Peyton hatte ernsthaft Silvia Passiona zum Kichern gebracht. »Dagegen kann ich nichts einwenden. Wollen wir?«

Wir traten durch eine meterhohe Flügeltür und standen mitten in einem eleganten Restaurant. Der Raum erinnerte mich an königliche Speisesäle, wie man sie von Palästen und Schlössern kannte. Die Wände waren in sanften Cremefarben gestrichen und mit edlen Kunstwerken geschmückt, die unterschiedliche Landschaften zeigen. Helle Kerzen brannten in hohen Lüstern auf weiß betuchten und mit feinem Silber eingedeckten Tischen. Einige Statisten saßen bereits verstreut. Paolo und der Rest der Set-Mitglieder huschten noch von einem Ende zum anderen, um die letzten Vorbereitungen zu treffen. Zwei der Tische waren unbesetzt und ich versuchte mir Paolos Vision bildlich vorzustellen. Das Konzept war recht einfach, aber so elegant und simpel Parfümwerbungen, besonders für eine Marke wie *Passiona*, wirken mochten, es war pures Chaos.

Der erste Part war zwar innerhalb von vier Takes im Kasten gewesen. Es stellte sich allerdings schnell heraus, dass der Rest des Tages verflucht war.

Kurz vor meiner ersten Aufnahme im neuen Set war ich über eines der vielen Kamerakabel gestolpert und umgeknickt. Der Schmerz war schnell vergangen, doch der Absatz war hinüber gewesen. Glücklicherweise war innerhalb weniger Minuten für Ersatz gesorgt worden. Trotzdem hatte ich mich ungefähr tausend Mal entschuldigt, bis ich von Peyton ermahnt worden war.

Danach nahm jeder seine Position ein und die Kamera war nur auf mich gerichtet. Ich hatte bereits öfter als ich zählen konnte vor einer gestanden, und trotzdem wurde ich nervös, als alle Augenpaare plötzlich auf mich gerichtet waren.

»Keine Rehaugen, Schätzchen. Noch mal.«

Ich biss die Zähne zusammen und atmete tief durch.

Blick wandern lassen. Innehalten. Schluck vom Champagner nehmen. Glas abstellen. Schöne Augen machen und aufstehen.

Mit all meiner Kraft versuchte ich mein Schauspieltalent heraufzubeschwören, doch nach dem zehnten Take, bei dem ich mich an dem prickelnden Wasser verschluckt hatte, riss bei Paolo der Geduldsfaden.

Die Stylistin kam mir zu Hilfe und tupfte an mir herum, während er auf Spanisch fluchte. Silvia zog ihn zur Seite. Ich beobachtete, wie sie ihm etwas zuflüsterte.

Die Anspannung brachte mich fast um, während das gesamte Set totenstill war. Jeder hielt den Atem an und ich war schuld.

»Du«, rief Paolo schließlich aus und deutete unheilvoll auf Caleb. »Stell dich hinter die Kamera.«

Der Sänger, den ich bisher versucht hatte, so gut es möglich war, zu ignorieren, folgte wortlos der Regieanweisung. Er positionierte sich hinter dem Kameramann, sodass er die perfekte Sicht auf mich erhielt. Unsere Blicke trafen sich.

»Besser?«, fragte er, ohne Paolo anzuschauen.

Ich spürte, wie sich meine Wangen rot färbten.

»Das werden wir jetzt herausfinden. Ruby, schau einfach deinen Freund an.«

Ich wusste zwar nicht, was das bringen sollte, doch ich hob den Daumen.

»Action!«

Wie angewiesen, konzentrierte ich mich nur auf Caleb. Der Rest der Set-Crew rückte in den Schatten und ich stellte mir vor, wie es wäre, mit ihm bei einem Candlelight-Dinner zu sitzen. Wie er meine Hand nehmen und sie langsam an seine Lippen führen würde. Ich fragte mich, ob wir schweigen und uns wie jetzt nur ansehen oder bis tief in die Nacht hinein miteinander reden würden.

Caleb strich sich durch das dunkle Haar und ich versuchte die Hitze in mir mit meinem Getränk zu kühlen.

Ich genoss, wie die prickelnden Bläschen sich auf meiner Zunge anfühlten. Was auch immer in dem Glas war, es schmeckte nicht mehr wie Wasser.

Caleb legte den Kopf zur Seite. Genauer: Er deutete mir, mich in Bewegung zu setzen.

Ich stand auf, bemerkte wie schwer sich mein Körper anfühlte, und ging auf die Hand zu, die er mir entgegenstreckte.

In diesem Moment beschloss ich, dass ich eine Närrin war. Denn ich wollte all die Dinge, die mir seine Augen versprachen.

Kapitel Dreizehn

»Cut! Das haben wir im Kasten«, rief Paolo und ließ meine Traumblase zerplatzen.

Ich schwankte aus dem Set in Calebs Arme.

»Geht doch, Rapunzel«, munterte er mich auf und ich spürte sein Lachen in meinem Körper nachbeben.

Mit rotem Kopf löste ich mich rasch von ihm. »Danke.«

Schon eilte ich auf den hohen Schuhen an Silvias Seite, die mich trotz meiner schwachen Leistung lobte.

»Manchmal braucht man einfach etwas Motivation«, flötete sie und zeigte auf den freien Stuhl neben sich. Paolos Stuhl.

Er war der Letzte, mit dem ich mich heute anlegen wollte. »Schon gut, ich stehe lieber.«

Diesmal war Caleb an der Reihe mit seinem Teil des Drehs.

Ich beobachtete, wie er das Whiskeyglas in seiner Hand schwenkte, während der Kameramann von Paolo positioniert wurde.

Isaac tauchte an seiner Seite auf und hob das Glas an.

»Ist nur Apfelsaft«, hörte ich ihn kommentieren und verkniff mir das Schmunzeln. Eine Portion Alkohol hätte mir nicht geschadet, aber bei der Menge an Takes wäre ich wahrscheinlich inzwischen nicht mehr zurechnungsfähig. Ich bezweifelte jedoch, dass Caleb ähnlich tickte.

Er sah aus wie immer. Nichts konnte ihn aus der Ruhe bringen, auch nicht als drei verschiedene Set-Mitglieder an ihm herumhantierten und zupften.

»Alle in Position«, verkündete der Regisseur lautstark. Irgendjemand musste diesem Mann am Ende des Tages eine Tasse Tee mit Honig besorgen. Das konnte auf Dauer nicht gesund sein. »Und Action!«

Calebs Szene war eine Spiegelung meiner. Ich sah mit Silvia durch den großen Monitor, wie er den Blick durch das Restaurant wandern ließ und dann geradewegs in die Kamera blickte.

In dem tiefen Braun seiner Augen weiteten sich die Pupillen. Sein rechter Mundwinkel hob sich kaum merklich, verführerisch und neugierig. Ich krallte mich unauffällig in Silvias Stuhl, die ebenfalls gebannt von seinem Erscheinungsbild war.

Er trank aus seinem Whiskeyglas, tausendmal eleganter als ich es jemals hinbekommen hätte, und stellte es in einer geschmeidigen Bewegung wieder ab.

»Cut! Wunderbar, das war großartig. Wir machen noch einen Take zur Reserve, aber das war klasse. Du bist der geborene Schauspieler, Caleb Han.«

Paolo erinnerte mich fast an eines von Calebs Fangirls, doch ich konnte es ihm nicht verübeln. Im Gegensatz zu mir hatte er echtes Talent. Alles an ihm war perfekt von oben bis unten.

Nicht überraschend war seine zweite Runde genauso beeindruckend wie die erste.

Paolo kam anschließend zu mir und hielt mir seine Hand hin. »Die letzte Szene für heute, Schätzchen.«

»Okay«, erwiderte ich, während ich mich von ihm zurück zu meinem Tisch führen ließ.

Dort angekommen ratterte er mit seinem starken spanischen Akzent die geplante Sequenz herunter. »Es wird ein Hundertachtzig-Grad-Winkel-Dreh. Wir zeigen dich wie du aufstehst, die Kamera schwenkt zu Caleb, zu dir und wieder zu ihm, bis ihr im selben Bild seid, *claro*?«

»*Sí*.«

Er drückte mich sanft auf meinen Stuhl und beugte sich zu mir herunter. Sein Rasierwasser stieg mir in die Nase. »Danach könnt ihr Turteltauben den Abend ausklingen lassen. Stell dir einfach vor, ihr geht hier raus und auf euer Zimmer. Ist das nicht wunderbar?«

Er wartete meine Antwort gar nicht ab, sondern rauschte zu Caleb, um ihm wahrscheinlich ebenfalls die Sequenz zu erklären.

Ich hoffte, er würde ihm nicht dasselbe wie mir erzählen.

Caleb nickte, während er die Flüssigkeit in seinem Glas schwenkte. Er war wieder der Alte, von einer dunklen Aura umgeben, und schien nicht einmal zu bemerken, wie sehr er sich verwandelte, wenn nicht alle Augen auf ihn gerichtet waren.

Vielleicht, dachte ich. *Vielleicht steckt mehr hinter seiner kalten Fassade, als du denkst.*

Bei der letzten Szene für diesen Tag stellte ich mich nicht übel an.

Aufstehen, an Caleb vorbei und durch die Flügeltüren hinaus.

In drei Takes war alles abgeschlossen und Erleichterung flutete mich, als wir uns zu zweit wieder zu den anderen gesellten.

Es regnete Beifall aus allen Richtungen. Die Stimmung war ausgelassen und ich bedankte mich bei allen.

Paolo lobte in höchsten Tönen: »Wunderbar, Leute. Das war großartig. Danke an alle. Wir sehen uns morgen.«

Peyton tätschelte meine Schulter und hakte sich bei mir unter. »Komm, wir machen die Sauna unsicher.«

Nachdem ich die drei Schichten Make-Up, Highlighter und Puder mit einer Reihe von *Passiona*s neuen Gesichtspflegeprodukten abgewaschen hatte, gingen meine Managerin und ich ins Spa. Zu unserem Vergnügen gab es eine Menge an kostenlosen Angeboten, die ich am liebsten alle wahrgenommen hätte. Wir entschieden uns schließlich für das Heilerde-Bad.

Eine Mitarbeiterin führte uns in ein Zimmer, das mich an meine Norwegenreise erinnerte. Die Wände und Böden waren mit Holz ausgelegt und warmer Dampf drang aus versteckten Aromadiffusoren.

Ich atmete den Duft von Eukalyptus ein und entspannte mich auf der Stelle.

»Wie in Norwegen, oder?«, fragte Peyton, während sie sich aus dem Bademantel schälte und ihre Zehenspitzen in eine der Holzbadewannen tunkte.

»Noch besser.« Ich folgte ihrer Bewegung und ignorierte, dass mir das Wasser förmlich die Hautzellen wegbrannte, als ich mich auf den Boden der Wanne sinken ließ. »Das ist traumhaft«, seufzte ich.

Die Mitarbeiterin drückte uns Getränkekarten in die Hand. »Ich lasse Ihnen Zeit, sich zu entscheiden. Wenn noch etwas sein sollte, klingeln Sie gerne.«

Dann zog sie sich diskret zurück.

Ich beobachtete, wie Peyton sich ebenfalls in die Wanne legte. »Stell dir vor, du könntest jeden Tag so leben.«

»Ich würde sterben vor Langeweile«, erwiderte sie. »Das heißt nicht, dass ich das nicht genieße. Aber ständig faulenzen …«

Ich grinste. »Nein, das kann ich mir bei dir auch nicht vorstellen.«

»Was ist mit dir?« Ihr Blick huschte zu mir. »Wie geht es dir? Der erste Monat mit Caleb ist geschafft. Bereust du den Vertrag?«

Ich dachte über ihre Frage nach.

War es das Richtige gewesen? Oder war dieses Schauspiel ein riesengroßer Fehler, den ich bald bereuen würde?

Vor wenigen Tagen noch hatte ich alles an Caleb, dieser Beziehung und diesem Plan verabscheut. Es war meine persönliche Hölle gewesen. Diese ständigen Lügen, Berührungen, die ich zu sehr genoss und seine Aufmerksamkeit. Doch etwas in mir hatte sich verändert. Ich wusste nicht, wie oder wann, es war einfach passiert.

Die Summe all unsere Begegnungen und Unterhaltungen hatte dazu geführt, dass ich Caleb etwas weniger hasste, als ich für möglich gehalten hatte. Zugeben würde ich das jedoch nicht. Stattdessen wuchs die Anziehung ihm gegenüber immer weiter und ich wusste nicht, wie ich damit umgehen sollte.

Caleb und ich waren wie Atome, die im Begriff waren, zu kollidieren. Es gab zwei mögliche Ausgänge für das, was gerade zwischen uns geschah. Entweder würde unsere Annäherung intensiver werden oder wir würden uns endgültig voneinander abstoßen. Wie Wasser und Öl, zwei Dinge, die lieber getrennt voneinander blieben.

Ich erinnerte mich an den Morgen im Park. Wie er voller Leidenschaft von Schicksal und dem Universum gesprochen hatte. Wie sehr ich mir gewünscht hatte, er würde recht behalten mit seiner Theorie.

Wenn es eine höhere Macht gab, dann hatte sie mich zu Caleb geführt. Nach Whistler. An Peytons Seite. Und ich hatte nichts daran ändern können.

»Ich habe mich damit abgefunden«, eröffnete ich Peyton schließlich. »Auch wenn ich den Paparazzo, der uns am Hintereingang erwischt hat, immer noch verfluche.«

»Ja, der ist wahrscheinlich mit einem fetten Scheck aus dem Magazingebäude spaziert.«

Ich rieb mir die Arme mit der Heilerde, die in kleinen Schälchen neben uns platziert worden war, ein.

»Das alles wäre nicht passiert, wenn ich Caleb nicht auf der Tanzfläche begegnet wäre.«

»Das weißt du nicht«, wandte Peyton ein. »Die Schweine hätten so oder so einen Weg gefunden, ein Bild zu schießen.«

»Aber ist es nicht komisch, dass jemand ausgerechnet an der Rückseite des Clubs gelauert hat? Wo er doch am Vordereingang viel mehr Möglichkeiten für eine Story gehabt hätte?«

Sie zuckte mit den Schultern. »Ich weiß es nicht. Vielleicht war es auch nur Zufall und ihr wart zur falschen Zeit am falschen Ort.«

»Vielleicht.«

Die Mitarbeiterin betrat wieder den Raum. »Haben Sie eine Wahl getroffen?«

Nach der zweiten Runde Cocktails verabschiedete sich Peyton in ihr Zimmer. Sie schob Müdigkeit vor, aber mir war aufgefallen, wie sie ständig an ihrem Handy getippt hatte. Offensichtlich verheimlichte sie eine neue Flamme und wollte nicht, dass ich etwas davon erfuhr.

Weil ich noch viel zu sehr unter Strom stand, machte ich mit dem Mini-Kühlschrank auf meinem Zimmer Bekanntschaft.

Ich fühlte mich wie ein Kind im Süßigkeitengeschäft, als ich die winzige Packung M&Ms, die handgemachten Kekse von einer lokalen Bäckerei und eine Flasche Wein innerhalb einer halben Stunde vernichtete.

Die Portionen und die Flasche waren so klein, dass ich mich fühlte wie ein Riese, der sich durch die Welt bewegte.

Mit getrübter Sicht musterte ich das Etikett der winzigen Rotweinflasche. Ein *Le Grand Vin*, aus einem Weingut in Okanagan Valley. Auf der Rückseite befand sich die kalligrafische Zeichnung eines Flusses, der durch hohe Berge floss. Davor waren Weinreben eingebettet. Instinktiv wünschte ich mich dorthin.

Ich stellte mir vor, unter der warmen Sonne im Sommer zwischen Weingärten zu liegen. Sorglos zu sein. Fernab einer Welt mit Social Media und täglichen Kommentaren.

Weit weg von Terminen, dem Trubel der Großstadt und dem Stress. Wenn ich dort leben würde, könnte ich einfach aus einem weißen Sommerkleid schlüpfen und in den Fluss springen, um meine Sorgen zu vergessen.

Ich grinste die Flasche an. *Das wäre schön.*

Mein Blick wanderte umher und fand, über die verglaste Balkontür hinaus, die schneebedeckten Berge, die aussahen wie aus einem Bob-Ross-Gemälde.

Hier ist es aber auch schön, erinnerte ich mich sofort, und es gab einen Pool. Also stand ich auf, schlüpfte in einen Bikini, zog einen Bademantel über und schnappte mir eine zweite Flasche Wein aus der Minibar.

Als ich zum beheizten Außenpool schlurfte, merkte ich, dass ich mein Handy zurückgelassen hatte und lachte innerlich. *Einen Abend verrückt sein und nicht denken, Ruby. Einfach mal etwas Dummes machen. Das kriegst du hin.*

Eisige Abendluft begrüßte mich, als ich nach draußen trat. Zu meinem Vergnügen war niemand außer mir hier und ich nahm einen weiteren Schluck aus meiner liebgewonnenen Weinflasche, um mich aufzuwärmen, bevor ich sie abstellte.

Schnell schlüpfte ich aus dem Bademantel und sprang ins Wasser. Ich tauchte, bis ich den Beckenboden berührte, und fühlte mich wie eine Meerjungfrau, als ich, wieder auftauchend, die Augen öffnete und das schimmernde Mondlicht auf mich herableuchten sah. Ich fühlte mich frei und schwerelos. Zufrieden ließ ich mich auf dem Rücken treiben und versuchte die Sterne, die Abermillionen Lichtjahre entfernt waren, zu zählen. Irgendwann gab ich auf und schwamm zurück zu meinen Sachen, um mir einen weiteren Schluck Wein zu genehmigen.

Am Rand angekommen tauchte ein Paar Beine in meinem Blickfeld auf. Ich sah auf und erkannte Caleb, der in die Hocke ging, sodass sein Gesicht nur wenige Zentimeter über meinem schwebte. »Brauchst du Gesellschaft?«

»Verfolgst du mich?«

»Würde dir das denn gefallen?«

»Antwortest du eigentlich immer mit einer Gegenfrage?«, wollte ich wissen und sah zu, wie er sich neben mich an den Beckenrand setzte.

»Du hast gut reden. Ist dir nicht kalt?« Er beäugte meine Flasche. »Ruby Dawson, alles in Ordnung mit dir?«

»Ja, wieso? Darf ich nicht mal Spaß haben? Nimm einen Schluck, er schmeckt köstlich.«

Caleb schüttelte den Kopf und lehnte sich zurück, bis er auf dem Rücken lag. »Ich ... trinke nicht.«

»Das ist cool. Trinken wird sowieso überwertet«, erklärte ich, als hätte ich nicht vorhin eine Flasche Wein wie Tequila Shots gekippt.

Müde vom Schwimmen kletterte ich aus dem Wasser und hüllte mich wieder in den flauschigen Stoff des Bademantels.

»Danke«, flüsterte er, während er den Kopf zur Seite rollte, um mich anzusehen.

»Wofür?«

»Dafür, dass du mich nicht fragst, wieso ich nicht trinke.«

Ich legte mich neben ihn und ließ die Füße im Becken baumeln. »Es ist deine Sache. Du weißt am besten, was gut für dich ist und was nicht.«

»Was ist mit dir? Weißt du es?«

Ich dachte an hier und jetzt. Wie frei ich mich dabei

gefühlt hatte, einfach das zu tun, was sich richtig angefühlt hatte.

Für einen kurzen Moment waren die Stimme, die Forderungen und Regeln in den Hintergrund gerückt und ich war einfach nur Ruby gewesen.

»Ich denke schon«, erwiderte ich leise und sah wieder hinauf in den Sternenhimmel. »Und ich habe es satt, mir sagen zu lassen, was gut für mich ist.«

»Dann lass es sein. Scheiß drauf.«

»Sehr lustig.«

»Ich meine es ernst.«

Danach schwiegen wir eine Weile. Mit seinen Fingern trommelte Caleb auf seinem Bauch einen mir unbekannten Takt. Ich wollte mich darauf konzentrieren, doch stattdessen drifteten meine Gedanken ab.

Ich wusste, wie *viele* Muskeln sich unter dem dünnen Stoff seines T-Shirts versteckten. Das Internet war voll damit.

Diesmal ließ ich zu, mich völlig der Fantasie hinzugeben. Niemand konnte mir in den Kopf schauen. Also gab es keinen Grund, mir nicht zu erlauben, mir vorzustellen, wie Caleb nackt aussah.

Wie sich seine Haut an meiner anfühlen würde.

Ich fragte mich, wie stark er war. Seinen Muskeln zufolge, sehr.

»Du starrst«, ertappte er mich und ich wandte mich ab. Es hatte keinen Zweck, es zu leugnen. »Warum machst du das?«

»Was denn?«, fragte ich und trank den letzten Schluck.

Caleb setzte sich auf. Er nahm mir die Flasche aus der Hand und zwang mich so, ihn anzusehen.

»Dich wegdrehen, wenn du lächelst.« Er berührte meine Wange mit seinen Fingerspitzen. Mit angehaltenem Atem beobachtete ich, wie er sie zu meinem Hals wandern ließ.

Ich erkannte dieselbe Neugier in seinen Augen wie beim Dreh.

War das echt? Oder würde er mich nur verführen, um mich gleich darauf fallenzulassen?

Ich sah zu seinen Lippen, die ich vor wenigen Stunden noch geküsst hatte. Die ich *jetzt* küssen wollte.

»Tue ich das?«, fragte ich atemlos.

Er nickte träge.

Ich versank in dem Braun seiner Augen. Die Welt verlor ihre Schwerkraft und ich genoss jeden Augenblick davon.

»Seit ich dich kenne. Es stört mich.«

»Warum?«

Caleb schmunzelte, ehe er sich vorbeugte, um die empfindliche Stelle hinter meinem Ohr zu küssen. »Weil ich es dann nicht sehen kann.«

Meine Brust schwoll um das Dreifache an. Er hatte mich Blut lecken lassen. Und jetzt wollte ich mehr.

Kapitel Vierzehn

»Cut. Action. Cut. Action. Cut!«

Die gedämpften Rufe dringen immer lauter zu mir durch. Ich schüttle den Kopf. »Keine Kussszenen mehr, bitte. Ich halte das nicht aus.«

Paolo schreit so laut, dass er sich in eine Ente verwandelt. Sie schimpft auf Spanisch vor sich hin. »Beso.«

Silvia korrigiert: »Bacio. Es heißt Bacio.«

Ich öffnete die Augen und blinzelte grellem Morgenlicht entgegen.

Mein Kopf fing augenblicklich an zu pochen. Ich rollte mich auf die Seite, weg von den Fenstern und starrte die leere Betthälfte an.

Erinnerungsfetzen drangen nach und nach zu mir durch. Der Dreh mit Caleb. Der Abend mit Peyton im Spa. Die Cocktails und zwei Flaschen Wein. Der nächtliche Ausflug an den Pool. Caleb, der sich zu mir gesellte.

Danach erlosch das Scheinwerferlicht.

Ich grub das Gesicht ins weiche Kissen und seufzte hinein. Was hatte ich mir nur gedacht?

Du hast gar nicht gedacht, erinnerte mich meine Vernunft. Schlecht, dass sie sich jetzt erst meldete.

Verdammt. Was zum Teufel ist danach passiert?

Ich war nach dem Drehtag auf der Suche nach Ablenkung gewesen. In Form von Rotwein und einer Runde Schwimmen ...

Erschrocken riss ich die Bettdecke hoch und entdeckte ein schwarzes Hemd an mir. Darunter trug ich immer noch meinen Bikini – inklusive Unterteil. Erleichterung packte mich. *Solche* dummen Dinge hatte ich dann also wahrscheinlich doch nicht getan. Dann erinnerte ich mich daran, dass ich höchstwahrscheinlich in den nassen Sachen eingeschlafen war.

Angenehm. Die Blasenentzündung würde die Bezahlung für meine Dummheit sein.

Neugierig hob ich das Hemd an und schnupperte daran. Zitrus mit einem Hauch von etwas Würzigem, ähnlich wie Tee.

Calebs Duft.

Caleb.

Der genau in dieser Sekunde aus meinem Hotelbadezimmer schlenderte. Oberkörperfrei. »Guten Morgen, Rapunzel.«

Ich zuckte überrascht zusammen, schnappte mir die Bettdecke und bedeckte damit meine Beine. »Was machst du hier?!«

Er hielt inne und strich sich die zerzausten Haare aus der Stirn. »Sag bloß, du hast einen Filmriss.«

»Das ist nicht witzig. Haben wir? O Gott, wir haben doch nicht ...« Ich schlug die Hand auf den Mund. Das konnte nicht wahr sein. Ich würde doch nicht volltrunken mit einem Typen schlafen. Caleb Han hin oder her.

»Beruhig dich. Ich ziehe es vor, wenn meine Partnerin nicht fast komatös und betrunken ist und sich die Seele aus dem Leib kotzt. Du bist am Pool aufgestanden, fast ins Wasser gestolpert und ich habe dich auf dein Zimmer getragen. Dann bist du auf die Toilette gerannt und hast angefangen dich zu übergeben. Ich bin dageblieben, bis du dich beruhigt hast.«

Er hatte auf mich aufgepasst?

Wieso?

Wahrscheinlich zeigte mein Gesichtsausdruck genau dieselbe Frage, denn er antwortete darauf, ohne dass ich etwas sagen musste.

»Ich bin nicht so ein herzloses Arschloch, wie du gerne hättest.«

Wärme schoss mir in die Wangen. Ihm entging absolut nichts. Automatisch fühlte ich mich schlecht. Dagegen war die Übelkeit, die sich in meinem Magen zusammenbraute, nichts.

Ich versuchte Calebs Version unserer gemeinsamen Nacht zu verarbeiten. Sie klang um einiges realistischer als meine erste Befürchtung. Das bedeutete jedoch nicht, dass es weniger peinlich war.

»Warum bist du danach geblieben?«

Er zuckte mit den Schultern und setzte sich auf die Bettkante. »Bin eingeschlafen. Auf dem Sofa da, keine Sorge.«

Ich schaute auf die schmale Ottomane, die er als Sofa

bezeichnet hatte. Mein Ärger auf mich wuchs weiter. »Das hättest du nicht tun müssen«, erwiderte ich flüsternd. »Aber danke. Ich kann mir vorstellen, dass du dir deinen Abend anders vorgestellt hast.«

Caleb strich sich gedankenverloren über den muskulösen Arm.

Gierig saugte ich das Bild von ihm ein, solange ich konnte. Er sah in natura noch besser aus als auf den Bildern. Bläuliche Adern zogen sich unter seiner hellen Haut über den Unterarm bis zu seinen feinen Händen und ich erinnerte mich, wie er mich berührt hatte. Mein Nacken kribbelte beim Gedanken daran, wie er mich dort geküsst hatte. Ich hatte ganz vergessen, wie gut sich Berührungen anfühlen konnten.

»Es war sehr unterhaltsam. Du hast behauptet, ich sei der beste Küsser, den du je kennengelernt hast.«

Traute ich mir zu, das gesagt zu haben? Ja. Würde ich es so lange leugnen wie möglich? Ebenfalls ja.

Kopfschüttelnd stand ich auf und tapste an ihm vorbei zur Badezimmertür. »Du lügst doch.«

Er musterte meine nackten Beine neugierig. »Ach ja?«

In seiner Stimme schwang eine leise Herausforderung mit. Er wollte, dass ich ihn neckte. Aber ich vertraute mir nicht.

Ich fühlte mich wie eine Verrückte, die jeden Moment über ihn herfallen würde. Mit dem letzten Rest gesunden Menschenverstands klammerte ich mich an den Türknauf. »Wir sehen uns, Caleb.«

Wie ein Feigling schloss ich mich im Badezimmer ein und betrachtete das Ausmaß meiner wilden Nacht im Spiegel. Ich sah genauso aus, wie ich mich fühlte. Chaotisch.

Meine Haare standen in alle Richtungen, meine Haut war ausgetrocknet vom Alkohol und Calebs Hemd war ungefähr drei Nummern zu groß, um noch als cool durchzugehen.

Ich zog mich aus und sprang unter die Dusche. Der schnell entstehende heiße Dampf fühlte sich traumhaft auf meiner Haut an. Ich ließ mir ausgiebig Zeit, verdrängte die Erinnerungsfetzen an die letzte Nacht und schwor mir, nie wieder so viel zu trinken.

Als ich mich schließlich in ein Handtuch hüllte, fühlte ich mich wie ein neuer Mensch, bereit den Tag in Angriff zu nehmen.

Ich sammelte die wenigen Kleidungsstücke vom Boden auf und verließ das Badezimmer.

Caleb saß immer noch auf dem Bett. Genauer gesagt, lag er mit seinem Oberkörper darauf. Die Augen hatte er geschlossen.

War er eingeschlafen? Sollte ich ihn wecken?

Unschlüssig trat ich näher an ihn heran und zählte seine Bauchmuskeln. Acht. Nicht sechs wie ein Normalsterblicher, der gerne Sport machte. Acht Packs, die aussahen, wie von Gott persönlich erschaffen.

Mutig einem Impuls folgend beugte ich mich zu ihm herab. Es juckte mich in den Fingerspitzen, ihn zu berühren. Zu wissen, wie er sich dort anfühlte.

Seine Hand schnellte hervor und bekam meine zu fassen. Ich zuckte zurück, nur so weit, wie mich sein Griff ließ. Das Handtuch um meine Brust lockerte sich leicht.

»Gefällt dir, was du siehst?«, fragte er mit butterweicher Stimme.

»Du bist noch da«, antwortete ich, ohne auf seine Frage einzugehen.

Caleb setzte sich auf und musterte mich vom Scheitel bis zu meinen nackten Beinen. »Ich konnte nicht gehen.«

Es war berauschend, so von einem Mann angesehen zu werden. So von *ihm* angesehen zu werden. Jeder Nerv in mir brannte darauf, dieser Anziehung zwischen uns Abhilfe zu verschaffen.

Das Blut floss heiß durch meine Adern, als er einen Schritt auf mich zu machte.

»Wieso nicht?«, fragte ich, plötzlich heiser. Zitternd zog ich die Luft ein, als ich die Hände von meinem Handtuch löste und den Kopf hob.

Er war mir so nah, dass ich die Wärme seines Körpers spüren konnte. Sein Atem strich über mein Gesicht. Ein Hauch von Nichts, das mich am ganzen Körper vor Erregung zittern ließ. Eine letzte Warnung, die Möglichkeit für mich, das Ganze abzubrechen.

»Weil du mich gebeten hast, zu bleiben.« Die Worte landeten auf meiner Haut wie Küsse.

Ich verstand nicht. Ich wollte es auch nicht verstehen. Denn ich wusste, was ich jetzt wollte. Dass er blieb und mir half diese Qual zu beenden.

Caleb umfasste mein Gesicht und senkte seine Lippen endlich auf meine. Die Welt um uns blieb stehen, als ich mich tiefer in den Kuss sinken ließ. Unser Atem vermischte sich und ich war berauscht von Caleb, seinem Geruch und seinem Geschmack.

Ich will nicht, dass das aufhört. Bitte lass es niemals aufhören.

Ich drängte mich ihm entgegen, als sich seine Finger in

meine noch feuchten Haare krallten. Er zog spielerisch an ihnen und ich spürte sein Lächeln an meinen Lippen.

Mein ganzer Körper flehte nach mehr. Es war nicht genug. Das hier reichte nicht mehr.

Caleb löste sich von mir und ich sah, wie heftig er atmete. »Vertraust du mir?«

Es war verrückt, aber ich tat es. Langsam nickte ich.

Er küsste mich ein weiteres Mal, dieses Mal so heftig, dass mir die Knie weich wurden. Dann löste er seine Lippen und legte seine warmen Hände an mein Handtuch, vorsichtig, um mir wieder genug Zeit und die Möglichkeit zu geben, auszusteigen.

»Tu es«, flehte ich schwach. Ich hatte nicht den Hauch einer Chance gegen das Gefühl, das in mir pulsierte.

Caleb zog an dem Stoff und enthüllte meine nackte Haut. Sein Blick verdunkelte sich augenblicklich.

Ich bemerkte, wie er mich ansah.

Von Calebs neckischer Art war keine Spur mehr übrig. Er hatte ein Ziel und er würde nicht aufhören, bis er es erreicht hatte.

Mit seinen Händen umschloss er meine Brüste, so fest, dass ich den Kopf vor Erregung in den Nacken legte. Seine Daumen strichen über meine empfindliche Haut und ich drängte mich ihm entgegen. Nichts wollte ich mehr, als ihn beobachten, doch ich konnte nicht anders und schloss die Augen. Es war zu viel. Es war zu gut. Und ich bekam nicht genug davon.

Ich hörte, dass er sich nach vorne beugte und spürte, wie er eine meiner Brüste mit seinem Mund sanft berührte. Er küsste die Stelle über meinem Herzen und strich mit seiner Zunge über meine Nippel, bis ich wieder stöhnte.

Er war mein gottverfluchter Untergang und ich genoss jede Sekunde davon. Mein Verstand setzte aus. Ich hatte keine Gelegenheit, mich wegen der Geräusche, die meinen Mund verließen, zu schämen.

Er drehte uns und schob mich sanft mit dem Rücken aufs Bett, ohne von mir abzulassen.

Ein Knie positionierte er zwischen meinen Beinen und ich genoss das Gefühl seiner rauen Jeans an meinen Oberschenkeln. Er küsste sich einen Pfad von meinen Brüsten bis zu meinem Bauch, neckte mich, sodass ich mich wand, und hob schließlich mit seinen Händen meinen Po an.

»Caleb«, keuchte ich und blickte auf, als ich realisierte, was er vorhatte. Ich wusste nicht, ob es ein Flehen war oder der mickrige Versuch, ihn aufzuhalten.

Er ignorierte mich. Gefesselt von seinem Anblick, beobachtete ich, wie er den Kopf tiefer senkte, bis ich seinen Atmen zwischen meinen Beinen spürte.

Er ging auf die Knie und küsste mich *dort*.

Ich krallte mich in die schneeweißen Bettlaken und stöhnte erneut seinen Namen. Ich zitterte und spürte, die heiße Welle der Lust wachsen, als seine Zunge in mich drang. Das Gefühl war so überwältigend, dass ich ihm als Reaktion die Hüfte entgegenstreckte. Mein Rücken wölbte sich und Caleb leckte mich, stieß in mich, bis er auch seine Finger mitwirken ließ.

Er spielte mit mir, meiner Begierde und meinem Körper, als wäre ich ein Instrument, das er neu erlernte.

Mit seinen Fingern füllte er mich aus und ich drängte mich ihm weiter schamlos entgegen.

Caleb saugte an mir wie ein Verhungernder.

Ich zog an seinen braunen Haaren, kurz davor, in den Abgrund zu stürzen.

Doch er ließ nicht von mir, sondern presste seinen Mund auf mich, saugte an mir, bis ich Sternchen sah.

Jeder Muskel in mir zog sich zusammen und der Orgasmus überrollte mich so heftig, dass ich fast wimmerte. Ich spürte eine intensive Wärme wie Sonnenschein durch mich zucken. Mein Verstand war gelähmt von dem Höhepunkt, den Caleb mir verschafft hatte.

Doch er hörte nicht auf, mich zu verwöhnen. Ich war vollkommen durchnässt, als er einen weiteren Finger tief in mir verschwinden ließ. Das entstehende Geräusch vermischte sich mit meinem Stöhnen. Sein Mund wanderte meinen Oberschenkel entlang, kostete jeden Zentimeter meiner Haut, bis ich schon wieder vor Erregung zappelte. Mit einer Hand drückte er mich aufs Bett, fixierte mich dort und strich mir über den Bauch. Seine Finger in mir zog er rhythmisch zurück, drang wieder in mich ein und krümmte sie, so lange, bis ich ein zweites Mal kam und vor Erschöpfung tiefer in die Laken fiel.

Caleb ließ von mir ab, setzte sich auf und ich sah die Erregung in seinem Gesicht. Er beugte sich zu mir und küsste mich lang und ausgiebig, sodass ich mich selbst an seinen Lippen schmecken konnte. Es war der berauschendste Kuss, den ich je bekommen hatte.

Dann ließ er zärtlich von mir ab. »Wie war das noch mal mit ›Nur ein Kuss‹?«

Die Schmetterlinge in meinem Bauch drehten Loopings und ich presste die Schenkel zusammen, um das erneut aufflammende Pochen dazwischen zu verdrängen.

Wir waren wieder in der realen Welt angekommen.

Mein Kopf drehte sich immer noch und mein Mund machte sich selbstständig. »Ich mag dich nicht«, erklärte ich kleinlaut.

»Du willst trotzdem mit mir schlafen.«

Ich griff nach dem Laken und zog es über meine nackte Haut, die immer noch überall prickelte. Er hatte alles von mir gesehen, aber dennoch ...

»Ich werde nicht mit dir schlafen.«

Caleb gab mir einen Kuss auf die Nasenspitze und strich mir die Strähnen von der Schulter.

»Träum weiter«, neckte er. Dann stand er auf, um sein Hemd überzuziehen. »Wir sehen uns heute Nacht.«

Keine Einladung, sondern eine Tatsache. Glaubte er.

Ich ging nicht darauf ein. Mit ihm zu schlafen wäre mein Ende, und das wusste auch er.

»Verschwinde.«

Er fasste sich an die Brust und machte ein schmerzverzerrtes Gesicht. Sein helles Lachen erfüllte das Hotelzimmer wie Sonnenschein. »So gemein.«

»Geh endlich, bevor ich schreie!«

»Das hast du schon«, ließ er mich wissen, ehe er aus dem Zimmer spazierte wie ein König.

Den Rest des Morgens verbrachte ich wie in Trance. Beim Frühstück mit der Set-Crew würgte ich einen Bagel und eine Handvoll Blaubeeren in mich hinein.

Caleb ließ sich nicht beim Büffet blicken und ich hätte darüber nicht erleichterter sein können.

Seit ich mein Hotelzimmer verlassen hatte, fühlte ich mich wie eine Verbrecherin auf freiem Fuß. So als würde jeden Moment jemand aus einer Ecke hervorspringen und wissen, was ich getan hatte.

Peyton dagegen war wieder voller Energie und ich ärgerte mich umso mehr, nicht ebenfalls nach unserer Cocktailrunde ins Bett gegangen zu sein.

Die Stimmung in der Crew war ausgelassen und ich versuchte in regelmäßigen Abständen zu lächeln. Gleichzeitig war ich froh darum, dass Silvia und Paolo den ganzen Esstisch mit Anekdoten von ihrer vergangen Zusammenarbeit unterhielten, denn so hatte ich genug Zeit, mich dafür zu verurteilen, was ich zugelassen hatte.

Caleb hatte mich nackt gesehen. Mehr als das, er hatte mich befriedigt und ich wäre eine Heuchlerin, wenn ich behaupten würde, es nicht genossen zu haben.

Der Faden, der meine Vernunft an meine Regeln schnürte, dehnte sich immer weiter und ich war mir sicher, dass ich bei der nächsten Gelegenheit wieder schwach werden würde.

Caleb wusste das auch. Wie ein Raubtier lauerte er nur darauf, dass ich ihm das Letzte gab, was ich noch besaß.

Mein Rückgrat.

Denn wir beide wussten, welch hohe Töne ich vor wenigen Wochen gespuckt hatte. Was ich alles lieber tun würde, statt in seiner Nähe zu sein. Jetzt hatte sich das alles in Luft aufgelöst.

Du musst ihm einfach aus dem Weg gehen.

Logisch. Ich musste ihn einfach ignorieren, dann würde ich mir auch nicht die Finger verbrennen.

Wie schwer kann das schon werden?

Kapitel Fünfzehn

Als wir am nächsten Tag sicher wieder in Toronto landeten, schob ich Kopfschmerzen vor, um schnell in meine Wohnung zu flüchten.

Peyton fuhr irritiert im Taxi weiter, nahm mir vorher noch das Versprechen ab, sie anzurufen, wenn ich etwas benötigte.

Überwältigt von der langen Reise, die sich aufgrund einer Sturmwarnung um vier Stunden verzögert hatte, stolperte ich in meine Wohnung und schloss dreimal hinter mir ab. Müde ließ ich mich an der Tür zu Boden gleiten und legte den Kopf in die Hände. Ich wiederholte mein Mantra vom Morgen *danach*.

Whistler ist nie passiert.

Das war alles nur ein merkwürdiger Traum.

Das Klingeln meines Handys ließ mich zusammenzucken. Ich hatte die ganze Rückreise damit verbracht, mich auf den neuesten Stand zu bringen. Die größte Neuigkeit der letzten Tage war die Trennung von einem Creator-Paar gewesen.

Ich kannte Joyce nur von Events und Partys, aber verspürte Mitleid mit jedem, der eine öffentliche Trennung durchleben musste.

Genau das erwartet dich auch in wenigen Monaten, rief ich mir ins Gedächtnis.

Diese Beziehung hatte ein Ablaufdatum. Es war an der Zeit, dass ich mich wieder dementsprechend verhielt.

Ich las die Nachricht, die eingetroffen war.

DREW

Na, in einem Stück zurück?

ICH

Gerade so.

DREW

?

DREW

Kaffee bei Brew Corner in einer Stunde? Jemand kann es nicht erwarten, dich wiederzusehen.

Mir wurde warm ums Herz, als ich mir Winstons Gesicht vorstellte. Also stimmte ich zu und rappelte mich auf, um mich frisch zu machen.

Wie abgemacht, entdeckte ich – eine Dusche, zwanzig Minuten Haarstyling und eine Busfahrt später – Drew mit Winston an der Leine vor dem Brew Corner.

Mein bester Freund auf vier Beinen rannte auf mich zu, als er mich sah.

Ich beugte mich vor und kraulte sein leicht nasses Fell. »Hast du mich vermisst?«, fragte ich grinsend.

Winston kitzelte mich mit seiner braunen Schnauze als Antwort.

Drew tauchte an unserer Seite auf und hielt seinen Regenschirm über uns. »So ungern ich dieses Familientreffen unterbreche, wollen wir vielleicht ins warme und trockene Café? Diese Schuhe vertragen keinen Regen.«

Ich blickte auf seine Lacklederschuhe, die die gleiche Farbe wie seine Krawatte hatten. »Warum trägst du auch solche Schuhe bei dem Wetter?«

»Warum ist die Erde keine Scheibe?«, konterte er und hielt mir seinen Arm hin, um mich in eine Umarmung zu ziehen. Er drückte kurz zu, um genauso schnell wieder von mir abzulassen. Seine Augen huschten über mein Gesicht. »Du verheimlichst etwas.«

Ich zwang mich, keine Miene zu ziehen. »Stimmt doch gar nicht.«

»Ich verwette meine geliebte Uhr darauf«, ließ er mich wissen, ehe er sich zum Eingang begab.

Winston und ich folgten ihm. »So sehr kannst du sie nicht lieben, wenn du sie bei der erstbesten Gelegenheit verwetten willst.«

Die Türglocke hieß uns willkommen und Drew hielt uns die Tür auf, damit wir eintreten konnten.

»Hattest du Sex?«

»Sch! Spinnst du?« Ich schubste ihn von mir weg und lächelte die Barista hinter der Theke an. »Ich entschuldige mich für meinen Freund hier. Er ist gerade erst aus der Heilanstalt entlassen worden und ich kümmere mich um ihn.«

Die Barista trug ein Namensschild mit der Aufschrift *Raven* und hatte ebenso rabenschwarzes Haar wie ihr Name vermuten ließ. Irritiert huschte ihr Blick von mir zu Drew. »Okay?« Dann lächelte sie freundlich.

Ich erwiderte es, während Drew gelangweilt die Karte an der Wand überflog. »Ich hätte gern einen schwarzen Kaffee. Dazu eine Tasse mit Sahne, wenn es geht. Was willst du?« Ich stupste meinen besten Freund an.

Er schob sich an mir vorbei zur Dessertheke. »Den Muffin da und eine Tasse schwarzen Kaffee. Danke.«

Raven nickte und tippte unsere Bestellung in ein Tablet. »Ich bräuchte einen Namen.«

Da Drew damit beschäftigt war, mit Winston den perfekten Sitzplatz zu finden, antwortete ich.

Das junge Mädchen hinter der Theke starrte mich kurz an, als wäre mir ein zweiter Kopf gewachsen.

Ich blickte hinter mich, erkannte jedoch nichts außer dem Regen, der immer heftiger auf den Asphalt prasselte. »Alles okay?«

Raven blinzelte mich an und schüttelte dann schnell den Kopf. »Sorry, du kommst mir nur so bekannt vor.«

Mein Lächeln verrutschte. »Das höre ich oft. Hab wohl so ein Allerweltsgesicht.«

»Manchmal auch praktisch, oder?«, fragte sie und nannte mir gleich darauf die Rechnungssumme für unsere Bestellung.

Ich bezahlte zustimmend und gesellte mich zu Drew, der Winston gerade ein Leckerli gab.

Ich ahnte Böses, als ich mich setzte und die Zufriedenheit in dem Gesicht meines Hundes sah. »Ich hoffe für dich, du hast dich an den Essensplan gehalten, den ich dir mitgegeben habe.«

»Du kannst manchmal so langweilig sein.« Drew lehnte sich zurück und kniff dann die Augen zusammen. »Ruby Joana Dawson. Raus mit der Sprache. Was ist in Whistler passiert?«

Etwas zog sich in mir zusammen. War es so offensichtlich?

»Ich habe keinen Zweitnamen«, versuchte ich abzulenken.

»Ich weiß, du siehst auch nicht aus wie eine Joana. Willst du mir noch länger ausweichen und belanglosen Smalltalk führen oder legst du die Karten endlich auf den Tisch?«

Ich seufzte. Er würde mich echt nicht vom Haken lassen. »Kann ich vorher meinen Koffeinspiegel erhöhen?« Ich nippte an meiner Tasse so langsam wie nur menschenmöglich.

Drew tippte auf seine Armbanduhr. »Ich habe in zwanzig Minuten eine Besichtigung.« Dann teilte er den Muffin in zwei Hälften und hielt mir eine davon hin.

Ich schüttelte den Kopf.

Statt uns beide länger zu quälen, ratterte ich die Ereignisse der Reise herunter. Eine detaillierte Beschreibung von Caleb zwischen meinen Beinen ausgeschlossen. Anschließend sah ich meinen besten Freund Hilfe suchend an. »Sag doch was.«

»Du magst ihn.«

Drei Worte. Zehn Buchstaben. Genug, um meine Welt aus dem Gleichgewicht zu bringen.

»Nein, tue ich nicht.«

Drew schnalzte mit der Zunge und nahm genüsslich einen Bissen von seinem Muffin. Er kaute eine halbe Ewigkeit, bevor er etwas sagte. »Gut, ich tue mal so, als würde ich dir das abkaufen. Ihr datet euch doch, oder nicht?«

Ah, stimmt. Drew wusste nichts von unserer Abmachung. Wahrscheinlich musste ich wie eine Irre auf ihn wirken, wenn ich mich so dagegen sträubte, meinen derzeitigen Partner zu mögen. Angestrengt suchte ich nach einer Antwortmöglichkeit, die nicht die ganze Nummer auffliegen lassen würde.

»Ich wollte ihn aber nicht so mögen. Es geht alles zu schnell und ich weiß nicht, ob ich hinterherkomme. Was, wenn er merkt, dass ich alles an mir nur Fassade ist und mich fallenlässt?«

Übersetzung: Was, wenn er merkt, dass ich nicht genug von ihm kriegen kann?

Diese Gefühle waren neu für mich. War das normal? Oder drehte ich durch?

Drew lachte. »Hör zu, ich kenne diesen Typen nicht – danke dafür, *beste* Freundin – aber jeder, den du an dich ranlässt, kann sich glücklich schätzen. Was denkst du, warum ich dich noch ertrage? Außerdem ... wenn du ihn wirklich magst und er dich auch, wird er froh sein, dass du du selbst bist. Ohne Ysta und allem, was dazugehört.«

»Ertrage?«, fragte ich gespielt schockiert. »Da verschenkt gerade jemand seine Chance auf Kokosnusstorte zum nächsten Geburtstag.«

Drew legte Winston erneut ein Leckerli vor die Pfoten und stand auf. »Es ist kein Verbrechen, seinen Freund zu mögen, Ruby. Lass die Schwarzmalerei beiseite und leb mal. Für *dich.*«

Er verabschiedete sich und ließ mich zurück mit den Fragezeichen in meinem Kopf. Das war bereits das zweite Mal, dass ich etwas Ähnliches gehört hatte.

Es ist an der Zeit, dumm zu sein.

Entweder sprachen sich meine engsten Freunde heimlich ab oder sie hatten recht.

Ich musste endlich anfangen zu leben.

Das spaßige Leben musste jedoch noch eine kurze Zeit warten, denn nach meinem Treffen mit Drew im Café, eilte ich zur Bank. Der Termin stand seit drei Wochen in meinem Kalender und ich hatte es trotzdem geschafft, ihn in dem ganzen Trubel fast zu vergessen. Glücklicherweise hatte ich ein Taxi erwischt, das mich blitzschnell durch den Verkehr gelenkt hatte und war drei Minuten vor vereinbarter Zeit da.

Ich sortierte mich kurz, bevor ich mit Winston im Schlepptau in die Lobby des halsbrecherischen Wolkenkratzers eintrat.

Unruhe durchströmte meinen Körper, als ich sah, wie sich der Zeiger an der überdimensionalen Uhr über dem Empfang nach rechts bewegte.

»Ich habe einen Termin mit Mr. Miller für Ruby Dawson.«

Mit einem Nicken und einer Handbewegung wurde ich in das Büro meines Bankberaters geschickt.

Ich folgte der nicht ganz so freundlichen Anweisung und trat in ein leeres Besprechungszimmer ein. Der Raum war klinisch rein, die Wände und der Boden weiß und die silberfarbenen Regale erinnerten mich an die Kulisse von

Sci-Fi-Filmen. Bei der Suche nach persönlichen Gegenständen würde man hier scheitern.

Ich erinnerte mich, dass es beim letzten Besuch genauso ausgesehen hatte.

Um die Wartezeit zu überbrücken, zückte ich mein Handy, das genau in dem Moment vibrierte.

Peyton.

Ich wollte abnehmen, wurde aber unterbrochen, als Mr. Miller im selben Moment die Glastür öffnete.

»Ah, Miss Dawson. Tut mir leid, dass Sie warten mussten«, begrüßte er mich und hielt mir seine Hand hin, die ich nervös drückte. »Schön, Sie wiederzusehen. Wie geht es Ihnen?«

Ich versuchte mich an einem Lächeln. »Gut. Und Ihnen?«

Er setzte sich mir gegenüber an den Glastisch und erwiderte mein Lächeln. Dabei bildeten sich kleine Fältchen um seine Augen.

Mr. Miller war seit meiner Studienzeit mein Bankberater. Er hatte Ähnlichkeit mit einem der Weihnachtsmänner, die um die Winterzeit im Einkaufszentrum kleine Kinder beglückten. Statt einem roten Kostüm trug er jedoch einen schwarzen Anzug mit einem gestreiften Hemd darunter. Die blaue Krawatte passte zu seinen Augen.

»Wie immer. Mein Leben ist höchstwahrscheinlich nicht halb so aufregend wie Ihres.« Er gluckste über seinen eigenen Kommentar.

Mr. Miller gehörte noch zu der Generation, die keine Ahnung von Social Media oder Lifestyle-Creator hatte.

Ich konnte es ihm nicht verübeln. Eine Fünfundzwanzigjährige, die mit einem Posting so viel verdiente wie manche Angestellte in einem Monat? Wie konnte das Realität sein?

»Glauben Sie mir, so besonders ist es nicht«, erklärte ich und deutete auf den Monitor, den Mr. Miller seit zwei Minuten mit zusammengekniffen Augen anschaute. »Wie sieht es aus? Seien Sie bitte ehrlich.«

Ich hatte einen groben Überblick über meine finanzielle Lage. Genug, um verantwortungsvoll mit meinen Kaufentscheidungen zu sein. Aber nur über eine *Prada*-Tasche nachzudenken oder eine Wohnung zu kaufen, waren zwei Paar Schuhe.

Mr. Miller spannte mich nicht lange auf die Folter. Lässig ließ er sich in den Stuhl zurückfallen und tippte mit dem Kugelschreiber auf einen leeren Block Papier. »Abzüglich der Steuern für Ihre letzten Kooperationseinnahmen, haben Sie sich ein gutes Sümmchen angespart. Mit einem Kreditvertrag können Sie die Wohnung gleich morgen kaufen, wenn Sie wollen.«

»Und was, wenn ich auf einen Kreditvertrag verzichte und alles auf einmal bezahlen möchte? Ginge das?«

Er hob eine Augenbraue. »Unter diesen Umständen würde ich Ihnen empfehlen, bis Sommer nächsten Jahres zu warten. Davon ausgehend, dass Sie durchschnittlich dasselbe verdienen und noch genug für Ihren Lebensunterhalt beiseite liegen haben möchten, klingt das nach einem realistischen Zeitplan.«

Ich verarbeitete die Neuigkeiten. Wenn ich so weiter machte wie jetzt, hätte ich bald genug, um endlich die Wohnung zu kaufen. Dann könnte Eve zu mir ziehen, oder auch nicht, aber sie hätte die Möglichkeit, immer ein Dach über dem Kopf zu haben. Sie könnte ohne Druck studieren, was sie wollte. Sie könnte endlich einfach sorglos sein. Gleichzeitig könnte ich die Einsparung durch die wegfallende Miete in ein kleines Geschäft stecken. Eine Bäckerei oder ein Café, das klein wäre, aber mir gehören würde. Den Versuch wagen, endlich unabhängig von meinem Job als Creatorin zu sein. Ich würde endlich etwas aufbauen können, das nur für mich war.

Mit neuer Energie beugte ich mich zu Mr. Miller vor. »Können Sie mir noch ein Konto eröffnen? Jetzt gleich?«

Als ich zwanzig Minuten später das Gebäude verließ, schwebte ich förmlich. Wenn Winston nicht von einer Regenpfütze zur nächsten gerannt wäre, hätte ich das auch geglaubt.

Der Termin war entgegen meiner Vorstellung positiv verlaufen. Plötzlich waren meine Wünsche zum Greifen nah und ich erlaubte mir zum ersten Mal seit Jahren zu träumen.

Ich lächelte den ganzen Weg bis zur Straßenbahnstation und rief währenddessen Peyton zurück.

»Du glaubst nicht, was passiert ist«, fing ich an.

»Lass mich raten, du hast dich mit Drew getroffen?«

Meine Mundwinkel senkten sich augenblicklich. »Bitte, sag mir, du weißt das nur, weil du dir Sorgen gemacht hast und meinen Standort angeschaut hast.«

Peyton seufzte auf der anderen Seite der Leitung auf. Ich hörte, wie sie wild auf einer Tastatur tippte. »Nein, *DailyBuzz* hat es vor zwanzig Minuten gepostet.«

Mein Herz rutschte mir in den Magen. Jeglicher Funke Euphorie war mit einem Satz verschwunden.

Winston stupste mich an, weil ich mich nicht bewegte. Der Regen sickerte langsam durch meine Kleidung, doch ich war wie erstarrt. Meine Worte verließen meinen Mund nur abgehackt. »Was haben sie gepostet?«

Ich wollte weinen. Ein Flugticket nach Asien buchen und nie wieder zurückkehren. Schreien, bis meine Lungen schmerzten.

»Spotted: Selber Hund, neuer Freund? Ist Caleb Han Geschichte?«, rezitierte Peyton mit hoher Stimme. »Dazu ein Video, wie ihr euch umarmt.«

»Das kann nicht wahr sein. Das ist doch verrückt. Da war niemand!« Wieder ein Seufzen. Ich presste die Finger ans Nasenbein, um die Tränen zurückzuhalten. »Peyton, was soll ich tun?«

»Da die Reaktionen gemischt sind, würde ich dir raten, das auszusitzen. Die meisten Kommentare unter dem Artikel sind zu deinen Gunsten. Jeder, der zwei funktionierende Augen im Kopf hat, sieht, dass ihr nur Freunde seid. Nächste Woche ist die Gala und du bist mit Caleb da. Das sollte den Gerüchten einen Dämpfer verpassen. Aber so lange keine öffentlichen Treffen mehr mit anderen Männern.«

Gott, was für ein Theater. Und das alles nur, weil ich mich mit meinem besten Freund getroffen habe.

Ich stimmte Peytons Vorschlag zu. Trotzdem machte sich Unzufriedenheit in mir breit. Das auszusitzen war genauso schlimm wie die Falschmeldung selbst. Jemand schrieb Lügen über mich und ich durfte nichts machen. Mich nicht verteidigen. Wie konnte das gerecht sein? Mit hängenden Schultern bestellte ich lieber ein Uber und stellte mich mit Winston wartend unter das Vordach eines Geschäfts.

»Peyton, bist du noch dran?«

»Ja?«

»Wird das jemals aufhören?«

Sie antwortete lange nicht. So lange, dass ich glaubte, sie hätte nun doch aufgelegt. Irgendwann meldete sich wieder und ich wünschte, sie hätte es nicht getan.

»Ich weiß es nicht.«

Kapitel Sechzehn

Wer ist der mysteriöse Mann im Anzug?

— DAILYBUZZ

Mit feuchten Augen schob ich mich auf den Rücksitz des Ubers und scrollte durch Ysta.

Jeder Boulevard-Kanal hatte die Story bereits aufgenommen, wie Peyton vorhergesagt hatte, mit gemischten Meinungen.

Doch die, die in dem Foto nur eine harmlose Interaktion sahen, waren nichts im Vergleich zu denen, die mich beschuldigten, Caleb zu betrügen.

Allein unter meinem letzten Post waren mehr Hasskommentare, als ich zählen konnte. Meine Followeranzahl sank mit jeder Minute und ich spürte, wie der Kloß in meinem Hals weiter wuchs.

Ich löschte die Beleidigungen schneller, als ich sie lesen

konnte, tat alles, um diesen absurden Albtraum zu beenden, aber es hörte nicht auf.

Schlangen-Emojis. Drohungen und Worte, die ich sich anfühlten wie Schnitte auf meiner Haut.

Ich zitterte, als ich auf Calebs Profil klickte. Er war nicht sonderlich aktiv auf Ysta, hatte aber ein paar ältere Bilder in Schwarz-Weiß, die ihn mit unterschiedlichen anderen berühmten Persönlichkeiten inklusive Fans zeigten.

Ich klickte auf das letzte Bild, das er vor über einem halben Jahr geteilt hatte.

Die Kommentare hätten nicht gegensätzlicher sein können.

CH_Fangirl#1 : *Ich wusste, dass sie eine Schlange ist.*

CalebHan4ever: *Du bist besser ohne sie dran.*

LovelyCal2020: *Wir stehen dir bei.*

Alle hatten dieselbe Botschaft: Du bist der unschuldige Freund und deine Freundin ist eine Schlampe.

Ich wandte mich an die Fahrerin. »Könnten Sie bitte zum *Four Seasons*-Hotel fahren?«

Als ich vor dem hohen Gebäudekomplex in einer Seitenstraße neben dem Hotel stand, wusste ich weder, was ich denken noch fühlen sollte.

Im Autopilot-Modus ging ich die paar Schritte und trat

in die Lobby. Viel weiter kam ich nicht, denn ein Portier fragte mich, wen ich besuchen wollte.

So viel zu einem spontanen Auftritt.

Entweder würde ich hier mit erhobenem Haupt in den Aufzug steigen oder wieder umdrehen müssen, denn ich hatte mich nicht angekündigt.

»Caleb Han.«

Mein Gegenüber hob eine Augenbraue.

»Ich bin Ruby Dawson. Seine Freundin«, fügte ich hinzu und zwang mich, cool zu bleiben.

Du hast nichts verbrochen.

Der Portier musterte mich und bat mich um meinen Ausweis. »Ich kenne Ihr Gesicht aus den Nachrichten. Sie stehen auf seiner Besucherliste. Kontrollieren muss ich es trotzdem.«

Das war eine Neuigkeit. Ich vermutete, dass Isaac mich hatte darauf schreiben lassen.

Ich zückte mein Portemonnaie und hielt ihm die Plastikkarte hin. »Schon in Ordnung. Vorsicht ist besser als Nachsicht, stimmts?«

Halt einfach die Klappe und versuch keine Witze zu reißen.

Er machte ein amüsiertes Gesicht und drückte auf einen Buzzer, der die Schranke zu den Aufzügen öffnete. »Er ist gerade im Fitnessraum.« Der Portier begleitete mich und Winston in den Aufzug und drückte auf den Knopf für das Untergeschoss. »Hunde sind normalerweise nicht erlaubt, aber sie können ihn im Durchgangszimmer anleinen. Oder ich passe auf ihn auf«, bot er an.

Caleb lebte tatsächlich in einer anderen Welt. Diese

Form von Luxus war ich nicht gewohnt. Mit einem erzwungenen Lächeln lehnte ich ab.

»Danke, aber er ist mein Servicehund.«

Und zu meiner emotionalen Unterstützung hier. Von der ich im Moment mehr als sonst benötigte.

Der Portier tippte sich kurz an die braune Kappe und ließ mich allein, sodass sich die Aufzugtüren schwungvoll schlossen.

Mein Herz schlug mir bis zum Hals, als ich realisierte, wo ich mich befand.

Vor zehn Minuten noch hatte sich die Idee, zu Caleb zu fahren, sehr logisch angefühlt. Jetzt fragte ich mich, was ich hier überhaupt zu suchen hatte.

Ich muss Dampf ablassen. Und Caleb ist vielleicht die einzige Person, die mich versteht.

Peyton kannte die Schattenseiten meiner Arbeit, aber es war etwas anderes, von ihnen zu wissen oder sie am eigenen Leib zu durchleben.

Als die Türen sich öffneten, trat ich hinaus. Hinter einer Glasfront zu meiner Rechten entdeckte ich sofort Caleb in Sportbekleidung, der auf seinem Handy herumtippte und sich dem Ausgang näherte. Als er aufsah und unsere Blicke sich begegneten, blieb er stehen. Er blinzelte mehrmals, ehe er sich weiter näherte und die elektrischen Türen sich automatisch öffneten. »Was machst du hier?«

Ich wollte den Mund öffnen, um zu antworten, doch stattdessen spürte ich, wie der Damm in mir brach. Die Tränen, die ich so lange zurückgehalten hatte, flossen nur so aus mir heraus und ich schluchzte unverständliche Worte. »Ich ... Drew ... ich packe das ... nicht mehr.«

Es fühlte sich an wie eine Ewigkeit, in der Caleb mich

nur anstarrte. Dann trat er an mich heran und schob mich langsam in den Aufzug zurück. Er nahm Winstons Leine an sich und folgte mir. Dann drückte er den obersten Knopf im Aufzug, ehe er mich an seine Brust zog.

»Es wird alles wieder gut. Wir fahren jetzt hoch und du erzählst mir in Ruhe, was passiert ist.«

Ich weinte heftiger.

Caleb strich mir über den Kopf.

Mein Körper bebte mit jedem Ausatmen.

»Es ist okay. Es ist okay, zu weinen«, wiederholte er leise. »Wir sind da. Komm.« Er führte mich, während ich mich an ihn klammerte wie eine Ertrinkende, so gut es ging, zur Wohnungstür, an der er einen Sicherheitscode eingab.

Sie öffnete sich und schon standen wir in seinem Flur.

Bevor er sich um mich kümmerte, warf er Winston etwas hin und bugsierte mich dann auf eine Couch. »Ich bin sofort zurück. Kann ich dich fünf Minuten allein lassen?«

Ich nickte und ließ gleich darauf den Kopf hängen.

Caleb kniete sich vor mich und hob ihn wieder hoch. »Ich bin sofort wieder da.«

Durch meinen Tränenschleier sah ich dabei zu, wie er schließlich durch eine der vielen Türen verschwand. Ich versuchte mein zittriges Atmen zu kontrollieren, solange er weg war, doch jedes Mal, wenn ich mein Handy ansah, überfiel mich eine neue Welle.

Irgendwann kam Winston auf mich zugelaufen und legte mir ein Kauspielzeug in die Hand.

Verwirrt darüber, hielt ich in meinem Schluchzen inne. »Das ist neu«, sagte ich leise.

»Ich habe es gekauft.« Caleb betrat wieder das Wohnzimmer. Seine Sportkleidung hatte er gegen eine schwarze Jogginghose und ein weißes T-Shirt ausgewechselt. Als er sich näherte, entdeckte ich, dass die Strähnen auf seinem Kopf noch nass waren.

Schuldgefühle machten sich in mir breit, weil ich mich so aufgedrängt hatte. Augenblicklich schoss ich in die Höhe und versuchte mich zu entschuldigen. »Es tut mir leid, dass ich hier einfach aufgekreuzt bin und dich vollgerotzt habe. Du hast bestimmt Besseres zu tun, als meinem Gejammer zuzuhören und …«

»Ruby?«, unterbrach er mich und drückte mich an den Schultern wieder in das weiche Polster. »Kannst du bitte kurz entspannen und dich wieder setzen? Ich hole dir jetzt ein Glas Wasser. Oder willst du Tee? Ich weiß nicht, ob ich noch welchen da habe.«

»Wasser reicht völlig«, erklärte ich.

Winston machte Anstalten, auf den Platz neben mich zu steigen, doch ich hielt ihn ab. »Hör auf«, tadelte ich ihn.

Caleb schüttelte belustigt den Kopf. »Lass ihn ruhig.«

Ich presste die Lippen aufeinander und nickte. Zu mehr war ich nicht fähig.

»Ich wusste nicht, was du magst«, teilte er mit, als er mit drei Sorten Wasser zurückkam. Er kratze sich am Nacken und schob mir die Flaschen zu.

Ich griff blind nach einer, froh, nicht mehr zu heulen. Ein paar restliche Tränen liefen weiterhin aus meinen Augen und ich tupfte mir mit meiner Jacke die Wangen trocken. »Danke.«

Caleb strich über Winstons Rücken, der sich der Länge nach auf der Couch breit machte. »Willst du mir jetzt erzählen, was passiert ist?«

Statt ihm eine lange Erklärung zu geben, zückte ich mein Handy und ging auf einen der vielen Accounts, die die Story aufgegriffen hatten. Die Überschrift dieses Posts war kreativer als die anderen.

> Ruby Dawson: Steckt in dem Social Media-Engel doch ein kleiner Teufel?

»Wird es immer so sein? Werde ich nie wieder rausgehen können, ohne Angst haben zu müssen?« Ich stolperte über meine Worte, während ich gleichzeitig versuchte, den sich neu bildenden Kloß herunterzuschlucken.

Caleb inspizierte das Bild kritisch. »Das ist lächerlich. Hast du schon etwas dazu gepostet?«

Ich schüttelte den Kopf. »Peyton hat gesagt, ich soll nicht reagieren. Das würde die Medien und die Fans noch mehr anstacheln.«

»Fans?«

»Sie zerstören mich«, erklärte ich und lachte trocken auf. »In ihren Augen bin ich eine Betrügerin.«

Caleb erstarrte.

Ich nahm ihm mein Handy ab und klickte auf mein Profil. Die Kommentare hatten sich mittlerweile verdreifacht und das, obwohl ich schon so viele gelöscht hatte. »Lies selbst.«

Mit hämmerndem Herzen beobachtete ich, wie seine Augen über den Bildschirm flogen. Ich sah, wie seine Augen sich verdunkelten, so tief, bis ich die Reflexion der Worte in ihnen erkennen konnte.

Er schüttelte den Kopf, während er mein Handy umklammerte. »Ich bringe das in Ordnung.«

Wieder musste ich lachen. »Wie denn?«

»Ich rufe Isaac an. Da sind Drohungen dabei, Ruby. Für so etwas gibt es Anwälte. Ich werde nicht zulassen, dass diese Sache dein Leben ruiniert.«

Dass ich *dein Leben ruiniere.*

Ich wollte es ihm so sehr glauben. Dass er das alles rückgängig machen könnte und ich nicht mit tränenverschmiertem Gesicht bei ihm sitzen würde.

»Caleb.«

Er hörte mich nicht, sondern fing bereits an, auf seinem eigenen Handy zu tippen. Haareraufend fing er an, vor mir auf und ab zu gehen, während er, höchstwahrscheinlich, Isaacs Nummer wählte.

Ich zog am Saum seines T-Shirts. »Caleb.«

Er hielt inne und blickte auf mich herab. Ich sah Wut in seinen Augen brennen.

»Du kannst nichts dagegen tun. Es wird immer so sein. Ich bin die Person, die dich deinen Fans weggenommen hat. Sie werden das nicht akzeptieren, bis ich von der Bildfläche verschwinde.«

Es gab keinen Grund, es länger zu leugnen. Die Wahrheit war bitter und genauso hässlich.

Ich klopfte mir unsichtbaren Staub von den Oberschenkeln und stand auf.

Caleb schüttelte den Kopf. »Sag das nicht. Wir können nicht einfach hier herumsitzen und warten, bis sich die Lage beruhigt.«

Ich wiederholte Peytons Worte. »Nächstes Wochenende ist die Gala. Wir werden fotografiert und es wird geteilt. Das glückliche Paar.«

»Lass mich das für dich klären«, protestierte er und ich hörte, wie Isaac abnahm. Caleb schaltete auf stumm. »Was sagst du?«

Das Chaos in mir blieb das gleiche. Ich war nie mit der Intention hergekommen, diese Art von Hilfe zu erhalten. Denn ich wusste, dass es nur ein Pflaster auf dem riesigen Riss im Asphalt gewesen wäre.

Ich schüttelte den Kopf. »Bleiben wir bei Peytons Vorschlag. Ich wollte mich nur auskotzen.«

Er zeigte mir deutlich, wie unzufrieden er mit meiner Antwort war. Doch er akzeptierte sie.

Ich ließ zu, dass er sich von Isaac verabschiedete.

Mit einem Stupsen weckte ich Winston, der erschrocken die Augen aufriss.

»Willst du schon gehen?«, fragte Caleb.

»Ich habe deine Zeit lange genug beansprucht. Das hier«, sagte ich und deutete um uns herum, »war nicht Teil der Abmachung. Es tut mir leid, dass ich dich so überfallen haben.«

»Hör auf, dich dafür zu entschuldigen. Ich bin froh, dass du zu mir gekommen bist. Hast du Hunger? Ich wollte gerade kochen und habe sowieso zu viele Lebensmittel bestellt.«

Ich zögerte.

Das Angebot war verlockend, besonders, wenn ich an die Alternative dachte, die aus Eiscreme essen und bei Céline Dions ›All By Myself‹ mitsingen bestand.

»Was kochst du denn?«

»Ich *versuche* mich an Bibimbap.«

Schulterzuckend ließ ich mich auf seine Einladung ein. Ich hatte nichts mehr zu verlieren. »Wir bleiben. Aber nur, wenn ich dir helfen darf!«

Selbst Winston wedelte aufgeregt mit seinem Schwanz. Ich beugte mich vor und gab ihm einen Kuss aufs Fell. »Ich bringe dir gleich Wasser.«

An Caleb gewandt fragte ich: »Kann ich mir eine Schale von dir leihen?«

Er schmunzelte und wiegte den Kopf hin und her. »Ob das nicht zu viel verlangt ist?«

Aus Gewohnheit schubste ich ihn gegen die Schulter. Für meinen laschen Angriff erntete ich sein Lachen.

»Komm mit. Ich hoffe, du verträgst scharfes Essen.«

Zehn Minuten später stand ich mit einer Schürze um meinen Hals an Calebs riesiger Kochinsel, die ungefähr so groß war wie mein Bett. Da sich Caleb schlechter anstellte als Eve beim Gemüseschneiden, hatte ich ihn davongescheucht und die Führung übernommen.

»Und ich dachte immer, meine kleine Schwester wäre eine Niete in der Küche.«

»Kein ehrenwerter Titel, aber ich streite es nicht ab«, erwiderte er, während er mit dem Reiskocher hantierte.

Ich ließ von den Karotten ab und deutete mit dem Messer in seine Richtung. »Brauchst du Hilfe?«

Energisch schob er sich die losen Strähnen aus der Stirn. »Nein, passt schon. Ich krieg das hin. Meine Oma würde mich zum Teufel jagen, wenn ich nicht mal Reis kochen kann.«

»Theoretisch kocht das Gerät ihn«, scherzte ich. Sofort erntete ich einen bösen Blick.

Ich nutzte die Gelegenheit, um ihn nach seiner Familie zu fragen. Denn im Netz gab es keinerlei Spuren von einer. Offensichtlich wollte er sein Privatleben nicht mit der Presse teilen. Und nach dem heutigen Tag fand ich das nur vernünftig.

»Hast du das Rezept von ihr?« Ich zeigte auf das vergilbte Blatt Papier, auf dem das Rezept in koreanischen Buchstaben notiert war.

Caleb nickte. »Sagen wir, ich habe es von ihr gestohlen.«

Als Reaktion auf meinen erschrockenen Blick, lächelte er schwach. »Sie lebt nicht mehr.«

»Oh. Das tut mir leid und natürlich mein Beileid. Wenn du nicht über sie reden willst, dann …«

»Schon okay«, unterbrach er mich und schaltete den Reiskocher an. »Ich habe lange nicht mehr über sie geredet. Viel zu selten, wenn es nach ihr ginge.«

Mir wurde warm ums Herz. Diese Seite von Caleb war neu. Seine Gesichtszüge wurden weich und ich sah, wie er in Erinnerungen schwelgte.

Ich wollte mehr davon. Mehr von seiner wahren Persönlichkeit, die er weit weg verschlossen hielt.

»Wie war sie denn so?«

Er lehnte sich an die Theke neben mich und las das Rezept durch. »Streng, aber liebevoll. Ich bin mit meinen Brüdern bei ihr aufgewachsen. Sie hat immer von ihrer Jugend geschwärmt und sich über meinen Opa beschwert, mit dem sie nach Kanada ausgewandert war. An ihn erinnere ich mich nicht wirklich. Er ist verstorben, als ich ein

Kleinkind war. Sie ging jeden Tag putzen, damit wir über die Runden kamen. Daher bin ich ein Meister im Massieren, weil sie mich regelmäßig dazu verdonnert hat.«

Ich grinste. Die Vorstellung von einem jüngeren Caleb wie er sein typisches ›Ich hasse alle‹-Gesicht machte, war entzückend.

»Da ich noch keine Massage von dir erhalten habe, kann ich das nicht beurteilen.«

Er hob amüsiert eine Augenbraue. Wir beide waren es nicht gewohnt, dass ich so offensichtlich flirtete.

»Ich wusste gar nicht, dass du Brüder hast«, schob ich hinterher. Bewusst lenkte ich damit das Thema weg von der anderen großen Frage, die mir im Kopf herumschwirrte.

Was ist mit seinen Eltern?

Kapitel Siebzehn

»Zwei. Sie sind Zwillinge und die nervigsten Menschen, die ich kenne«, erklärte Caleb liebevoller, als ihm wahrscheinlich bewusst war. Er holte eine Pfanne aus einem der Küchenschränke und verteilte Öl darin. »Kann ich den Knoblauch und die Zwiebeln haben?«

Ich schob ihm das Schälchen mit beiden Zutaten über die Theke. »Sind sie auch in Toronto?«

»Nein, sie leben in Vancouver.«

»Wo du auch herkommst«, stellte ich fest.

»Hast du mich gegoogelt?«

Er trat an meine Seite und griff nach den Gewürzen über meinem Kopf. Sein Geruch hüllte mich für wenige Sekunden ein. Mir wurden die Knie weich und ich verfluchte mich dafür. Ich spürte seinen Blick auf mir.

Ich könnte mich einfach an ihn lehnen und fallen lassen
Er würde mich halten. Oder?

Statt meinen Gedanken Folge zu leisten, räusperte ich mich und schnitt das restliche Gemüse weiter.

Auf seine Frage antwortete ich mit einem Schulterzucken. »Du mich etwa nicht?«

»Ruby Dawson, fünfundzwanzig Jahre alt, hat einen Hund namens Winston, als Content Creatorin bekannt, Markengesicht von *Passiona* und *Tarrier*. Sie hat Höhenangst und mag die Farbe Babyblau.«

»Ich habe keine Höhenangst. Ich *mag* Höhe nur einfach nicht so.«

»Dann hast du kein Problem damit, auf meinen Balkon zu gehen?«

Ich schluckte. Er deutete auf das Konstrukt aus Glas und ein paar Platten Beton vor seinem Küchenfenster.

Bisher hatte ich mir nicht die Zeit genommen, die Aussicht zu bestaunen. Ich holte das jetzt nach, indem ich ans Fenster trat und die bunten Lichter der Stadt unter uns bestaunte. Denn ich geriet wirklich ins Staunen, als ich mir vorstellte, wie die Menschen unten auf den Straßen ihrem Leben nachgingen, so nah und gleichzeitig so weit weg waren. Ich dachte an all die Leben, die ich täglich kreuzte und die auch jetzt dort unten stattfanden. Auf seltsame Art und Weise war diese Vorstellung tröstend. Zu wissen, dass ich nur ein kleiner Punkt in dieser Stadt war. Die Erkenntnis, dass Toronto ein weiterer kleiner Punkt auf der Weltkarte war.

»Es ist wunderschön«, flüsterte ich und wandte mich zu Caleb, der mich interessiert musterte. Ich entdeckte Faszination in seinen Augen, eine heiße Flamme, die für einen Augenblick aufloderte, bevor sie wieder erlosch.

»Ja«, erwiderte er heiser, ehe er sich wieder der Pfanne zuwandte. »Essen ist gleich fertig.«

Zehn Minuten später saßen wir an jeweils einem Ende seiner riesigen Couch mit prallgefüllten Schüsseln Essen, das mir das Wasser im Mund zusammenlaufen ließ.

Während Caleb durch die Fernsehkanäle schaltete, schob ich Winston ein paar Leckerli zu.

Mein Magen knurrte lautstark und ich erntete ein Grinsen von Caleb, das das Zimmer erhellte. »Du kannst ruhig anfangen. Warte nicht auf mich.«

Ich schüttelte den Kopf. »Die paar Sekunden halte ich noch aus.«

»Na gut. Wie wäre es damit?« Er zeigte mit der Fernbedingung auf den Fernseher. »Ist nur eine Wiederholung, weil ich letzte Woche nicht dazu kam …«

»Skate Canada? Ich habe nur die Hälfte gesehen und bin dann eingeschlafen.«

»Also?«

Ich nickte heftig. Skate Canada waren zwar nicht die olympischen Spiele, aber viele Teilnehmer waren Anwärter oder Gewinner der Wettbewerbe. Da ich die Balance eines Elefanten und absolut kein Talent für Eiskunstlauf hatte, faszinierte mich der Sport umso mehr.

»Vincent Martin und Lina Campbell sind dieses Jahr dabei«, informierte ich Caleb, der sich auf sein Essen stürze.

Er kaute und schluckte genauso schnell. »Vilina?!«

Ich nickte und genoss die verschiedenen Zutaten, deren Geschmack mir auf der Zunge zerging. »Das ist köstlich!«

Caleb lächelte zufrieden. »Freut mich, dass es dir schmeckt.«

»Danke, dass du mit mir geteilt hast«, erwiderte ich. Dieses Essen mit Caleb war wie Balsam für meine Seele. Auch wenn die Sorgen noch in einer großen Box im Hinterkopf lauerten, schob ich sie für diesen Moment beiseite. Für die nächsten Stunden vergaß ich die Kommentare, die sich in meiner Abwesenheit multiplizierten.

Irgendwann, als das angesehenste Eiskunstpaar des Jahrzehnts zu ›Mount Everest‹ von Labrinth auf dem Eis schwebte, rutschte Caleb an meine Seite und bot mir eine Decke an. »Hier.«

Dankbar schob ich den flauschigen Stoff bis zu meinem Kinn. »Danke.«

Dann sah ich ihn an. Ich war gefesselt von seinem Blick. Seinem Gesicht. Von ihm.

»Ich weiß nicht, wie ich heute allein überstanden hätte. Danke, dass du für mich da warst.«

Ich beobachtete, wie Caleb seinen Kiefer anspannte. Die markanten Züge in seinem Gesicht traten dadurch deutlicher hervor.

»Du musst dich nicht bei mir bedanken. Ohne mich wärst du gar nicht erst in dieser Situation.«

Punkt an ihn. Ich entschied mich, nicht darauf einzugehen. »Ich werde es überleben.«

Er lachte trocken auf. »Du solltest nicht nur überleben.«

»Es gibt schlimmere Probleme auf der Welt.«

Das redete ich mir seit Stunden jedenfalls ein, um nicht völlig zusammenzubrechen.

Zögerlich lehnte ich mich an seine Schulter und beobachtete *Vilina*, die sich gerade verbeugten.

»Hey, Ruby?«

»Ja?«

»Du siehst echt nicht gut aus, wenn du heulst.«

Ich holte aus, um ihn gegen die Brust zu hauen, doch er bekam meine Hand zu fassen und drückte sie. »Nur ein Scherz.«

»Witzig«, kommentierte ich mit Herzrasen.

Lass nicht los, dachte ich.

Lass uns einfach so bleiben.

Caleb zog mich mit einer geschmeidigen Bewegung an seine Brust und ich genoss das Gefühl seiner Wärme.

Es war noch dunkel, als ich einige Stunden später aufwachte. Ich rieb mir die Augen und versuchte das Pochen in meinem Kopf zu ignorieren.

Nach und nach sickerten die Erinnerungen an den gestrigen Tag zu mir durch. Die Landung in Toronto. Das Treffen mit Drew. Die Kommentare und – mein Besuch bei Caleb.

Ich klammerte mich an die Decke, als ich nach ihm Ausschau hielt, doch von ihm fehlte jede Spur.

Noch im Halbschlaf atmete ich tief ein und aus, ehe ich mich aufsetzte. Dabei stolperte ich fast über Winston, der offenbar neben der Couch seinen Schlaf gefunden hatte.

Ich tapste auf Zehenspitzen durch einen ewig langen Flur und öffnete vorsichtig Türen, auf der Suche nach einem Badezimmer.

Nachdem ich Bekanntschaft mit der Garderobe, einer

Abstellkammer und einem leeren Büro gemacht hatte, fand ich endlich, wonach ich suchte.

Leise schloss ich die Tür hinter mir, um mich frisch zu machen.

Caleb hatte recht. Nicht nur, dass ich schrecklich aussah, wenn ich weinte, das Danach war umso beängstigender. Meine Augen waren angeschwollen auf die Größe von roten Golfbällen. Meine Haut war trocken und ich sah aus, als hätte ich drei Nächte durchgemacht. Notgedrungen suchte ich in Calebs Badezimmer nach einer Gesichtsseife und zog das oberste Kommodenfach auf.

Mein Herz machte einen Satz.

Zwischen diversen Gesichtspflegeprodukten versteckte sich eine rubinrote Glasflasche, die das *Passiona*-Logo trug.

Rubina. Basisnote Mandeln, Kopfnote Pfirsich und als Herznote Zimt. Mit einem Hauch Vanille.

Mein Duft, den ich mit *Passiona* kreiert hatte.

Überrumpelt davon, dass Caleb eine Flasche davon hatte, schob ich die Schublade wieder zu und wusch mir schnell das Gesicht mit Handseife. Dann gurgelte ich mit etwas Zahnpasta und Wasser, um den Geschmack von Essen und Schlaf so gut wie möglich loszuwerden.

Als ich das Badezimmer verließ, sah ich Licht in der Küche brennen und zwang mich, cool zu bleiben.

Du hast die Nacht bei Caleb verbracht. Was ist schon groß dabei?

Ich würde mich gleich verabschieden und mit Winston verschwinden, bevor die Sonne vollständig aufging.

Schließlich hatte ich noch eine wachsende Hasswelle, die im Netz auf mich wartete.

»Du bist wach«, begrüßte mich Caleb, der genauso

aussah wie immer. *Perfekt.* Selbst seine Haare, die er ständig zerzauste, saßen gut.

Er hatte sein T-Shirt gegen einen Hoodie getauscht und insgeheim beneidete ich ihn darum. Ich trug nur eine blöde Bluse, die mich kaum wärmte und eine Jeans, die mir in der Nacht die Haut aufgerieben hatte.

Ich beobachtete Caleb dabei, wie er eine Handvoll Äpfel in Scheiben schnitt. Seine Zunge lugte leicht zwischen den Lippen heraus, als er sich darauf konzentrierte, sie gleichmäßig zu teilen.

»Du hast mein Parfüm«, platzte es aus mir heraus.

Er blickte zu mir auf und lächelte. »Sorry?«

»Wieso?« Ich schob mich auf einen der Barhocker. Das Ganze ergab immer noch keinen Sinn für mich.

»Ich mag deinen Duft.«

In seiner Stimme schwang ein weicher Unterton mit. Beinahe sanft.

»Und deswegen hast du dir einfach eine Flasche bei Silvia Passiona bestellt?«

Er zuckte mit den Schultern. »Ja?«

Mein Gehirn war weiterhin am Verarbeiten. »Du bist komisch. Hat dir das schon mal jemand gesagt?«

Er mochte meinen Duft?

Wer war dieser sensible, liebevolle Mann, den ich noch vor wenigen Wochen am liebsten eigenhändig erwürgt hätte?

Caleb schenkte mir ein neckisches Lächeln. »Du bist jedenfalls nicht die Erste.«

Ich schüttelte den Kopf, ungläubig dieses neue Bild von ihm mit meiner anfänglichen Vorstellung zu vereinigen.

Diese Zweckbeziehung, mit der alles angefangen hatte, war nun viel mehr als das.

So sehr ich mich anfänglich dagegen gesträubt hatte, irgendwann im Laufe der letzten Tage hatte ich angefangen, Caleb in einem anderen Licht zu sehen.

So sehr mich seine Kommentare und Neckerei nervten, ich genoss sie ebenso sehr.

Ich … mochte Caleb Han.

Er behandelte mich nicht wie ein Wesen aus Glas, sondern legte sich mit mir an. Kitzelte meinen Frust aus mir heraus, sodass ich meine Maske ablegen konnte.

Als die Realisation über mich hereinbrach, wusste ich nicht, wie ich mit ihr umgehen sollte. Ich wusste nur, dass ich nicht wollte, dass es endete.

»Hunger?«, fragte Caleb, der nichts von dem Chaos in meinem Inneren ahnte.

»Nein, nicht wirklich. Ich frühstücke jeden Morgen nur einen Smoothie.«

»Das ist traurig«, kommentierte er. Dann schob er den Teller mit Obst in meine Richtung. »Ist wie ein Smoothie. Nur nicht püriert.«

»Danke, aber ich sollte los. Ich habe schon genug von deiner Zeit beansprucht.«

Er schüttelte den Kopf, während er das Messer in der Spüle abwusch. »Ich fahre heute nur ins Studio. Vorher wollte ich in die Eishalle zum Trainieren.«

Ich horchte auf. »Du spielst selbst?«

»Nicht auf dem Level wie ein Isaac Murphy, aber einmal die Woche nehme ich mir die Zeit.«

Die Vorstellung von Caleb auf dem Eis war verlockend.

Als ich nicht antwortete, las er meine Gedanken. »Du

kannst mitkommen, wenn du möchtest. Wir könnten vorher mit Winston eine Runde drehen. In dem Viertel ist um die Uhrzeit nichts los.«

Ich ließ den Vorschlag auf mich wirken. Die Alternative zu seinem Plan wäre, mich in meiner Wohnung einzusperren bis zum nächsten Event und mir währenddessen den Kopf zu zerbrechen.

Ich hatte nicht mal Drew Bescheid gesagt, dass er über Nacht eine halbe Berühmtheit geworden war.

Glücklicherweise erkannte man auf dem Video sein Gesicht nicht.

Statt wie immer die zuverlässige und brave Ruby zu sein, ließ ich mich von Calebs rebellischer Art anstecken.

»Warum nicht?«

Beim Frühstück erfuhr ich von meinem Fake-Freund, dass er seit er acht Jahre alt war, Eishockey spielte. Er erzählte mir, dass er danach mit Gitarre spielen angefangen und sich in die Musik verliebt hatte.

Fasziniert davon, all die Wikipedia-Fakten von ihm persönlich zu hören, hing ich an seinen Lippen.

Er bemerkte das nach einer Weile und legte den Kopf schief. »Du kannst mich auch einfach küssen, wenn du willst.«

Die Gabel fiel klirrend auf den mittlerweile leeren Obstteller. Hitze schoss mir in die Wangen und ich wandte mich schnell ab, damit er es nicht sah.

»Was? Nein! Ich habe dir einfach zugehört«, stotterte ich als Antwort.

Ich hörte, wie er aufstand und um die Theke herum an

meine Seite trat. Unsere Blicke trafen sich, ehe er sich langsam vorbeugte und mich auf den Mundwinkel küsste. Dann berührte er die Stelle, die er geküsst hatte. Die Wärme seiner Haut durchzuckte mich wie ein Blitz. Mein Herz machte fünf Saltos und ich wünschte, er würde weitermachen.

Ich beobachtete, wie er seinen Hoodie auszog, ehe er ihn mir kommentarlos in die Hand drückte. »Wollen wir los? Ich habe nur für zwei Stunden gebucht.«

Langsam nickte ich. Ich war dahingeschmolzen, als er lässig an mir vorbeischlenderte. Mit klopfendem Herzen beobachtete ich, wie er in den Flur verschwand und hörte förmlich, wie mein Gehirn ratterte.

»Gebucht?!«, rief ich schließlich in die Stille hinein.

Er hat wirklich die gesamte Eishalle gebucht, schoss es mir durch den Kopf, als wir durch einen menschenleeren Eingangsbereich gingen. Sogar die Lichter brannten teilweise nicht.

Wir gingen zum Schuhverleih, an dem niemand uns erwartete. Caleb öffnete die Schranke, um auf die andere Seite zu gelangen und holte seelenruhig ein Paar Schlittschuhe heraus.

»Darfst du das denn?«, fragte ich und schaute mich nach einem Mitarbeiter um. Ich wusste, dass sein Status als Star nicht gerade unbedeutend war, aber das hier grenzte an Einbruch.

»Klar. Keine Sorge, ich habe Bescheid gegeben, dass ich Begleitung habe. Welche Schuhgröße hast du?«

»Achtunddreißig.« Irritiert sah ich zu, wie er das erste

Paar zurück ins Regal stellte und ein zweites hervorholte. »Das sollte passen. Ist dir warm genug?«

Fragt die Person, die nur eine dünne Jacke trägt.

»Ja. Alles gut. Aber jetzt ernsthaft, ist das so eine abgedrehte Location und du bringst hier deine Mordopfer hin, bevor du ihnen deinen Schlittschuh ins Gesicht rammst?« Ich plapperte weiter, ignorierte dabei völlig Calebs Lachen. »Ich meine, mir geht's gerade nicht gut, aber ich bin noch zu jung, um zu sterben. Ich dachte früher immer, ich würde an Altersschwäche oder so draufgehen, und ehrlich gesagt, macht mir sogar das schon Angst. Und ich will noch mit Eve nach Paris, das habe ich ihr versprochen, also wenn …«

»Ruby, beruhige dich und schau dich kurz um«, erwiderte er und deutete auf die gegenüberliegende Wand.

Ich folgte seiner Bewegung und entdeckte das schwarze Schild über dem Torbogen, der in die Eishalle führte.

›*Gesponsert von David Schneider, Maya Beck, Thomas Johnson, Caleb Han …*‹

Den Rest las ich nicht weiter.

Entschuldigend wandte ich mich an ihn und lächelte freundlich. »Sorry?«

»Ich find's süß, dass du glaubst, ich würde das hier als Tatort auswählen«, neckte er, als er an mir vorbeiging und sich auf der Metallsitzbank die Schuhe anzog.

»Du hast mein Parfüm«, erinnerte ich ihn.

»Verklag mich doch.«

Er wartete, bis ich meine Schuhe angezogen hatte und half mir dann auf. Auf wackeligen Beinen klammerte ich mich an seinen Arm. Ich sah Caleb an, dass er sich das Lachen verkniff.

»Ich war seit einem Jahrzehnt nicht mehr auf dem Eis.

Außerdem ist nicht jeder so perfekt in allem wie du«, erklärte ich.

Seine andere Hand legte er an meine Hüfte und führte mich durch den Zuschauerbereich, bis wir an der Bande ankamen.

»Ich bin alles, aber nicht perfekt.«

Ich wollte gerade antworten, als ich den Mann auf dem Eisglätter entdeckte.

Er sah uns ebenfalls und winkte. »Hi, Caleb!«

Caleb begrüßte ihn freundlich. »Hey, Matt. Ich wusste gar nicht, dass du da bist.«

Matt steuerte das Gerät in unsere Richtung und nickte mir zur Begrüßung zu. »Klar, ich muss doch das Eis für euch vorbereiten. Du musst Calebs Freundin sein?«

Mein Blick flog zu Caleb, der nicht mal mit der Wimper zuckte.

»Ja, Ruby. Danke, dass wir hier sein dürfen«, erklärte ich aufgrund mangelnder anderer Gesprächsthemen.

Matt, der ein volles Gesicht hatte und mit herzlichem Lächeln zu uns herunterblickte, winkte ab. »Ich mache noch meine Runde fertig und dann habt ihr das Eis für euch allein. Caleb, denk an unsere Öffnungszeiten.«

»Acht Uhr. Bis dahin sind wir weg, Sir.« Er verbeugte sich und wandte sich an mich. »Passt das?«

»Klar, ich muss sowieso ein paar E-Mails lesen«, behauptete ich und ließ mich mit etwas Abstand zu ihm auf die Bank sinken.

Mit zitternden Händen öffnete ich Ysta und machte mich auf eine Reihe von Bemerkungen gefasst.

Als ich auf meinen letzten Post klickte, schaute ich als

Erstes auf die Anzahl der Kommentare, die seit gestern gesunken war.

Verwirrt darüber las ich die neusten Nachrichten, die mein Outfit im Post lobten und mir weitere Komplimente gaben.

Ich scrollte weiter, entdeckte hunderte Blumen und Herzen als Emojis. Kein einziger beinhaltete eine Hassnachricht oder Drohung.

Unter den anderen Posts war die Situation dieselbe und langsam fing ich an, an mir selbst zu zweifeln.

Caleb stupste mich leicht von der Seite an. »Irgendwelche Probleme?«

Ich schüttelte fassungslos den Kopf. Hatte ich den gestrigen Tag nur geträumt? War das alles nur ein komischer Albtraum gewesen, aus dem ich endlich erwacht war?

»Die Kommentare. Sie sind weg. Jeder einzelne. Und«, erklärte ich, als ich mein Profil wieder besuchte, »meine Followerzahl ist wieder angestiegen!«

»Ist das schlecht?«, wollte er wissen, während er über meine Schulter auf das Display linste.

»Nein, aber das ergibt keinen Sinn. Wie ist das möglich?«

Ich sah Caleb an und er zuckte mit den Schultern. Statt mir zu antworten, mied er meinen Blick. Seine Aufmerksamkeit galt verdächtig auffällig Matt auf dem Eishobel.

Es brauchte nicht lang, bis ich eins und eins zusammenzählte.

»Caleb, was hast du getan?«

Kapitel Achtzehn

Meine Stimme wurde schärfer, als Caleb nicht auf meine Frage einging. »Caleb, irgendetwas musst du getan haben. Also schieß los.«

Er seufzte laut und nahm mir das Handy aus meiner Hand. Dann tippte er seinen eigenen Benutzernamen ein, um mir dann das Display wieder hinzuhalten. Ich schaute auf eine Story von ihm. Mit Winston, der auf seinem Teppich schlafend die Schnauze über seine Pfoten abgestützt hatte.

Das Bild war schwarz-weiß und trug die Überschrift ›Nächtlicher Besuch‹.

Die Botschaft war eindeutig.

»Du wolltest, dass deine Fans wissen, dass ich bei dir bin. Damit sie mich in Ruhe lassen.«

Er nickte langsam und unsere Blicke versanken ineinander. »Ich habe nur das getan, was nötig war.«

Caleb ließ mein Handy in seiner Jackentasche verschwinden. »Bereit?«

Das Bedürfnis, ihn zu berühren, gewann die Überhand. Ich beugte mich vor und drückte ihm einen kurzen Kuss auf die Wange. »Jetzt.«

In meinem Kopf hatte ich einen coolen Abgang geplant, aber auf den Schlittschuhen stellte sich das Vorhaben als wackelige Angelegenheit heraus. Mein Begleiter bekam meine Hand zu fassen und strich über die empfindliche Stelle an meinem Handgelenk. »Das gibt noch ein Nachspiel.«

Ich setzte ein verschmitztes Lächeln auf.

Eve hätte sich wahrscheinlich lustig über mich gemacht, wenn sie gesehen hätte, dass ich versuchte, zu flirten.

Anscheinend war ich darin schlechter als unsere Mutter.

Besorgniserregend? Ja.

»Das war die Revanche für vorhin.« In seiner Küche, als es mich viel Kraft gekostet hatte, nicht über ihn herzufallen.

Dasselbe Gefühl hatte ich in diesem Moment auch und ich war froh über die Abkühlung in Form von breitflächigem Eis, auf dem wir uns langsam bewegten.

Ich hielt mich an der Bande fest, während Caleb zu Matt fuhr und sich mit ihm unterhielt. Kurze Zeit später winkte mir der Mann zum Abschied und fuhr den Hobel vom Eis.

Als das Tor hinter ihm zufiel, hallte das Geräusch durch die Halle und ich merkte, wie still es war. Caleb ging wieder zu den Besucherbänken, holte zwei Hockeyschläger und einen Puck, den er neben sich herschob.

Als er in einer eleganten Bewegung neben mir zu Stehen kam, hielt er mir einen Schläger hin. »Hier.«

»Vergiss es.«

Er ließ sich nicht beirren und wedelte mit dem Teil vor meiner Nase herum. »Hast du etwa Angst?«

»Dass ich mir etwas breche? Ja.«

»Seit wann bist du so ein Angsthase?«

Ich lachte auf und kam dabei fast aus dem Gleichgewicht. »Seit dem Tag meiner Geburt, danke der Nachfrage. Ich schaue dir lieber zu. Wie du siehst, bin ich eine Niete auf dem Eis.«

Caleb merkte, dass er keine Chance gegen mich hatte und gab sein Vorhaben auf. Stattdessen steuerte er den Puck mit gezielten Schlägen über das Eis und knallte ihn dann zwischen zwei Linien an die gegenüberliegende Bande.

Er wiederholte das Ganze noch fünf Mal, bevor er nach einer großen Laufrunde an meine Seite trat. »Sicher, dass du dich nicht langweilst?«

Ich betrachtete sein leicht gerötetes Gesicht. Jugendliche Aufregung blitzte in seinen Augen auf. So sehr ich mich von seinem Spaß anstecken lassen wollte, ich vertraute nicht auf meine Fähigkeiten. »Nein, tue ich nicht. Ich werde einfach hier ein bisschen vor mich hinfahren.«

»Ich kann es dir beibringen, wenn du möchtest.«

Gerade wollte ich zu der Antwort ansetzen, dass ich ihn nicht stören wollte, aber ich hielt mich zurück. Stattdessen nickte ich und schenkte ihm ein Lächeln. »Gerne.«

Caleb lehnte den Schläger an die Bande und bot mir beide Hände an. Seine warme Haut brannte an meiner eiskalten. Gleichzeitig zogen wir scharf die Luft ein, als wir uns berührten.

»Du bist eiskalt.«

»Du glühst ja.«

»Warte«, murmelte er und verschwand durch die Tribünen zu den Umkleiden.

Kurze Zeit später kehrte er mit ein Paar Handschuhen zurück. »Daran hätte ich mal vorher denken sollen.«

Ich grinste, als ich sie mir anzog. Sie waren nicht vergleichbar mit Calebs Hitze, aber besser als gar nichts.

Wieder hielt er mir seine Hände hin, diesmal mit etwas mehr Abstand. »Erst mal musst du dich aufrecht hinstellen. Genau so, dass deine Füße schulterbreit auseinander sind. Die Zehen leicht nach außen drehen. So.« Er machte es mir vor. Als ich seiner Anweisung folgte, nickte er zufrieden. »Okay, und jetzt musst du dich leicht nach vorne lehnen, nicht zu weit. Stell dir vor, du gleitest auf normalem Boden, ohne die Füße zu lösen.«

Kurz ließ er mich los und drehte eine Runde um mich herum.

Ich blieb wie angewurzelt stehen, während ich ihn beobachtete.

Der Angeber glitt sogar rückwärts an mir vorbei. »Siehst du?«

»Dass du ein protziger Großkotz bist?«

Er grinste von einem Ohr zum anderen. »Das wusstest du bereits. Nimm meine Hand und versuche es selbst.«

Ich ergriff sie, ohne Anstalten zu machen, mich zu bewegen. Wieder trafen sich unsere Blicke, diesmal erkannte ich die Zuversicht im dunklen Braun seiner Augen deutlich durchscheinen.

Du schaffst das, bedeutete er mir wortlos.

»Was, wenn ich falle?«, fragte ich flüsternd.

»Dann fange ich dich auf.«

Wir hatten eine weitere Stunde in der Eishalle verbracht, ehe Matt unsere spontane Trainingsstunde unterbrochen hatte.

Auf der Fahrt zurück in Calebs Wohnung herrschte angenehmes Schweigen. Mein Herz fühlte sich an, als wäre es um das Dreifache angeschwollen, während ich mich tiefer in den Autositz sinken ließ. Der Geruch von frischem Leder und das Summen des Motors fühlten sich an wie eine warme Umarmung.

»Danke, dass du mich abgelenkt hast«, gestand ich.

Caleb war gerade damit beschäftigt, in der Tiefgarage sein Auto in eine Lücke zu steuern. Seine Antwort bestand aus einem Kopfschütteln. Statt darauf einzugehen, stieg er aus und öffnete die Beifahrertür.

Träge verließ ich die wohlige Wärme. Beim Gedanken daran, gleich wieder allein in meine Wohnung zu fahren, verzog ich das Gesicht.

»Alles gut?«

»Ja, ich habe mich nur daran erinnert, was ich noch alles machen muss«, log ich. Nachdem er eine Karte an das Scangerät neben dem Aufzug gehalten hatte, öffnete sich dieser und wir traten hinein.

Caleb trommelte mit den Fingern auf der Haltestange eine unbekannte Melodie und ich nutzte die Gelegenheit, um ihn zu mustern.

Sein dunkles Haar stand in alle Richtungen ab und seine Wangen waren von der Kälte gerötet. Er lächelte nicht, konnte jedoch nicht gegenteiliger zu dem Menschen sein, den ich vor wenigen Monaten kennengelernt hatte.

Cold Face. CF. Caleb Han. Bisher hatte ich geglaubt, dass er dieses Image genoss, aber was, wenn es nicht so war?

Was, wenn die Welt so viel von dieser anderen Version von ihm verpasste, weil sie ihm nicht die Chance dazu gaben, ein anderer zu sein?

Die Aufzugtüren öffneten sich und wortlos folgte ich ihm in die Wohnung. Sofort begrüßte uns Winston, der schwanzwedelnd auf uns zulief und mir über das Gesicht leckte, als ich mich zu ihm herunterbeugte.

»Ich habe dich auch vermisst«, erklärte ich, doch mein sonst so treuer Hund widmete sich bereits Caleb. »Autsch.«

Dieser grinste, als er Winston übers Fell strich und ebenfalls Bekanntschaft mit dessen Zunge machte.

»Kann ich mir noch kurz das Gesicht waschen?«

»Natürlich. Was meins ist, ist deins, nicht wahr?«

»Wenn wir verheiratet wären, vielleicht«, erwiderte ich und konnte mir das Lächeln nicht verkneifen.

Die Vorstellung von einer Ehe mit Caleb war verrückt, doch inzwischen überraschend reizender, als ich jemals erwartet hätte.

Er warf Winston einen Tennisball den Flur hinunter und begleitete mich ins Badezimmer.

»Stört es dich, wenn ich auch …«

Ich unterbrach ihn. »Das verkrafte ich noch.«

Wir machten uns nebeneinander frisch und ich hatte bereits eine Hand am Türknauf, als mein Blick auf mein Outfit fiel.

Mit dem Rücken zu Caleb gewandt, zog ich seinen Hoodie aus und legte ihn auf die Ablagefläche neben dem Waschbecken. »Der gehört dir«, erklärte ich, ehe ich die Tür öffnete.

Diese schloss sich augenblicklich wieder.

Überrascht wandte ich mich zu Caleb, der mir über den

Nacken strich. »Behalte ihn.« Seine Stimme hätte befehlend geklungen, wenn er mir dabei nicht diesen Blick zugeworfen hätte. Es war derselbe wie in Whistler, bevor er mich geküsst hatte.

Er lehnte seine Stirn an meine. »Du musst das alles nicht allein durchmachen. Wir sind jetzt ein Team, Ruby.«

Kribbeln überzog meine Haut bei seinen Worten. »Ich war noch nie ein Team.«

Sein Atem strich über meinen Hals, als er einen Kuss auf mein entblößtes Schlüsselbein hauchte.

»Ich auch nicht, aber wir kriegen das hin«, antwortete er rau.

»Glaubst du das?« Ich schloss die Augen und genoss seine Hände, die über meinen Körper wanderten. Caleb drückte mich gegen die Tür und ich spürte seine Hitze durch den dünnen Stoff meines Oberteils.

»Du nicht?«

Ich spürte seine Lippen an meinen Hals, wie sie an meiner Haut knabberten und ein ersticktes Stöhnen verließ meinen Mund. Mein Verstand setzte aus, als ich mich an ihn schmiegte.

Caleb hob mich mit Leichtigkeit hoch und ich schlang die Beine um seine Hüfte. Dann positionierte er mich auf der Waschtischplatte. Endlich fanden seine Lippen die meinen.

Unsere Küsse wurden innerhalb weniger Sekunden intensiver. Jede Berührung steigerte das Ziehen in meinem Schoß und ich zupfte ungeduldig an dem Stoff seines T-Shirts.

Es war nicht genug.

Ich wollte mehr.

Ich wollte ihn.

Caleb verstand meine stumme Aufforderung und zog sich das Oberteil über den Kopf. Ich bekam nicht genug Zeit, seine Statur zu bewundern, denn schon küsste er mich wieder. Diesmal mit der Ungeduld eines Leidenden und ich spürte seine Erektion an meine Jeans reiben.

»Ich will dich«, stieß er hervor.

»Gut«, antworte ich. Mein Herz schlug schneller vor Aufregung, vor dem was folgen würde.

Er löste sich von mir und reagierte auf meinen Protest mit einem Lächeln. »Ausziehen.«

Ich verschränkte die Arme vor der Brust. »Bitte mich darum.«

Calebs Augen verdunkelten sich. Er strich mir über die Oberschenkel, kniff mir leicht in die Hüfte. Dann wanderten seine Finger weiter bis zu meiner empfindlichen Stelle. Ich schob mich seinen Händen entgegen, doch er ließ von mir ab und trat einen Schritt zurück.

Augenblicklich vermisste ich seine Wärme. »Was soll das?«

»Willst du, dass ich weitermache?«

Ich durchschaute ihn. Das hinderte mich jedoch nicht daran, sofort mitzumachen. »Ja.«

»Dann bitte mich drum.«

Statt seiner Forderung nachzugeben, zog ich mein Top aus und stieg von der Platte, um meine Jeans aufzuknöpfen.

Caleb beobachtete mich währenddessen forschend. Er wartete, bis ich nur noch in Unterwäsche vor ihm stand. Es war, als hätte jemand den Schalter umgelegt. Innerhalb weniger Sekunden kletterte er aus seiner Hose und zog mich mit sich in die Dusche. Bevor ich reagieren konnte, prasselte heißes Wasser aus der Regendusche auf uns herab und Calebs Lippen lagen wieder auf mir.

Seine Finger drückten sich fest in meine Taille, als er mich an die nassen Fliesen schob. Er schmiegte sich an mich, ließ mich seine Erektion spüren, während er mein Stöhnen mit einem weiteren Kuss verschluckte.

Ungeduldig strich ich über den Saum seiner Boxershorts und wollte daran ziehen, doch er hielt mich ab.

»Nicht so schnell«, raunte er an meinem Ohr mit so tiefer Stimme, dass ich sie kaum wiedererkannte.

Ein gequältes Geräusch kam aus meinem Mund, doch er ließ sich nicht davon beirren.

Stattdessen nahm er sich reichlich Zeit, als er eine Hand zwischen meine Oberschenkel gleiten ließ und über den dünnen Spitzenstoff meines Slips strich.

Ich fühlte mich, als würde ich in meine Einzelteile zerbrechen, als er den Stoff zur Seite schob.

Mit seinen Fingern glitt er in mich, sanft und zärtlich wie eine Begrüßung. Dann erhöhte er das Tempo mit festem Druck, sodass meine Beine anfingen zu zittern. Um dem Ganzen noch eins draufzusetzen, sah ich zu, wie er auf die Knie ging und der Wasserstrahl über seinen nackten Rücken lief. Er grinste zu mir hinauf, fast bösartig, bevor er seine Finger aus mir löste, um mit seiner Zunge in mich einzudringen.

Es war wie in Whistler, nur besser, heißer und ich krallte mich in sein Haar, um Halt zu finden. Caleb hob langsam mein linkes Bein, ehe er es über seine Schulter legte.

Durch die neue Position spürte ich jeden seiner Stöße noch heftiger und es dauerte nicht lang, bis der Orgasmus mich überrollte. Jeder Muskel in mir zog sich zusammen, doch Caleb hörte nicht auf, mich zu befriedigen.

Ich wollte protestieren, doch jeder Versuch wurde von meinem Stöhnen übertönt.

Als ich ein zweites Mal gekommen war, löste ich mich von ihm und zog ihn zu mir hoch.

Er küsste mich und ließ mich schmecken, was er vor wenigen Sekunden gekostet hatte, während ich mit den Händen über seine Brust wanderte.

Ich spürte, wie mein Inneres pochte, nach mehr verlangte, doch ich würde nicht zulassen, dass er wieder die Oberhand bekam.

Bevor er reagieren konnte, schob ich ihm die durchnässte Boxershorts von den Beinen und glitt auf die Knie. Die warmen Fliesen drückten sich dort in meine Haut, als ich seine zuckende Erektion in meinem Mund aufnahm.

Ich spürte, wie Caleb eine Hand in meinen Pferdeschwanz krallte und daran zog. Er führte mich, während ich die Zunge über seine zarte Haut streichen ließ.

Ich saugte an ihm, veränderte das Tempo und genoss die Aufregung, als ich die ersten Sehnsuchtstropfen schmeckte. Angefeuert von meinem Verlangen, machte ich weiter, krallte meine Fingernägel in seine Oberschenkel, um jeden Zentimeter von ihm auszukosten.

Ich spürte, wie er sich lösen wollte, hörte, wie er heftiger atmete. Ich gab ihm keine Gelegenheit, ein Gentleman zu sein. Stattdessen saugte ich fester und schluckte jeden Tropfen herunter, als er meinen Namen stöhnend kam und seine Hand aus meinem Haar löste. Erst dann löste ich mich von ihm.

Er stellte den Wasserstrahl ab. Unsere Blicke versanken

ineinander, während er liebevoll über meine Wange strich. »Was machst du nur mit mir?«

Ich wusste, dass es auf hier und jetzt bezogen war. Trotzdem machte mein Herz einen Sprung.

»Sollte ich dich fragen«, erwiderte ich, als ich aufstand und meinen durchnässten BH öffnete. Seine Augen wanderten zu meinen Brüsten.

Mein Puls, der bereits durch die Decke ging, beschleunigte sich unter seinem forschenden Blick weiter.

»Sag mir, dass du es auch willst.«

Ich wollte ihn als Antwort küssen, doch er ließ mich nicht.

»Ich muss es hören, Ruby.« Er packte meine Handgelenke und hob sie über meinen Kopf an die Fliesen.

»Caleb«, flehte ich. Mein Filter setzte endgültig aus und ich sprach endlich das aus, wovon ich seit Tagen träumte. »Schlaf mit mir.«

Kapitel Neunzehn

Caleb gab mir genau drei Sekunden, um mich auf das Folgende vorzubereiten. Er hob mich auf seine Arme wie eine Braut in ihrer Hochzeitsnacht und trug mich durch den Flur in sein Schlafzimmer.

Sonnenlicht strahlte durch die deckenhohen Fenster auf das gemachte Bett und wärmte meine nackte Haut, als mich Caleb auf der grauen Bettwäsche absetzte.

Ich war viel zu abgelenkt von seinen Lippen auf der Innenseite meiner Oberschenkel, um mich aufgrund der Helligkeit zu schämen.

Er sah jeden Zentimeter von mir, jeden Makel, jede Narbe und jedes Muttermal. Doch Caleb küsste mich ununterbrochen. Ausgehungert. Leidenschaftlich. Küsse voller Lust, die mich beben ließen.

Als ich die Aufregung nicht länger ertrug, schlang ich die Beine um seine Taille und zog ihn zu mir hoch.

»Jetzt«, forderte ich atemlos.

Er lächelte an meinem Hals. »So gierig.«

Ich kratzte über seinen Rücken. Sein Zischen feuerte mein Selbstbewusstsein an. »Du hast mich gefragt, was ich will. Ich. Will. Dich. Jetzt.«

Caleb lehnte sich zu seinem Nachttisch, holte ein Kondom heraus und öffnete mit einem Riss die Verpackung. Mit klopfenden Herzen beobachtete ich ihn dabei, wie er es über seine Erektion streifte. Als er zu mir blickte und mich beim Schlucken ertappte, beugte er sich zu mir herunter, um mir einen weiteren Kuss zu geben. »Ich bin noch lange nicht fertig mit dir, Ruby Dawson. Verstehst du das?«

Ich nickte, als er sich zwischen meinen Beinen positionierte. Seine Erektion schwebte wenige Zentimeter vor meiner pulsierenden Mitte und ich krallte mich in seinen Bizeps vor Aufregung.

»Weißt du auch, was das bedeutet?« Seine Lippen berührten mein Ohr. Und mit einem tiefen, heißen Stoß war er in mir.

Ich stöhnte vor Überraschung auf. Keiner von uns beiden bewegte sich und ich hatte trotzdem bereits das Gefühl, sofort ein weiteres Mal zu kommen. Meine Gedanken spielten verrückt und jeder einzelne galt Caleb, der sich langsam aus mir zurückzog, um gleich darauf noch tiefer in mich einzudringen.

»Ich werde dich auf jede erdenkliche Art und Weise verderben«, ließ er mich mit rauer Stimme wissen. Er biss mir in die Schulter, hinterließ seine Spuren auf meiner Haut wie ein Jäger, der endlich seine Beute gefangen hatte. Der Schmerz seiner Berührung durchfuhr mich und statt mich davor zu fürchten, stellte ich mich diesem. Es war ganz anders als alles, was ich kannte, und zu meiner Überraschung genoss ich es, dass Caleb mich als seins markierte.

Mit jedem seiner Stöße zog ich mich mehr um Calebs Härte zusammen, stöhnte erneut seinen Namen und genoss bereits die Vorstellung einer Wiederholung. Mein Körper bekam nicht genug von dem prickelnden Gefühl, das er mir bescherte.

Caleb beschleunigte das Tempo, füllte mich aus, bis ich schrie, und rieb gleichzeitig mit seinen Fingern über meine Klitoris.

Ich hörte auf zu atmen. Jeder Muskel in mir verkrampfte sich, während mich intensive Lust überflutete.

Caleb stöhnte, während er immer schneller in mich eindrang. Alles um mich verschwamm, als ich kam, und er mir wenige Atemzüge später folgte.

Vielleicht starb ich gerade auch, denn für einen kurzen Augenblick sah ich Sternchen vor meinen Augen tanzen.

Als er sich von mir löste, strich ein kalter Luftzug über die feuchte Stelle zwischen meinen Oberschenkeln. Seine Antwort auf mein Frösteln bestand darin, mich in seine Bettdecke zu hüllen.

»Ich bin gleich wieder da«, ließ er mich wissen. Er gab mir einen Kuss auf die Stirn und verschwand aus dem Zimmer.

Ich nutzte die kurze Zeit allein, um mich wieder in der Gegenwart einzufinden.

Ich habe gerade mit Caleb Han geschlafen.

Meinem Fake-Freund.

Dem Mann, der mich gelegentlich in den Wahnsinn treibt.

Als er zurückkehrte, fühlte ich mich, als hätte er mich

verflucht. Denn mein Körper verlangte bereits nach mehr von ihm.

Meine Gliedmaßen fühlten sich an wie Wackelpudding und trotzdem wollte ich ihn wieder in mir haben. Ich wollte mehr von ihm kosten. Seine Haut berühren, ihn bitten, sein Versprechen in die Tat umzusetzen und mich zu verderben.

Caleb lächelte mich warm an, als er sich neben mich unter die Bettdecke gleiten ließ. »Wie fühlst du dich?«

Mein Blick huschte zu ihm und ich war gefesselt von seinen dunklen Augen. »Wund.«

Er grinste. »Das tut mir leid.«

»Du siehst nicht danach aus.«

Ich wollte dieses Lächeln, diesen Anblick nur für mich allein. Ich wollte *ihn*, abseits des Rampenlichts.

»Ich werde mich beim nächsten Mal zügeln«, erwiderte er. Seine Hände gingen wieder auf Erkundungstour und ich streckte mich ihnen entgegen.

»Ah ja? Das heißt, dass es ein nächstes Mal gibt? Was, wenn ich das nicht will?«

Er nahm einen meiner Nippel zwischen seine Fingerspitzen und zog daran.

Ich seufzte lustvoll.

Dann hörte er auf mich zu streicheln.

Ich öffnete die Augen, irritiert von der plötzlichen Abwesenheit seiner Hände.

Er schaute seelenruhig zu mir herab. »Dann fass dich selbst an«, raunte Caleb mir zu. Er starrte mir abwartend entgegen und erkannte mein Zögern. »Scheu?«

Ja. Sehr sogar.

Aber etwas in mir – Leidenschaft, Erregung oder einfach Verlangen – wollte ihm beweisen, dass ich nicht das hilflose Reh vom Video-Dreh war. Dass ich mehr war als meine Rolle, die mir die Menschen zugeteilt hatten.

Nicht die Tochter, die ihre Eltern ersetzt hatte.

Nicht die Creatorin, die keine Fehler machen durfte.

Nicht der Engel, für den mich jeder hielt.

An Calebs Seite war ich eine andere Version meiner selbst. Eine, die mich mutig werden ließ.

Also folgte ich seiner Aufforderung.

Seine Augen wanderten mit meinen Fingern, die ich von meinen Brüsten über meinen Bauch gleiten ließ. Als ich anfing, mich zu streicheln, versuchte ich Calebs Bewegungen nachzuahmen. Ich war feucht. Das Geräusch meiner Finger in mir vermischte sich mit dem meines schnellen Atems und ich spürte, wie er meinen linken Nippel in seinen Mund nahm. Wenig später schob er meine Hände beiseite und fing mit seinen geschickten Fingern wieder an, mit mir zu spielen. »Ich bin dran«, stieß er hervor.

Zeit und Raum existierten nicht mehr, als Caleb mir einen weiteren Höhepunkt verschaffte.

Am Nachmittag spürte ich die Spuren unseres ereignisreichen Morgens weiterhin. Mein Körper fühlte sich an wie flüssiges Wachs. Während des Gassi-Gehens mit Winston glühten meine Wangen und ich wurde das Gefühl nicht los, dass jeder wusste, was ich getrieben hatte.

Nachdem Caleb mich ins Studio eingeladen hatte, hätte ich zu gern zugesagt, doch es war an der Zeit gewesen, unsere mit phänomenalem Sex gefüllte Traumblase zu zerplatzen.

Die Welt da draußen existierte weiterhin und ich musste mich ihr stellen.

Ich fing damit an, indem ich als Erstes Peyton anrief und sie vage über die letzten vierundzwanzig Stunden informierte. Dabei ersparte ich ihr jegliche Details meiner diversen Orgasmen, aber ich ließ sie wissen, dass Caleb und ich uns nähergekommen waren.

Ihre Reaktion fiel gemischt aus. Sie war zunächst verwirrt und tat dies auch kund.

»Heißt das, du möchtest jetzt eine echte Beziehung mit ihm?«

»Was? Nein.« *Ich weiß es nicht.* Mühevoll versuchte ich mir die Worte zurechtzulegen, während Winston an seiner Leine zog, um mich weiter in den Park zu lenken. »Ich hasse ihn einfach nicht mehr. Das wollte ich dir sagen.«

»Wieso?«, wollte sie wissen.

Irritiert nahm ich mein Smartphone vom Ohr und starrte es an. Ich hatte mit Gegenwind gerechnet, aber nicht in dem Ausmaß.

Ich dachte an all die Dinge, die Caleb für mich getan hatte, seit wir uns kannten. Die Unterstützung während unserer Dates. Dass er mich beschützte. Die Geschichten, die er mir anvertraute. Dinge, die vielleicht keiner außer mir wusste. Die Tatsache, dass wir jetzt ein Team waren.

Ich nahm das Gespräch wieder auf. »Er ist nett. Ganz anders, als die Medien ihn darstellen. Ich hätte ihn nicht voreilig verurteilen sollen. Das habe ich jetzt einfach erkannt«, erklärte ich.

Es entstand eine kurze Pause. Kurz dachte ich, meine Managerin würde gar nicht mehr reagieren, doch dann hörte ich das Lächeln aus ihrer Stimme, als sie antwortete.

»Ich freue mich für dich. Für euch. Du weißt, ich werde dich immer unterstützen.«

»Natürlich. Wollen wir morgen Abend shoppen gehen? So wie in alten Zeiten? Ich habe das Gefühl, ich sehe dich kaum noch.«

Sie lachte. »Wir waren die letzten drei Tage zusammen in Whistler.«

Ich grinste. »Ich mag dich halt.«

Mit Winston im Schlepptau spazierte ich zurück in Richtung meiner Wohnung. Ich brauchte dringend ein Bad. In meinem Kopf drehte sich ein Gedankenkarussell, das es zu steuern bedurfte.

»Shoppen klingt gut. Ist sonst alles in Ordnung? Brauchst du etwas?«

Ich vermutete, dass sie auf die kurzzeitige Hass-Welle anspielte. Auch, wenn ich vielleicht die Worte niemals vollständig aus meinem Gedächtnis verbannen konnte, ging es mir inzwischen deutlich besser.

Caleb stand an meiner Seite. Jeder wusste, dass nichts an den Gerüchten dran war. Seine Fans hatten sich eingekriegt. Daran musste ich jetzt festhalten.

»Ja, alles gut. Ich melde mich, falls ich doch Pistazieneiscreme essen und Jennifer-Garner-Filme gucken möchte.«

Der zweite Schritt, um mein Leben wieder auf die Reihe zu bekommen, bestand darin, meine Ysta-Strategie zu überdenken. Normalerweise hätte ich Peyton bei einer derartigen Planung zu Rate gezogen, aber ich brauchte Zeit für mich, in der mich keine äußeren Meinungen beeinflussen konnten.

Als Erstes machte ich mir Gedanken über meinen Feed. Ich scrollte durch die bunte Bildergalerie, die mich an Dreh-Sets, auf Events oder mit meinem Parfüm von *Passiona* zeigten. Auf jedem Bild war ich abgelichtet, doch mir gefiel nicht, was ich sah. Jeder Blick war gestellt für die Kamera, jeder verräterische Makel war entfernt, und ich spürte, wie sehr ich dagegen war. Die jahrelange Farce fing an zu bröckeln. Ich spürte es in jeder einzelnen Faser, dass sie nicht mehr lange halten würde.

Vielleicht wollte ich aber genau das. Vielleicht war es an der Zeit, dass meine Follower und die Welt auf Ysta erfuhren, dass ich nicht der perfekte Engel war.

Ich war mehr als das. Mehr wert als meine Followerzahl und die Likes unter meinen Posts.

Auf meinem Handy öffnete ich die Notizen-App, um meine Gedanken in Worte zu fassen.

Ich wusste selbst nicht, ob sie jemals jemand außer mir lesen würde, aber es war ein Schritt in die richtige Richtung, sie niederzuschreiben.

Auf der Suche nach den richtigen Worten scheiterte ich eine Ewigkeit, die sich in Wahrheit nur als Sekunden entpuppte. Mit bebendem Herzen las ich anschließend, was ich geschrieben hatte.

Ich will mehr sein. Mehr als Filter, schöne Storys und ein perfekter Feed. Ich will leben und wieder träumen. Ich will ich *sein.*

Und das war für den Augenblick genug.

Am Nachmittag waren mein Körper und Geist wieder in Bestform. Ich hatte Sport gemacht, geduscht und war eine weitere Runde mit Winston durch den Park gelaufen.

Ich hatte die freie Zeit genutzt, um Kekse zu backen, und hielt mich dabei an Helenes Rezept, das sie mir vor drei Jahren nach monatelangem Betteln anvertraut hatte. Hungrig wartete ich nun vor dem Backofenglas und beobachtete, wie sich die Chocolate-Chip-Kekse goldbraun färbten.

Aus einem Impuls heraus zückte ich mein Handy und teilte eine Story auf Ysta. Ohne Filter, ohne interessante Überschrift oder Hashtags. Einfach ein normaler Nachmittag von Ruby Dawson, die backte.

Es fühlte sich überraschend leicht an, auf Posten zu drücken.

Fünf Minuten später zog ich das Blech heraus und ließ es auf dem Keramikherd auskühlen. Noch mit den Ofenhandschuhen an den Händen brach ich ein Stück von einem der Kekse ab.

Zufrieden über den buttrigen Geschmack auf meiner Zunge, ließ ich auch den Rest in meinem Mund verschwinden.

Ich war drauf und dran einen zweiten zu verputzen, als eine eingehende Nachricht meine Aufmerksamkeit erregte.

CALEB

Was machst du gerade?

Ich erkannte mein Grinsen vom Display reflektiert, als ich eine Antwort tippte.

ICH

Mich langweilen.

CALEB

Lust, dich mit mir zu langweilen?

ICH

Musst du nicht an deinem Album arbeiten?

CALEB

Kann nicht. Du lenkst mich ab.

ICH

?

Röte war mir bereits in die Wangen geschossen.

CALEB

Leiste mir Gesellschaft.

Ich blickte auf die Uhrzeit am oberen Rand meines Bildschirms. Es war nicht einmal zehn Stunden her, seit ich aus seinem Bett geklettert war.

Und das ließ ich ihn auch wissen.

ICH

Wir haben uns heute Morgen erst gesehen.

Er schickte mir ein Bild, auf dem er eine Grimasse schnitt.

Ich würde behaupten, er wollte damit Schmollen darstellen. Und bei seinem Anblick fingen die Schmetterlinge in meinem Bauch an mit ihren Flügeln zu schlagen. Sie kitzelten mich.

So schön die Vorstellung auch war, fühlte ich mich gleichzeitig wie die Motte, die von Calebs Licht angezogen wurde.

Einer Sache war ich mir sicher: Früher oder später würde ich mich an ihm verbrennen.

Die Frage war nur, wann es soweit sein würde.

Als ich eine Stunde später mit frischem Make-up, in einem noch nie getragenen Strickkleid und einer Blechdose mit Keksen vor Calebs Studio aus dem Taxi stieg, war meine Aufregung kaum zu zügeln.

Ich fühlte mich ein Teenager, der jeden Moment seinen Schwarm auf dem Schulflur sehen würde.

Doch die Gefühle, die ich gerade spürte, hatten nichts Jugendliches an sich. Meine Lust nach Caleb war kaum zu zügeln und seinen diversen Textnachrichten nach schien er ebenfalls an eine Wiederholung unseres Morgens zu denken. Ich war gierig. Ständig kreisten meine Gedanken darum, wie er mich verführt hatte. Welche Orte seine geschickten Hände erkundet hatten. Er war mir dabei voraus und ich wollte endlich nachziehen. Glücklicherweise hatte ich Winston bei Drew geparkt, denn das Letzte, was ich wollte, war, meinen Hund mit meinen sexuellen Aktivitäten zu traumatisieren. Mich beschlich außerdem das Gefühl, dass mein bester Freund die durch den süßen Vierbeiner dazugewonnene weibliche Aufmerksamkeit im Park genoss.

Bevor ich Caleb Bescheid geben konnte, dass ich angekommen war, öffnete sich bereits das Tor zum Studio. Zu meiner Überraschung, die völlig unangebracht war, trat Isaac heraus.

Als er auf mich aufmerksam wurde, hob er gleich beide

Augenbrauen. Weil das absolut nicht in sein ernstes Gesicht passte, verkniff ich mir mühsam das Kichern.

»Hi, Isaac.«

»Hi?«

»Ich schätze, Caleb hat dich nicht über meinen Besuch in Kenntnis gesetzt«, erklärte ich ruhig.

Er ließ die Hände in die Hosentaschen seiner Anzugshosen gleiten. Kopfschüttelnd musterte er mich. »Definitiv nicht. Aber das erklärt jedenfalls, warum er mich so plötzlich verjagt hat. Darf ich fragen, was du hier machst?«

Ich erinnerte mich daran, wie ich die letzten Wochen auf Isaac gewirkt haben musste.

Der große Mann, der mich locker um zwei Köpfe überragte, schenkte mir ein aufrichtiges Lächeln. »Ich frage nur, weil dieses Treffen definitiv nicht im Vertrag steht.«

Ich erwiderte sein Lächeln. »Ich weiß, ich weiß. Caleb ist vielleicht doch nicht so übel, wie ich dachte.«

In seinen eisblauen Augen blitzte etwas auf. Wehmut? Trauer? Ich wusste es nicht.

Nach zwei Atemzügen trat er einen Schritt zur Seite und deutete zum offenen Tor. »Viel Spaß euch.«

Ehe ich mich in Bewegung setzte, holte ich die Blechdose hervor. »Kekse? Die sind frisch gebacken.«

Isaac blickte erst zu der Dose, dann zu mir. »Ich mag keine Kekse.«

Wer bitte mag keine Kekse?

»Generell keine Süßigkeiten«, schob er hinterher. Auf meinen entsetzten Gesichtsausdruck hin, nickte er. »Den Blick bekomme ich oft zu sehen.«

»Verständlicherweise. Das ist traurig.«

»Mein Zahnarzt dankt mir jährlich dafür, ich glaube

also, es gibt Schlimmeres. Na, ich verschwinde dann mal. Wir sehen uns am Samstag.«

Ich nickte. Die Weihnachtsgala. Das nächste Event auf unserer Liste von Dates. »Bis dann.« Ich war gerade dabei, ihm den Rücken zu kehren, als mich seine Stimme davon abhielt.

»Hey, Ruby?«

Ich drehte den Kopf in seine Richtung. »Hm?«

»Caleb ist nicht so tough, wie er gerne tut. Also ... bitte, verletze ihn nicht.«

Kapitel Zwanzig

Als ich den langen Korridor zum Studio entlangging, hallten Isaacs Worte in meinen Ohren nach.

Verletze ihn nicht.

Bisher war ich davon ausgegangen, dass ich diejenige war, die nach dieser Sache verletzt sein würde. Dass es mein Herz sein würde, das Caleb in tausend Stücke teilen würde.

Isaacs Bitte fühlte sich zugleich an wie eine Warnung. Etwas, woran ich nie gedacht hatte, und doch vertraute ich darauf, dass er seinen Schützling am besten kannte.

Meine Antwort hatte nur aus einem Nicken bestanden. Denn ich hatte gelernt, dass Versprechungen nichts wert waren, wenn zu viele Variablen beteiligt waren.

Fakt war, dass ich in Calebs Nähe sein wollte.

Es brauchte nicht viel des Rätselns, um zu behaupten, dass es Caleb mit mir ähnlich erging.

Und solange ich konnte, würde ich das auskosten.

Als ich ihn schließlich in seinem Studio vorfand, genoss ich seinen Anblick für wenige Sekunden.

Er war fokussiert auf einen Monitor, summte dabei eine mir unbekannte Melodie und ich fragte mich, was ihm durch den Kopf ging. Woran dachte er, wenn er neue Songs schrieb? Wie entschied er, welche Melodie er spielen und welche Geschichte er erzählen wollte?

Ich klopfte an die offene Tür und wartete, bis er mich registrierte.

Als er mich im Türrahmen stehend entdeckte, erleuchtete sein Lächeln das dunkle Studio. »Du bist gekommen.«

»Jemand war sehr hartnäckig. Außerdem bin ich es deinen Fans schuldig, dass du dein Album schreibst.«

Mit wenigen Schritten hatte er den Raum durchquert und mich in seine Arme gezogen.

Ich atmete seinen vertrauten Geruch ein. Automatisch rückten meine Sorgen in den Hintergrund.

Es wird alles gut. Keine Herzen werden gebrochen.

»Durst? Hunger? Ich wollte gerade was bestellen«, ließ er mich wissen, bevor er mich auf den Scheitel küsste. Seine Hände ruhten auf meiner Taille. Die Berührung schickte kleine Hitzewellen durch meinen Körper und ich schob ihn sanft von mir, um mich zu sortieren.

»Ein Glas Wasser vielleicht. Und nein, ich habe keinen Hunger, aber ich habe Kekse mitgebracht.« Ich holte die Blechdose aus meiner Tasche hervor.

Caleb nahm sie mir ab, um den Inhalt zu begutachten. »Die riechen himmlisch.«

Ich lachte. »Immerhin einer findet das. Isaac hat sie abgelehnt, als ich ihm welche angeboten habe.«

Caleb biss in einen Keks hinein und verdrehte dabei genüsslich die Augen. Nachdem er fertig gekaut hatte, griff er nach einem zweiten. »Isaac ist ein Spießer. Er isst nicht mal Fast Food. Sportlerhirn oder so.«

»Macht er noch etwas in die Richtung? Für mich ist Isaac ein großes Geheimnis. Ich weiß nur, dass er ständig Anzüge trägt und Silvia Passiona ihn vergöttert. In Whistler dachte ich, sie würde ihn sofort als Model einstellen.«

Mein Gegenüber grinste. Kekskrümel hingen in seinem Mundwinkel.

Ich nahm mir die Freiheit, sie wegzuküssen.

Caleb zog mich an meinem Hintern an sich heran und ließ seine Lippen auf meine sinken.

Mich durchfuhr ein Schauer, als seine Zunge zärtlich mit meiner tanzte. Ich schmeckte die Süße der Kekse, die herbe Schokolade und *ihn*.

Dann löste er sich von mir, um mir den Mantel auszuziehen. »Du machst mich wahnsinnig.«

»Warum?«

Heißes Prickeln wanderte über meine Haut, als er sich auf den schwarzen Stuhl hinter sich sinken ließ und mich auf seinen Schoß zog.

»Weil ich nur daran denken kann, das mit dir zu tun«, stieß Caleb aus, bevor er eine Spur weicher Küsse auf meinem Hals hinterließ.

Er war mein verfluchter Untergang. Davon war ich überzeugt.

»Hör nicht auf«, flehte ich. Ich hatte nicht den Hauch einer Chance gegen die Gefühle, die er in mir auslöste.

Wir küssten uns, bis die Lust die Oberhand gewann.

»So habe ich mir meinen Besuch hier nicht vorgestellt«, erklärte ich, während ich eine halbe Stunde später Caleb dabei beobachtete, wie er den Rest der Kekse verschlang.

»Lügnerin.«

Ich grinste. Während er mit Essen beschäftigt war, rollte ich mit dem Stuhl vor den Monitor, an dem er bei meiner Ankunft gearbeitet hatte. Meine Augen flogen über die unterschiedlichen Audiospuren, manche länger als andere, die teilweise untereinander oder nebeneinander über den Bildschirm verliefen.

»Ist das ein neuer Song?«

»Ja.«

Ich fühlte mich, als hätte ich ihn bei etwas ertappt. Vorsichtig schob ich gedankenverloren einen der Regler rauf und runter.

»Zeigst du ihn mir?«

Caleb nahm auf dem Stuhl neben mir Platz. Er drehte an einem Regler zwischen all den anderen Knöpfen und Schaltern. Dann legte er seine Hand auf die Computermaus, um etwas einzustellen.

Ich verstand nichts von alldem, auch die meisten Bezeichnungen sagten mir nichts, aber es hinderte mich nicht daran, fasziniert von Calebs plötzlicher Ernsthaftigkeit zu sein.

»Ich habe meine Vocals noch nicht aufgenommen, aber das ist die Melodie«, teilte er leise mit. Dann drückte er auf eine Taste und Klaviernoten ertönten im Studio. Das Intro wurde von einem Streichinstrument begleitet und jedes

Mal, wenn ein Ton erklang, spürte ich die Gänsehaut auf meiner Haut wachsen.

Die Melodie, die zunächst ruhig begonnen hatte, wie ein Schlaflied, wurde ergänzt um eine E-Gitarre und erhielt gleichzeitig ein schnelleres Tempo. Kräftige Schläge eines Schlagzeugs ließen den Song umschwingen. Sanftheit verwandelte sich in Wut und ich stellte mir vor, wie Caleb dazu sang. Was er fühlte. An wen oder was er beim Komponieren wohl gedacht hatte?

»Hast du schon einen Text?«

Sein Mund verzog sich zu einem schüchternen Lächeln. Er mied meinen Blick, als er zwischen den Programmen hin und her klickte.

Ich drückte seine Hand und zwang ihn damit, mich anzusehen. »Du musst das nicht mit mir teilen, wenn du nicht möchtest.«

Er drehte seine Hand so, dass sich unsere Finger miteinander verschränken konnten. »Ich will aber.« Caleb deutete auf den Bildschirm, auf dem vier Zeilen Text standen. »Das ist eine Strophe.«

If your heart broke.
Let me take care of the pieces.
If you hate love.
Let me teach you how to trust.

»Das klingt wunderschön«, gestand ich. Immer wieder wanderten meine Augen über die Worte.

Es fühlte sich an, als würde mein Herz überlaufen. Ich

wusste nicht, wen er mit diesem Text ansprach, doch ein naiver Teil in mir glaubte, er meinte mich.

»Wolltest du schon immer Sänger werden?«

Caleb strich mit seinem Daumen über meine Haut. »Ja. Ich denke schon. Ich bin so lange drin, dass ich gar keine Zeit hatte, an etwas anderes zu denken.«

»War es dein Traum? Der Caleb Han zu sein, der von allen vergöttert wird?«

Ein Lachen verließ seine Kehle. »Du schmeichelst mir. Ich wollte früher eigentlich nur Gitarre spielen. Meine Oma hat es gehasst. Aber irgendwann hat mich meine damalige Musiklehrerin überredet, bei einem Sommerfest zu spielen. Sie hat ein Video von meinem Auftritt im Netz geteilt und es ist viral gegangen. Ende der Geschichte.«

»So kurz kann sie nicht gewesen sein«, beschwerte ich mich. »Erzähl mir mehr. Bitte.«

Er zog mich an meinem Stuhl näher zu sich, sodass sich unsere Nasenspitzen berührten. »Was kriege ich dafür?«

Ich grinste. »Mehr Kekse?«

»Deal.«

Er gab mir einen Kuss und rückte von mir ab. »Nach dem Video kamen viele Produzenten und Labels auf mich zu. Jeder wollte aus mir die nächste Sensation machen.«

»Wie Justin Bieber?«

»Hast du mich gerade mit ihm verglichen?«

Ich zuckte mit den Schultern. »Ist er nicht auch über eine Video-Plattform berühmt geworden?«

Fassungslos starrte mich Caleb an. Mit seiner freien Hand fasste er sich an die Brust. »Brich mir das Herz.«

Einen Sekundenbruchteil lang dachte ich an Isaacs Worte. Aber hatte ich überhaupt die Macht, das zu tun?

Oder wäre ich diejenige, die am Ende allein dastehen würde?

»Ich passe auf die Teile auf«, neckte ich ihn und spielte damit gleichzeitig auf seinen Songtext an. »Und weiter, *Cold Face*? Was ist dann passiert?«

»Nachdem ich mit der Hilfe von meinen Brüdern meine Oma soweit hatte, zuzusagen, da ich zu dem Zeitpunkt erst siebzehn war, habe ich beim Label YJK einen Vertrag in Betracht gezogen. Bevor ich unterschreiben konnte, habe ich Isaac getroffen. Er war damals neu angestellt dort und irgendwie hat es Klick gemacht.«

»Ihr kennt euch schon so lange?«

»Jup.« Caleb führte meine Hand an seine Lippen und ich versank in seinem Blick. »Was ist mit dir? Ist das, was du machst dein Traum?«

Ich musste nicht lange über eine Antwort nachdenken. Vielleicht überraschte sie ihn, aber es gab keinen Grund es zu leugnen.

»Nein. Irgendwann will ich eine eigene Bäckerei. Den ganzen Tag in der Küche stehen und neue Rezepte ausprobieren. Nicht Ysta-Posts teilen und für Marken vor der Kamera posieren. Das war nie mein Traum.« Ich hielt inne, als ich die Fragezeichen in seinen Augen las. »Versteh mich nicht falsch: Ich bin unglaublich dankbar für die Möglichkeiten, die ich dank meines Jobs habe. Durch Zufall oder irgendeine falsche Abzweigung in meinem Leben bin ich das geworden, was ich jetzt bin. Und dadurch kann ich für mich selbst und meine Schwester sorgen, wobei sie noch zusätzlich wird arbeiten müssen. Aber wenn du mich fragen würdest, was mein zweiter Traum ist, dann wäre es, mich um sie zu kümmern. Sie soll es einfacher haben. Also beschwere ich mich nicht.«

»Falsche Abzweigung?«

Ich lächelte schwach. »Manchmal fühlt es sich so an.«

»Warum hörst du nicht auf?«

»Weil ich noch nicht all meine Sicherheiten zusammen habe. Ich will, dass es perfekt wird. Also spiele ich weiter die Rolle von *rubyslife*.« Ich konnte mir ein Seufzen nicht verkneifen.

Caleb zog mich an seine Schulter, um mir sanft über den Rücken zu streichen.

»An manchen Tagen möchte ich einfach nur verschwinden«, brummte ich an seiner Brust.

»Dann lass uns zusammen verschwinden.«

Ich hob den Kopf, um ihn anzusehen. »Wie?«

Er grinste. Sein Lächeln erinnerte mich an Sonnenschein. »Gleich jetzt. Irgendwohin, wo uns niemand kennt.«

»Und dein Song?« Ich deutete auf den Monitor.

»Der kann noch warten.«

Der Abend brach bereits an, als Caleb sein Auto durch den lebendigen Verkehr von Toronto lenkte. Mehrere dampfende Schalen mit Essen ruhten auf meinem Schoß und ich umklammerte sie, als würde mein Leben davon abhängen.

»Das riecht so köstlich«, kommentierte ich, als wir an einer roten Ampel zu stehen kamen.

Caleb schenkte mir einen kurzen Blick und grinste. »Ja? Probier mal. Du verträgst doch scharf, oder nicht?«

Ich hörte den Spott aus seiner Stimme heraus. Wie so

oft reizte er mich, zu kontern, doch diesen Triumph gönnte ich ihm nicht. Nach den wenigen Tagen, die wir fast ausschließlich miteinander verbracht hatten, wusste ich, welche Knöpfe er bei mir zu drücken versuchte.

»Klar. Ich liebe es feurig. Wenn der Kopf droht zu explodieren und die Zunge taub wird.«

Er lachte. »Gut. Ich wollte dich nur warnen.«

»Warnung angekommen. Willst du mir jetzt endlich erzählen, wohin wir fahren?«

Mittlerweile war die Sonne hinter den grauen Wolken untergegangen und die Straßenlaternen zogen langsamer an uns vorbei.

»Weißt du noch, als du dachtest, die Eishalle wäre mein Tatort für den perfekten Mord?« Seine Stimme vertiefte sich bei den letzten Worten.

Meine Antwort bestand aus einem Lachen. »Das würde dir gefallen, oder? Wenn ich verschwinden würde?«

Caleb lenkte das Auto auf einen verlassenen Parkplatz, hielt an und nahm mein Gesicht in seine Hände. »Hör auf, das zu sagen.« Sein Blick wanderte von meinen Augen zu meinen Lippen.

Ich schluckte. Nach all den Berührungen, die wir geteilt hatten, reagierte mein Körper weiterhin wie beim ersten Mal.

Es war dieselbe Aufregung, die ich bei unserem Aufeinandertreffen auf der Halloween-Party gespürt hatte. Dieses unbestreitbare Kribbeln, das mich seitdem verfolgte.

Ich gab ihm einen Kuss. »Ich wollte nur sagen, dass du jetzt mit mir festsitzt. Das heißt, gewöhn dich an mich, denn vorerst bin ich an deiner Seite.«

»Gut. Ich sitze gern mit dir fest.«

Er stieg aus und, bevor ich die Hand an den Türöffner legen konnte, hatte er sie bereits von außen aufgezogen.

»Mylady.«

Er verbeugte sich kurz und mir wurde augenblicklich warm. »Pass auf, sonst gewöhne ich mich an den netten Caleb.«

Ich reichte ihm das Essen, ehe ich ausstieg, und folgte ihm. »Wo sind wir hier?«

Der Parkplatz führte zu einer breiten, unbeleuchteten Straße und ich versuchte in der Dunkelheit Gebäude auszumachen. Große Konstrukte erstreckten sich zu deren Seiten, die sich mit jedem Schritt klarer abzeichneten.

»Bitte, sag mir, dass du auch noch Sponsor vom Freizeitpark bist«, flüsterte ich in die Nacht hinein.

Caleb strich sich über die Haare und schüttelte zu meinem Bedauern den Kopf. »Nein, aber ich hoffe, du kannst gut klettern.«

»Das ist nicht dein Ernst.«

Er deutete auf sich. »Sehe ich aus, als würde ich scherzen?«

»Nein. Ausnahmsweise nicht.«

»Wenn du nicht willst, können wir auch …«

»Nein, schon gut. Ich habe einfach nicht damit gerechnet. Ich vermute mal, dass wir nicht wirklich auf dem Gelände sein dürfen?«

Er nahm meine Hand in seine und zog mich von der Straße in eine Gasse, die zu einem Seiteneingang führte. »Die Grenzen von Legalität und illegalem Handeln verschwimmen gleich etwas.«

Ich versuchte cool zu bleiben. So etwas hatte ich noch nie gemacht. Ich war immer eine Musterschülerin gewesen.

Hatte nie geraucht, kaum getrunken und mich ganz bestimmt nicht aus dem Haus geschlichen, um auf Partys mit Jungs zu knutschen.

Nicht, dass ich das nie gewollt hätte. Aber irgendetwas hatte mich immer gehindert. Bis heute.

Kapitel Einundzwanzig

Wir kletterten in eine Gondel des Riesenrades. Caleb hatte eine ausgewählt, die ungefähr einen Meter über dem Boden schwebte. Während ich mich ziemlich idiotisch dabei anstellte, glitt er in einer geschmeidigen Bewegung neben mich. Zusammen machten wir es uns auf der kleinen Bank gemütlich und ich wartete, bis sich das Schwanken beruhigt hatte.

»Angst?« Caleb öffnete die mittlerweile abgekühlten Essensboxen und nahm sich mit einer Bambusgabel einen der Reiskuchen in scharfer Soße heraus.

Neugierig beobachtete ich seine Gesichtszüge beim Kauen, doch der Mann an meiner Seite zeigte keine Regung.

Angeber, dachte ich und wollte es ihm nachmachen. Doch im Gegensatz zu meinem Begleiter vertrug ich wirklich absolut kein scharfes Essen. Für mich war Pfeffer teilweise schon unangenehm. Schon nach einem Bissen fuchtelte ich mir fluchend Luft zu, als würde es irgendwie helfen, während Caleb mich auslachte.

Aus seiner Manteltasche kramte er einen kleinen Getränkekarton hervor. »Trink das.«

Er drückte den Plastikstrohhalm durch die Öffnung und hielt ihn mir an die Lippen. Ich schmeckte Zucker, Erdbeeren und Milch. Als sich die Nervenzellen auf meiner Zunge langsam beruhigten, lachte ich über meine geringe Schärfetoleranz. »Das war echt armselig«, kommentierte ich zwischen den Atemzügen. Kopfschüttelnd schob ich ihm das Essen zu und aß etwas Reis, der in einer separaten Schale mitgeliefert worden war.

Caleb küsste meinen Mundwinkel und grinste. »Ich fand's süß.«

Mir wurde warm und ich spürte, wie die Anspannung von mir abfiel. Dank Caleb. Er war es, der mir half, mich zu entspannen und neue Dinge auszuprobieren. Ich versuchte meine Gefühle zu verstehen, aber nichts von alldem war irgendwie greifbar für mich.

Als unsere Blicke sich in der Dunkelheit trafen, plapperte ich drauflos. Keine Geheimnisse mehr. Keine Gefühle, die ich länger wegsperrte. »Wenn ich bei dir bin ... dann ist mir der Rest der Welt egal. Ich weiß nur nicht, ob das etwas Gutes ist oder ich Angst haben sollte.«

Caleb ließ anscheinend meine Worte auf sich wirken, denn er schwieg.

Ich hätte alles dafür gegeben, um in diesem Moment in seinen Kopf hineinzuschauen. »Was denkst du?«

»Daran, wie glücklich mich das macht.« Er ergriff meine Hände und zog sie an seine Brust.

Ich genoss seine Wärme.

Als wir aufgegessen hatten und der Wind zunehmend über den verlassenen Park wehte, lehnte ich mich an ihn.

Müde starrte ich auf die Gondeln über uns, stellte mir vor, wie wir im Sommer genau hier sitzen würden. Die Vorstellung war so real und gleichzeitig brach sie mir das Herz. Gab es für uns beide die Möglichkeit aus dem Spiel Realität zu machen? Hand in Hand wie andere verliebte Paare durch die Stadt zu schlendern und die Sonne zu genießen?

Ich dachte an all die Versionen von uns, die uns noch erwarteten. Ich dachte an all die Geschichten, die uns bis an diesen Punkt gebracht hatten.

»Hey, Caleb?«

»Hm?« Er spielte mit meinen Haaren, ebenfalls in Gedanken versunken.

»Dein Song *First Heartbreaks*. Sprichst du darin über jemand bestimmten?«

Die Lyrics ließen nicht viel Interpretationsspielraum.

Never thought I would miss the days with you.
But here I am wishing I could tell you.

Statt einer Antwort, fing er an, die Melodie zu summen. Der Klang vibrierte durch meinen Körper und ich spürte, wie sich die Gänsehaut auf meinen Armen verbreitete.

»Viele denken, ich singe von einem Mädchen«, erklärte er schließlich. Der Ton in seiner Stimme ließ mich aufblicken.

»Aber?«

»Es ist eine Nachricht an meinen Vater«, flüsterte er.

»Die zweite Strophe endet mit: *How much pain is left*. Denn so ging es mir, als meine Eltern sich entschieden haben, sich einen Dreck, um uns zu scheren.«

Meine Brust zog sich zusammen. Es waren nicht nur die Dinge, die er sagte, sondern die Art, *wie* er es sagte.

Als würde es nichts bedeuten.

Er presste die Lippen zusammen und ich versuchte, nach seiner Hand zu greifen, doch er entzog sich mir.

»Warum haben sie das getan? Deine Eltern?«, fragte ich vorsichtig.

»Du hast keine Ahnung davon, was ich durchgemacht habe.«

Auf die Gefahr hin, einen schlummernden Dämon zu wecken, bat ich ihn um mehr. Ich wollte ihn kennenlernen. Schicht für Schicht. Die schönen und hässlichen Seiten, die er vor der Welt verbarg.

»Erzähl es mir.«

Er lachte trocken auf. »Wieso? Damit du zur Presse rennen kannst, um meine Lebensgeschichte zu verkaufen, sobald das alles vorbei ist?«

Seine Worte brannten wie Ohrfeigen. Sie waren millionenfach eisiger als die Kälte, die uns umgab und rammten sich wie Hunderte Nadeln in meine Haut.

Sein Blick war kalt und ich fühlte mich, als wäre ich allein mit einem Fremden.

Schweigend starrte ich ihn an, perplex von seinen Worten, bis ich langsam aufstand. Die Gondel schwankte mit jeder Bewegung und das Quietschen hörte sich ohrenbetäubend laut an in der stillen Nacht.

»Ich sollte gehen.«

Caleb schien aus seiner dunklen Trance zu erwachen

und schaute zu mir auf. »Geh nicht«, bat er. Gebrochen fügte er ein leises »Bitte« hinzu.

Ich fühlte, wie die Schmetterlinge in meinem Bauch sich in Motten verwandelten. Dunkle Motten, die von seinem Licht angezogen wurden. Seiner Art, die mich in unbekannte Tiefen stürzen würde.

Wenn ich blieb, wäre es ein Versprechen. Dass er mir vertrauen konnte und ich ihm.

»Es tut mir leid. Wie du vielleicht merkst, reagiere ich empfindlich auf das Thema«, insistierte er und ließ mich nicht aus seinem Blick.

Ich setzte mich wieder neben ihn. Diesmal mit etwas Abstand. »Das ist okay. Wir alle haben so etwas.« Die Gondel quietschte und wiegte uns sanft.

Er nickte und der traurige Ausdruck in seinen Augen riss mein Inneres in Stücke. »Meine Familie ... wird in den nächsten Jahren nicht unbedingt in Bilderbüchern auftauchen. Das Wort ›kaputt‹ fasst es kaum richtig zusammen.« Caleb fing an mit den Ringen an meinen Fingern zu spielen und blickte auf diese herab. »Sie waren Monster. Mein Vater war Alkoholiker und hat meine Geschwister und mich regelmäßig grundlos bestraft. Er hasste uns, allein weil wir existierten. Er schlug meine Mutter. Verunstaltete sie, bis sie nur noch grün und blau war.« Seine Stimme zitterte.

Ich hielt den Atem an.

»Sie fing auch an zu trinken. Statt uns zu beschützen, stellte sie sich auf seine Seite. Sie warf uns ihm vor die Füße. Er war wie der Wolf und wir die Schafe, die er vernichten wollte. Ich war fünf, als meine Oma uns da rausgeholt hat. Sie hat das Jugendamt eingeschaltet, ihrer

Tochter den Kontakt zu uns verboten und meinen Vater zum Teufel gejagt.«

»Das war sicher nicht einfach«, kommentierte ich leise. Ich konnte mir nicht ausmalen, wie schwer seine Kindheit verlaufen sein musste. Es brach mir das Herz, zu wissen, dass er so gelitten hatte.

»Nein, sie haben sich nicht an die Auflagen gehalten. Als meine Karriere Früchte trug, versuchten sie wieder den Kontakt aufzubauen. Meine Brüder sind vollkommen durchgedreht. Ich weiß bis heute nicht, was sie gemacht haben, aber ich habe seitdem nie wieder von ihnen gehört. Ihretwegen habe ich mir geschworen, niemals Alkohol zu trinken. Die Vorstellung, auch nur eine Sache mit ihnen gemeinsam zu haben, widert mich an.«

Ein kalter Schauer lief mir über den Rücken. Die Vorstellung von einem jüngeren Caleb, der einfach nur geliebt werden wollte, der verlassen worden war und trotzdem ausgenutzt wurde, erdrückte mich.

Es war naiv und nicht vergleichbar, aber ein Teil von mir verstand ihn zu gut.

»Du kannst stolz auf dich sein. Wahrscheinlich hast du es satt, das zu hören, aber du hast weitergemacht. Und ich meine damit nicht nur deine Karriere.« Ich legte die Hand an seine Brust. »Du hast nicht aufgegeben und gekämpft. Es erfordert viel Kraft, sich nicht von seiner Vergangenheit definieren zu lassen, aber du nutzt sie, um schöne Dinge zu erschaffen. Das kann dir niemand nehmen.«

Er nickte und ich wünschte mir nichts mehr, als dass meine Worte ihn irgendwie erreichten. »Manchmal weiß ich nicht, ob ich sie oder mich selbst hassen soll.«

Tränen brannten in meinen Augen und ich wischte sie

mir schnell weg. Hier ging es nicht um mich. Ich musste jetzt die Starke sein. »Es ist okay, sie zu hassen. Aber du musst anfangen, für dich da zu sein. Ich weiß, es ist einfach, so zu tun, als sei einem die Welt da draußen egal, aber ich weiß insgeheim, dass du nicht so bist. Sonst säßen wir nicht hier.« Ich strich ihm die Haare aus seiner Stirn und zwang ihn, mich anzusehen. »Hinter deiner Fassade steckt jemand, der gehört werden will. Jemand, der sich nichts weiter wünscht als ein Zuhause. Ich weiß, das alles geht viel zu schnell, aber ich bin da für dich. Wir sind jetzt ein Team, verstanden?« Ich zog ihn in meine Arme und spürte, wie er sich enger an mich schmiegte. Die Minuten verstrichen, in denen ich ihn einfach nur hielt. Ich wusste nicht, wie lange wir so dasaßen, wann er begonnen hatte, mich zu halten, aber es war mir egal. Denn das Einzige, woran ich denken konnte, war, dass ich nicht loslassen wollte.

Am nächsten Morgen weckte mich die Türklingel. Ich rechnete mit einer Reihe von PR-Paketen, doch als ich die Tür öffnete, entdeckte ich einen riesigen Strauß weißer Rosen mit Olivenzweigen zwischen den Blüten.

Ein Lieferbote reckte seinen Kopf hinter den einzelnen Blüten hervor und lächelte mich freundlich an. »Ruby Dawson?«

Perplex nickte ich, als er mir den Strauß samt Vase in die Hand drückte. »Schönen Montag noch.«

»Danke. Ihnen auch«, rief ich ihm hinterher, während er bereits zum Aufzug verschwand.

Ich schloss die Wohnungstür und stellte die Vase auf

meiner Küchentheke ab. Die kurze Suche nach einer Karte fiel schnell erfolgreich aus. Auf einer weißen Karte standen zwei Worte.

Danke. Caleb.

Ich schmunzelte und mein erster Impuls bestand darin, ein Bild von den wunderschönen weißen Knospen auf Ysta zu teilen.

Stattdessen entschied ich mich dafür, ihm ein weißes Herz als Emoji zu schicken.

Caleb schrieb wenige Sekunden später zurück.

CALEB

Sorry, dass ich gestern ein Arsch war.

ICH

Nichts Neues für mich.

CALEB

Autsch, seit wann bist du so gemein?

ICH

Ich hänge aktuell öfter mit diesem Typen ab. Vielleicht kennst du ihn: Caleb Han?

CALEB

Ne, klingt wie ein Loser.

Ich grinste wie eine Idiotin. Wir hatten uns vor weniger als vierundzwanzig Stunden gesehen. Warum verhielt ich mich wie ein liebeskranker Teenager?

ICH

Freue mich auf Samstag.

Die Tage vor der Spendengala fühlten sich an wie eine Endlosschleife. Es war, als hätte jemand mein Leben in ein Videospiel verwandelt und der Hauptcharakter tat jeden Tag dasselbe: aufwachen, Ysta mit Inhalt bespielen, schlafen. Dazwischen verbrachte ich meine Zeit damit, auf Calebs Nachrichten zu warten, die mit jedem weiteren Tag weniger häufig auf meinem Bildschirm aufblinkten.

Ich wusste, dass er mit seinem Album beschäftigt war. Trotzdem vermisste ich ihn. Und das machte mir Angst. Die einzige Person auf dem Planeten, deren Nähe mir sonst mal fehlte, war Eve.

Nachdem ich mit Winston eine ausschweifend lange Runde gedreht hatte, entschied ich mich, meinem Kummer ein Ende zu bereiten. Aus dem Netz wusste ich, dass Caleb morgen Geburtstag hatte, und ich brauchte Helenes Rat. In der Backkunst und vielleicht auch in Liebesangelegenheiten. Denn der aktuelle Status war: Ich nahm alles, was ich kriegen konnte.

Helenes sonst so fröhliche Begrüßung fiel gedämpft aus. Als sie mich sah, lächelte sie zwar, aber ihr Gesicht war schmerzverzerrt.

»Was ist los?«, fragte ich nach einer kurzen Umarmung. Sie setzte sich zurück auf ihren Platz, langsam und mit so viel Vorsicht, dass ich ihr meinen Arm als Stütze anbot.

»Ich bin nicht mehr die Jüngste.«

»Du bist schneller als jede Sechzehnjährige, wenn du Angebote auf dem Wochenmarkt siehst.«

Sie lachte trocken auf. »Meine Hüfte sieht das anders. Mein Arzt möchte operieren und ich glaube, ich kann es nicht länger aufschieben. Es wird Wochen dauern, bis ich wieder arbeiten kann. Vielleicht …«

»Wie schlimm ist es?«, wollte ich wissen.

»Ich werde nicht einfallen wie ein Kartenhaus, wenn du das wissen möchtest. Aber die Bäckerei … ich glaube, ihr Ende ist gekommen.« Mit feuchten Augen ließ sie den Blick über die liebevolle Einrichtung, all die Jahre Fleiß und Hingabe, wandern.

»Du willst verkaufen?« Die Vorstellung, nicht jeden freien Sonntag neben ihr hinter der Kuchentheke zu verbringen, ließ mich bereits in Panik geraten.

Sie tätschelte meine Hand und zwang mich, sie anzusehen. »Habe ich eine andere Wahl?«

»Was ist mit deinen Enkelkindern? Können die nicht aushelfen? Auch ich kann ein paar Termine schieben und dann …«

»Ihr alle habt euer eigenes Leben. Das hier ist meins. Bis zur OP sind es noch vier Monate. Davor muss ich schließen, verkaufen und alles geregelt haben.«

Ich öffnete den Mund, um zu widersprechen, hielt mich im letzten Moment aber doch zurück. Niemand hatte das Recht, Helenes Entscheidung zu hinterfragen. Auch ich nicht.

Ich strich mir die Haare aus dem Gesicht und öffnete die rote Schublade neben Helene. »Noch bist du aber hier, richtig? Ich brauche dein kostbares Rezeptbuch und ich glaube, du brauchst etwas Ablenkung.«

Sie lächelte, zeigte damit die Zeichen ihres Alters, die sie noch schöner machten. »Richtig. Lass mich raten: Es ist für deinen berühmten Freund. Den, den du nicht leiden willst, aber jetzt nicht anders kannst. Klingt für mich wie ein Gespräch, das man bei einer guten Tasse Tee am besten führen kann.«

Ertappt tat ich so, als würde ich in den vergilbten Buchseiten etwas nachschlagen, als ich es gefunden hatte. Helene schnalzte mit der Zunge und klopfte mit ihrer Hand auf die offene Seite. »Liebst du ihn?«

»Wer hat von Liebe gesprochen?«

»Niemand. Aber hast du für ihn gebacken?«

Ich dachte an die Kekse zurück. An die Person, mit der ich sie geteilt hatte.

»Ja ...«, gestand ich.

»Und dir fällt kein Muster auf?« Ohne aufzustehen, kramte sie aus dem Regal hinter sich zwei Teetassen hervor und platzierte sie vor mir auf der Arbeitsfläche.

Sie zwang mich, es auszusprechen. »Ich backe nur für Menschen, die ich mag.«

»Die du *liebst*«, korrigierte sie mich. »Vielleicht noch nicht ganz, aber du bist verliebt.«

Ich liebe ihn nicht, wollte ich widersprechen. Aber die Worte steckten fest. War das Liebe? Diese ständige Aufregung? Das Gefühl von Einsamkeit, wenn er nicht da war? Die Sorge, dass es ihm nicht gut ging?

War das die Bedeutung hinter den verwirrenden Gefühlen, die sich mal wie Schmetterlinge und mal wie Schnitte anfühlten?

»Bring ihn an Weihnachten mit. Ich will wissen, was das für ein Junge ist. So lange kannst du dir Gedanken machen, was du jetzt tun willst«, schlug Helene vor, als hätte sie mir nicht gerade mit Wucht Gefühle offenbart, von deren Existenz ich nicht einmal gewusst hatte.

Ich nickte und deutete auf die klingelnde Glocke, die einen neuen Gast ankündigte. »Können wir bitte nicht mehr über meine Beziehung reden? Ich ... weiß aktuell nicht, was ich denken oder fühlen soll.«

Ich war nicht bereit, über meine Empfindungen Caleb gegenüber zu reden. Helene kannte nicht die ganze Geschichte und das machte einen großen Unterschied. Sich zu verlieben hatte nicht im Vertrag gestanden.

Ein Vertrag, dessen Ende immer näher rückte.

Kapitel Zweiundzwanzig

Mein Uber erwartete mich bereits, als ich am nächsten Nachmittag mit Winston ins Auto stieg.

»Ist das eine Schokoladentorte?«, fragte die Fahrerin mit einem Blick durch den Rückspiegel.

Ich grinste, zufrieden mit dem Werk, das ich mit Helenes Hilfe gezaubert hatte.

»Für meinen Freund«, kam es mir über die Lippen, ohne länger darüber nachzudenken.

»Na, der kann sich glücklich schätzen.«

Ich nickte, die Augen auf mein Smartphone gerichtet. Um die Überraschung nicht zu versauen, hatte ich Caleb heute nicht geschrieben.

Er mir auch nicht.

Von Isaac wusste ich aber, dass sie vor einer Stunde zu Calebs Wohnung gefahren waren.

Nervosität machte sich mit jedem gefahrenen Meter in

mir breit und ich fragte mich, welche seiner Launen mich erwartete.

Meine Geburtstage hatte ich immer mit Eve an meiner Seite verbracht. Als meine Eltern keine Lust mehr gehabt hatten, Feiern für uns auszurichten, hatten wir uns stattdessen zur frühesten Vorstellung in einen Kinosaal gesetzt und den schnulzigsten Film des Jahres angeschaut. Mit Popcorn, Eis am Stiel und literweise Softdrinks im Magen waren wir anschließend glücklich, angeekelt von all der falschen Romantik und vom Lachen ausgelaugt nach Hause spaziert.

Nachdem ich angefangen hatte, mich fürs Backen zu begeistern, waren auch immer zwei Stück Kuchen unsere heimlichen Begleiter geworden.

»Wir sind da«, erinnerte mich die Fahrerin. »Viel Spaß.«

Ich schenkte ihr ein Lächeln. »Danke.«

Im Foyer begrüßte ich den Portier, der mich und Winston heute ohne Umschweife passieren ließ und mir einen schönen Tag wünschte.

Beflügelt von seiner Freundlichkeit und der Tatsache, Caleb in wenigen Sekunden zu sehen, stieg ich in den Aufzug.

Ich stellte mir sein Gesicht vor, wie seine Augen leuchten und er mich mit prickelnden Küssen übersähen würde. Schwindelerregende und feurige, die mich das Gedankenchaos vergessen lassen würden. Den Weg ins Schlafzimmer würden wir nicht schaffen.

Das Problem an meiner Fantasie war allerdings, dass sie sich sehr schnell in Luft auflöste. Denn statt Caleb begrüßte mich ein anderer, mir unbekannter Mann, der mich allerdings zu kennen schien.

Während ich noch damit beschäftigt war, den Fremden anzustarren, hieß er mich willkommen. »Ruby! Wir wussten nicht, dass du auch kommst.«

Ich klammerte mich an meine Tortenbox, das Lächeln verrutschte mir im Gesicht. »Hi?«

In meinem Kopf ratterten die Bilder, auf der Suche nach einem Match, aber nichts. Doch dann nahm ich mir die Freiheit, mein Starren in Mustern zu vertiefen.

Dunkle Haare. Mandelförmige Augen, die schwarz wirkten, eigentlich ein tiefes Braun waren. Dieselben markanten Gesichtszüge. Der größte Unterschied jedoch war die Statur. Während Caleb einen vom Eishockey trainierten, schlanken Körper hatte, war dieser Mann groß und breit. Wie ein muskulöser Teddybär.

»Du musst Calebs Bruder sein.«

»Errätst du auch welcher?«

»Logan?«, riet ich. Innerlich ärgerte ich mich darüber, dass ich Caleb nie nach Bildern gefragt hatte.

Calebs Bruder machte ein Geräusch wie ein Buzzer in einer Quizshow. »Jayden. Ich bin der Hübschere von uns beiden. Von uns dreien, um genau zu sein.«

»Hör auf, Ruby zu belästigen«, hörte ich es vom Flur her und gleich darauf tauchte Caleb neben Jayden auf.

Als unsere Blicke sich trafen, spürte ich wieder dieses gewohnte Flackern. Die Anziehungskraft, die ich zu Beginn so lange geleugnet hatte. Jetzt sehnte ich mich nach ihr und konnte nicht genug bekommen.

»Hi«, hauchte ich.

»Hi«, erwiderte er, ließ seine Augen von mir zu der Box in meinen Händen wandern.

Jayden meldete sich wieder zu Wort. »Ich lasse euch Turteltauben mal allein.« Er schenkte seinem jüngeren Bruder einen Seitenblick und verschwand zurück in die Wohnung.

»Was machst du hier?«

Ich zuckte mit den Schultern. »Happy Birthday?«

Der Hauch eines Schmunzelns zeichnete sich auf seinen Lippen ab. Wenig überraschend war er anscheinend kein Fan von jeglichen Geburtstagsaktivitäten.

»Ich hatte sowas noch nie«, erwiderte er leise, ohne mich anzusehen.

Ich übergab ihm die Box. »Schokoladentorte?«

»Jemanden, der für mich backt.«

Seine Stimme klang wie eine Mischung aus all den mitschwingenden Emotionen. Trauer, Freude, Dankbarkeit und am lautesten: Enttäuschung.

Ich wollte ihn trösten, versprechen, dass er von nun an mich an seiner Seite haben würde, aber die Worte wollten nicht heraus.

Ihm zu sagen, was ich empfand, war ein Risiko, und ich wusste nicht, ob ich bereit war, es einzugehen.

Also gab ich ihm einen Kuss, schlüpfte an ihm vorbei in die Wohnung hinein und wurde von Jayden, Isaac und einer Kopie von Jayden begrüßt: Logan.

Dieser zog mich in eine feste Umarmung, bevor ich mich vorstellen konnte.

»Nicht Ruby zerquetschen«, warnte Caleb, der mit der Torte in die Küche verschwand.

»Machen wir nicht«, versprach Logan, der mich neugierig beäugte. »Du bist also Ruby.«

Was antwortete man auf so einen Satz?

Ja, die bin ich.

Genau.

Du bist also Calebs Bruder, der einen Zwilling hat und mich wahrscheinlich nur mit einem Pusten umhauen könnte?

»Du musst Logan sein. Der nicht so Hübsche«, scherzte ich und erntete prompt ein Lachen von Jayden und Isaac, der sich hinter der Mauer, die sich Logans Körper nannte, versteckt hatte.

Zwischen den drei großen Gestalten fühlte ich mich wie ein Schlumpf, der in das Lager der Wikinger eingebrochen war.

Mein Blick fiel auf die Pizzakartons, das leiser gestellte Eishockeyspiel und die Snacks.

Kein Alkohol.

»Warum hast du mir nicht gesagt, dass ihr einen Männerabend macht?«, fragte ich an Isaac gewandt.

»Du hast nicht gefragt.«

»Ich hoffe, du landest niemals in einem Verhör«, erwiderte Jayden.

Isaac konterte sofort. »Solange du mir nicht gegenübersitzt, wird das kein Problem.«

»Du bist Polizist?«

Ich wusste von Caleb nicht viel über seine mysteriösen Zwillingsbrüder. Es war an der Zeit, das nachzuholen.

Caleb kam mit der Torte, einer Handvoll Teller und Besteck wieder zurück ins Wohnzimmer. »Ich kriege das größte Stück, nur damit das klar ist«, ließ er uns wissen.

Logan und ich wechselten einen Blick. So als würde er sagen wollen: *Danke. Jetzt ist er eine kleine Nervensäge.*

Ich erkannte dieselbe geschwisterliche Liebe in seinen Augen, wie ich sie für Eve empfand. Automatisch fühlte ich mich als Teil der Runde, auch ohne weibliche Unterstützung.

»Hast du den selbst gebacken?«, wollte Jayden wissen, während er, entgegen Calebs Warnung, ein großes Stück auf seinem Teller platzierte.

»Eine gute Freundin hat mir geholfen, aber ja. Sie würde dich übrigens gerne kennenlernen«, erwähnte ich in Calebs Richtung gewandt.

Er nickte kurz. Etwas flackerte in seinen Augen auf. Angst? Neugier? Dann hob er mit einem Lächeln seinen Teller. »Ruby ist die beste Bäckerin, die ich kenne.«

»Wenn man Caleb glauben kann, dann kann ich das unterschreiben«, kommentierte sein Manager.

Das wertete ich als Kompliment aus seinem Mund. Offensichtlich war Isaac kein Mann vieler Worte, aber der richtigen. Eine Eigenschaft, die ich sehr zu schätzen wusste.

Caleb warf eine leere Dose nach Logan, der sich bereits eine zweite Portion schnappen wollte.

Winston geriet zwischen die Fronten und rannte auf Calebs Schoß, um ihn vor einem Gegenangriff zu schützen.

Zumindest bildete ich mir das ein, denn andernfalls ließe sich die entstehende Sauerei weniger einfach entschuldigen.

Calebs halbe Portion war auf seinem weißen T-Shirt gelandet und hatte eine braune Spur auf seiner Brust hinterlassen.

Ich sprang auf, um zu helfen und versuchte Calebs Reaktion zu lesen, der auf den Fleck starrte.

Der Bruchteil Stille wurde von Jaydens Kommentar beendet. »Du siehst aus, als hättest du eine volle Windel abbekommen.«

Zu meiner Überraschung prustete Caleb los.

Ein herzliches, ehrliches Lachen, das ich so noch nie gehört hatte.

Isaac und Logan stimmten mit ein und auch ich konnte es mir nicht länger verkneifen.

»Das tut mir so leid«, presste ich zwischen den Lachern heraus und griff nach Winston Halsband, der sich schmollend zusammengerollt hatte. Dabei sah ich, dass auch das Sofa ein paar Flecken abbekommen hatte.

»Hast du Feuchttücher? Ich kann das sauber machen.«

Caleb sah zu mir auf und strahlte mich an. Seine Augen, so dunkel und rein, brachten mir die Sterne vom Himmel. Ich fiel immer tiefer und schwor mir, diesen Augenblick niemals zu vergessen. In diesem Moment war er alles. Balsam für meine Seele und die Lösung für alle Probleme. Ich fühlte mich unsterblich. Er war vollkommen. Schon immer gewesen. Ich war nur endlich bereit, es zu sehen.

»Schon gut, ich ziehe mich nur kurz um.« Er stand auf, strich mit seiner Hand an meiner entlang und die Berührung zuckte direkt zu meinem Herzen.

Als Caleb in die Richtung seines Schlafzimmers verschwand, war ich wieder Teil der Realität. Mit Logan, Jayden und Isaac. Die mich alle anstarrten, als wäre ich so eben aus einem Ufo herabgestiegen.

»Alles okay?«

»Was hast du mit Caleb gemacht?«, fragten die Zwillinge wie aus einem Mund.

Irritiert ließ ich mich auf das Sofa neben Winston sinken. »Was meint ihr?«

»Er steht auf dich«, erklärte Logan.

»Nein, er ist verliebt«, fügte Jayden hinzu.

Irritiert blickte ich zwischen den Gesichtern hin und her. Konnte das sein? Dass Caleb dieselben Gefühle wie ich hatte? Dass das Universum auf meiner Seite stand und wir einfach weitermachen konnten?

Auch ohne Vertrag?

»Caleb steht nicht auf mich«, flüsterte ich. *Richtig?* Ich sah zu Isaac, der als einziger keinen Kommentar abgegeben hatte.

»Sah für mich ziemlich danach aus.«

»Was sah wonach aus?«

Caleb tauchte im Türrahmen auf, mit einem blauen frischen T-Shirt.

»Als hätte der Hund dein hässliches Sofa im Visier gehabt. Das Teil sieht aus, als hätte jemand mehrfach reingeschossen.«

»Er heißt Winston und das ist ein Chesterfield-Sofa, du Dummkopf«, erwiderte Caleb und setzte sich neben mich. Dann nahm er sich ein zweites Stück Torte. »Habe ich mich schon bedankt?«

»Ich glaube nicht, aber das musst du nicht«, ließ ich ihn wissen.

»Ich werde es später nachholen«, erwiderte er mit einem Lächeln, das nur auf eins deuten ließ.

Nachdem jeder mit einem weiteren Tortenstück

versorgt war, lehnte ich mich an Caleb und gemeinsam schauten wir uns den Rest des Spieles an.

Logan und Jayden wuchsen mir augenblicklich ans Herz. Sie gaben mir das Gefühl, Teil der Familie zu sein, und zum ersten Mal seit Tagen fühlte ich mich wieder beflügelt.

»Das war schön«, teilte ich Caleb mit, nachdem er seine Brüder und Isaac verabschiedet hatte. Winston hatte es sich in der Zwischenzeit auf dem mittlerweile freien Sofa gemütlich gemacht und schlief. Zwar hatte ich nicht vorgehabt, über Nacht zu bleiben, umso mehr freute ich mich, als Caleb mich dazu einlud.

Ich war Hals über Kopf in ihn verliebt und daran gab es keine Zweifel mehr. All die Mantras, die Stunden, die ich gezählt hatte, bedeuteten nichts mehr. Ich wollte in seiner Nähe sein. Ich war es leid, ständig vor meinen Gefühlen wegzulaufen. Risiko hin oder her. Er war so viel mehr, als ich je für möglich gehalten hatte.

»Fand ich auch«, murmelte Caleb, während er das benutzte Geschirr in die Küche brachte. Um nicht tatenlos herumzusitzen, folgte ich ihm mit dem Rest und umarmte ihn von hinten.

Sein Körper war warm wie Sonnenlicht an meiner Wange.

»Danke, dass ich den Tag mit dir verbringen durfte. Das bedeutet mir echt viel.«

Caleb erwiderte nichts. Ich dachte erst, er hätte mich nicht gehört, doch dann wandte er sich zu mir um und starrte mich mit undurchdringlichem Blick an.

Ich versuchte seine Mimik zu lesen, scheiterte jedoch viel zu schnell. »Was ist?«, fragte ich leise.

Das Leuchten in seinen Augen. Es war anders.

»Ich will dich.«

Ich berührte seine Wange und grinste. »Jetzt?«

Er machte sich nicht die Mühe zu antworten. Stattdessen hob er mich an der Hüfte auf die Küchentheke und spreizte flink meine Beine. Der Stoff meines Rockes flatterte unter seinen Berührungen.

Aufregung pulsierte in mir, als er mir meinen Slip auszog und heiße Küsse auf mir verteilte.

Meine Finger brannten darauf, ihn zu berühren. Um meinem Verlangen Abhilfe zu verschaffen, ließ ich meine Hände über seine Brust wandern, während er seine Hose abstreifte.

»Caleb«, flüsterte ich.

Er sah zu mir auf. Für einen Sekundenbruchteil wurde sein Blick weich. Dann blitzte wieder dieses Fremde in seinen dunklen Augen auf. Doch ich hatte keine Gelegenheit, ihn darauf anzusprechen. Er holte ein Kondom hervor, zog es über und verteilte heiße Küsse auf meinem Dekolleté. Gierig genoss ich jeden Einzelnen von ihnen.

Seine Erektion fand ihren Platz an meiner feuchten Mitte und mit einer geschmeidigen Bewegung drang er in mich ein.

Ich war überwältigt, stöhnte, und als er mich ausfüllte, krallte ich meine Fingernägel so heftig in seinen Rücken, dass ich sicher war, dass es Spuren hinterlassen würde. Er füllte mich vollständig aus und bewegte die Hüften so, dass alles in mir vibrierte. Ich wollte die Augen schließen, doch mit seiner Hand um mein Kinn zwang er mich, ihn anzusehen.

»Nicht wegsehen.«

Meine Augen wanderten zu der Stelle, an der unsere Körper sich vereinten. Immer wieder drang er in mich ein und ich drückte ihm meine Hüften entgegen, sodass ich ihn noch tiefer spüren konnte. Ich war so feucht, dass er ohne Probleme zustoßen konnte und mit jedem seiner Stöße entlockte er mir ein Stöhnen.

»Sag mir, wie du es willst«, flüsterte er in mein Ohr und packte meine Hüften, um sie festzuhalten.

Ich sah nur noch Rot. Ich wollte nicht, dass es aufhörte.

»So will ich es. Bitte.«

Mit einem Schmunzeln ließ Caleb meine Hüften los, nur um in meine Pobacken zu kneifen. Er spielte mit mir, machte mich wild und ich spürte, wie mein Körper voller Lust erzitterte. Wie um mich zu ärgern, ließ er nur noch seine Spitze in mir verschwinden und frustriert drückte ich mich ihm entgegen. Vergeblich. »Hör auf damit«, protestierte ich und zog ihn am Nacken zu mir herunter.

»Womit denn?« Er tat unschuldig, doch ich erkannte das Feuer in seinen Augen.

»Hör auf, mich zu ärgern.« Jedes Mal, wenn er sich aus mir herauszog, steigerte er damit mein Verlangen und ich war kurz davor, aufzuschreien.

»Dann sag mir, was du willst.« Sein Atem streifte heiß über meine Haut und ich drückte ihn mit den Beinen noch enger an mich.

»Ich will es fester«, erklärte ich mit brüchiger Stimme und als er endlich seine Härte wieder in mir verschwinden ließ, spannte ich meine Muskeln um diese, sodass auch er stöhnte.

»Fuck, Ruby«, fluchte er, packte meine Taille und stieß in mich. So tief wie nur möglich nahm er mich.

Ich spürte dieses neuentdeckte Kribbeln, das nur er mir entlocken konnte. Unter seinen Bewegungen stieß mein Körper immer wieder gegen die kalte Theke und der Kontrast zu seinem warmen Körper vor mir sendete heiße Blitze durch meinen Körper. Ich krallte mich heftiger an ihn, als der Orgasmus mich mit voller Wucht erfasste. Ein Schrei entglitt mir und während das berauschende Gefühl immer noch in mir vibrierte, stieß Caleb mehrmals zu. Er war wie verwandelt. In hemmungsloser Ekstase, die meinen Körper einnahm. Mit jedem Stoß spürte ich die Veränderung an ihm. Er kostete den Moment aus, trieb mich immer wieder an den Rand der Lust und ich genoss es. Zu blind, um zu realisieren, was in diesem Moment passierte.

Ich kam ein weiteres Mal, diesmal heftiger, stöhnte seinen Namen und ließ meinen Rücken auf die Theke gleiten.

Calebs Griff wurde fester um meine Beine und, indem er ein letztes Mal in mich stieß, folgte er mir.

Kapitel Dreiundzwanzig

Der Schmerz an meiner Kopfhaut ließ mich zusammenzucken und Moe ließ augenblicklich den Lockenstab sinken. »Zu heiß?«

Ich nickte. »Sorry.«

»Mir tut es leid. Ich könnte es nicht ertragen, diese goldenen Locken zu verbrennen«, antwortete er in einem Tonfall, der bei jedem anderen als spöttisch gewertet werden würde.

»Du übertreibst. Es sind doch nur Haare.«

Er schnalzte mit der Zunge, während er eine weitere Strähne um den heißen Stab wickelte. »Wie geht es dir? Die Liebe bekommt dir gut, wie ich sehe.«

Ich spürte, wie mir sofort die Röte in die Wangen stieg.

Mein Haarstylist lachte auf. »Endlich hast du etwas Farbe in deinem blassen Gesicht. Nichts gegen dich, Süße, aber Geister hatten einen dunkleren Teint als du.«

»Jetzt wirst du gemein«, kommentierte ich grinsend.

»Du kennst mich.«

»Wo hast du eigentlich deine zweite Hälfte gelassen?« Seine Antwort wurde von meinem Klingelton unterbrochen. Ich zückte mein Handy, um Peytons Anruf entgegenzunehmen. »Hi, steckst du immer noch im Verkehr?«

»Ja, aber ich habe dir gerade die Mail von Silvia weitergeleitet«, antwortete sie überraschend atemlos.

»Was steht drin?«

»Lies sie einfach. Aber pass auf, es ist sehr heiß.«

Ich verstand absolut nichts, doch bevor ich reagieren konnte, hörte ich bereits das Freizeichen.

Mit Moe, der mir neugierig über die Schulter linste, öffnete ich die Mail von Silvia mit dem Betreff ›Das heißeste Duo des Jahres‹.

Sie hatte einen Link angehängt, der mich zu einem schwarzen Anmeldebildschirm führte. Ich wurde aufgefordert mich zu verifizieren. Perplex gab ich meinen Namen ein.

Erfolglos.

»Ist das irgendeine geheime Botschaft, die ich nicht verstehe?«, fragte ich Moe. Der zuckte nur mit den Schultern. »Versuchs mit Calebs Namen.«

Das Ergebnis blieb dasselbe. Ich war gerade drauf und dran, Peyton nach den Daten zu fragen, als mir ein letzter Einfall kam.

Ich tippte den Namen der neuen Kollektion ein. *Notte d'Amore*. »Bingo!«

»*Passiona*«, rief Moe aus und fing an, meine Mähne mit Haarspray zu besprühen. »Voila!«

Ich bewunderte sein Meisterwerk im Spiegel. Er hatte mir dunkleres Make-up aufgetragen. Schwarzer Eyeliner umrahmte meine blauen Augen und verlieh meinem Look etwas Verruchtes. Ich sah nicht aus wie Ruby Dawson.

»Ich dachte, wir versuchen etwas Neues. Das böse Mädchen. Bitte, sag mir, dass du es nicht hasst und ich dich nicht abschminken muss. Margo würde mich drei Wochen lang damit aufziehen.«

»Ja ... nein. Ich mag es. Es ist ungewohnt, aber nicht schlecht.«

Er atmete erleichtert aus. »Das werte ich als Kompliment. Aber jetzt zeig mir endlich den Spot. Ich sterbe vor Neugier.«

Da war er nicht der Einzige. Mit rasendem Herzen drückte ich auf Play und gemeinsam sahen wir uns das Video an.

Die ersten Szenen zeigten Ausschnitte aus unseren Einzelaufnahmen in Schwarz und Weiß. Meine zeigte mich am Pool, wie ich gerade aus dem Wasser kam. Ich sah aus wie eine Nymphe, dank Belichtung, Make-up und Nachbearbeitung. In der Realität hatte ich die ganze Zeit über gezittert und Tee getrunken, um keinen Kälteschock zu erleiden. Nach einem schnellen Cut wurde Caleb gezeigt, der sich in dem Hotelbadezimmer zurecht machte. Man sah seinen nackten Oberkörper, konnte die einzelnen Sprühstöße des Parfüms auf seiner Haut landen sehen und hätte ich nicht gesessen, wären meine Knie schwach geworden.

»Was für ein Anblick!«, kommentierte Moe, dessen Nase fast auf dem Display klebte.

Gebannt beobachtete ich mich dabei, wie ich an meinem Weinglas nippte, ebenfalls in Grautönen, die meinen dunklen Lippenstift fast schwarz wirken ließen.

Die Kamera schwenkte zu Caleb und er spielte mit ihr,

ließ seine Augen für sich sprechen, die nur eins aussagen wollten: Leidenschaft.

Gleich darauf folgte die Fahrstuhlszene, die mich noch vor dem eigentlichen Kuss erröten ließ. Die Szene war in Farbe und das gab ihr Lebendigkeit. Es war erotisch, stürmisch und elegant. Es war *Passiona*.

Die letzten Sekunden waren den Flakons gewidmet und Stolz erfüllte mich, als ich das unverwechselbare Design sah.

»Das war heiß.«

Ich sah zu Moe hoch und ließ mich von seinem Grinsen anstecken. »Danke?«

»Nein, danke dir. Aber jetzt los. Du möchtest deinen Prinz Charming doch nicht warten lassen.«

»Prinz Charming? Ich glaube nicht, dass er glücklich über diese Bezeichnung wäre.«

»Anti-Held«, schlug Mo vor, während er meine Strähnen zurecht strich. »Besser?«

Ich zuckte mit den Achseln. Caleb war gewiss nicht der Held in meiner Geschichte. Er war jedoch nicht länger der Bösewicht.

Er war einfach … Caleb.

Eine Limousine erwartete mich vor meiner Wohnung. Moe begleitete mich mit einem Regenschirm zum Wagen, um mich vor dem herabfallenden Schnee zu schützen.

Es war mir ziemlich unangenehm, aber er ließ sich nicht abwimmeln und betonte immer wieder, dass mein Outfit nicht ruiniert werden durfte.

Das Kleid war diesmal von *Prada* und erst vor wenigen Wochen auf der *Fashion Week* vorgestellt worden.

Es war aus einem fließenden, seidenen Stoff in dunklem Bordeauxrot, sein V-Aufschnitt betonte mein Dekolleté. Von der Brust bis zur Taille war die Naht so gesetzt, dass sie einem Korsett ähnelte. Die filigrane Kette von *Passiona* dazu war mit einem funkelnden Diamantanhänger bestückt und ich spürte das Gewicht seines Preises um meinen Hals.

Moe half mir in den Wagen, in dem mich Peyton bereits erwartete. »Hi.«

»Hey.«

Sie erwiderte mein Lächeln und klopfte auf den Platz neben sich.

Moe verabschiedete sich schnell. »Viel Spaß, mein Engel. Aber nicht zu viel.«

»Versprochen«, entgegnete ich und warf ihm einen Luftkuss zu. Damit schloss er die Tür.

Der Fahrer fuhr nach einer kurzen Begrüßung los und mein Blick fiel wieder auf Peyton.

Ich musterte ihr Outfit, das aus einem dunkelblauen Hosenanzug bestand. Eine weiße Bluse gab dem dunklen Stoff Kontrast und im Gegensatz zu mir war ihr Make-up wie immer natürlich gehalten. »Du siehst hübsch aus.«

»Nicht so hübsch wie du«, erwiderte sie sofort.

Ich lachte auf, ließ ihre Anmerkung unkommentiert. Peyton holte ihr geliebtes iPad hervor und zeigte mir die Agenda für die Gala.

»Wie üblich, steht die Ankunft als Erstes an. Das heißt für dich, mit deinem Geliebten schön in die Kameras lächeln, aber kein Knutschen, bitte.«

»Schade«, scherzte ich mit einem Ellbogenstupser. »Natürlich nicht.«

»Danach gibt es den Cocktailempfang. Eröffnung und Begrüßung von Silvia. Danach ein Unterhaltungsprogramm und Essen. Anschließend folgt die eigentliche Spendenaktion. Wenn ich deine Einnahmen in den letzten Wochen richtig kalkuliert habe, kannst du bis zu tausend Dollar bieten. Bei einem höheren Gebot solltest du aussteigen.«

Peyton wusste wie immer alles. Sie war bestens informiert und ich war dankbar dafür, dass sie an meiner Seite war.

»Du bist klasse, weißt du das?«, fragte ich.

Der Fahrer verlangsamte das Tempo und setzte den Blinker. Ich erhaschte durch die Autoscheibe einen Blick auf Caleb, der neben Isaac vor dem Eingang seines Gebäudekomplexes wartete. Mein Herz machte den üblichen Hüpfer, an den ich mich immer noch nicht gewöhnt hatte.

»Erzähl mir was Neues«, erwiderte Peyton.

Das Auto kam zum Stehen und Caleb öffnete die Tür auf meiner Seite. Bei seinem Anblick konnte ich nicht anders, als zu lächeln.

»Hey Schönheit«, begrüßte er mich, bevor er mir einen langen Kuss gab.

»Hi.«

Ich rutschte auf den mittleren Sitz und gab ihm Platz, um einzusteigen. Isaac, der kurz die Hand hob, schob sich auf den Beifahrersitz. Mit seiner hohen Statur wirkte er wie Calebs Bodyguard.

Caleb nahm meine Hand in seine und strich mit seinem Daumen über meine empfindliche Haut. »Müssen wir wirklich da hin?«, flüsterte er.

Ich kicherte. »Ja, ich glaube schon.«

»Vertraglich festgelegt«, erinnerte uns Isaac. Dann wandte er sich an Peyton. »Aber wir gehen ins *Sixx*, richtig?«

Caleb schnalzte mit der Zunge und schüttelte dabei den Kopf. »Während ihr euch mit Cocktails die Birne abschießt, müssen wir Silvia Passiona einen Abend lang Komplimente machen?«

»Genau«, antwortete Peyton ihm. »Ich habe später ein Dinner, aber für einen Cocktail bin ich zu haben.«

Die beiden fingen an, über die beste Bar in Toronto zu diskutieren, und ich nutzte die restliche Fahrt zur Location, um Calebs Nähe zu genießen.

Vor dem roten Teppich entdeckte ich durch die Windschutzscheibe Models, Creator und bekannte Gesichter wie Eishockeyspieler Owen Martin oder Schauspielerin Ava Roberts, die im Blitzlichtgewitter gerade gekonnt posierte.

Die ganze Situation erinnerte mich an unseren ersten Auftritt als Paar. Die Angst, die ich gespürt, und die Unsicherheit, mit der ich an Calebs Seite gestanden hatte.

Aber ich vertraute ihm. Ich wusste, dass er da sein würde.

»Bereit?«, fragte ich, als der Fahrer die hintere Tür öffnete.

Calebs Gesichtszüge veränderten sich. Weg war der Mann mit dem bezaubernden Lächeln und der beruhigenden Aura. Er war wieder Caleb Han, Sänger und nationaler Herzensbrecher.

Doch das war nicht das Einzige, was mir auffiel.

Sein Wesen erkaltete. Er zog sich von mir zurück, setzte eine Maske auf, die ich nicht lesen konnte.

Irritiert folgte ich ihm und verabschiedete mich von Isaac und Peyton. »Bis später.«

»Keine Skandale«, rief sie uns hinterher.

Ich schob meine Verwirrung beiseite und zwang mich zu einem Lächeln. »Natürlich nicht.«

Ich war nicht vorbereitet gewesen auf die kreischenden Rufe. Die Stimmen, die nach Calebs Aufmerksamkeit verlangten, als ich mit ihm zum weinroten Teppich schritt. Er hielt meine Hand, schaute mich aber nicht an.

Ich starrte auf seinen Rücken und versuchte, mir die Fragezeichen nicht anmerken zu lassen.

In meinem Kopf ratterten die Gedanken, einer nach dem anderen schlimmer als der vorherige, aber ich wusste nicht, was mit ihm los war.

Bis vor wenigen Minuten war alles in Ordnung gewesen.

»Hey«, flüsterte ich und zog leicht an seiner Hand.

Er blickte zu mir zurück.

Die Kameras arbeiteten auf Hochtouren. Ein Bild nach dem anderen, dabei waren wir noch nicht mal auf der vorgesehenen Markierung für die Fotos angekommen.

»Alles gut?«

»Klar.« Das wars. Mehr gab er nicht von sich.

»Caleb!« Silvia tauchte aus dem Nichts an unserer Seite auf und stellte sich an meine Seite. »Ruby, der Himmel hat dich geschickt. Ist das *Prada*?«

Ich lächelte. Moderat. Nicht zu viel. Nicht zu wenig. Wenn Caleb eine Rolle spielen konnte, dann durfte ich das auch. »Ja. Du hast es mir geschickt.«

»Habe ich das? Ich wusste, dass mein Geschmack unfehlbar ist. Ich habe eine kleine Überraschung für euch.«

Calebs gelangweilte Miene bröckelte für einen Sekundenbruchteil. »Du weißt, ich mag Überraschungen nicht.«

»Diese wirst du lieben«, erklärte sie und schritt schwebend davon. Ihr weißes Cape wehte bei jedem Schritt mit.

Ich krallte mich in Calebs Ärmel, während wir den langen Teppich entlangschritten. Die Rufe vermischten sich mit dem schnellen Klicken der Kameras und ich spürte, wie meine Aufregung wuchs. »Können wir gleich kurz Pause machen?«, flüsterte ich zwischen zusammengebissenen Zähnen.

Caleb sah mich undurchdringlich an und nickte kurz.

Dann blieb er stehen, um den Torbogen vor uns zu beäugen. »Ein Mistelzweig.«

Silvia stand wenige Meter davor und lächelte. »Ein Kuss für die Ewigkeit.«

Ewigkeit?

»Warum wirkt das alles verdächtig?«, flüsterte ich.

»Weil es das ist«, erwiderte Caleb. Sein Blick fiel auf meine Lippen. Er lächelte fast und ich hätte einiges gegeben, um diesen Moment nicht mit Hunderten Zuschauern teilen zu müssen. »Ein Kuss.«

»Ja«, hörte ich mich heiser antworten. Es war nie nur ein Kuss. Nicht mit ihm. Bereits vom ersten Augenblick an hatte ich gewusst, dass diese Sache zwischen uns mehr war.

Er berührte meine Wange mit seinen Fingern und

beugte sich langsam zu mir herunter. Meine Hände wanderten zu seiner Brust.

Die Welt geriet wieder ins Gleichgewicht, als unsere Lippen aufeinandertrafen.

Die Stimmen, all der Lärm und die auf uns gerichteten Augenpaare rückten in den Hintergrund.

Es gab nur Caleb und mich.

Mein Herz hämmerte in der Brust, auch noch, als wir uns voneinander lösten. Mit leichtem Schwindel folgte ich ihm in den prächtigen Saal.

Ich musste den Kopf in den Nacken legen, um die Gemälde an der hohen Decke zu mustern. Historische Erzählungen, dramatische Gesichtsausdrücke und satte Farben, die das dunkle Ambiente der Gala unterstrichen. Meine Augen glitten von einem Kunstwerk zum nächsten, bewundernd und neugierig, mehr zwischen den Pinselstrichen zu finden.

Eine Frau in einem schwarzen Hosenanzug kam zu uns geeilt. »Caleb Han und Ruby Dawson. Ich bringe Sie zu ihrem Tisch.«

»Meine Freundin möchte sich frisch machen. Wo sind wir hier ungestört?«

Irritiert wanderten ihr Augen von ihm zu mir und wieder zurück. Offensichtlich brach Calebs Forderung ihre einstudierte Routine für den Abend.

»Das Damen-WC ist den Gang hinunter. Ich kann Sie begleiten«, bot sie mir an.

»Nicht nötig.« Der Mann an meiner Seite spannte seinen Kiefer an, nahm meine Hand und zog mich einen spärlich beleuchteten Flur entlang. Wir gingen auf die

Dunkelheit zu, so weit, dass der Trubel auf der Gala in den Hintergrund rückte.

Caleb öffnete eine der vielen Holztüren und ließ mich als Erste in ein leeres Zimmer eintreten. Ich hörte, wie er den Lichtschalter betätigte und zum Vorschein kam eine Abstellkammer.

Ich wandte mich zu ihm, als er die Tür hinter sich schloss. »Okay. Was ist los mit dir?«

»Was soll sein? Ich mag solche Veranstaltungen einfach nicht.«

Er mied meinen Blick. Plötzlich schien ein Bilderrahmen, der an die Wand lehnte, viel interessanter zu sein als unsere Unterhaltung.

In meiner Brust zog sich etwas zusammen. Schmerz. Verwirrung. Alles gemischt. Ich wollte ihn verstehen. Ich wollte für ihn da sein. Aber er ließ mich nicht.

Ich fasste mir ein Herz und trat an ihn heran. Zögerlich lehnte ich meinen Kopf an seinen Rücken.

Er versteifte sich kurz, nur um dann unter meiner Berührung zu entspannen. Seine Wärme vermischte sich mit meiner.

»Ich weiß nicht, was los ist, aber lass mich an deiner Seite sein. Dich halten, wenn du es brauchst. Lass es uns versuchen«, flüsterte ich in die Stille hinein.

Schüchternheit erfasste mich. Ein Teil von mir wollte die Worte bereuen. Aber sie waren die Wahrheit.

Caleb wandte sich zu mir um und nahm mein Gesicht in seine Hände. Seine dunklen Augen verschlangen mich. Und ich ließ es zu.

»Ich verdiene dich nicht. Du bist zu gut für mich und

du bist wunderschön. Nein. Eigentlich bist du ... atemberaubend.«

Ich grinste, hasste es gleichzeitig, dass er solche Dinge sagte. Dann gab ich ihm einen Kuss auf die Wange. »Ach ja?«

»Ich weiß nicht, was ich sagen soll.«

»Ich dachte, Songwriter kennen sich mit Worten aus.«

Er seufzte und ließ seine Hände zu meinen Schultern gleiten. Die Rauheit seiner Fingerkuppen befeuerte mein Verlangen.

»Ich ... ich möchte von hier verschwinden. Mit dir. Diese bescheuerte Fliege loswerden und dir dabei helfen, aus diesem Kleid zu steigen. Dich küssen. Dich berühren. Überall.«

Ich schluckte. Seine Worte trafen direkt in meine Mitte. Mir wurde heiß und am liebsten hätte ich seinen Wunsch auf der Stelle erfüllt. Aber wir waren nicht allein. Und wir mussten uns einen Abend lang zusammenreißen.

»Das war doch gar nicht so schlecht«, flüsterte ich. »Aber nicht jetzt. Nicht hier.«

»Wieso nicht?«

Seine Finger strichen über meine Brüste. Er neckte mich. Die Schmetterlinge in meinem Bauch spielten verrückt und meine innere Stimme, die Lust in mir, stellte dieselbe Frage.

Wieso nicht? Wieso nicht?

»Also, wieso nicht?«, wiederholte Caleb.

»Wir müssen da raus. Die Gala fängt bald an«, erklärte ich, wobei ich den letzten Teil stöhnte, denn Caleb schob mich an seinen Schoß. Er lehnte sich an einen herumstehenden Schreibtisch und ließ mich seine Erektion spüren.

»Caleb.«

»Ruby.«

»Nicht.«

Mit einem leisen Lachen verteilte er Küsse auf meinem Hals, verführte mich und ließ mich unter seinen Berührungen schmelzen. Seine Hand glitt unter mein Kleid, zwischen meine Beine und als sie auf meine empfindliche Stelle traf, zog er scharf die Luft ein. »Du bist so feucht.«

»Deine Schuld. Du hast zwei Minuten. Danach gehen wir hier raus, spielen das verliebte Paar und lächeln für die Kameras.«

»Deal.«

Kapitel Vierundzwanzig

Wir betraten die Haupthalle des Museums, in der bereits die Gäste zu ihren Plätzen geführt wurden.

Zwischen antiken Statuen und Kunstwerken, die älter waren, als ich mir ausmalen konnte, waren elegant dekorierte Tische platziert worden. Deren Anordnung teilte den Raum neben der Bühne in vier Teile, die zum Thema Jahreszeiten gruppiert waren.

Der Tisch, an dem Caleb und ich Platz nahmen, hatte das Motto Winter.

»Nett«, hörte ich ihn neben mir sagen, als er meinen Stuhl nach hinten rückte.

Ich begegnete seinem Blick und hoffte, er würde in meinen Augen erkennen, was ich ihm sagen wollte.

Hör auf, so zu tun, als wäre dir alles egal.

In seinem Gesicht regte sich kurz etwas, doch so schnell es da gewesen war, im selben Tempo verschwand es auch wieder. Meine Vorstellung von einem zauberhaften Abend schwand immer mehr, aber ich gab noch nicht auf.

»Lass uns Spaß haben«, flüsterte ich an seinem Hals und genoss seine Reaktion auf meine sanfte Berührung.

Unter der Tischdecke fand seine Hand zu meiner. Leicht drückte er sie und entlockte mir damit ein Lächeln, das nur für ihn bestimmt war. »Ich frag mich, wieso sie uns Winter zugeteilt hat.«

»Ist das nicht offensichtlich?«, erwiderte er, während er den atemberaubenden Kronleuchter an der Decke musterte.

Dieser hing majestätisch von der hohen Decke des Saals und war mindestens so groß wie ein Tisch, an dem acht Gäste Platz fanden. Sein Licht schimmerte in warmem Weiß und sanftem Gold auf uns herab. Neben all dem Glanz, dem Luxus und der besonderen Aura, die das ganze Event bereits mit den Einladungen – in Form von hundert weißen Rosen – ausstrahlte, wirkte der Kronleuchter wie das einzige Objekt, das nicht extra für Silvia Passiona angefertigt worden war. Das Herzstück dieses Raums war augenscheinlich schon immer hier gewesen und würde immer hier bleiben. Es scherte sich nicht um die Berühmtheiten unter seinem Licht. Es war einfach da. Schön. Einzigartig.

Ich dachte an meine eigene Frage zurück. Warum Silvia uns die kalte Jahreszeit zugeordnet hatte. Wir befanden uns noch mitten im Winter und dennoch gab es bereits eine Reihe an Erinnerungen, an die ich zurückdenken musste. Unser Kennenlernen bei frostigen Temperaturen, unseren ersten Kuss beim Eishockey, den Video-Dreh in Whistler und die Tatsache, dass unser Vertrag nach diesem Winter endete.

Letzteres wusste niemand außer uns und unseren Managern, dennoch war es die Tatsache, die wie eine dunkle Gewitterwolke über mir hing. Wie würde es weitergehen?

Würden wir nach all den Fake-Dates, der Show und dem Spiel noch zusammen sein?

Würden wir nur der Winter sein oder gab es die Möglichkeit auf einen Frühling? Darauf, dass dieses Etwas zwischen uns wie die ersten Blüten in der Natur aufblühen konnte?

»Ich glaube, ich verstehe es jetzt«, erklärte ich Caleb. In meiner Stimme schwang Trauer mit, doch ich lächelte.

Nicht hier. Nicht jetzt. Ich wollte nicht weinen.

Ich musste mich an mein Mantra erinnern, einfach in der Gegenwart zu leben. Wie ich es allen versprochen hatte.

Schon wurden die Lichter fast vollständig gedimmt und ein Scheinwerfer folgte dem dramatischen Auftritt von Silvia Passiona.

Sie sah wie immer umwerfend aus. Trotz der Entfernung, die uns trennte, spürte ich ihre Ausstrahlung in der Art, wie sie sich bewegte. Wie sie den Raum einnahm, ohne etwas gesagt zu haben. Als sie das Mikrofon in die Hand nahm, horchten alle Gäste auf und es war, als würde jeder an ihren Weisheiten teilhaben wollen. Berechtigterweise.

»Herzlich willkommen, meine lieben Freunde und geschätzten Kollegen. Ich halte mich kurz, um dem Event nicht die verdiente Aufmerksamkeit zu nehmen. Heute sammeln wir Spenden für einen Zweck, der mir sehr am

Herzen liegt. All die Erlöse von heute Abend gehen auf direktem Wege zum HSC-Kinderkrankenhaus, insbesondere der Abteilung für Onkologie. Viele von euch wissen, dass ich selbst in meiner engen Familie einen geliebten Menschen aufgrund dieser schrecklichen Krankheit verloren habe.« Ihre Stimme schwankte beim letzten Satz. Dann nahm sie einen kurzen Atemzug und lächelte, als wäre nichts gewesen. »Also, fühlt euch frei, Großzügigkeit zu zeigen. Meine Dankbarkeit gilt euch allen. Aber zuerst möchte ich die Bühne freigeben für meine geschätzte Freundin, die eigentlich keine Vorstellung benötigt und dennoch: Stella Vega.«

Als die Balladensängerin neben Silvia trat, ertönte ohrenbetäubender Beifall. Stella sang eine Akustikversion ihres Hits *Can't Help* und jede einzelne Person im Ballsaal hing an ihren Lippen.

Ich strich über die Gänsehaut auf meinen Unterarmen, genoss die Klänge und schwärmte dafür, wie sie zu sein. Sie war perfekt. Ihr moosgrünes Kleid stand im Kontrast zu ihrer dunklen, fast schwarzen Haarpracht und jeder Zentimeter strahlte Eleganz und Coolness aus. Als sie den Song beendete, dankte sie Silvia für die Möglichkeit und gab uns ein Sneak Peak.

»Dieser Song liegt mir sehr am Herzen und ich kann es gar nicht abwarten, wenn ihr ihn nächsten Frühling zu hören bekommt.«

Ihr Blick wanderte in unsere Richtung. Obwohl uns viele Meter trennten, wurde ich das Gefühl nicht los, dass sie Caleb anschaute.

Dieser zeigte, wenig überraschend, keine Reaktion.

Es brannte mir auf der Zunge, nachzuhaken, ob er wusste, wovon Stella sprach, aber ein Teil in mir erkannte, dass ich nicht die gewünschte Antwort bekommen würde. Er sah mich nicht an. Stattdessen schaute er zu einem Mann, den ich nicht kannte und ich hörte einen leisen Fluch seine Lippen verlassen.

Erneut erklang Beifall für Stella, und bevor ich reagieren konnte, erhob sich Caleb wortlos und verließ den Saal.

Ich ließ mir nichts anmerken. Ignorierte die Panik in meinem Kopf. Den stechenden Schmerz in meiner Brust. Die Tatsache, dass irgendetwas in diesem Moment gewaltig schief ging und ich es nicht kontrollieren konnte.

Mein Blick glitt zu einem Porträt an der Wand. Eine Frau in einem roten Kleid saß allein auf einem Stuhl und starrte in die Leere. Ihr goldenes Haar war perfekt und alles an ihr war makellos. Aber sie war einsam. Wie ich.

Ich schloss die Augen und nahm einen langen Atemzug. *Bleib ruhig. Er wird wieder auftauchen.*

Die Frau, die gegenüber von mir saß, schenkte mir ein Lächeln, das ich zu erwidern versuchte, aber es klappte nicht.

Die Panik nahm überhand und ich entschied, nicht länger tatenlos zu warten. Mit einer Entschuldigung stand ich auf und eilte aus dem Saal in die Richtung, in die Caleb verschwunden war.

Meine Absätze klackerten auf dem harten Boden, als ich durch die Flure trat und mich fühlte wie in einem Labyrinth. Verzweiflung kroch in mir hoch, während ich das Gefühl bekam, mein Herz würde jeden Moment aus meiner Brust fallen. Zimmer für Zimmer riss ich die nicht verschlossenen Türen auf und fand nichts. Es war, als hätte sich Caleb in Luft aufgelöst und als ich den Beifall im

Hauptsaal durch die Flure hörte, entschied ich, meine Suche aufzugeben.

Die Spendenaktion war bereits in vollem Gange als ich zurückkehrte und mich auf meinen Stuhl sinken ließ. Ich fühlte mich wie eine Versagerin. Unter der samtweichen Tischdecke ballte ich die Hände zu Fäusten und grub meine Nägel in meine Handflächen. Wie in Trance hörte ich mit, als die Angebote nach und nach angekündigt und vergeben wurden. Für einen Besuch im *Glitons* meldete ich mich mit meiner verfügbaren Summe und erwarb ein Fünf-Gänge-Menü in dessen renommiertem Wellnesslokal.

Als Silvia mir von ihrem Platz aus ein Strahlen schenkte, zwang ich mich, es zu erwidern. Sie sah neben mich, und bevor ich mich wegen des leeren Stuhls schuldig fühlen konnte, tauchte Caleb wieder auf. Er setzte sich auf seinen Platz und der beißende Geruch von Zigarettenrauch hing schwer in der Luft.

Er war gegangen, um zu rauchen? Jetzt?

Caleb suchte meinen Blick, doch ich konnte ihn nicht ansehen. Wut durchströmte meinen Körper wie ätzendes Gift und ich wusste, dass ich jedes Wort bereuen würde, wenn ich jetzt den Mund öffnete. Das Gefühl verzehrte mich fast und wurde übertrumpft von der Enttäuschung, die ich spürte.

Caleb griff nach meiner Hand, aber ich entzog sie ihm. Ich verstand ihn nicht. Was war sein Problem?

Die Fragezeichen in meinem Kopf waren mittlerweile zu viele, um sie noch zu zählen. Eine Sache wusste ich dennoch: So schnell würde ich nicht nachgeben.

Das nächste Angebot wurde vorgestellt: Eine Kette von Silvia Passiona. Das Schmuckstück trug drei gleichgroße rote Edelsteine, Rubine, und die Reaktionen der Gäste ließen darauf schließen, dass es von unschätzbarem Wert war.

»Hier ist einer unserer Favoriten für den heutigen Abend: Die *Splendore Scarlatto*. Ein Erbstück von Madame Passiona, das nun einen von Ihnen beglücken kann. Wir steigen ein bei zwanzigtausend Dollar.«

Caleb hob stumm seine Spendenkarte.

Mein Gesichtsausdruck sprach wohl für sich, denn als er mich ansah, hob er eine Augenbraue. »Du dachtest doch nicht, dass ich nichts spenden werde.«

»Das ist es nicht. Ich hätte nicht erwartet, dass du ausgerechnet *darauf* bietest«, konterte ich und machte mir nicht die Mühe, freundlich zu klingen.

»Zwanzigtausend Dollar für Caleb Han an Tisch sieben.«

»Dreißigtausend Dollar«, rief ein Mann im dunkelblauen Anzug von einem der Tische, die in dem Thema Sommer gehalten waren.

Caleb hob erneut seinen Arm. »Fünfzigtausend Dollar.«

Ein leises Raunen ging durch die Menge. Aus einem unbestimmten Grund waren alle neugierig auf das Bieten der beiden Männer. Doch das Blut in meinen Ohren rauschte zu laut, um dem Getuschel am Nachbartisch zu folgen.

»Siebzigtausend Dollar.«

Mein Begleiter spannte seinen Kiefer an. Dann richtete er den Blick direkt auf die mir unbekannte Person. »Verkürzen wir das Ganze: hundertfünfzigtausend Dollar.«

Der Spendenmoderator gab keine Zeit für weitere

Angebote, sondern klopfte sofort drei Mal auf sein Pult. »*Splendore Scarlatto* verkauft an Caleb Han an Tisch sieben.«

Mit einer brodelnden Wolke über meinem Kopf folgte ich dem weiteren Geschehen schweigend, lächelte an den richtigen Stellen und klatschte höflich bei jeder weiteren Versteigerung mit.

Irgendwann brachte ein Kellner eine Flasche Whiskey an unseren Tisch. »Vielen Dank für Ihre großzügige Spende, Mr. Han.«

Er versteifte sich für einen Atemzug, nickte kurz und sah mich an. »Sie gehört dir. Die Kette.«

»Wieso?«

»Weil du sie wolltest.«

»Das habe ich nie gesagt.«

»Aber gezeigt«, erwiderte er mit dem Hauch eines Lächelns.

Sein Blick fiel auf meine Lippen und die dummen, naiven Schmetterlinge vergaßen sein Verhalten von vorhin wieder.

»Das war nicht nett von dir. Du schuldest mir noch eine Erklärung.«

Er wusste sofort, worauf ich anspielte.

Statt zu widersprechen, nickte er. »Ich weiß. Es war … einfach zu viel. Ich hätte dich nicht allein lassen dürfen.«

»Stimmt.« Dann schob ich meinen Frust vorerst beiseite. »Aber jetzt bist du hier.«

Kapitel Fünfundzwanzig

Nachdem insgesamt fünf Millionen Dollar gesammelt worden waren, geboten für diverse Angebote und Sammlerstücke aus Silvias privater Kollektion, wurde die Tanzfläche eröffnet. Wie so üblich, machte ein langsames Lied den Anfang und begleitet von Stellas Stimme setzten sich die ersten Paare in Bewegung.

»Willst du auch?«, fragte Caleb.

»Haben wir denn eine Wahl?«

Ich war eine absolute Nullnummer auf der Tanzfläche. Caleb wusste nicht, worauf er sich einließ, denn im Gegensatz zu ihm hatte ich keine jahrelange Tanzausbildung genossen. Ich hoffte für ihn, seine Füße waren versichert.

»Ein Tanz.«

»Kriege ich hin«, erwiderte ich, mehr als Zuspruch an mich selbst.

An Calebs Seite schloss ich nahtlos zu den anderen auf

und mit einer Sanftheit, die ich vermisst hatte, legte er seine Hände an meinen Körper. »Keine Angst. Ich bin da.«

»Du bist da«, wiederholte ich fast fragend.

»Ich habe es versprochen.« Er verzog seine Lippen zu diesem kostbaren Lächeln, das ich einfach erwidern musste.

»Na gut, aber ich warne dich. Das könnte schmerzhaft werden.«

»Schon okay. Bisher stellst du dich gut an.«

Stellas Gesang wurde schließlich von einem DJ ersetzt, als ein weiteres Lied folgte, das von neuen Möglichkeiten und Hoffnung handelte.

Ich blinzelte zu Caleb empor, bereit ihn zu fragen, ihn zu bitten, sich mir zu öffnen, als eine Stimme unsere Seifenblase platzen ließen.

»Darf ich Sie um einen Tanz bitten?« Es war der mir unbekannte Mann aus dem Bieterkampf.

Caleb schenkte ihm kaum Aufmerksamkeit.

»Ich bin Victor Young. Ihr Begleiter wird Sie sicher für einen Tanz entbehren können.«

Verwirrt von seinem plötzlichen Auftauchen, Calebs fehlender Reaktion und den Blicken, die ich auf meinem Rücken spürte, nickte ich.

»Keine Sorge, sie ist in sicheren Händen«, erklärte er und lächelte dabei bereits mich an. »Ich hätte es mir nicht verziehen, wenn ich sie heute Abend nicht angesprochen hätte.«

»Okay?«

Caleb löste sich von mir, bedachte Victor Young aber

mit einem Blick, der Wasser gefrieren lassen könnte, und ging.

Dieser legte die Arme an meinen Körper und alles daran fühlte sich falsch an. »Sie sahen so traurig aus vorhin«, kommentierte er.

Röte schoss mir in die Wangen. Die peinliche Erinnerung daran, wie ich ohne Begleiter am Tisch gesessen hatte, war noch zu frisch.

»Jetzt ist alles in Ordnung.«

»Ist es das?«

Die Art, wie Victor reagierte, ärgerte mich. Er war nur ein Fremder, den ich bis vor einer Minute nicht einmal gekannt hatte. Dass er versuchte, sich jetzt ein Urteil über meine Beziehung mit Caleb zu machen, war völlig unpassend.

»Ja«, antwortete ich mit fester Stimme und suchte die Tanzfläche nach Caleb ab. Er stand am Rand, wartend.

»Ich wollte Ihnen nicht zu nahetreten. Aber ich kenne Typen wie Caleb sehr gut. Stars, die ihr Ego überbewerten. Als ein Freund rate ich Ihnen, Abstand zu halten.«

Ohne das Ende des Liedes abzuwarten, löste ich mich aus seinem Griff. »Wir beide sind keine Freunde. Und falls ich es noch nicht deutlich genug ausgedrückt habe: Ich habe kein Interesse an schmierigen Kerlen wie Ihnen.«

Mit erhobenem Kopf ging ich zu Caleb, der die Distanz zwischen uns ebenfalls überbrückte und mir entgegenkam. »Alles gut?«

»Nur ein Idiot. Nicht der Rede wert.«

»Das hoffe ich«, murmelte er und führte mich zurück an unseren Tisch.

Sein Tonfall entlockte mir ein Grinsen. »Eifersüchtig?«

Wir nahmen wieder Platz und er umfasste mein Kinn. Seinem Lächeln haftete etwas Herausforderndes an. »Ich? Welchen Grund hätte ich, eifersüchtig zu sein?«

»Ich weiß nicht …«

»Du gehörst mir. Daran wird so jemand nichts ändern.«

Aber ein Vertrag mit Ablaufdatum. Richtig?

»Ich wusste nicht, dass du so besitzergreifend bist. Pass bloß auf, sonst canceln dich deine Fans noch«, log ich, mir der Tatsache bewusst, dass seine Anhänger ihm alles verzeihen würden.

»Hat dich Victor was gefragt? Wollte er was bestimmtes wissen?«, hakte Caleb nach und ich zog die Augenbrauen zusammen. »Nein. Wieso? Kennst du ihn etwa?«

Caleb ballte eine Serviette in seinen Händen zusammen und löste den Druck wieder. »Victor ist Chefredakteur der *DailyBuzz*. Sein Hauptziel ist es, Persönlichkeiten wie mir das Leben zur Hölle zu machen. Er will Schlagzeilen produzieren und ist heiß auf eine gute Story. Egal, ob wahr oder falsch.«

Ich schlug die Hand vor den Mund. »Was?«

Er seufzte und ich erkannte Wut in seinen dunklen Augen aufflackern. War er deshalb so abweisend gewesen?

»Er ist im Alleingang für all die beschissenen Artikel über mich verantwortlich. Der Typ hat es auf mich abgesehen und spielt ein abgekartetes Spiel. Ich weiß nicht, wie er es überhaupt auf die Gästeliste geschafft hat, aber halte besser Abstand zu ihm.«

Ich sah an seiner Schulter vorbei zu Victor Young, der sich inzwischen seelenruhig mit anderen Gästen unterhielt. Er war noch schlimmer, als ich angenommen hatte. Ich war kein gewalttätiger Mensch, aber es kostete mich viel Kraft, nicht aufzustehen und ihm den Inhalt meines Glases ins Gesicht zu schütten.

»Warum dann das Bieten um die Kette? Was wollte er damit bezwecken?«, fragte ich und sah Caleb wieder an.

Er rieb sich über das Nasenbein. »Provokation? Ich weiß es nicht.«

Ich nahm Calebs Hand und legte meine auf seine. Seine Haut fühlte sich vertraut an. »Ignorieren wir ihn einfach, okay?«

Caleb nickte und hob seine Mundwinkel. Das Lächeln erreichte seine Augen nicht, doch ich akzeptierte es.

Wir sprachen nicht mehr über Victor Young. Aber jedes Mal, wenn ich versuchte eine Unterhaltung zu beginnen, fielen seine Antworten knapp aus.

Caleb war in seinen Gedanken versunken und ich ließ ihn. Er distanzierte sich, diesmal nicht körperlich, aber baute Mauern um sich herum, die ich längst überwunden geglaubt hatte.

Er hielt meine Hand, wie ein Beweis dafür, dass er sein Versprechen nicht noch einmal brechen würde, aber ich konnte es nicht länger genießen.

Kurz nach Mitternacht holte uns derselbe Fahrer wie bei der Anfahrt ab.

Während Caleb mit flinken Fingern auf seinem Smartphone tippte, rief ich Peyton an.

»Erzähl mir alles!«, forderte sie, offensichtlich in bester Laune.

Ich versuchte mir die Enttäuschung nicht zu sehr anhören zu lassen. Caleb hatte seine Gründe für sein Verhalten, was nichts daran änderte, dass es mich irritierte. »Es war schön. Sehr protzig und alles trug Silvias Handschrift. Sie hat fünf Millionen eingenommen für das Kinderkrankenhaus.«

Peyton pfiff leise. »Nicht schlecht. Und was macht ihr jetzt? Bleibst du bei Caleb?«

Ich zögerte und sah zu meinem Begleiter. »Bist du müde?«

Er hob den Kopf von seinem Display und drückte meine freie Hand kurz. »Ja, aber ich würde gerne neben dir schlafen.«

Ich genoss seine Berührung, die mein Herz weich werden ließ. Selbst wenn er es nicht zugeben würde, Caleb wollte nicht allein sein. Er wollte mich an seiner Seite.

»Ist es in Ordnung, wenn du heute auf Winston aufpasst?«, fragte ich mit zuckersüßer Stimme an Peyton gerichtet.

Sie lachte auf und ich hörte, wie sie lautstark Chips kaute. »Klar. Ich fahr gleich rüber.«

Froh darüber, dass ich immer auf sie zählen konnte, verabschiedete ich mich und lehnte mich für die restliche Fahrt an Calebs warme Schulter. Einen Augenblick vergaß ich meine Bedenken. Ich vergaß die Fragezeichen und die Wut. Stattdessen genoss ich einfach die Nähe, die er bereit war zu geben.

Das Schlafzimmer war pechschwarz, als ich aufwachte. Mit einer Hand strich ich über das Laken, in Erwartung Caleb zu finden, doch seine Hälfte war leer. Ich richtete mich auf und tapste zur Tür und in den Flur. Meine Augen gewöhnten sich mit jedem Schritt an die Dunkelheit, doch als ich Caleb fand, schloss ich sie. Und öffnete sie wieder. Ich wusste nicht, wie ich mit diesem Anblick von ihm umgehen sollte. Er saß auf der breiten Fensterbank und hatte den Kopf sinken lassen. Ich starrte gebannt auf die volle Flasche, die er in seinen Händen baumeln ließ. Träumte ich noch?

Bernsteinfarbener Whiskey, der in der Dunkelheit schimmerte. Das schillernde Mondlicht ließ Calebs Statur wie einen gefallen Engel aussehen. Gebrochen. Einsam.

Er war verändert. Daran gab es keinen Zweifel mehr. Caleb trug wieder sein weißes Hemd, genauso wie vor wenigen Stunden und ich fragte mich, wie lange er schon wach lag. Ob er überhaupt geschlafen hatte.

Zögernd trat ich durch seinen Schutzwall, traute mich hinter die eisernen Mauern, war erfüllt von der Angst, was ich dahinter finden würde.

»Ich dachte, du trinkst nicht«, flüsterte ich, als ich mich neben ihm auf die Fensterbank setzte. Die Lichter Torontos wirkten zum Greifen nah und gleichzeitig so unendlich fern.

Caleb reagierte nicht.

Ich glaubte fast, er hätte mich nicht gehört, bis er langsam den Kopf von der Flasche in meine Richtung drehte. »Tu ich auch nicht.«

Im nächsten Sekundenbruchteil ließ er die Flasche fallen. Ich zuckte zusammen, mein Schrei wurde erstickt, als ich mir eine Hand vor den Mund warf. Erschrocken blickte ich auf die Scherben, die sich zusammen mit dem Alkohol zu unseren Füßen verteilt hatten. Der beißende Geruch des Whiskeys stieg augenblicklich in meine Nase und mir wurde übel.

»Ich hole etwas zum Saubermachen. Bleib du da sitzen!«, erklärte ich und hielt inne, als sich Caleb langsam zu mir wandte.

»Ruby.«

»Was?«

»Das war kein Versehen. Das weißt du, oder?«

Ich presste die Lippen zusammen. Nickte. »Aber wieso? Was ist mit dir los? Erzähl es mir. Ich will es verstehen.«

»Ich …«, fing er an, schaffte es aber nicht, einen Satz zu formulieren.

Vorsichtig rutschte ich näher an ihn heran. Mit einer Sanftheit, die ich seit Evelyns Kindheit nicht mehr in mir gespürt hatte, zog ich seinen Kopf auf meinen Schoß.

In diesem Moment war er Caleb. So wie ich ihn kannte. Zerbrechlich. Jemand, der gehört werden wollte.

»Es ist okay. Lass dir Zeit.«

Er schüttelte den Kopf und schloss die Augen. Seine Stimme klang brüchig, als er antwortete. »Ich habe mich immer gefragt, wie es möglich sein konnte … wie sich meine Eltern lieber für den Alkohol entscheiden konnten als für uns. Wie die Liebe zu diesem Gift größer sein konnte. Ich … verstehe es nicht. Bin ich weniger wert als diese billige Flasche?«

Ich erschauderte. Denn egal, was ich ihm sagte, nichts würde die Leere in seinem Herzen füllen können.

Ich wusste das. Wir waren in unterschiedlichen Familien aufgewachsen und dennoch war die fehlende Liebe in ihnen der Grund, wieso wir so waren, wie wir heute waren.

Caleb hatte sich für den Egoismus, das wilde Leben und das Desinteresse an allem entschieden.

Ich dagegen war ein Kontrollfreak, der jeden Makel

verfluchte und nicht länger als zehn Minuten in meinem Elternhaus bleiben konnte.

Wir waren nicht mehr zwei gegensätzliche Pole. Wir waren gleich. Und das war vollkommen neu für mich.

»Ich wünschte, ich könnte dir eine Antwort auf deine Fragen geben«, erklärte ich. Tränen sammelten sich in meinen Augenwinkeln und ich ließ sie einfach laufen. Ich wollte diesen Schmerz spüren. Denn wegrennen war nicht länger nötig.

Nicht bei Caleb.

Meine Hände strichen über sein dichtes Haar und ich hoffte, inständig, mit all der Wärme, die ich übrighatte, dass er wusste, dass er nicht allein war. »Du bist etwas Besonderes. Ich hoffe, du siehst das eines Tages.«

Ich wachte in einem leeren Bett auf. In Calebs dunklem Schlafzimmer, ohne eine Spur von dessen Besitzer.

Träge streckte ich mich, stand auf und realisierte, wie wund ich war.

Wir hatten wieder miteinander geschlafen. Caleb hatte mich gekostet, mich geleckt und mir Orgasmen beschert, fast so, als müsse er mir etwas beweisen.

Was Befriedigung anging, war ich versorgt und dennoch war etwas anders gewesen.

Du bist paranoid, meldete sich mein Unterbewusstsein. *Wahrscheinlich war er nur müde.*

Statt mich frisch zu machen, begab ich mich direkt auf die Suche nach Caleb.

Zu meiner Überraschung war er weder in der Küche

noch im Wohnzimmer aufzufinden. Ich lauschte in die morgendliche Stille der Wohnung hinein, bis ich schließlich ein Klicken wahrnahm. Hinter einer geschlossenen Tür hörte ich die Melodie, die er mir schon vor einigen Wochen vorgespielt hatte.

Calebs neues Lied.

Zaghaft öffnete ich die Tür und entdeckte Caleb an einem Mischpult vor einem riesigen Monitor.

»Hey, ich wusste nicht …«

Der Rest des Satz blieb mir in der Kehle stecken, als ich auch Isaac entdeckte. Schnell schob ich meinen Körper hinter das Türblatt, wohl wissend, dass ich nur eins von Calebs berühmten schwarzen T-Shirts trug.

Der Manager begrüßte mich dennoch mit der gewohnten Ernsthaftigkeit und ich sah zu Caleb, der mich endlich registrierte.

»Sorry, ich muss an diesem Song arbeiten. Sehen wir uns später?«

Später. *Eine klare Ansage: Du bist nicht erwünscht.*

Ich versuchte mir die Verwirrung nicht anmerken zu lassen. Hoffnungsvoll las ich seinen Gesichtsausdruck, der mir gefährlich bekannt vorkam.

Es war nicht der von gestern Nacht. Sondern der von dem Abend zuvor auf der Gala. Das hier war nicht der Caleb, den ich kannte. Er war wieder CF, Cold Face, der mich nicht länger beachtete.

Kein Grund zur Panik, wiederholte ich innerlich. *Er ist nur gestresst.*

»Klar, viel Erfolg euch«, erwiderte ich, bevor ich die Tür wieder zuzog.

»Ich bin durch mit den schriftlichen Klausuren, nach zwölf verdammt langen Jahren habe ich es endlich geschafft!«

Ich schüttelte den Kopf, während Eve einen Freudentanz über den Bildschirm aufführte. »Hör auf zu fluchen.«

»Du kannst es mir nicht verbieten.«

»Ich kann auflegen«, drohte ich, wohlwissend, dass ich diejenige gewesen war, die angerufen hatte.

Eve war endlich fertig mit ihren Prüfungen. Sie war offiziell frei. Bis zur Abschlussfeier und der Zeugnisvergabe konnte sie tun und lassen, was sie wollte. Die wenigen mündlichen Prüfungen würde sie ebenfalls meistern. Das wusste ich.

»Warum bist du so eine Zicke?«, fragte meine kleine Schwester und musterte mich. »Ärger im Paradies?«

Ich fühlte mich ertappt. Ein Teil von mir wollte nichts lieber, als mich über Calebs Verhalten heute Morgen auszukotzen. Der andere, größere Teil, wollte nicht Mom 2.0 sein. Eve hatte genug Sorgen und das Letzte, was sie brauchte, war ich, die sich auch noch über ihr Liebesleben beschwerte. Hinzu kam, dass ich Angst hatte. Davor, dass, sobald ich es laut aussprach, ich es ins Universum hinausschrie, es tatsächlich wahr werden würde.

»Nein, ich habe nur kaum geschlafen. Was habt ihr jetzt vor?«

»Wen meinst du?«

»Na, dich und Ezra. Euch gibt es doch nur im Doppelpack.«

Sie grinste. Widersprechen würde sie nicht. »Uns die

Birne wegschießen, Ecstasy nehmen und einen Direktflug in die Karibik buchen.«

Mir drehte sich der Magen um. Ich wollte gerade ansetzen, ihr eine Lehrstunde zu verpassen, als sie mich bremste.

»Chill, wir gehen mit ein paar Leuten aus dem Jahrgang auf eine Hausparty. Die einzigen Tickets, die ich diesen Sommer buche, führen mich nach Toronto.«

Ich horchte auf. »Du besuchst mich?«

Sie verdrehte die Augen. »Sag bloß, dass ich einen Termin zwischen all deinen Ysta-Verpflichtungen buchen muss. Außerdem will ich die Stadt etwas erkunden, bevor ich mein Studium anfange.«

»Vorbildlich. Und meine Tür steht dir immer offen«, antwortete ich, etwas besser gelaunt als vor dem Anruf. »Hast du Mom schon eingeweiht?«

»Nö«, erwiderte Eve, sah dann an der Kamera vorbei. »Ist was?«

»Ist das deine Schwester?«, hörte ich die Stimme meiner Mutter im Hintergrund.

Wenige Sekunden später tauchte ihr Gesicht im Bildschirm auf. »Hi Ruby. Kommst du Weihnachten zum Essen?«

Es war wie immer. Sie fragte nicht, wie es mir ging, was ich trieb oder ob ich etwas brauchte.

»Nein, ich bin dieses Jahr wieder bei Helene.«

Sie machte sich nicht mal die Mühe, ihre Enttäuschung zu verstecken. »Dann sind es wohl wieder nur dein Vater und ich«, seufzte sie mit Blick auf Eve, die nicht widersprach. Anscheinend hatte auch sie anderweitige Pläne. Verübeln konnte ich es ihr nicht.

»So ist es doch am schönsten, oder nicht?«, fragte ich.

Sie antwortete nicht.

Ich war gerade dabei, ihren Abschied zu erwidern, hielt mich im letzten Moment aber zurück.

Meine Mutter war wie mein Spiegelbild. Älter, mit dunkleren Haaren, doch dieselben Augen, dasselbe Lächeln. So sehr es mir widerstrebte, wir waren uns ähnlich.

Aus einem Impuls heraus überwand ich meine Neugier plötzlich. »Warum hast du ihn nie verlassen, Mom?«

Sie presste die Lippen zusammen, schaute zu Eve, deren Gesicht ich nicht sah.

»Weil ich ihn liebe«, erklärte sie, als wäre es die einfachste Antwort auf der Welt.

»Warum?«

»Ich weiß nicht. Wir streiten und wir vertragen uns. So war es schon immer und so wird es auch bleiben.«

Das ist nicht normal. Warum sieht sie das denn nicht?

»Verstehe«, log ich. Dann verabschiedete ich mich.

Am liebsten hätte ich neben ihr gestanden, sie an den Schultern gepackt und so lange geschüttelt, bis *sie* es verstand. Dann dachte ich an Caleb. An die Gefühle, die er in mir auslöste. War es Liebe? Dieses verkorkste, geheimnisvolle Etwas, wovon ganze Lieder, Filme und Bücher handelten?

Und wenn es so war, warum konnte ich es nicht genießen?

Kapitel Sechsundzwanzig

Caleb tauchte nicht auf.

Ich hatte nach einer Sache verlangt. Eine Bitte geäußert, die mir wichtig war: heute Zeit mit Helene zu verbringen. Bei ihrem Weihnachtsessen.

Entgegen seinem Versprechen fuhr ich jedoch allein zu ihr. Bewaffnet mit einem Apfelkuchen und Plätzchen ließ ich mich in einem Uber zu ihrem Haus bringen, das nur wenige Querstraßen von ihrer Bäckerei entfernt war. Das Reihenhaus war hell erleuchtet und den kleinen Vorgarten zierte ein Weihnachtsmann, der Geschenke in seiner Kutsche mit sich trug.

Ich bedankte mich für die Fahrt, stieg mit Winston aus und verkniff mir ein Seufzen. Hoffnungsvoll blickte ich auf mein Handydisplay. Keine Nachricht von Caleb. Die letzte Reaktion, die ich von ihm bekommen hatte, war zehn Stunden alt.

CALEB

Bin im Studio.

Mehr nicht. Auf meine wiederholten Fragen hin, ob er mich abholen und wann er kommen würde, ob ich stattdessen zu ihm fahren sollte, hatte er nicht reagiert.

Ich hatte es bei Isaac versucht, doch er war noch kürzer angebunden gewesen als sein Schützling.

ISAAC

Außer Haus.

Mein Geduldsfaden wurde weit gedehnt und ich versuchte mich mit Vernunft zu beruhigen. *Er ist beschäftigt mit seinem Album. Was ist schon dabei?*

Als mir Helene wenige Augenblicke später die Tür öffnete, wusste ich wieder, warum mich sein Verhalten störte. Er respektierte *meine* Zeit nicht. So wie es auch am Anfang gewesen war. Er war zum Shooting zu spät gekommen, hatte mich und unsere Manager am Tag nach dem Paparazzi Foto warten lassen und auch jetzt stand ich wieder allein da. Wir waren nicht dieses Team, von dem er gesprochen hatte. Sein Album war wichtiger, als einen Abend mit mir zu verbringen. Er verschloss sich immer weiter vor mir und unser Kartenhaus drohte zusammenzufallen.

Innerhalb von achtundvierzig Stunden war ich vergessen und ich konnte mir nicht erklären, warum.

Es war, als wäre die Welt aus der Balance geraten und es gefiel mir ganz und gar nicht.

»Wie schön dich zu sehen. Komm schon rein, bevor du dich noch erkältest«, begrüßte mich Helene mit einem warmen Lächeln.

Ich folgte ihrer Aufforderung, ignorierte den fragenden Blick, den sie mir zuwarf und platzierte das

Essen und die verpackten Geschenke auf der Kommode im Flur.

Winston folgte den Gerüchen, die das Haus füllten, während Helene mir den Mantel mit zittrigen Händen abnahm, bevor ich protestieren konnte.

»Wo ist dein Freund?«

»Scheinbar beschäftigt. Nein, ich möchte nicht darüber reden, denn dann werde ich wütend und du weißt, dann wird's ungemütlich.«

Helene verzog den Mund und begutachtete die Sachen auf der Treppe. »Ich habe kein Problem damit. Er taugt wohl nichts«, murmelte sie, bevor sie das Essen in die Küche brachte.

Ich schluckte, folgte ihr wortlos mit meinen Mitbringseln, um etwas zu tun zu haben. Mit Caleb würde ich später abrechnen.

In der gemütlichen Küche angekommen, staunte ich über die vielen Gerichte, die Helene gezaubert hatte.

Truthahn mit buttriger Bratensauce, an dessen Kalorienzahl ich gar nicht erst denken wollte. Beilagen wie Kartoffelpüree, Gemüse und ganz viel süße Leckereien, von denen ich die letzten Tage geträumt hatte.

Augenblicklich entspannte ich mich.

Caleb Han war zu beschäftigt? Schön. Ich war genau am richtigen Ort und ich würde es in vollen Zügen genießen.

Nachdem Helene mich auf einem Stuhl geparkt hatte, holte sie einen riesigen Auflauf aus dem Backofen.

»Ich hoffe, das reicht für alle.«

Sie deutete auf das Festmahl, das sie hergerichtet hatte. Allein. Mit ihrem Parkinson und ihrer Hüfte.

Ich versuchte mir kein Mitleid ansehen zu lassen. Sie würde mich nur dafür ermahnen. »Wird es. Wer kommt denn alles?«, wollte ich wissen.

»Jack und Charlotte mit den Kindern. Ben ist bei seinen Schwiegereltern dieses Jahr und kommt erst morgen.«

Jack war Helenes und Edwards ältester Sohn und im Alter meines Vaters. Wenn ihn meine Freundschaft zu seiner Mutter irritierte, so hatte er es sich nie anmerken lassen. Im Gegenteil, ich hatte das Gefühl, er war insgeheim froh darüber, dass sie jemanden zum Reden hatte, seit sein Vater verstorben war.

Umso dankbarer war ich, für wenige Momente im Jahr Teil dieser Familie sein zu dürfen.

Helene war mein Anker und es fiel mir bereits schwer, mir vorzustellen, sie nicht mehr jeden Sonntag in ihrer Bäckerei aufzufinden.

Ich wollte gerade zu einer Antwort ansetzen, als es klingelte.

Helene sah zu mir herüber. »Bist du so lieb?«

»Dass du sowas überhaupt fragst«, erwiderte ich grinsend und machte mich auf den Weg.

Nachdem die Begrüßung stattgefunden und jeder Platz an Helenes Esstisch gefunden hatte, bedankte sie sich für unser Erscheinen.

Ich schluckte, als ich die Tränen in ihren Augen schimmern sah, während sie jeden Einzelnen von uns nacheinander musterte.

»Ihr wisst gar nicht, wie viel das einer alten Frau wie

mir bedeutet. Und jetzt hört auf so zu gucken und greift zu!«

Noch unentschieden nahm ich mir von jedem Servierteller etwas auf meinen eigenen, ungeduldig darauf wartend, endlich zuzuschlagen. Ich hatte den ganzen Tag nichts gegessen außer einer Acai Bowl und mein Blutzucker war im Keller.

Als erstes kostete ich den Gemüseauflauf, der sofort mein Inneres wärmte. Ich erwiderte Henrys Lächeln, der ebenfalls einen Bissen nahm und genüsslich die Augen verdrehte.

Er erinnerte mich an Eve. Eine männliche, aber ebenso aufregende Persönlichkeit, die ich beneidete. Automatisch vermisste ich meine Schwester, erinnerte mich jedoch daran, dass sie mich sehr bald besuchen kommen würde.

Haylie, die fünfzehnjährige Enkelin von Helene, stupste mich an. »Hey, Ruby.«

»Ja, Haylie?«

»Du bist doch mit Caleb Han zusammen, oder?«

Mein Puls beschleunigte sich. Ich wusste nicht, ob es die Wut oder die Enttäuschung war, aber was auch immer ich fühlte: Es gefiel mir nicht.

Aber das wusste Haylie nicht. Sie war nur ein unschuldiger Teenager, dessen Idol ich datete.

Ihre Augen leuchteten und ich brachte es nicht über mich, sie abzuwimmeln. »Genau. Wieso fragst du?«

Ich geriet geradewegs in ein Verhör. Sie wollte alles wissen. Was er aß, wen er traf und wie seine Wohnung aussah. Doch das war nur der Anfang.

»Stimmt es, dass er und Abigail Brown zusammen waren?«

Abigail Brown. Laut Medien eine Ex und die längste Beziehung meines ›Freundes‹. Wir hatten nie über Vergangenes geredet. Bisher war es auch nie wichtig gewesen. Doch Haylie erinnerte mich daran, wie wenig ich über Caleb im Bilde war.

Ich wusste, wer seine Geschwister waren, was sie machten und dass er eine schwierige Kindheit gehabt hatte. Aber er war nie vollständig offen mir gegenüber gewesen. Ein Teil von ihm war immer verschlossen geblieben. Wie ein Sturm, der um ihn herum wütete.

»Ich weiß es nicht«, erklärte ich wahrheitsgetreu.

Haylie zog die Unterlippe vor, gab sich jedoch mit meiner Antwort schnell zufrieden. »Ich habe gestern zwei Tickets zu seinem Konzert geschenkt bekommen.«

Sein Kick-Off-Konzert. Das erste nach drei Jahren Pause. Hier in Toronto. Ich schluckte, wohlwissend, dass wir laut Vertrag dann nicht mehr zusammen sein würden.

Und darüber hinaus? Werden wir die Deadline überleben?

»Wie schön. Wen nimmst du mit?«, fragte ich und sah zu Helene, deren Stimme immer lauter wurde.

Gesprächsfetzen wehten zu uns herüber, bis Charlotte und ihr Sohn ebenfalls verstummten.

»Ich werde nicht an irgendeinen Anzugträger verkaufen, der aus dem Laden etwas anderes macht«, teilte Helene vom Kopfende des Tisches mit.

Jack schüttelte den Kopf. »Ein Anzugträger kann dir fünfzehn Prozent über Marktwert bieten. Mom, die Bäckerei gibt es seit vierzig Jahren. Es wird Zeit für etwas Neues.«

»Du sagst es selbst. Dein Vater und ich haben sie vor

vierzig Jahren eröffnet. Deine und Bens Handabdrücke sind im Fundament verewigt. Wie könnte ich zulassen, dass das alles verschwindet?«

Ihr Sohn seufzte, blickte zu seiner Frau, die offensichtlich zwischen den Fronten stand.

Henry meldete sich zu Wort. »Du willst, dass jemand die Bäckerei so übernimmt, wie sie ist?«

Helene ließ ihr Besteck sinken und nickte. Ein ungewohnter Trotz lag in ihrem Gesichtsausdruck. »Das ist mein Anspruch. Alles andere kann ich nicht akzeptieren. Dein Großvater wäre derselben Meinung, das weiß ich, hier drin.« Sie deutete auf ihre Brust. Ihre Stimme schwankte, als sie Jack ansprach. »Das weißt du auch.«

»Warum kaufst du sie nicht?«

Fünf Augenpaare richteten sich in eine Richtung. Direkt auf *mich*.

Ich starrte Henry an. »Was?«

»Du liebst die Bäckerei mindestens genauso sehr wie Oma. Du backst gerne. Stimmt doch, oder?«

»Schon, aber ... das geht doch nicht«, erklärte ich leise.

Helene sprang mit auf den Zug auf. »Wieso nicht? Weil dieses Ista besser ist?«

»Ysta«, korrigierte Haylie.

Ysta war nicht besser. Aber es war meine Karriere, die ich mir in den letzten fünf Jahren aufgebaut hatte. Das Standbein, das nur mir gehörte. Ich war gut darin. Meine Follower mochten meinen Content. Konnte ich das alles aufgeben? Von jetzt auf gleich?

»Ich weiß nicht, aber es ist doch deine Bäckerei«, versuchte ich neutral zu antworten, während alle mich musterten.

Jack kam mir schließlich zur Hilfe. »Mom, du kannst das nicht einfach so von Ruby verlangen. Eine Bäckerei bedeutet viel Verantwortung. Es grenzt an ein Wunder, dass du so lange nach Dad durchgehalten hast.«

»Stell mich nicht als eine labile alte Frau dar«, warnte sie mit ernstem Blick. Dann sah Helene wieder mich an. »Kein Druck. Aber vielleicht freundest du dich mit Henrys Idee an …«

Henry schaute unschuldig in die Runde. Man sah ihm an, dass er nicht mit so einer Reaktion auf seine Schnapsidee gerechnet hatte.

Aber der Gedanke war nun in mein Gehirn gepflanzt. Er begleite mich durch den zweiten Gang, über den Nachtisch bis hin zur Rückfahrt in meine leere Wohnung.

ICH

Wo bist du?

Seit dem Weihnachtsessen bei Helene waren Stunden vergangen. Ich rechnete mit keiner Antwort, wurde jedoch wütend, als sich meine Ahnung bewahrheitete. Ich machte mir gar nicht erst die Mühe, Isaac noch einmal zu schreiben.

Offensichtlich war Team Han an keiner Kommunikation mit mir interessiert.

Schön, dachte ich, während ich Calebs Profilbild anstarrte. *Ghoste mich. Ich komme klar.*

Dabei hätte ich nichts lieber getan, als mit ihm zu reden. Von dem Essen und Henrys Vorschlag zu erzählen.

War es verrückt von mir, zu träumen? Mir vorzustellen,

hinter der Glastheke zu stehen und jeden Tag von Gebäck umgeben zu sein?

Eve könnte kellnern, wenn sie wollte. Selbst für Ezra gäbe es Platz.

Um mich auf andere Gedanken zu bringen, putzte ich die Wohnung. Ich verfrachtete die Promo-Geschenke der letzten Wochen in einen großen Karton und druckte anschließend ein Versandlabel mit meiner Heimatadresse aus. Das Zeug war bei meiner Mutter besser aufgehoben.

Dann machte ich mich an ein neues Backrezept eines anderen Ysta-Profils. Während ich über den Feed zu dem Rezept scrollte, dachte ich daran, dass ich das auch machen könnte. Ich würde immer noch auf Ysta posten können. Mit viel weniger Content als vorher, aber es dennoch als Einnahmequelle nutzen. Als Promotion für die Bäckerei.

Die Möglichkeiten waren endlos, aber niemand da, um sie zu teilen. Peyton war über die Feiertage bei ihrer Familie in Vancouver und ich wollte sie nicht stören.

Auch wusste ich nicht, wie sie zu dem Thema stand, eine Bäckerei zu kaufen. Bisher hatte sie meine Entscheidungen unterstützt, aber dieser Schritt wäre größer als alle bisherigen.

Nach Stunden, in denen ich mich mit der Wohnung und Winston beschäftigt hatte, blieb mein Handy weiterhin stumm.

Caleb hatte sich nicht gemeldet.

Eve war bei Ezra.

Peyton bei ihrer Familie.

Ich war allein. Mit den Fragezeichen in meinem Kopf und der Stille, die sich immer breiter machte.

Kapitel Siebenundzwanzig

Strahlender CF mit brasilianischer Schönheit gesichtet. Liebes-Aus mit Ysta-Star?

— WHISPER WHISKER

Die Realität sickerte durch. Das Boot, in dem Caleb und ich saßen, hatte Lecks. Die Pflaster, die ich mühevoll angebracht hatte, hielten nicht mehr. Der sichere Ort, fernab von all dem Bösen, wurde geflutet. Erst wurde mir der Boden unter den Füßen weggerissen und dann füllte sich meine Lunge mit Wasser. Es gab nur noch den Untergang und wir steuerten geradewegs darauf zu.

»Ruby? Sag doch was!«

Ich starrte auf meinen Laptop. Auf die Fotos, die am hellichten Tag gemacht worden waren.

Auf das Paar, das lächelnd in einem Restaurant saß.

Mehr als nur Kollegen? Caleb Han mit Stella Vega beim intimen Mittagessen gesichtet. Ist das der Beginn einer neuen Romanze? Ein Bekannter packt aus: Ysta-Creatorin und der Sänger haben sich getrennt. Der Engel der sozialen Medien ist gefallen.

Der Artikel sprach Bände. Ruby Dawson war Geschichte. Ich war nur noch ein Relikt der Vergangenheit. Ein Niemand.

Und Calebs Fans hatten keine Sekunde damit verschwendet, es mich spüren zu lassen. Kommentare, die sinkende Followerzahl und die Reaktionen der Medien waren nur die Spitze des Eisbergs.

Er *lächelte.*

Bisher hatte ich nicht geglaubt, dass ich ein eifersüchtiger Mensch war. Keine Situation hatte jemals dazu geführt, überhaupt solche Gefühle entwickeln zu können. Doch in meinem Kopf spielten sich gerade die wildesten Szenarien ab, und ich wusste nicht, ob ich weinen oder vor Wut etwas zerstören wollte.

»Ruby!«, versuchte es Peyton erneut. Sie klappte meinen Laptop zu und stemmte die Hände in die Hüften. »Was willst du jetzt tun?«

Ich blinzelte zu ihr empor. Warum fragte sie mich das? Mich, die Idiotin, die sich auf einen schlechten Deal eingelassen hatte und jetzt mit dem Ergebnis leben musste.

Ich wusste nur, dass ich Antworten brauchte. Das alles war wahrscheinlich nur ein dummes Gerücht. Nichts davon hatte etwas zu bedeuten.

»Ich rufe Caleb an.«

»Was wirst du sagen?«

»Weiß ich noch nicht.«

Irgendwie schaffte ich es, keinen Asthmaanfall zu haben. Irgendwie bekam ich es hin, seinen Namen auf meiner Kontaktliste aufzurufen, wohl wissend, dass auf Ysta mein Account gerade unter Beschuss stand.

Wieder. *Aber er weiß, was zu tun ist. Er wird dir helfen, wie damals, und dann wird alles gut.*

Es klingelte. Einmal. Dann viermal. Beim sechsten Mal sprang die Mailbox an und ich fühlte mich, als hätte man mich mit Nadeln beworfen. Das alles ergab keinen Sinn.

»Und?«

»Keine Antwort.«

»Versuch es mit einer Nachricht«, schlug Peyton vor.

ICH

Wo bist du?

Während ich wartete, las ich die Nachricht, die bereits drei Tage alt war, erneut in unserem Chat. Die aktuelle wurde sofort zugestellt. Wieder widmete er mir keine Reaktion.

Ich sperrte den Bildschirm, sah mich selbst darin gespiegelt und stopfte das Handy wütend zwischen die Polster.

Dann sah ich zu Peyton auf. »Was soll ich tun?«

Sie überlegte nicht lange. »Wenn das stimmt, ist es Vertragsbruch. Die letzten zwei Monate wären dann gestrichen. Ich weiß noch nicht, was das für deine zukünftigen Kooperationsanfragen bedeutet, aber die jetzigen sind ja erst mal sicher. Als deine Managerin würde ich dir raten, es zu beenden, bevor dein Kanal mehr Schaden nimmt. In ein paar Monaten ist Gras über die Sache gewachsen und du kannst einfach weitermachen wie vorher. Ohne Caleb Han in deinem Leben.«

Ich versuchte ihre Worte zu verarbeiten. Die Lösung darin zu sehen. Ich sollte es aussitzen? Wieder?

»Und als meine Freundin?«

»Hm?« Peyton sah mich nicht mehr an. Sie tippte auf ihrem iPad herum, als würde mein Leben nicht gerade den Bach heruntergehen.

Das Caleb-Han-lebensgroße Loch in meiner Brust wuchs weiter.

»Was rätst du mir als meine Freundin?«, fragte ich erneut.

Winston rieb seine Nase an meinem Bein und ich streichelte sein weiches Fell. Leider hatte es nicht wie sonst eine beruhigende Wirkung auf mich.

»Beende es. Er ist nicht der Richtige. Du bist der Engel und er der Teufel. Langfristig gesehen hättet ihr euch nur geschadet.«

Es war, als hätte sich der gesamte Raum bewegt.

»Du glaubst, wir haben keine Zukunft?«

Sie schmunzelte.

Ich wusste nicht, wie ich das deuten sollte.

»Welche Zukunft? Er ist ein unpünktlicher Säufer und ein Egoist. Bald geht er auf Tour. Weißt du, wie so etwas abläuft? Drogen, Alkohol und dumme Mädels, die sich ihm an den Hals werfen.«

Das Messer in meiner Brust stach tiefer zu.

Winston setzte sich sofort auf und bellte, als mich der Anfall übermannte. Ich rang nach Luft, unfähig, zu reagieren oder mich zu bewegen, bis mir Peyton meinen Inhalator in die Hand drückte.

Es dauerte einige Minuten, bis ich wieder zur Ruhe kam.

Als ich es dann getan hatte, setzte ich mich auf und zwang Peyton, mich anzusehen. »So ist Caleb nicht. Ich fahre jetzt zu ihm. Isaac wird wissen, wo er steckt.«

Meine Managerin schenkte mir einen vielsagenden Blick. »Ich möchte nur nicht, dass du verletzt wirst. Gib ihn auf.«

»Du kannst dich um die Scherben kümmern, falls ich es werde. Aber jetzt muss ich zu ihm.«

Isaac war keine Hilfe. Er reagierte nicht auf meine Nachrichten. Die anfängliche Angst wandelte sich in Panik, während ich durch die Stadt zu Caleb nach Hause fuhr.

Winston hatte ich bei Peyton gelassen und ich bereute meine überstürzte Entscheidung mit jeder Sekunde mehr.

Die Luft schien ständig knapp zu sein, als würde ich *fast* ertrinken. Bisher hatte ich nichts von so einem Gefühl gewusst, und ich wünschte mir nichts lieber, als dass dieser Albtraum endlich aufhörte. Voller Erwartung eilte ich in die Lobby, die ich noch vor wenigen Wochen mit Torte und Freude betreten hatte.

Der Portier entdeckte mich und wegen der Art, in der er mich ansah, wusste ich, dass ich heute kein Glück haben würde. »Er ist nicht nach Hause gekommen«, erklärte er mir schulterzuckend.

Also machte ich auf dem Absatz kehrt und fuhr ins Studio. Immer wieder checkte ich währenddessen mein Handy und hoffte auf ein Lebenszeichen. Meine Nachrichten kamen an, mehr wusste ich nicht. Ich beging den

Fehler, Ysta zu öffnen. Ein wirklich schwerwiegender Fehler, wie sich schnell herausstellte. Meine Beiträge wurden mit Kommentaren bombardiert, überwiegend negativ und meine Followerzahl sank weiter. In diesem Tempo wäre ich innerhalb der nächsten Tage wieder am Anfang. Die ganze Situation fühlte sich an, als würde jemand gewaltsam die Zeit zurückdrehen. Ein Teil von mir erwartete gar, dass der Schnee schmelzen und die Bäume wieder ihre Blätter wachsen lassen würden. Und ich steckte fest. In einer Schleife aus Fragen und Schmerz.

Wenn das ein Traum ist, dann lass mich aufwachen. Bitte.

Mit pochendem Herzen kam ich vor dem Studio an und stieg aus. Mein ganzer Körper reagierte auf den Anblick der Location. So, als würde er mich davor warnen wollen, hineinzugehen.

Ein eisiger Windhauch bescherte mir Gänsehaut und ich biss die Zähne zusammen, um nicht mit ihnen zu klappern. Gleichzeitig spürte ich wie meine Wut schwächelte. Mit einem Mal fühlte ich mich wie die größte Idiotin.

Was, wenn ich überreagierte?

Ich starrte auf das geschlossene Garagentor. Mit zittrigen Fingern betätigte ich die Klingel und wartete. Wartete. Bis seine Stimme durch die Gegensprechanlage hörte. »Wir sind am Ende des Flurs.«

Er rechnete nicht mit mir. Keine Ahnung, wen oder was er erwartete, aber ich war es garantiert nicht.

Ich zögerte, als das Surren des Schlosses ertönte und ich die Tür aufzog. Tief in mir wusste ich, dass etwas gewaltig schieflief, umso schwerer fühlte sich jeder Schritt durch das

Studio an. Mein Herz pochte mir in der Kehle, eine Warnung, die ich ignorierte.

Ich machte mir nicht die Mühe, an die Tür zu klopfen, öffnete sie und starrte in den Raum.

Caleb saß mit Stella vor dem Mischpult und es dauerte einige Sekunden, bis sie meine Anwesenheit bemerkten. Sekunden, in denen mein Innerstes Stück für Stück in tausend Teile zersprang.

»Caleb«, flüsterte ich. Meine Stimme klang fremd in meinen Ohren.

Er wandte sich zu mir um, kaschierte schnell die Überraschung in seinen Blick und stand auf.

Mühevoll zwang ich mich, ruhig zu bleiben, während die Wut in mir hochkochte. Meine Welt ging unter und er hatte mich vergessen? Einfach so? Ruby war out und jetzt war Stella dran. So lief das.

»Reden wir«, sagte er.

Stella sah mich mit gemischten Gefühlen im Blick an, aber ich machte mir nicht die Mühe, eine freundliche Miene aufzusetzen. Stattdessen wartete ich, bis Caleb mir in das sterile Besprechungszimmer folgte, das ich so hasste. Doch es war der perfekte Ort für so ein Gespräch.

»Willst du mir erklären, warum du mich die letzten zwei Wochen ignoriert hast?«, fragte ich. Ich konnte ihn nicht ansehen. Mein Magen verknotete sich und ich wollte nicht schwach werden. Das hier musste geklärt werden. »Du kündigst unsere Trennung durch einen *Bekannten* an, Caleb? Du hast nicht mal den Respekt, es mir persönlich zu sagen? Stattdessen fängst du den nächsten PR-Stunt an? Wessen Idee war das?«

»Wovon redest du?«

Ich zückte mein Handy. Das Bild von Stella und ihm war direkt hinter meinem Sperrbildschirm. »Erklär es mir, Caleb. Sag mir, dass es nicht stimmt und ich einfach nur verrückt geworden bin.« Den letzten Teil flüsterte ich.

Alles schien zu sinken, während ich versuchte, mich an das letzte Stück Hoffnung zu klammern.

Diesmal war Caleb derjenige, der meinen Blick mied. Etwas veränderte sich. Er realisierte etwas, das ich schon von Anfang an gewusst hatte. Er würde mein Herz brechen.

Jetzt.

»Dieses Bild ... es hat nichts zu bedeuten. Stella hat mich um Hilfe gebeten für ein paar Songs und es hat viel Zeit in Anspruch genommen. Vor ein paar Wochen waren wir bei einer Late-Night-Show und kamen ins Gespräch. Wir haben ein Feature zusammen. Sie ... hat es auf Silvias Gala gesungen.«

Ich schluckte und verdrängte die Erinnerung an das Bild der beiden. Die Show hatte ich gesehen. Ich hatte geglaubt, sie sähen perfekt aus nebeneinander und jetzt ... verbrachte er lieber Zeit mit Stella als mit mir? War ich in den letzten Tagen so unwichtig geworden, dass ich keine Antwort verdiente? »Das ist alles? Du bist nur zu beschäftigt, um auf meine Nachrichten zu reagieren? Ernsthaft?«

Das Braun in seinen Augen wirkte heute pechschwarz. Alles an ihm fühlte sich distanziert an. Als würde ich nur mit einer leeren Hülle reden.

Caleb seufzte leise und schüttelte den Kopf. »Ruby ... ich kann dieses Spiel nicht länger spielen. Mein Album kommt nicht voran, die Tour steht an und ich habe keine Zeit für dieses Drama. Vielleicht bin ich nicht für eine Beziehung gemacht. Vielleicht war das alles ein Fehler.«

Das Blut in meinen Ohren rauschte.

Er schaute auf mich herab, aus diesen dunklen Augen und in seinem Gesicht erkannte ich nur Kälte.

Ich spürte, wie ich die Bedeutung seiner Worte realisierte. »Das war es also? Nur ein Spiel? Das Ganze war nur ein beschissenes Spiel für dich? Es war nur ein Zeitvertreib? Whistler? Die Kette?« Meine Stimme bebte. Ich spürte die Vibration an den Wänden, wie sie auf mich zurückstrahlte und mich erkalten ließ.

Er antwortete nicht.

Ich gab ihm eine letzte Chance. »Die letzten Monate bedeuten also nichts?«

Wieder Stille. Alles war gesagt.

Er war ein Fremder. Wieder der Caleb, der selbstsüchtig und unfreundlich war. Und da erkannte ich es. Erkannte den Fehler, den ich begangen hatte. Die Tränen nahmen ihren Lauf und ich wischte sie wütend von meinen Wangen.

»Ich habe dir vertraut und zugelassen, dass ich …« Ich hielt inne. Er verdiente meine Gefühle nicht. Das wurde mir jetzt klar.

Doch er sah mich an. »Was? Was hast du zugelassen?«

»Ist nicht länger von Bedeutung.«

Er liebt mich nicht.

Das war die einzige Wahrheit, die ich erfahren hatte.

Ich ging und schaute nicht zurück. Ich war fertig mit Caleb Han.

In meiner Wohnung wartete Peyton bereits auf mich.

Ich wusste nicht, wie ich die Rückfahrt überstanden hatte, aber als ich sie sah, erwartungsvoll und mit Fragezeichen im Blick, brach der Damm. Das Gefühl war so überwältigend, dass ich nach Luft schnappen musste. Ich stolperte in die Wohnung, an Winston vorbei, in ihre Arme. Sie fing mich auf und ich spürte, wie meine Beine im selben Moment unter mir wegsackten.

Die Schluchzer, die ich bisher nicht zugelassen hatte, ließen meinen Körper beben. Ich krallte mich in ihre Arme, um Halt zu finden. Alles schien nur noch in Zeitlupe zu geschehen.

»Du hattest recht, Peyton. Du hattest mit allem recht«, flüsterte ich so lange, bis ich vor Erschöpfung verstummte.

Stimmen holten mich wieder in die Gegenwart. Es war bereits dunkel, als ich mit pochendem Kopf aufwachte und der Schmerz in meiner Brust an die vergossenen Tränen erinnerte.

Es war vorbei. Was auch immer dieses Etwas zwischen Caleb und mir gewesen war. Die Erinnerung an das letzte Gespräch durchzuckte mich wie einen Stromschlag.

»Du solltest gehen«, hörte ich Peyton murmeln.

Mühsam richtete ich mich auf und folgte ihrer Stimme.

Als ich sie an meiner Wohnungstür entdeckte, hielt ich inne.

Caleb stand dort und sah mich an.

Es verschlug mir den Atem. Aber ich sehnte mich nicht mehr nach dem Gefühl, das er in mir auslöste. Ich verabscheute es.

Das sich drehende Gefühlschaos war zum Stillstand gekommen. Das hier war nicht normal. So intensiv für jemanden zu empfinden, war unnatürlich. Ich wollte eine stabile Beziehung. Nicht eine kaputte Version davon.

»Ruby«, stieß Caleb hervor.

Peyton schob sich in mein Sichtfeld.

Doch ich ging an ihr vorbei und erkannte an Calebs Blick, dass ihre Begrüßung nicht gerade nett ausgefallen sein musste.

Gut, dachte ich. *Dann bin ich nicht die Einzige, die Gefühle zeigt.*

»Ich kann ihn rausschmeißen«, erinnerte mich meine Managerin hinter mir.

Dankbar schüttelte ich den Kopf. Ich musste allein damit fertig werden. »Schon gut. Lass mich das machen.«

Widerwillig zog sie sich zurück und wurde abgelöst von Winston, der sich treu an meine Seite stellte.

Caleb musterte mich, wartete offensichtlich auf eine Reaktion. Die würde ich ihm geben. Es wäre das Letzte, was er von mir bekam.

»Was willst du hier? Reicht es nicht, mich vor aller Welt als Idiotin dastehen zu lassen?«

»Ich ... du bist keine Idiotin. Ich wollte das alles nicht. Niemals. Das musst du mir glauben«, erklärte er. Die Funken zwischen uns waren noch da, doch ich ignorierte sie.

»Caleb. Ich glaube dir gar nichts mehr.«

Als Antwort hob er seine Hand und streckte sie mir entgegen, doch ich wich ihm aus. »Nicht.«

Er hatte kein Recht mehr, mich so zu berühren. Als er es ein weiteres Mal versuchte, schubste ich ihn von mir.

»Du hast gelogen. Und wieder gelogen und wieder gelogen. Also sag es. Sag, dass ich dir nie etwas bedeutet habe!«

Das unangenehme Kribbeln in meiner Brust wurde zu meinem Anker. Das hinderte jedoch die Tränen nicht daran, wieder zu fließen.

»Aber das stimmt nicht!«

Meine Wut steigerte sich ins Unendliche. »Nein? Wo warst du, als ich dich gebraucht habe auf der Gala? Wo, als ich dich gebeten hatte, mit mir zu Helene zu kommen? *Du* hast entschieden, das Ganze abzublasen. Ohne mit mir darüber zu reden! Warnst mich vor Typen wie Victor und ziehst dann denselben Scheiß ab wie er! Du hast dafür gesorgt, dass ich vor allen auf *Ysta* und in den Magazinen wie eine Idiotin aussehe. Und ich habe zugelassen, dass du mir das antust.«

Er erwiderte nichts.

Meine Stimme wurde schärfer. »Wie konnte ich nur so dumm sein? Du und ich waren von Anfang an zum Scheitern verurteilt, aber ich habe dir vertraut. Dir geglaubt, als du behauptet hast, wir wären ein Team. Ich ... ich wünschte, ich hätte dich nie kennengelernt.«

Seine Augen weiteten sich. »Hör auf sowas zu sagen.«

»Was willst du stattdessen hören? Ein Danke?« Ich schnaubte und wandte das Gesicht ab. Die schwarze Samtverpackung, die ich seit dem Abend nach der Gala nicht angerührt hatte, lag noch auf der Kommode und stach mir ins Auge. Ich dachte an die rubinrote Kette darin. An den Wert, den sie hatte und daran, wie egal mir das war. Egal wie elegant und wunderschön sie war, sie war nur der Beweis dafür, wie falsch unsere Beziehung war. Ich nahm die Verpackung und drückte sie ihm fest an die Brust. »Verschwinde, Caleb.«

Ich trat zurück in den sicheren Hafen meiner Wohnung und versuchte das Rauschen in meinen Ohren zu ignorieren. Caleb starrte auf die edle Verpackung und schluckte schwer. Ich wollte mich abwenden, doch er hielt mich davon ab, indem er mich ansprach.

»Ruby, ich …«

Jede Faser in mir wusste, was er sagen würde. Nur, dass es dafür zu spät war.

»Sag es nicht.«

»Was?«

»Ich will es nicht hören. Nicht heute. Nicht so. Niemals«, erklärte ich und zwang mich, ihn anzusehen. Die folgenden Worte waren unter der Gürtellinie, aber mein Mund machte sich selbständig. »Du weißt nicht, was Liebe bedeutet. Du hast es selbst gesagt: Du verdienst mich nicht. Das wars, Caleb. Der Deal ist beendet. Wir sind fertig miteinander.« Ich wartete nicht auf eine Antwort. Stattdessen ließ ich die Tür ins Schloss fallen und wandte mich endgültig ab. Es war vorbei. Einfach so. Caleb war nicht länger Teil meines Lebens.

Er ging und nahm mein Herz gleich mit.

Kapitel Achtundzwanzig

Früher dachte ich, Liebeskummer wäre diese grandiose Sache. Wütende Heulkrämpfe, nicht losgeschickte Nachrichten und Schmerz. Drei Wochen langes Im-Bett-liegen-und-an-die-Decke-starren.

Aber so war es nicht. Nicht bei mir.

Denn ich machte einfach weiter, wo ich aufgehört hatte.

Als wäre all das nie passiert.

Der Dezember verging, das neue Jahr brach an und plötzlich waren schon die ersten Knospen des Frühlings erblüht.

Ich lebte einfach weiter. Arbeitete an Ysta, ging mit Peyton aus, traf mich mit Helene und verbrachte die freien Tage mit Winston.

Da war dieses Ich, das ich zurückgelassen hatte. Am liebsten hätte ich die Zeit zurückgedreht und das alles rückgängig gemacht. Aber ich war nicht mehr die, die ich gewesen war. Eigentlich … wusste ich nicht einmal selbst, was noch von mir übrig war. Ich trauerte. Um all die Dinge, die Caleb und ich hätten sein können. All die ungesagten Worte, die niemals gehört werden würden.

Nach der Trennung von ihm hatte ich die Spuren unserer Beziehung weit weggesperrt. Meine Gefühle, den Schmerz und die Erinnerungen an unsere gemeinsame Zeit.

Das Problem war nur, dass unsere Vergangenheit mich einholte.

Es passierte ohne Vorahnung.

Ich war gerade dabei, ein Video mit einem Backrezept einzuschalten, als ich das Logo von *Passiona* auf dem Bildschirm entdeckte.

Die Werbung zeigte mich mit Caleb. Wie gelähmt starrte ich auf die Szenen, die sich abspielten. Die Blicke, die wir uns zuwarfen, und den Kuss im Hotel in Whistler.

Ein Feuer loderte in mir auf, als ich an seine Berührungen auf meiner Haut dachte. Die Erinnerungen waren zu frisch und ich bildete mir ein, ihn zu spüren.

Aber er war nicht hier.

Nach unserem letzten Gespräch war er abgetaucht und auch wenn Isaac mehrfach versucht hatte, mich zu kontaktieren, waren wir von da an Geschichte gewesen.

Peyton hatte sich um alles gekümmert. Innerhalb von vierundzwanzig Stunden war der Vertrag gekündigt und alle Verpflichtungen aufgehoben worden. Sie hatte meine Ysta-Kommentare deaktiviert und eine Pressemitteilung rausgeschickt.

Es war so, als hätte es Ruby und Caleb nie gegeben. Wir waren nur ein weiterer Punkt auf der fortlaufenden Zeitachse der Neuigkeiten gewesen.

Als die fröhliche Stimme der Bäckerin den Anfang des Videos ankündigte, erwachte ich aus meiner Trance. Ich blinzelte die Tränen weg, klappte den Laptop zu und stand auf. Statt länger herumzusitzen, rief ich Drew an. Nach dem dritten Läuten nahm er den Anruf entgegen.

»Was geht ab?«

»Hast du Lust, mit mir shoppen zu gehen?«

Meine neueste Bewältigungsstrategie. Es funktionierte. Für ein paar Stunden. Aber ich nahm, was ich bekam.

»Klar, treffen wir uns im Square One?«

Ich hörte eine Frauenstimme im Hintergrund. Drew lachte in den Hörer.

Sofort setzte ich eine Antwort an. »Wenn du beschäftigt bist, können ...«

»Quatsch. Ich freu mich, wenn du aus dem Haus kommst.«

Mein bester Freund machte kein Geheimnis daraus, dass er Mitleid mit mir hatte. Er hatte von der Trennung erfahren, mir tonnenweise Eiscreme gebracht und mich gezwungen, Tiramisu für ihn zuzubereiten.

»Wer ist denn da bei dir?«, wollte ich wissen. In den letzten Wochen war mein verkorkstes Liebesleben oft genug Thema gewesen. Glücklicherweise hatte ich noch gerade so verhindern können, dass Eve bei mir aufkreuzte. Ein Hoch auf Abschlussprüfungen.

Die unbekannte Frau am anderen Ende kicherte, ich hörte einen Kuss und dann Klicken. Drew räusperte sich laut.

»Jemand.«

»Wie nett. Ich hoffe, sie hat das nicht mitbekommen. Hat diese Jemand auch einen Namen?«

»Du bist zu neugierig. Ich erzähle es dir, wenn du mir einen Kaffee spendierst. Brew Corner ist jetzt out.«

Ich versuchte gar nicht erst, ihn daran zu erinnern, dass er an der Reihe war mit spendieren. Stattdessen legte ich kopfschüttelnd auf, bestellte ein Uber und bereitete Winston für unseren Ausflug vor.

Vor meinem Wohnungskomplex angekommen, hieß mich eine kühle Brise willkommen. Ich machte mir eine Notiz mit all den Dingen, die ich einkaufen wollte. Während ich die Liste herunterschrieb, kam das Uber an und ich begrüßte die Fahrerin.

»Schön heute, nicht wahr?«, fragte sie, während sie das Auto auf die Hauptstraße lenkte.

Ich sah von Winston, der neben mir auf der Rückbank saß, aus dem Fenster.

Die Sonne tauchte die Straßen in warmes Licht und die Straßen pulsierten von einer Energie, die ich längst vergessen hatte.

Neuanfänge. Frühlingsgefühle und das rhythmische Summen der vorbeiziehenden Autos füllten die Luft.

»Sehr schön«, erwiderte ich und meinte es auch so.

Das Leben ging weiter. Die Zeit würde irgendwann all die Wunden heilen.

Die Fahrerin schaltete das Radio ein und ein neuer Popsong wurde angekündigt. Ich verkrampfte mich kurz, wohl wissend, dass heute Calebs erstes Konzert war. Die Medien waren voll mit ihm, seinem Gesicht und seiner Stimme. Doch ich wurde verschont. Stattdessen sang eine neue Indie Sängerin über Sommer, Abenteuer und Meer. Dinge, die ich in diesem Moment bitter nötig hatte.

Ich machte ein Bild von Winston, wie er den Verkehr beobachtete. Aus dem Augenwinkel bemerkte ich das rote Licht, das sich vor dem Auto zeigte.

Die Fahrerin trat fest auf die Bremse und wir kamen rechtzeitig zum Stehen.

Ich spürte einen Moment der Erleichterung, als plötzlich ein ohrenbetäubender Knall durch die Luft hallte.

Ein Schrei erklang und als der Schmerz folgte, wusste ich, dass es mein eigener war. Die Geräusche und Stimmen um mich herum wurden gedämpft bis mich die dunkle Leere empfang.

Cause I can't get you out of my head.
And since you left, there is no one else.
That I want to love.
That I want to hold.
That can break my heart.

Die Musik hörte abrupt auf und ich spürte, wie ich mit voller Wucht mein Bewusstsein wiedererlangte.

Als ich langsam blinzelnd die Augen öffnete, fand ich mich in einem Krankenhausbett wieder. Mein Kopf fühlte sich schwer an und als ich versuchte mich aufzusetzen, scheiterte ich schnell daran. Ich spürte einen Verband um meinen Kopf und Schienen, die meinen Arm stabilisierten. Schmerz durchzuckte heiß meinen Körper, während ich mich in die harte Matratze zurücksinken ließ. Ein Seufzen kam mir über die Lippen und dann sah ich sie.

Eves Gesicht war das Erste, was mich begrüßte.

»Du bist wach«, hauchte sie. Vorsichtig nahm sie meine Hand in ihre. Ihre Schultern bebten.

Ich versuchte zu antworten, doch meine Kehle war zu trocken.

Mit glasigen Augen reichte sie mir ein Glas Wasser und half mir, es zu halten.

Ich schaute mich im Raum um, entdeckte zwei Blumensträuße und eine Karte, doch abgesehen davon waren wir allein.

»Mom ist in deiner Wohnung und Dad ist beim Tierarzt mit Winston. Keine Sorge, ihm geht es gut – dir geht es gut.« Ihre Stimme brach. Sie weinte und ich schluckte.

»Mir geht es gut.«

Das Piepen der Monitore, die entfernten Gespräche des medizinischen Personals und die Schritte von anderen Besuchern drangen immer besser zu mir durch. Meine Erinnerungsfetzen setzten sich zusammen und ich dachte an alles, was ich in den letzten Monaten erlebt hatte.

Statt in Trauer zu versinken, spürte ich unendliche Dankbarkeit. Ich war schwach und verletzt, aber ich hatte überlebt. Eve war hier. Meine Eltern waren hier. Winston ging es gut. Die Welt drehte sich weiter.

Eves Anblick war wie ein Strahl der Hoffnung inmitten all der Dunkelheit, die ich endlich hinter mir lassen konnte.

»Ist Peyton hier?«

»Sie sollte gleich kommen. Drew war auch hier und hat mich schwören lassen, anzurufen, wenn du aufwachst.«

Mein Herz rutschte mir in die Hose. Ich konnte mir gar nicht ausmalen, wie viele Sorgen sie sich alle hatten machen müssen.

»Ich schulde ihm noch einen Kaffee«, scherzte ich und versuchte mich an einem Lächeln.

»Du hast uns einen ziemlichen Schrecken eingejagt. Ich rufe die Ärzte, okay?«

Sie war fast aus dem Zimmer, als ich sie erneut ansprach. »Eve?«

»Hm?«

»Weiß er Bescheid?«

Meine kleine Schwester wusste, von wem ich sprach.

Eve strich sich durch das Gesicht, zögerte kurz und sah mich dann eindringlich an. »Nein.«

Das Wort sickerte langsam und wie Gift in mein System. Und die Enttäuschung brach mir gleich ein zweites Mal das Herz.

Doch ich hatte nicht viel Zeit, Trübsal zu blasen, denn nachdem der Arzt aufgekreuzt und mich über meinen Gesundheitszustand informiert hatte, tauchte Peyton auf.

»Ein gebrochener Arm und ein Schädel-Hirn-Trauma«, klärte ich sie auf, während sie auf dem leeren Krankenhausbett neben meinem Platz nahm.

Sie schüttelte den Kopf, ihre Miene war undurchdringlich. Peyton war noch nie ein emotionaler Mensch gewesen und auch jetzt wirkte sie überraschend geschäftsmäßig. »Ein gebrochener Flügel. *Passiona* und *Tarrier* haben bereits nach deiner Zimmernummer gefragt.« Danach erzählte sie mir, wie die Leute Bilder von Winston gemacht und so herausgefunden hatten, dass *rubyslife* in einen Unfall verwickelt worden war. Sie berichtete von Silvia, die sie höchstpersönlich angerufen hatte.

Doch ich hörte nicht mehr richtig zu. Meine Gedanken waren noch nicht ganz beisammen, aber mein Gehirn lief auf Hochtouren. Peytons Worte hallten durch mich hindurch, wie im Sog zog sich alles in eine Richtung und ich hob die Hand.

Peyton musterte mich.

Ich ließ den Blick über sie wandern, wollte nicht wahrhaben, was mein Kopf bereits zusammengesetzt hatte. Es war mir so plötzlich wie Donner gekommen und ließ mich nicht mehr los. »Was hast du gesagt?«

»Dass Silvia Passiona mich angerufen hat.«

»Nein, davor.«

Sie saß reglos da, überlegte. »Ein gebrochener Flügel?«

Der Kloß in meiner Kehle wuchs. Ich erinnerte mich an die Halloweennacht. An den gebrochenen Flügel, den sie mit diesem *Lächeln* gerichtet hatte. Ihre Worte am Tag der Trennung. *Caleb Han ist nur ein unpünktlicher Säufer.*

»Wusstest du, dass die Paparazzi an dem Abend der Halloweenparty da sein würden?«

Meine Managerin holte tief Luft.

Ich spürte die Spannung hochkochen und wusste, dass ich auf etwas gestoßen war. »Was hast du getan?«, fragte ich mit bebender Stimme.

Sie schaute von den Monitoren zu mir. Ihr Blick war ... frostig.

»Ich habe ihnen einen Tipp gegeben.«

Die Wahrheit plötzlich zu hören, fühlte sich an, als würde etwas in mir zerbrechen.

»Und du hattest Caleb beim Shooting vorher provoziert. Warum? Weil du darauf gehofft hast, dass er mich darauf anspricht?«

Peyton verschränkte die Arme vor der Brust. »Es war einen Versuch wert. Deine Followerzahl stagnierte und er war das perfekte Spielzeug. Es gab zwei Szenarien. Ihr werdet erwischt und ich streue anschließend das Gerücht, er hätte dich betrogen. Oder ihr datet euch und seine Fans übernehmen den Rest. Du musstest nur glauben, dass die

Beziehung einen Sinn hat. Ich hätte niemals damit gerechnet, dass du armes Ding dich tatsächlich in so jemanden verliebst.«

Ihre Aura veränderte sich. Vor meinen Augen verwandelte sie sich von einer liebevollen Freundin in dieses … Monster. Jemanden, der nur mit den Gefühlen anderer spielte.

»Die Kiss Cam, die Fotos mit Drew … so viel mehr und du hast es nicht gemerkt. Deine Nachrichten an ihn. Du warst *so* verzweifelt. Ich wusste immer, wo du warst. Es war alles geplant bis ins letzte Detail. Whistler war eine willkommene Wendung.«

»Warum? Wozu die ganze Inszenierung? Für ein paar mehr Kooperationsanfragen? Was hat es dir gebracht, außer meinem Herz beim Brechen zuzusehen?« Meine Stimme klang schrill, als ich antworte. Die Härte darin war ungewohnt, aber sie gab mir Kraft. Der Verrat war zu viel. Ein Schauer rieselte mir über den Rücken, wohlwissend, welche Dinge ich ihr in den letzten Jahren anvertraut hatte.

»Du hast mitgemacht. Ich bin hier nicht der Bösewicht. Alles für Eve. Sobald ich sie erwähnt habe, warst du am Haken und hast mitgespielt. Die Hasskommentare … sie waren die ganze Zeit da. Es war viel Arbeit, sie täglich zu löschen. Aber das war es wert. Sieh dich an. Die Leute haben Mitleid mit dir und du bist wieder das interessanteste Thema.«

Mein Kopf drehte sich. Wie konnte sie so gefühllos über die letzten Monate reden? Über all das, was ich durchgemacht hatte? Ich wollte zu einer Antwort ansetzen, als Eve ins Zimmer spazierte.

Sie sah von mir zu Peyton. »Was ist los?«

»Sie soll gehen«, verlangte ich. Dieser Albtraum musste beendet werden. »Sofort.« Es riss mich in Stücke, sie weiterhin zu sehen. Die Person, die ich all die Jahre für eine Freundin, eine Schwester gehalten hatte.

Eve zögerte nicht lange, sondern deutete auf die Tür. »Du hast sie gehört.«

»Du wirst es bereuen, Ruby. Ohne mich wärst du ein Nichts. Irgendwann wirst du das merken und zurückgekrochen kommen. Schade nur, dass dein hübscher Freund nichts mehr mit dir zu tun haben möchte. Ich hatte gerade angefangen, ihn zu mögen.«

Ich schluchzte. Es hörte sich an wie ein verwundetes Tier.

Meine kleine Schwester riss die Augen auf, griff nach Peytons iPad, das auf dem Krankenhausbett lag und schmiss es gegen die Zimmertür. Mit einem lauten Knall landete es auf dem Boden und das Display zersprang in tausend Splitter. Das Teil war hinüber. »Verpiss dich.«

Als Peyton endlich ging, kam Eve an meine Seite und kramte mein Handy aus einer mir unbekannten Tasche hervor. »Das wird ausgeschaltet. Du bist jetzt auf Digital Detox. Wenn ein Caleb Han oder dieses Miststück mit dir reden wollen, müssen sie erst an mir vorbei.«

Ich erwiderte nichts. Dann lachte ich. Vielleicht weinte ich auch. So genau wusste ich es nicht.

Kapitel Neunundzwanzig

Mit pochendem Herzen ging ich die Krankenhausflure entlang. Der Duft von Desinfektionsmittel brannte mir in der Nase und ich steuerte geradewegs auf das Zimmer zu, das ich seit einer Woche täglich besuchte.

Hinter der Tür lag Helene im Bett.

Mit Stricknadeln in den Händen versuchte sie sich an einem roten Schal. Als sie mich bemerkte, schnalzte sie mit der Zunge und warf das Garn von sich. »Das ist sinnlos. Backen ist viel einfacher.«

Ich grinste. »Wie lange strickst du schon? Zwei Tage? Das kannst du nicht mit vierzig Jahren Backen vergleichen.« Ich drückte ihre Hand, während ich mich setzte. »Du siehst gut aus.«

»Du schmeichelst mir«, sagte sie und strich mir das Haar aus dem Gesicht. »Nichts mehr übrig von deinen Kratzern.«

Mein Unfall war bereits sechs Wochen her und in dieser kurzen Zeit hatte mein Leben die größte Veränderung der letzten fünf Jahre durchlaufen.

Die Manipulation war zu Ende. Peyton war nicht länger Teil meines Lebens und hatte keine Kontrolle mehr darüber. Nachdem ich von ihrem Masterplan erfahren hatte, war ich in ein tiefes Loch gestützt. Der Verrat hatte mich wie ein Schlag getroffen und die Tage danach waren die Hölle gewesen. Doch das Spiel war vorbei. Mit der Hilfe von Eve und meiner Freunde war ich nach und nach ins Leben zurückkehrt.

Ich hatte Ysta deaktiviert.

Meine Karriere als Content Creatorin an den Nagel gehängt.

Von den restlichen Kooperationseinnahmen und meinen Ersparnissen hatte ich eine kleine Wohnung in Helenes Stadtteil angezahlt. Das Sparbuch für Eve war aber von meinen Ausgaben unberührt geblieben.

»Was hast du heute gegessen?«

»Willst du mich ernsthaft nach diesem Fraß hier ausfragen?«

»Was soll ich sonst fragen?«

»Wo die Schlüssel für die Bäckerei sind«, antwortete sie prompt. Ihr Lächeln sprach Bände.

Kurz vor ihrer OP war ich mit einem Ziel vor Augen zu ihr gefahren. Die Bäckerei, in der ich so viele Stunden verbracht hatte. Der Platz, an dem ich immer sicher gewesen war. Der jetzt mir gehörte.

»Ich kann es immer noch nicht glauben, dass du sie mir verkauft hast.«

Helene schüttelte den Kopf. »Ich habe nur darauf gewartet, dass du es endlich erkennst.«

»Was?« Ich wusste nicht wieso, aber Tränen bildeten sich in meinen Augenwinkeln.

Zum ersten Mal in meinem Leben war ich frei. Nach all den Jahren hatte ich mir endlich erlaubt, etwas nur für mich zu tun.

»Dass du deine eigenen Träume haben darfst.«

Ich weinte. Aus Dankbarkeit, Vorfreude und um all den Schmerz, der mich so weit gebracht hatte.

»Danke, dass du immer an mich geglaubt hast.«

Nach meinem emotionalen Besuch bei Helene fuhr ich geradewegs zur Bäckerei. Winston und Eve erwarteten mich bereits am Eingang, als ich den gemieteten Smart vor *Nana's Bake Shop* parkte.

»Wie siehst du denn aus?«, begrüßte mich meine kleine Schwester und schob sich die Sonnenbrille aus dem Gesicht. »Hast du geheult?«

»Nur ein bisschen.« Wahrscheinlich sah ich aus wie ein Zombie, aber es war mir egal. Im wahren Leben gab es keine Überarbeitungsapps, und das war okay.

Ich klimperte mit den Schlüsseln, die mir Helene in die Hand gedrückt hatte und mit schweißnassen Fingern schaffte ich es schließlich, aufzuschließen.

Als ich den ersten Schritt in *meine* Bäckerei setzte, fühlte ich mich, als wäre die Welt endlich vollkommen.

Eve pfiff durch die Zähne, während sie die nostalgische Einrichtung musterte. »Alles deins?«

»Ja«, flüsterte ich, noch unsicher darüber, dass mein Traum endlich vor mir lag. »Verrückt, nicht wahr?«

Meine kleine Schwester sah mich mit leuchtenden Augen an. Der Sommer bekam ihr gut. Ihre Haut strahlte und der frische Teint war beneidenswert. Dabei stand ihr Ausflug nach Europa noch bevor.

»Du verdienst es, glücklich zu sein. Ich hoffe, das ist dir jetzt bewusst.«

Irgendwann in den letzten Wochen war sie vom Mädchen zu einer jungen Frau geworden und ich spürte, wie mir schwer ums Herz wurde. »Hör bloß auf, sonst weine ich gleich noch mal«, flehte ich. Dann zog ich sie in eine lange Umarmung, die auch Winston miteinschloss.

Irgendwann löste sie sich von mir, mit einem Blick, den ich nur zu gut kannte. So schaute sie, wenn sie Mist gebaut hatte. Wenn sie als Kind von meiner Schokolade genascht hatte, ohne mich zu fragen, zum Beispiel. Ich konnte mich nicht mehr erinnern, wann ich sie das letzte Mal so gesehen hatte.

»Bitte sag mir nicht, dass du schwanger bist«, warnte ich sie. Noch eine Lebensveränderung konnte ich nicht verkraften.

Sie sprang regelrecht von mir fort und schüttelte den Kopf. »Was? Nein!«

Erleichterung machte sich in mir breit. Alles andere konnte ich wegstecken. Glaubte ich. »Was ist dann?«

»Versprichst du mir, mich nicht zweizuteilen und trotzdem mit auf das Konzert nächste Woche zu gehen?«

»Welches Konzert?«

Statt einer Antwort ging sie zur Theke und holte aus ihrem Stoffbeutel einen braunen Umschlag heraus.

Vorsichtig reichte sie ihn mir, als wäre der Inhalt explosiv. »Versprich es.«

»Kann ich nicht, wenn ich nicht weiß, wovon zum Teufel du redest!«

»Wortwahl!«, scherzte sie, doch ihr Lächeln verrutschte.

Als ich den Umschlag öffnete, ging sie auf Sicherheitsabstand. Irritiert von ihrem Verhalten zog ich den Inhalt hervor.

Postkarten. Mindestens ein Dutzend davon.

Montreal. Vancouver. New York. Seattle. Toronto. Jede einzelne mit handgeschriebenem Text gefüllt und einer Unterschrift signiert.

»Caleb«, platzte es mir heraus. Es war das erste Mal seit Wochen, dass ich seinen Namen laut aussprach. Mein Puls beschleunigte sich augenblicklich und ich krallte mich an den erstbesten Stuhl. »Wie? Warum?«

»Ich habe sie nicht gelesen«, erklärte Eve mit erhobenen Händen. »Nur abgefangen.«

»Warum?«

Sie mied meinen Blick. »Ich dachte, es wäre besser so. Aber ich höre dich. Wie du jede Nacht seine Interviews anguckst und seine alten Songs hörst. Du leugnest es zwar, aber ich weiß, dass du ihn vermisst.«

Sie hatte recht. Doch ich fühlte mich wie eine Idiotin. So sehr, dass ich nicht mal widersprechen konnte. Die Zeit ohne ihn war hart gewesen. Die Erinnerungen an unsere kurze gemeinsame Zeit waren noch immer da. Die intimen Momente, die Gespräche und die ungesagten Worte, die in meinen Gedanken festhingen wie Flüche. Bisher hatte ich geglaubt, dass ich die Einzige war, die so empfand.

»Da ist noch was«, erwähnte Eve beiläufig. Sie fing an

herumzudrucksen. »Als du deinen Unfall hattest und noch bewusstlos warst, wurde Peyton von so einem Typen angerufen, Isaac hieß er. Sie hat ihn sofort abgewürgt. Er wollte wohl wissen, in welchem Krankenhaus du bist. Ich habe mir erst nichts dabei gedacht, aber als ich sie gefragt habe, wer das war, hat sie gesagt, er wäre Calebs Manager. Ich habe geglaubt, sie hat es dir nicht erzählt, um dich nicht zu stressen.«

Ich sah sie an und wartete auf den Rest. Mich beschlich das Gefühl, so viel verpasst zu haben.

Eve fuhr fort. »Als dann rauskam, dass sie eine Bitch ist, habe ich es vergessen, dir zu sagen. Ehrlicherweise wusste ich auch nicht, ob du bereit gewesen wärst, ihn wieder in dein Leben zu lassen.« Ihr Blick huschte von mir zu den Postkarten, an die ich mich noch klammerte. »Keine Ahnung, was du jetzt machen willst. Aber er ist nächste Woche wieder in der Stadt und ... du liebst ihn. Du hast nie damit aufgehört.«

Ihre Stimme klang plötzlich so fern. Als hätte sich die Bäckerei in eine Büchse voller Watte verwandelt. Mir stockte der Atem und in meiner Brust zog sich etwas zusammen.

Die Gefühle, die ich so lange unter Verschluss gehalten hatte, brachen wieder heraus. Wie Schmetterlinge kletterten sie aus ihren Kokons und es war so überwältigend, dass ich mich setzen musste.

»Sag was«, verlangte Eve. »Hasst du mich jetzt?«

»Nein. Ich ... ich brauche nur einen Moment.«

Dieses schreckliche Prickeln war wieder zurück und ich starrte auf die Zeilen, die mir Caleb geschrieben hatte.

Die erste Postkarte zeigte Vancouver. Auf der Rückseite waren Zeilen mit schwarzer Tinte verewigt.

Ich war heute beim Grab meiner Oma und habe ihr von dir erzählt. Sie konnte nicht antworten, aber ich bin mir sicher, dass sie mich als Idiot beschimpft hat. Ich kann es ihr nicht verübeln. Es war nie mein Plan, dein Leben zu ruinieren. Es tut mir leid. Es tut mir leid, dass ich nicht das sein konnte, was du verdient hattest.

Die nächste war aus New York.

Die Stadt ist wunderschön im Frühling. Warst du schon mal hier? Es würde dir gefallen. An jeder Ecke gibt es Bagel und frisch gebackenen Kuchen. Isaac behauptet, ich würde bald Diabetes kriegen, aber nichts schmeckt so gut wie dein Gebäck. Es tut mir leid. Ich hätte für dich da sein sollen.

Die letzte, die ich las, war aus Toronto. Die erste Show, die er gespielt hatte. Ich lächelte schwach, als die Erinnerungen an jenen Tag im Krankenhaus wieder aufstiegen. Ich hatte geglaubt, dass ich mein gebrochenes Herz nicht überleben würde. Nach dem Verrat, der Wahrheit, die ich erfahren hatte, hatte ich angenommen, nie wieder glücklich sein zu können. Aber hier war Caleb, in Form von Karten, die mir das Gefühl gaben, bei ihm zu sein, gefüllt mit herzzerreißenden Worten, die mir zeigen, dass es Hoffnung gab.

Ich werde dich nicht aufgeben, wenn du mich nicht aufgegeben hast. Du brauchst Zeit, das weiß ich. Du kannst alle Zeit der Welt haben. Ich werde warten.

Meine Hände zitterten, als ich die Karte sinken ließ. Ich dachte an das Unmögliche. An die Vorstellung einer gemeinsamen Zukunft mit Caleb. Mein Herz forderte seine Nähe mit gewaltiger Kraft, die ich nicht länger kontrollieren konnte. Doch ich musste das alles verarbeiten.

Eve tauchte an meiner Seite auf. »Was jetzt?«

Ich ließ den Blick durch die Bäckerei wandern. Mit dieser Wendung hatte ich nicht gerechnet. Und es gab trotzdem noch all die Dinge, die gegen eine Beziehung mit Caleb sprachen.

Seine Fans. Seine Tour. Das fette Kommunikationsproblem, an dem wir arbeiten müssten.

Mein Innerstes hatte Feuer gefangen. Doch meine Vernunft war lauter denn je.

»Was, wenn es zu spät ist? Was, wenn die Welt gegen uns ist?«, sprach ich meine Bedenken aus.

»Scheiß auf die Leute. Ihr gehört zusammen und daran gibt es keine Zweifel.«

Ihre Aufregung war das Einzige, was mich daran hinderte, durchzudrehen.

»Wie geht es weiter?«

Eve schüttelte den Kopf. Das Schmunzeln auf ihren Lippen ließ mich nur Böses erahnen. »Erst mal wird gefeiert.«

Drei Tage später ließ Moe den Korken der Sektflasche gegen die Decke schleudern.

Margo und ich lachten über seine Unbeholfenheit.

Er warf uns böse Blicke zu. »Ihr hättet mir auch helfen können.«

»Es macht mehr Spaß, dir beim Scheitern zuzusehen«, kommentierte Margo grinsend.

Henry, der Winston für einen Spaziergang entführt hatte, kam durch die Eingangstür der Bäckerei. »Sind wir zu spät für die Feier?«

»Gerade rechtzeitig.«

Eve kam mit Sektgläsern aus der Küche geeilt. »Wartet auf mich!«

»Du bist erst achtzehn geworden.«, schimpfte ich. Das Leben mit meiner kleinen Schwester war ein willkommenes Chaos, aber dennoch musste ich mich noch daran gewöhnen, dass sie mittlerweile erwachsen war.

»In einem Jahr ist es legal. Außerdem hast du mich schon einmal trinken lassen«, erinnerte sie mich.

Mit dem Fuß kickte sie einen rosafarbenen Ballon in meine Richtung. »Und jetzt mach dich mal locker.«

Moe kam ihr zur Unterstützung. »Genau! Du bist jetzt Besitzerin einer Bäckerei!«

Es war das erste Mal, dass jemand es laut aussprach. Ich fragte mich, wie lange es dauern würde, bis ich mich daran gewöhnen würde.

»Oma schickt das hier«, erklärte Henry und holte einen Karton aus dem Kühlschrank. Dann drückte er ihn mir in die Hände. »Hier.«

Der Inhalt offenbarte sich als eine Zitronentorte auf der mit geschwungener Schrift aus Schokolade ›Herzlichen Glückwunsch‹ stand.

»Wer hat die gebacken?«, wollte ich wissen.

Helene war erst gestern entlassen worden und das Letzte, was ihre Hüfte brauchte, war eine aufwändige Torte zu backen.

Eve und Henry tauschten Blicke aus, bevor sie jeweils eine Hand hoben. »Sie hat uns das Rezept gegeben. Also wenn es nicht schmeckt, dann tu einfach so, als ob.«

Ich prustete los. Mit diesem Back-Duo hatte wohl keiner gerechnet.

Margo linste mir über die Schulter. »Wollen wir probieren?«

»Erst anstoßen!«, grätschte meine Schwester dazwischen.

Moe verteilte den Sekt und mit Argusaugen achtete ich darauf, dass die Jüngeren in der Runde nur einen Schluck abbekamen.

»Danke Leute. Für alles. Ohne euch hätte ich es nicht so weit geschafft.« Meine Rede war kurz ausgefallen. Aber ich hatte alles gesagt, was herausgewollt hatte.

Wir hoben unsere Gläser an und im selben Moment erklang die Klingel über der Ladentür.

»Wir haben ...«, setzte ich an, bevor ich das bekannte Gesicht entdeckte.

Er hatte seinen typischen Look mit Anzug und Hemd gegen ein weißes T-Shirt und kurze Hosen getauscht. Es dauerte einen Augenblick, bis ich verarbeitet hatte, wer vor mir stand.

»Isaac?«

»Ruby. Wie schön dich zu sehen.«

Ich stellte das Glas ab und ignorierte die Augenpaare, die uns anstarrten. »Was machst du hier?«

Er lächelte. Das Eisblau seiner Augen leuchtete auf. »Ich spiele das Mädchen für alles.«

Kapitel Dreißig

Ich ließ den Blick über die leere Konzerthalle wandern. Die Vorstellung, dass in einer Stunde jeder Platz besetzt sein würde, war unglaublich.

Während die Mitarbeiter von einem Ort zum nächsten hetzten, setzte ich mich in eine der Tribünen, von denen aus ich Calebs Statur auf der Bühne ausmachen konnte.

Eine Kamera folgte seinen Bewegungen und schickte die Bilder auf einen überdimensionalen Bildschirm.

Er war konzentriert. Sein Blick war unruhig, als ihm ein Security-Mitglied Anweisungen zuwarf.

Die Wochen auf Tour hatten ihn verändert. Seine ganze Person war von Leidenschaft, Aufregung und Angst umgeben. Ganz anders, als die Welt ihn kannte. Eher so, wie ich ihn kennengelernt hatte.

Statt seiner typischen Uniform aus schwarzer Kleidung, trug er jedoch Jogginghosen und ein weißes Hemd, das seine Haut strahlen ließ.

Ich war überwältigt von ihm und seiner Präsens. Als er sich an das Mikro stellte, atmete ich zittrig ein.

»Eins, zwei. Eins, zwei.« In seiner Stimme schwang Nervosität mit.

Ich lächelte. Er hatte keine Ahnung davon, was ihm bevorstand.

Caleb räusperte sich und sang die bekannte Strophe seines Nummer eins Hits.

»Cause I can't get you out of my head. And since you left, there is no one else. That I want to love. That I want to hold. That can break my heart.«

Es klang rau. Keine Musik, die ihn begleitete, konnte die Gefühle in seinen Worten verstecken. Er legte einen Teil seiner Seele frei und keiner bemerkte es. Alle waren zu sehr in das Treiben, die Arbeit und das bevorstehende Konzert versunken.

Die Band fing an, ihre eigenen Mikrofone zu testen und als sich Caleb von seinem löste, vermisste ich seine Stimme sofort.

Das war nicht genug gewesen. Ich brauchte mehr von ihm, seinem Klang und seiner Stimme, die einer leeren Konzerthalle Magie verleihen konnte.

Bald, dachte ich. *Bald ist all der Schmerz vorbei.*

»Hallo, Toronto!«, begrüßte Caleb mit einer halben Stunde Verspätung seine Fans. Lauter Jubel brach aus und obwohl ich Backstage in einem verschlossenen

Zimmer der Vorband saß, spürte ich das Beben der Schreie der Fans.

Nervös blickte ich von meinem Mitbringsel in den Spiegel. Unser Wiedersehen war nur noch wenige Minuten entfernt und ich spürte, wie alle meine Sinne auf Hochtouren liefen.

Die Zweifel wollten sich in den Vordergrund drängen, doch ich ignorierte sie. Tief in meinem Inneren wusste ich, dass Caleb sich freuen würde.

Isaac hatte es mich oft genug wissen lassen.

Besagte Person kam gerade in das Zimmer und schenkte mir ein ermutigendes Lächeln. »Bereit?«

»Showtime«, erwiderte ich und folgte ihm den langen Flur in Richtung Bühne entlang.

Mit jedem Schritt fühlte ich mich leichter.

Während Caleb seinen ersten Song spielte, nutzte ich die Gelegenheit, die Menschenmasse zu beobachten.

Tausende Fans kreischten, sangen mit und hüpften im Rhythmus der Melodie.

Isaac blieb stehen. »Er macht eine Pause nach vier Songs. Hältst du es so lange aus?«

Mein Puls ging durch die Decke. »Habe ich eine andere Wahl?«

Der große Mann vor mir wiegte den Kopf hin und her. »Du könntest natürlich auch jederzeit auf die Bühne und ihn vor vierzigtausend Menschen küssen. Die Presse würde es lieben.«

Bei der Erwähnung jeglicher Medien zuckte ich zusammen. »Nein. Ich warte.«

Das hier war für uns. Nur für uns.

Ich setzte mich auf eine der herumstehenden schwarzen

Boxen und beobachtete Caleb, der auf der Bühne sein Bestes gab. Er sang jeden Song mit Hingabe und verzauberte das Publikum mit jeder Zeile.

Seine Fans sangen mit und bei *Moonshine Hotels* vereinten sich ihre Stimmen zu einem mächtigen Chor. Auch ich summte mit, genoss die elektrisierende Energie, die sich über die Halle ausgebreitet hatte. Ich ließ mich von ihr mitreißen.

Als Caleb zwischen zwei Songs innehielt und mit einem Lächeln ans Mikrofon trat, ließen die Schreie den Boden vibrieren. Die Fans flippten aus, hoben ihre Handys, um diesen seltenen Moment einzufangen.

»Der folgende Song liegt mir sehr am Herzen. Er handelt von einer Person, die ständig in meinem Kopf herumspukt. Sie hat mir einmal erzählt, dass sie nicht an das Schicksal glaubt, aber ...«

Wieder Kreischen, das die Bühne erschütterte.

»Aber ich glaube daran. Ich hoffe, ihr auch. Denn auch wenn ich zu dumm war, um zu sehen, dass das Beste und Großartigste bereits in meinem Leben war, hoffe ich, dass sie diesen Song hört.«

Durch den Monitor sah ich, wie sein Blick direkt in die Kamera fiel.

Mein Herz stolperte einen Takt lang.

»Ich hoffe, du kannst mir irgendwann verzeihen.«

Zum ersten Mal, seit die Vorband gespielt und Caleb auf die Bühne gekommen war, war die Menge verstummt. Alle hingen an seinen Lippen, mich eingeschlossen.

Die Band spielte die ersten Klänge einer Melodie, an die ich mich vage erinnern konnte. Es war der unfertige Song, den er mir in seinem Studio vorgespielt hatte.

»Das ist *Strings of Fate*«, erklärte Caleb, bevor er die erste Strophe sang.

»Loving every part of me.
Like I am not the villain.
I took her heart as a given.
Diamonds all around the world.
But you are my ruby.
One and only.«

Tränen füllten meine Augen und ich sah zu Isaac, der mir eine Hand auf die Schulter legte. »Alles okay?«

»Mehr als das«, flüsterte ich, gebannt von Caleb und seiner Stimme.

»You keep me on the path.
Leading me to the light.
Finally I believe in fate.
Please tell me, it's not too late.«

Es kostete mich viel Kraft, nicht jeden Moment über die Bühne zu rennen und mich auf ihn zu stürzen.

Doch das war sein Moment. Seine Fans beteten ihn an und zum ersten Mal fand ich den Gedanken nicht beängstigend.

Er wiederholte die letzte Strophe und ich fühlte mich berauscht.

Nein, es war nicht zu spät. Unsere Geschichte fing gerade erst an.

Caleb wandte sich um und Isaac versperrte mir die Sicht. »Wir wollen ja nicht, dass er gleich umkippt.«

Ich lachte auf. Schnell wischte ich mir die Tränen von den Wangen und richtete mich auf. Mein Herz schlug mir bis zum Hals.

Es fühlte sich wie eine Ewigkeit an, bis Caleb endlich vor Isaac stand.

Dieser trat zur Seite und sein Schützling starrte auf mich herab. Er stolperte ein paar Schritte nach hinten und ich lächelte wegen seiner Unbeholfenheit.

»Hi, Fremder.«

»Ruby«, gelang es ihm schließlich herauszupressen. »Du bist hier.«

Ich nickte, strahlte ihn an, und bevor ich etwas erwidern konnte, zog er mich in eine feste Umarmung.

Seine Wärme durchströmte meinen Körper. Prickeln lief mir über den Nacken, als ich seinen Geruch zum ersten Mal seit Monaten wieder einatmete.

Er hatte meine Welt auf den Kopf gestellt und sie wieder gerichtet. Mit einer einzigen Umarmung.

Ich schmiegte mich enger an ihn, genoss den Augenblick, fernab von all dem Trubel und der Menschenmenge, die nur auf seine Rückkehr wartete.

Irgendwann löste er sich von mir, ohne mich ganz loszulassen. »Deine Haare ... sind braun.«

»Gut erfasst. Ich hatte schon befürchtet, es fällt nicht auf. Stört es dich, dass du mich nicht mehr Barbie nennen kannst?«

Er schüttelte den Kopf. Offensichtlich wusste er noch nicht, wie er meine Anwesenheit verarbeiten sollte.

Ich half ihm auf die Sprünge und drückte ihm das Gebäck in die Hände. »Hotteok.«

Gebäck in Pancake Form. Eine koreanische Süßspeise, die ich zum ersten Mal gebacken hatte.

»Für mich?«, fragte er. Er sah zu mir auf und seine Augen waren gefüllt mit all den Dingen, die ich fühlte.

»Natürlich.«

Das Lächeln auf seinem Gesicht wuchs. Dann zog er mich wieder in seine Arme und gab mir einen Kuss aufs Haar. »Du bist es, Ruby. Diejenige, die ich hinter all den Lichtern und dem Jubel sehen will. Du bist alles, was ich brauche.«

Ich nickte an seiner Brust. Wir beide waren überwältigt von den Emotionen, und das war okay.

Er nahm mein Gesicht in seine Hände und ich war gefesselt von der Nähe, seinem Blick und den Gefühlen darin. »Ich will der Mann sein, den du verdienst. Keine Ahnung, wie lange ich dafür brauche, aber gib mir die Chance, dir zu beweisen, dass ich alles versuche. Dass ich dich liebe. Denn ich bin so vernarrt in dich, Ruby Dawson, dass es wehtut. Mit dir zu reden, dich zu berühren und bei dir zu sein …«

»Caleb«, unterbrach ich ihn grinsend. »Willst du mich nicht endlich küssen?«

Die Zeit schien für einen Moment stillzustehen, als er zögerte. Dann presste er seinen Mund auf meinen. Der Kuss war schwindelerregend, entschlossen und voller Leidenschaft.

Wir küssten uns lange.

Da war Verzweiflung, Hunger und Liebe. All das, was wir uns nie zugestanden hatten.

Schicht für Schicht verschwanden die Dämonen aus meinem Geist. Ich wollte nicht, dass es aufhörte. Als wir uns schließlich widerwillig voneinander lösten, schwirrte mir der Kopf.

»Es tut mir leid. Alles. Ich war ein Idiot und habe mich von dir distanziert, weil ... ich glaubte, es wäre richtig. Ich dachte, ohne mich wärst du besser dran und als dann die neuen Gerüchte anfingen ...« Caleb hielt inne. Das Braun in seinen Augen schimmerte verdächtig. »Da dachte ich, so ist es besser. Mein Leben ist zu kompliziert und meine Gefühle ... sie waren zu viel für mich. Das letzte Mal, dass ich so gefühlt hatte, war als Kind gewesen, und ich wollte es nicht. Überhaupt nicht. Ich bildete mir ein, ich käme damit klar, dass du mich hasst. Dass ich das besser ertragen könnte, als die Vorstellung, dir nicht geben zu können, was du brauchst.« Er atmete aus, ein atemloses Seufzen verließ seinen Mund und ich schenkte ihm ein Lächeln.

Ich hatte ihm bereits verziehen. Was auch immer zwischen uns stand, wir würden es gemeinsam bewältigen. Wir waren ein Team und das war fürs Erste genug.

»Wenn ich alles rückgängig machen könnte«, fing ich an und drückte seine warmen Hände. Seine Berührungen brachten mich ganz durcheinander und ich spürte, wie nervös ich war. »Aber das bedeuten würde, dich nicht kennengelernt zu haben, dann ... würde ich es nicht tun. Egal, wie verletzt ich war oder noch sein werde, ich bereue dich nicht. Ich bereue es nicht, dich geküsst und mich dir geöffnet zu haben. Besonders nicht, mich in dich verliebt zu haben. Du bist ein guter Mensch, Caleb. Du bist genug und verdienst es, geliebt zu werden. Also lass mich die Person sein, die dir diese Liebe schenkt. Zu dir führt mein roter Faden.«

Caleb küsste mich. Immer und immer wieder. Ich spürte sein Lächeln an meinen Lippen. »Ich weiß nicht, wie ich es geschafft habe, dich zu treffen, aber du bist das Beste, was mir je passiert ist.«

Ich brannte darauf, mehr von ihm zu bekommen. Aber da war noch eine volle Konzerthalle, die nur auf ihn wartete.

»Sagtest du bereits«, erinnerte ich ihn.

Er lehnte seine Stirn an meine. »Ich werde es dir jeden Tag sagen, wenn du mich lässt.«

Mein ganzer Körper vibrierte vor Liebe und Erleichterung.

»Deal.«

»Deal.«

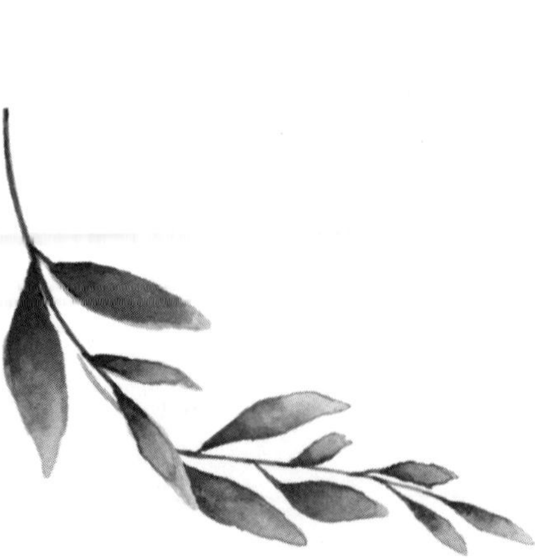

Epilog

Die Familie auf dem Portrait lächelte. Die Mutter und ihre Kinder schauten auf das Meer hinaus und ihr Mann schaute auf sie herab. Liebe füllte ihre Augen und ich schmunzelte, als ich von dem eingerahmten Foto auf das Ufer blickte.

Das Café am Meeresrand in Busan war in sanften Farben gehalten und im traditionellen Stil gestaltet. Ein Fenster war geöffnet und die Geräusche der Kaffeemaschine und der Gespräche vermischten sich mit dem Meeresrauschen.

Ich war überwältigt von der Schönheit, die sich mir bot. Von der atemberaubenden Aussicht auf das Wasser und die umliegenden Berge.

Ich zückte mein Handy und fing den Anblick des türkisfarbenen Meeres ein. Ein weiterer Schnappschuss folgte von den malerischen Bergen, die mich schon bei der Buchung fasziniert hatten.

»Machst du Fotos für Ysta?«, fragte Caleb, der mit

einem Tablett voller Süßspeisen und Iced Americanos an unseren Tisch geschlendert kam.

Die ersten Spuren von Entspannung zeichneten sich auf seinem Gesicht ab. Nach einem halben Jahr Tour hatte er ausgebuchte Konzerthallen gegen den ersten Urlaub in zehn Jahren getauscht.

Ich schüttelte den Kopf und lächelte. »Für mich.«

Meine Tage als Creatorin waren vorbei und außer ein paar Posts zu *Nana's Bake Shop*, stand alles still auf meinem Profil.

Und mir war es noch nie besser gegangen.

Nach all den Jahren hatte ich angefangen, für mich zu leben und nicht für andere. Ich hatte mich für meinen Traum und die Liebe entschieden.

Für Caleb, der mir jeden Tag zeigte, dass ich die richtige Wahl getroffen hatte.

Ich hatte keine Angst mehr.

Da war Licht am Horizont und ich fing an, es endlich zu genießen.

Bonuskapitel

CALEB

Das Leben war eine Summe aus schönen und schrecklichen Momenten. Nur kam bei mir Letzteres immer öfter vor.

Ein weiterer Tag startete damit, dass mich Isaac mit einer Ladung Eiswasser aus dem Bett holte. Als die Kälte auf meinen nackten Oberkörper traf, schreckte ich aus dem Schlaf und brüllte meinen Manager an. »Hast du einen Todeswunsch?«

Er blinzelte nicht einmal mit der Wimper. »Nein, aber wenn du nicht sofort aufstehst und mit zum Shooting kommst, wird Silvia Passiona für *deinen* Tod verantwortlich sein. Ich mag meinen Job, Caleb, und ein Teil davon bist du. Also steh auf und mach dich fertig. Übrigens, du stinkst nach Aschenbecher, also trag wenigstens etwas Parfüm auf.«

Er warf mir das T-Shirt, das auf dem Fußboden gelegen hatte, zu und ließ die Schlafzimmertür offen, als er hinaustrat.

»Arschloch!«, rief ich ihm hinterher und kletterte aus dem nassen Bett. Die einzige Genugtuung, die ich dabei hatte, war die Tatsache, dass Isaac den Mist später würde aufräumen dürfen.

Kaum stand ich, meldeten sich Kopfschmerzen hinter meiner Stirn und ich seufzte, bevor ich ins Badezimmer schlurfte, um mich frisch zu machen. Der Teufel in mir wollte sich Zeit lassen, aber da Isaac einen Kopf größer als ich war und ich nicht in Stimmung, mich mit ihm anzulegen, beeilte ich mich.

Fertig angezogen ging ich ins Wohnzimmer, in dem Isaac auf meiner Chesterfield-Couch saß und wütend in sein Smartphone tippte.

»Wie viel Uhr ist es?«, fragte ich ihn, während ich mir gähnend durch die Haare fuhr.

»Zu spät«, blaffte er zurück und stand auf. Er musterte mein Outfit, ehe er kopfschüttelnd an mir vorbei in den Flur stapfte.

Gott, der Typ war angepisster als ein Fan, der keine Tickets mehr bekommen hatte.

Weil er nicht flachgelegt wird, erinnerte mich. Ich hatte meinen Manager und langjährigen Freund noch nie mit einer Frau gesehen. Vielleicht war er schwul, aber auch in die Richtung hatte ich nie etwas mitbekommen.

In all den Jahren hatte ich mehrfach versucht, meinen Status als Sänger auch für seinen Vorteil zu nutzen, doch vergeblich. Er blockte alles ab und ließ seinen Frust wie auch heute an mir aus. Trotzdem war er wie ein Bruder für mich.

»Können wir das Shooting nicht verschieben?«, fragte

ich, während ich mich in meine Sneaker und eine Jacke zwängte. Durch die Fenster im Flur sah ich, dass die Sonne gerade erst aufging. Wer hatte entschieden, dass ein Shooting ausgerechnet zu dieser gottlosen Uhrzeit stattfinden musste?

Isaac gab mir keine Antwort, sondern schob mich kopfschüttelnd aus meiner Wohnung, knallte die Tür hinter uns zu und drückte nach wenigen Schritten auf den Knopf, um den Aufzug zu holen. Dann wendete er sich mir zu. »Das Shooting hat vor zwei Stunden angefangen und alle warten auf dich. Ich konnte Silvia gerade so beruhigen mit der Entschuldigung, dass du für dein Album schreibst und seit zwei Tagen nicht geschlafen hast.«

Ich lachte trocken auf. Die Arbeit an meinem neuen Album verlief schleppend und ich wünschte, ich hätte so viel Energie, die ich hineinstecken konnte, wie Isaac behauptet hatte. Die Wahrheit war, dass ich Tag für Tag im Studio verbrachte, aber keine Inspiration fand. Ich drehte mich im Kreis.

»Wärst du nicht du, hätte sie dir das niemals durchgehen lassen. Das weißt du, oder?«, wollte Isaac wissen.

Die Aufzugtüren öffneten sich und wir stiegen ein.

Ich lehnte mich an eine der Wände, während mein Manager den Knopf für die Tiefgarage wählte und schloss die Augen. »Ja. Ich bin Caleb Han. Einen beschissenen Vorteil muss das Ganze ja haben.«

Für ihn und jeden Außenstehenden musste ich furchtbar undankbar klingen. Isaac war immer der Erste, der meinen Bullshit kommentierte und mich zurechtwies. Und das sollte er auch.

Aber heute hasste ich alles. Ich wollte nicht raus. Ich wollte mit niemandem reden, geschweige denn auf einem Set mit irgendeiner bedeutungslosen Influencerin vor der Kamera posieren.

Bei dem Gedanken an meine Shooting Partnerin öffnete ich die Augen und stupste Isaac neben mir an der Schulter an. »Wer war noch mal die andere mit dem Parfüm? Die Influencerin … Ruth …?«

»Ruby Dawson. Außerdem heißt es Content Creatorin. Sie ist auf Ysta aktiv und sehr erfolgreich.«

»Ist nicht jeder mit halbwegs hübschem Gesicht oder einer guten Bearbeitungsapp dort erfolgreich?«, hakte ich nach. Ich war gemein. Keine Ahnung, wer diese Ruby war, und es war mir auch egal, aber einen Song zu schreiben war wohl schwieriger, als nett in die Kamera zu lächeln.

Ich bemerkte an seinen zuckenden Kiefermuskeln, dass Isaacs Geduldsfaden sich weiter dehnte. Doch er würde nicht ausrasten. Er war wie ein Roboter und ließ niemals die Emotionen überkochen. Irgendwann würde ich ihn so weit bringen, aber nicht heute.

Als wir in der Tiefgarage ankamen, steuerte er direkt auf seinen schwarzen Bentley mit verdunkelten Scheiben zu. Ein nettes Schätzchen, das nicht gerade günstig gewesen war. Mit den Anteilen, die Isaac von meinen Einnahmen bereits bekommen hatte, brauchte er eigentlich nie wieder einen Finger krümmen, doch anscheinend waren wir beide verkorkst genug, um noch immer zusammenzuarbeiten.

Wir stiegen ein und er antwortete auf meine Frage: »Im Gegensatz zu dir ist ihr Image aber nicht im Keller. Alle lieben sie, auch die, die sie nicht kennen. Jeder, der mit ihr gesehen wird, erhält automatisch Sympathiepunkte. Letzte Woche war sie auf einer Fashionshow von *Tarrier* und hat Camil Binter zum Lachen gebracht. Weißt du, wer das ist?«

»Die Schreckschraube, die zum Frühstück kleine Kinder isst und aussieht wie ein Vampir?«

Okay, diese Ruby war anscheinend ganz in Ordnung. Oder nur gut darin, sich zu verkaufen. Was war so besonders daran?

Isaac las seit Neuestem wohl auch Gedanken, denn er führte seine Lobrede fort. »Sie war noch nie in einen Skandal verwickelt. *Nie.* Die Presse berichtet nur positiv von ihr und du könntest dir ruhig eine Scheibe von ihr abschneiden.«

Ich verschränkte die Arme vor der Brust. »Date sie doch, wenn sie dir so gut gefällt.«

Gespannt warf ich ihm einen Seitenblick zu und wartete auf eine Reaktion, etwas, das mehr war als ein enttäuschter Blick, doch Isaac gab mir nichts. Er presste die Lippen zusammen und warf mir sein Handy von der Mittelkonsole auf den Schoß. »Ich ignoriere diese seltsame Aussage jetzt mal. Außerdem, wo wir beim Thema sind: Du bist übrigens schon wieder auf der Homepage der *DailyBuzz*. Weißt du, wie viel es mich gekostet hat, den letzten Artikel aus dem Umlauf zu nehmen?«

Ich starrte das entsperrte Smartphone an. Er hatte das Fenster im Browser noch geöffnet.

Brooke Cooper über Ex Caleb Han: »Er ist ein Egoist«.

Ich rieb mir die Stelle zwischen meinen Augenbrauen, um den Schmerz zu unterdrücken, der sich wieder pochend in meinem Kopf ausbreitete. Ohne Erfolg. »Haben wir für sowas nicht eine Verschwiegenheitserklärung? Seit wann darf sie so einen Scheiß erzählen?«

Dabei hatten wir nur einmal rumgemacht. Nach einem Event vor drei Monaten. Ich kannte meinen Charme, aber verdammt, diese Frau war nicht zu bremsen.

»Die hättest du ihr unter die Nase halten sollen, *bevor* du mit ihr geschlafen hast.«

Hätte ich mal. Stattdessen war ich mit einer geplatzten Lippe vom Event geflohen. Sie hatte mich gebissen. Normalerweise erkannte ich komische Menschen eine halbe Meile gegen den Wind. Doch sie hatte sich gut getarnt.

Im letzten Insiderartikel hatte sie in Umlauf bringen wollen, dass ich Teil eines Kultes war, der den Teufel anbetete und nur durch die Verbindung dorthinein so erfolgreich geworden war.

Die Geschichten um mich und meine Person waren seit meinem Durchbruch verrückt und absolut absurd gewesen, doch das war tatsächlich eine der Topmeldungen gewesen.

Ich schnaubte und sperrte Isaacs Handy.

Im öffentlichen Licht zu stehen, bedeutete nicht immer Ruhm und Erfolg. Es kam mit Nachteilen, die mich an manchen Tagen an allem zweifeln ließen. Niemand verstand das. Keiner wusste, wie es war, von Millionen angehimmelt, aber Tausenden gehasst zu werden. Das war wie Gift und egal, wie oft ich so tat, als wäre es mir egal, das war es nicht.

Meine Stimmung war dementsprechend weiterhin im Keller, als Isaac und ich eine halbe Stunde später bei den anderen Set-Mitgliedern auf dem Wolkenkratzer mitten in Toronto eintrafen.

Silvia Passiona empfing mich als Erste. »*Bambino.* Du siehst krank aus.«

Danke?

Ich zwang mich, einen Mundwinkel zu heben und scheiterte.

Die Frau vor mir sah aus wie einem Magazincover entsprungen. Der rote Lippenstift saß perfekt und ihre braunen Haare steckten in einem strengen Zopf. Silvias Alter war ein Geheimnis in der Luxuswelt, aber sie strahlte definitiv eine mütterliche Strenge aus. Nicht, dass ich mich damit auskannte.

Hinter ihr sah ich Isaac finster drein gucken und entschied mich, Silvia etwas Honig ums Maul zu schmieren. »Du siehst dafür umso schöner aus. Ernsthaft, neben dir sehen wir alle wie alte Rosinen aus. Und dieser Schmuck? Ist das neu?«

Ich deutete auf ihre goldenen Armbänder, die sie, wie ich wusste, immer trug.

Aber sie ging auf meine Finte ein und fasste sich ans Gesicht. »Danke, ich war übers Wochenende an der Amalfi Küste bei meinen Schwestern und die Sonne hat wahre Wunder bewirkt. Hier in Kanada dagegen kann man ja von Glück reden, wenn es nicht regnet oder schneit.«

Wir hätten auch im Sommer drehen können, dachte ich, verkniff mir aber jeden Kommentar. Sie konnte nichts für meine schlechte Laune. Interessiert hörte ich daher ihrer

Erzählung über die letzte Italienreise zu, während jemand einen Stylingstuhl holte und zwei Stylisten an meiner Seite auftauchten.

»Mr. Han, wir sind zuständig für die Haare und das Make-up«, stellten sie sich kurz vor.

Ich nickte lediglich, setzte mich auf den Stuhl und hob ihnen mein Gesicht entgegen. So war das als Star. Das Set kam zu dir und nicht umgekehrt.

»Hast du Ruby schon kennengelernt?«, frage Silvia nach ihrem Redeschwall.

Der Make-up-Artist puderte gerade meine Haut ab und ich schloss die Augen. »Nein. Ist sie schon da?«

»Ja, weil du das arme Ding hast warten lassen«, erklärte sie und bohrte einen lackierten Nagel in meinen Oberarm. »Sei also nett.«

Ich öffnete ein Auge. »Ich bin immer nett«, murmelte ich, während Silvia aus meinem Blickfeld verschwand.

Isaac lachte neben mir trocken auf und wandte sich dann ab, um mit einer kleinen Blondine im Hosenanzug zu reden. Ich entschied, dass sie nicht wichtig war und döste, während mein Styling fertiggestellt wurde.

Danach ging es sofort ins Fitting. Ich wurde in ein weinrotes Hemd und eine schwarze Anzugshose gesteckt.

Anschließend trat ich aufs Set. Ich konnte Kälte normalerweise wirklich ab, aber der Wind hier auf dem Wolkenkratzer peitschte so stark um meinen Körper, dass ich mich wieder in mein Bett sehnte. Während das Outfit noch gerichtet wurde, beobachtete ich, wie ein Fotograf über das Set huschte.

Wo war nur diese Ruby?

Ein Set Mitarbeiter führte mich schließlich auf eine

kreisförmige Platte. Zum ersten Mal, seit ich das Set betreten hatte, konnte ich tief Luft holen und die Skyline bewundern. Zwar war meine Wohnung in einem ähnlich hohen Stockwerk, aber Toronto sah von jedem Winkel anders aus. Die Stadt erwachte langsam und die ersten Lichter schalteten sich in Wohnungen, Büros und den Läden an den Straßen an. Meine Wahlheimat sah aus wie ein funkelndes Kunstwerk und während ich die Aussicht bewunderte, klopfte ein vertrautes Gefühl in meiner Brust.

Eins, das in letzter Zeit immer öfter auftauchte.

Ich war allein.

Nein. Nicht allein.

Ich war leer.

Entfernt hörte ich das Klackern von High Heels auf dem Boden, das sich näherte und ich zwang mich, den Blick von der Skyline zu lösen. Stattdessen widmete ich mich der Frau, die plötzlich vor mir stand. Sie nahm die Kapuze ihres Mantels ab und reichte ihn dem Set Mitarbeiter, der sich gleich darauf davonstahl.

Ihr Haar glänzte golden und war so lang wie das einer Märchenprinzessin. Der Wind schien ihr nichts anhaben zu können. Ihr Gesicht wirkte zart und weich. Große, blaue Augen musterten mich und durchbohrten mich förmlich. Sie trafen einen besonderen Punkt in mir, was mich durcheinanderbrachte.

Sag etwas, drängte mein Unterbewusstsein. *Glotz sie nicht so an.*

»Du musst Ruby sein«, begrüßte ich sie schließlich viel zu spät und erkannte den Hauch von Ablehnung in ihrem Blick. Sie wirkte kühl und verschränkte die Arme vor der Brust.

»Und du bist Caleb Han, der offensichtlich keinen Wecker besitzt«, konterte sie.

Meine anfängliche Faszination wurde jäh von ihrer Haltung überschattet. Es war, als hätte sie bereits ein Bild von mir gehabt, bevor ich überhaupt etwas gesagt hatte.

Gut. Sie wollte *diesen* Caleb?

Dann würde ich auch genau dieser sein.

»Sorry, Süße, ich hatte noch etwas Wichtiges zu tun«, erwiderte ich schulterzuckend.

Ihre Augen funkelten wütend und als sie zu einer Antwort ansetzte, kam ihr Silvias helle Stimme zuvor.

»Wollen wir anfangen? Das Licht ist gerade *favolosa.*«

Das war es tatsächlich. Die grauen Wolken trennten sich langsam und die Morgendämmerung tauchte alles in warmes, lilafarbenes Licht.

Silvia gab dem Fotografen Anweisungen und widmete sich von ihrem Regiestuhl aus dann uns. »Sinnlichkeit, meine Lieben. Das ist das Motto der neuen Duftlinie. Caleb leg bitte deinen Arm um Ruby.«

So wie die Frau vor mir mich ansah, wusste ich nicht, ob ich überhaupt dieselbe Luft wie sie atmen durfte, geschweige denn sie anfassen. Ich war vielleicht ein Mistkerl, aber meine Oma hatte mich nicht zu einem Ekel erzogen.

»Darf ich?«, fragte ich daher und hob langsam die Hände.

Ruby nickte knapp.

Anscheinend war sie einer der wenigen Frauen, die absolut kein Interesse an mir hatten. Aber warum dachte ich überhaupt darüber nach, was sie von mir hielt?

Ich kam Silvias Anweisung nach und legte vorsichtig

eine Hand an Rubys Taille. Durch das dünne Kleid, das ihr gerade über den Hintern reichte, spürte ich ihre Haut. Sie fröstelte unter meine Berührung und ich tat mein Bestes, keine Miene zu verziehen. Der Fotograf klickte los und ich hörte nichts außer dem Geräusch der Kamera und dem Wind, der mir um die Ohren blies.

Ich erinnerte mich an die Stichworte zur Kampagne für die wir shooteten. Sinnlich. Sexy. Verrucht. Was auch immer das heißen sollte.

Ruby hob das Gesicht und aus einer Kurzschlussreaktion heraus, legte ich meine andere Hand an ihr Kinn.

Zufrieden beobachtete ich, wie Röte in ihre Wange stieg und ich wusste instinktiv, dass es nicht an der Kälte lag. Ich war es. So sehr sie mich vielleicht verabscheute, meine Wirkung auf sie war in ihren Augen deutlich abzulesen. Meine Berührungen ließen sie nicht kalt und ich hörte ihr zittriges Ausatmen, als ich die Distanz zwischen unseren Körper schloss. Obwohl sie fror, war sie warm und ich bemerkte, wie mir ihre Nähe gefiel. Ich fragte mich, wie weich ihre Haut unter dem Kleid sein würde. Wie sich ihre Oberschenkel unter meinen Händen anfühlen würden.

Welche verdorbenen Dinge sie hinter ihrer kühlen Fassade verbarg.

»Sehr gut!«, rief der Fotograf und ich zwang mich, nicht zusammenzuzucken. Eine Sekunde länger und ich hätte sie geküsst. Hätte gewusst, ob ihre Lippen so weich waren, wie sie aussahen. Stattdessen trat Ruby ruckartig zurück und stellte zwischen uns wieder einen ungefährlichen Abstand her. Die Message war deutlich: Sie lehnte mich ab.

»Genau so weitermachen, aber diesmal möchte ich, dass

du an ihr riechst, Caleb. Leg deinen Kopf an ihren Nacken«, forderte Silvia mit einem Strahlen.

Aus dem Augenwinkel sah ich, wie Ruby schluckte. Gott, ich bekam das Gefühl, als wäre ich der größte Bösewicht in ihrem Leben.

Dann erinnerte ich mich daran, dass ich das an diesem Morgen vermutlich sogar war. Wieso auch nicht? Ich hatte sie warten lassen und sie machte kein Geheimnis daraus, dass sie angepisst war.

»Bringen wir es hinter uns«, raunte ich und trat wieder an sie heran. »Versuch, locker zu bleiben.«

»Ich bin locker«, presste sie hervor. Ihre blauen Augen starrten mich erwartungsvoll an. »Also mach schon.«

Als Antwort zog ich sie mit einem Ruck an mich heran und schmunzelte innerlich über den leisen Aufschrei, den sie von sich gab, als ich sie an meine Brust presste. Wieder klickte die Kamera wild darauf los und ich wusste, dass wir ein gutes Bild abgaben. Der Engel und der Bösewicht. Sie war das Licht und ich die Dunkelheit. Doch das hielt mich nicht davon ab, den Kopf zu senken und tatsächlich ihren Duft einzuatmen. Ruby roch süß, nach köstlichen Keksen und ich ließ mich davon verführen.

Silvia verlangte mehr. »Berühr sie. Und Ruby, schließ bitte die Augen und entspann deine Augenbrauen.«

Ich sah sie nicht, aber ich spürte die Anspannung an ihrem ganzen Körper. Mit den Fingerspitzen fuhr ich über den Stoff des Kleides an ihrer Taille. Dann tat ich etwas Dummes. Ich hauchte einen Kuss an ihren Hals.

Unter meinen Lippen spürte ich die Gänsehaut, die ich ausgelöst hatte und dann den schwachen Schubs, der darauf folgte.

Ich öffnete meine Augen. Ruby starrte mich zornig an und das Klicken der Kamera verstummte. »Was tust du da?«

Ich deutete ausschweifend auf das Set. »Für das Foto posieren? Was? Dachtest du, ich wollte dich küssen?«

Ihr verärgertes Gesicht sah süß aus und ich provozierte sie weiter. »Ich kann dir später gern demonstrieren, was ein richtiger Kuss ist.«

»Oder du kannst zur Hölle fahren«, knurrte sie als Antwort und wandte sich Silvia zu. Plötzlich wirkte sie wieder ganz professionell und absolut unantastbar. »Können wir es andersherum ausprobieren? Ich lehne mich an ihn?«

Silvia klatschte in die Hände. »Er gehört ganz dir.«

Fast glaubte ich, Ruby würde ein Würgegeräusch machen, doch sie war wohl besser darin, ihre Emotionen zu regulieren, als ich angenommen hatte.

Der Fotograf hob seine Kamera und Ruby trat einen Schritt vor, um ihre Hand an meine Brust zu legen. Als sie aus ihren großen Augen zu mir hochsah, spürte ich Hitze in der kalten Morgenflut. Sie hob das Kinn, sodass sich unsere Nasenspitzen fast berührten und dann lächelte sie. Daran war nichts Verführerisches oder Erotisches, doch das Klicken verdreifachte sich.

Ruby strahlte wie der Sonnenschein und es war, als würde sie einen kurzen Augenblick lang ihre Mauern fallen lassen. Ich konnte einen flüchtigen Blick auf ihre wahre Persönlichkeit erhaschen. Auf die Wärme, die sie geben konnte. Nicht den Hass, den sie mir bisher entgegengebracht hatte.

Sie ging auf die Zehenspitzen und wie in Trance legte ich die Arme um ihre schmale Taille. Sie war so zerbrechlich und ich fürchtete, sie würde wie Porzellan in meiner Umarmung zerbrechen. Doch Ruby bewies mir das Gegenteil. Sie spielte die perfekte Rolle. Das Mädchen, das ihren Helden gefunden hatte.

Es war dumm und unrealistisch, doch einen Sekundenbruchteil lang wollte ich genau das sein.

Danksagung

Liebe Leserinnen und Leser,

es gibt so viele wunderbare Menschen, denen ich danken möchte.

Ein riesiges Dankeschön geht an meine fantastische Lektorin, Eva. Dein scharfer Verstand, deine kreativen Anregungen und dein Engagement haben dieses Buch auf ein neues Level gehoben. Es war mir ein Vergnügen, mit dir zusammenzuarbeiten.

Meiner Schreibgruppe gebührt ein besonderer Dank (an dieser Stelle sage ich nur *SASA*, auch wenn ihr wisst, dass ihr gemeint seid). Eure konstante Unterstützung, euer Feedback und eure inspirierende Energie haben mich durch viele Fragezeichen und Zweifel getragen. Gemeinsam haben wir Höhen und Tiefen durchlebt, und ich bin so dankbar für diese wundervolle Gemeinschaft.

Einen besonderen Platz in dieser Danksagung verdient auch mein Verlobter, mein Fels in der Brandung und die Person am Ende meines Schicksalsfadens. Du bist nicht nur meine größte Inspiration, sondern auch der kluge Kopf, der mich stets ermutigt, meine Träume zu verfolgen. Ich könnte mir keinen besseren Lebenspartner vorstellen.

Ein herzliches Dankeschön geht auch an Nikolina für das Coverdesign, das die Essenz meines Buches so wunderschön einfängt, und an Corinna für das hübsche Innenleben! Und natürlich gilt mein Dank auch Christina für die liebevolle Unterstützung in den ersten Wochen und Esther für die herzliche Betreuung auf Social Media. Danke, Julia, für deine Korrektur und die lieben Worte – die habe ich gebraucht.

Zuletzt, aber keineswegs am wenigsten, möchte ich dem gesamten Team beim Federherz Verlag meinen Dank aussprechen. Ihr habt mir nicht nur eine Bühne für mein Buch geboten, sondern auch die Möglichkeit, meine Geschichten zu teilen. Danke für eure Unterstützung und euer Vertrauen.

Dieses Buch ist das Produkt von vielen Händen, Herzen und Köpfen, und ich bin so dankbar für die unglaubliche Reise, die es möglich gemacht hat.

In Liebe und Dankbarkeit
Arya

Oma Hans Bibimbap (Reis & Gemüse) Rezept

Zutaten:

- 2 Tassen gekochter Reis
- 200 g Rindfleisch (in dünne Streifen geschnitten)
- 1 Tasse Möhren (in Julienne-Streifen geschnitten)
- 1 Tasse Zucchini (in Julienne-Streifen geschnitten)
- 1 Tasse Spinat, blanchiert
- 1 Tasse Mungbohnensprossen, gewaschen
- 4 Eier (Spiegeleier)
- Sesamöl zum Braten
- Sesamsamen (optional, zum Bestreuen)

Für die Sauce:

- 3 EL Sojasauce
- 1 EL Sesamöl
- 1 EL Zucker
- 1 TL Reisessig
- 1 TL Gochujang (koreanische Chilipaste, optional)

Anleitung:

1. **Gemüse vorbereiten:** Möhren und Zucchini in Julienne-Streifen schneiden. Spinat blanchieren und abkühlen lassen. Mungbohnensprossen waschen.
2. **Rindfleisch braten:** Eine Pfanne mit etwas Sesamöl erhitzen. Die Rindfleischstreifen darin kurz anbraten, bis sie durchgekocht sind. Mit Salz und Pfeffer würzen.
3. **Gemüse braten:** In derselben Pfanne etwas mehr Sesamöl erhitzen. Möhren und Zucchini anbraten, bis sie leicht weich sind. Mungbohnensprossen kurz mitbraten. Spinat hinzufügen und kurz vermengen, bis er warm ist.
4. **Eier braten:** Eier einzeln in der Pfanne braten, bis das Eiweiß fest ist und das Eigelb noch flüssig ist.
5. **Reis anrichten:** Den gekochten Reis auf Schalen verteilen. Das gebratene Gemüse und Fleisch darüber anrichten. Ein Spiegelei obendrauf setzen.
6. **Sauce zubereiten:** In einer kleinen Schüssel Sojasauce, Sesamöl, Zucker und Reisessig vermengen. Gochujang hinzufügen, wenn du es etwas würziger magst.
7. **Servieren:** Die Sauce über das Bibimbap gießen. Nach Belieben mit Sesamsamen bestreuen. Alles gut vermengen, bevor du es isst.

Rubys Hotteok (gefüllte Pfannkuchen) Rezept

Zutaten für den Teig:

- 2 Tassen Allzweckmehl
- 1 Teelöffel Trockenhefe
- 1 Esslöffel Zucker
- 1/2 Teelöffel Salz
- 1 Tasse lauwarmes Wasser

Zutaten für die Füllung:

- 1/2 Tasse brauner Zucker
- 1 Teelöffel gemahlener Zimt
- 1/4 Tasse gemahlene Nüsse (optional)
- 1/4 Tasse Rosinen (optional)
- Rote Bohnen Paste (optional)

Anleitung:

1. **Teig zubereiten:** In einer großen Schüssel Mehl, Trockenhefe, Zucker und Salz vermengen. Nach und nach das lauwarme Wasser hinzufügen und dabei kontinuierlich rühren, bis ein glatter Teig entsteht. Den Teig

abdecken und an einem warmen Ort für etwa 1 Stunde gehen lassen, bis er sich verdoppelt hat.

2. **Füllung vorbereiten:** In einer kleinen Schüssel braunen Zucker, Zimt, gemahlene Nüsse und Rosinen vermengen.
3. **Teig portionieren:** Den aufgegangenen Teig in gleichmäßige Portionen teilen (ungefähr golfballgroß).
4. **Pfannkuchen füllen:** Eine Teigportion in der Handfläche flach drücken, einen Esslöffel der Zimt-Zucker-Füllung in die Mitte geben und den Teig um die Füllung herum verschließen. Den Teig zu einer Kugel formen.
5. **Pfannkuchen braten:** Eine Pfanne mit etwas Öl erhitzen. Die gefüllten Teigkugeln in die Pfanne legen und flach drücken, um Pfannkuchen zu formen. Bei mittlerer Hitze von beiden Seiten goldbraun braten, bis die Füllung geschmolzen ist und der Pfannkuchen knusprig ist.
6. **Servieren:** Die Hotteok warm servieren. Sie können zusätzlich mit gehackten Nüssen oder Sesamsamen bestreut werden

Ausführliche Triggerwarnung

How To (Not) Fall In Love enthält neben expliziten Szenen auch Inhalte, die potenziell triggern können.

Darunter:
Alkoholismus, Parkinson, Essstörung, Cybermobbing und toxische Beziehungen

Anna Vein
RISE LIKE A BUTTERFLY
Trilogie-Auftakt
(unabhängig lesbar)
ISBN: 978-3-98942-050-2

Sein Gesichtsausdruck, seine Stimme, seine Berührungen.
Das alles löst in mir einen Sturm von Gefühlen aus.
Wie der zarte Flügelschlag eines Schmetterlings, der einen Tornado verursacht.

Olivias Herz wurde im Laufe ihres Lebens schon so oft verletzt, dass es eigentlich längst in tausend Teile zersprungen sein sollte. Als sie ihren Partner dann auch noch beim Fremdgehen erwischt, verliert sie endgültig den Glauben an die Liebe. Um die Geschehnisse in Ruhe zu verarbeiten, zieht sie in die bunte WG ihrer besten Freundin in Manhattan. Dort trifft sie auf ihren neuen Mitbewohner Ian und die entstehende Freundschaft zu ihm lockt sie langsam immer weiter aus ihrem Kokon. Dass er dabei aber auch für ordentlich Bauchkribbeln bei Olivia sorgt, war so gar nicht geplant. Ob sie diesem Gefühl namens Liebe doch noch eine Chance geben kann?

Slow Burn | Friends-to-Lovers

Mila Meadow, Ylvie Davis
SECRET MOMENTS
WITH YOU
Dilogie-Auftakt
(unabhängig lesbar)
ISBN: 978-3-98942-016-8

Aller Vernunft zum Trotz verliere ich mein Herz an dich, Bexley.
Dabei spricht viel mehr gegen uns als nur die Tatsache,
dass ich dein Boss bin.

Bexley lebt für ihren Job bei einer angesehenen Finanzagentur. Und ihr langersehnter beruflicher Aufstieg scheint nach dem gelungenen Abschluss eines besonders lukrativen Deals endlich in greifbarer Nähe. Doch statt der schon sicheren Beförderung präsentiert die Geschäftsführung ihr kurzerhand jemand anderen für den erhofften Job des Chief Operating Officer. Greyson Ambrose ist charmant, kompetent und bringt leider auch die Schmetterlinge in ihrem Bauch zum Tanzen. Trotzdem ist Bex fest davon überzeugt, zu beweisen, dass sie die bessere Wahl gewesen wäre. Nur lässt sich Grey von ihren Sticheleien nicht aus der Ruhe bringen, denn er verfolgt ein Ziel, bei dem nicht nur Bex' Karriere zerstört, sondern auch ihr Herz gebrochen werden könnte …

Slow Burn | Boss Romance

Ana Skye
WITHOUT YOU
I AM BROKEN
Dilogie-Auftakt
(unabhängig lesbar)
ISBN: 978-3-98942-043-4

Luke meint, er wüsste, was für ein Mensch ich geworden bin,
nachdem ich ihn verlassen habe.
Egoistisch. Kalt. Oberflächlich.
Aber nichts davon entspricht der Wahrheit.
Nur werde ich je eine Chance bekommen, ihm das zu beweisen?

Chloe ist am Boden zerstört, als ihr Freund mit ihr Schluss macht und sie auch noch ihren Job verliert. Ihr bleibt nichts anderes übrig, als zurück in die Kleinstadt West Village zu ihren Eltern zu ziehen. Als sie dort einen One-Night-Stand mit einem geheimnisvollen Fremden hat, ahnt sie nicht, dass dieser niemand Geringeres ist als Mike, der Verlobte ihrer Schwester. Zu allem Übel soll Chloe auch noch die anstehende Hochzeit organisieren, welche ausgerechnet auf dem Gutshof ihrer Jugendliebe Luke stattfindet. Als die beiden sich nach Jahren schließlich wieder gegenüberstehen, ist er sogar noch heißer als früher und das Gefühlschaos perfekt. Denn während sich ausgerechnet Mike zu Chloe hingezogen fühlt, ist Luke alles andere als bereit, ihr eine zweite Chance zu geben ...

Love Triangle | Second Chance